Someone Else's Shoes

他 人 之 履

［英］乔乔·莫伊斯———— 著　宋瑶————译

浙江教育出版社·杭州

图书在版编目(CIP)数据

他人之履 / (英)乔乔·莫伊斯著；宋瑶译. -- 杭州：浙江教育出版社，2024.4
ISBN 978-7-5722-7339-1

Ⅰ. ①他… Ⅱ. ①乔… ②宋… Ⅲ. ①长篇小说－英国－现代 Ⅳ. ①I561.45

中国国家版本馆CIP数据核字(2024)第033365号

版权登记：图字11-2023-443号

Someone Else's Shoes by Jojo Moyes
Copyright © 2023 by Jojo's Mojo Limited
This edition arranged with Curtis Brown Group Limited through BIG APPLE AGENCY, INC., LABUAN, MALAYSIA.

他人之履
TAREN ZHI LÜ
(英)乔乔·莫伊斯 著　宋瑶 译

责任编辑	赵清刚
特约策划	慧　木
特约编辑	慕　虎
美术编辑	韩　波
责任校对	马立改
责任印务	时小娟
特约监制	王秀荣
封面设计	朱　琳
插图绘制	朱　琳
版式设计	宋祥瑜
出版发行	浙江教育出版社
	地址：杭州市天目山路40号
	邮编：310013
	电话：(0571) 85170300－80928
	邮箱：dywh@xdf.cn
印　　刷	三河市百盛印装有限公司
开　　本	889mm×1194mm　1/32
成品尺寸	145mm×210mm
印　　张	13.5
字　　数	337 000
版　　次	2024年4月第1版
印　　次	2024年4月第1次印刷
标准书号	ISBN 978-7-5722-7339-1
定　　价	68.00元

版权所有，侵权必究。如有缺页、倒页、脱页等印装质量问题，请拨打服务热线：010-62605166。

目录

第 1 章　红色路铂廷　　　　　1

第 2 章　消失的背包　　　　　13

第 3 章　人靠衣装　　　　　　20

第 4 章　窘境　　　　　　　　34

第 5 章　A 级浑蛋　　　　　　38

第 6 章　安身　　　　　　　　46

第 7 章　尴尬的包裹　　　　　65

第 8 章　离婚律师　　　　　　74

第 9 章　事事忧心　　　　　　87

第 10 章　新身份　　　　　　 93

第 11 章　爱工作，难爱职场　106

第 12 章　倾诉　　　　　　　114

第13章	自食其力	120
第14章	得而复失	126
第15章	人子人妻	136
第16章	临时一家人	147
第17章	交锋	158
第18章	练拳击吧	177
第19章	一只鸭子	191
第20章	男人的忧伤	205
第21章	前尘	228
第22章	新发现	236
第23章	新机遇	248
第24章	一个亲吻	260
第25章	再相逢	266

第26章	干一票大的	277
第27章	一起散步的时光	293
第28章	走出寒冬	304
第29章	走进她的心	316
第30章	圈套	319
第31章	潜伏	335
第32章	终极秘密	349
第33章	朱莉安娜	366
第34章	柳暗花明	370
第35章	漫长的拥抱	379
第36章	对决	392
第37章	"还得是你啊！"	400
第38章	宝贝，我来了	415
后记		421

第 1 章 红色路铂廷

萨姆凝视着缓缓变亮的天花板,像医生建议的那样开始练习呼吸,以此阻止思绪在清晨五点时凝结成头顶的一大团乌云。

"吸进六秒。屏住三秒。呼出七秒。"

"我很健康。"她默念着,"家人很健康。家里的狗已经不会再往门厅撒尿了。冰箱里有食物。我并没有失业……"她突然有点后悔,因为一想到工作,她的肠胃又开始打结了。

"吸进六秒。屏住三秒。呼出七秒。"

她父母还健在。不过坦诚地说,要在心理感恩日记里证明这一点是很困难的。天哪,到了周日,她母亲又要用尖酸刻薄的话抱怨他们总往菲尔的母亲家里跑了,不是吗?那些话会在大家享用一小杯雪莉酒和一份超大布丁之间的时段突然蹦出来。就像死亡,纳税,还有下巴上长出杂毛一样,总是要发生的。她想象自己用礼貌的微笑来阻止她:"噢,妈妈呀,南希刚刚失去了陪伴她五十多年的丈夫,她现在一定有些孤单。"

"但你在他活着的时候也没少去啊,不是吗?"她仿佛听到了母亲的回答。

"是的,但那时她丈夫已经生命垂危了,菲尔想在他父亲走完此生之前尽可能多见见他!我们又不是在那儿举办舞会!"

她意识到自己和母亲正在进行另一场假想中的争吵时，就赶紧把思绪拉回来，将它们放进一个"心理盒子"——就像她在一篇文章中读到的那样，还要在盒子顶部盖上一个想象中的"心理盖子"。可不管怎么努力，那个盖子就是盖不上。这些天来，她发现自己总是要面对假想中的争吵：在工作中和西蒙吵，在生活中和她的母亲吵，还有昨天结账时挤到她前面的那个女人……而在现实中，这些争吵从来没有从她嘴边离开过。她只能咬紧牙关，尝试呼吸。

"吸进六秒。屏住三秒。呼出七秒。"

她知道自己并没有真的生活在战场上。水龙头里能流出干净的水，架子上摆放着各种食物。没有爆炸，没有枪声，没有饥荒。可一定是哪里出了问题。一想到生活在战争区域那些可怜的孩子们，她的眼泪就止不住地往外流——她总是热泪盈眶。卡特一直劝她尝试激素替代疗法。可是她并没有停经，甚至偶尔还会长出"青春痘"（这公平吗？），况且也约不上医生。上次她打电话时得到反馈，医生接下来两周的预约都满了。要是我病危了怎么办？她这么想着，又在脑海中和医院的接待员吵了一架。

但在现实中，她只是简单地回答道："哦，那就到时候再说吧，相信一切都会好起来的。无论如何，谢谢你。"

她又将双手叠放到胸前，尝试让自己处在一种放松且平稳的状态中。有人曾告诉她，放松和睡眠一样管用：只需要理清思绪，让身体松弛下来。从脚趾向上，让你的四肢不再紧绷。你会觉得双脚慢慢变沉，然后让这种感觉慢慢地传到脚踝、膝盖、臀部和腹……

啊，他妈的！她在脑海里骂了一句，还有一刻钟就六点了，我得起床了。

"牛奶没了。"卡特用指责的目光盯着冰箱内部，好像在等什么东西自动现身。

"你快点去趟商店？"

"我没这个时间。"卡特说道,"我要弄头发。"

"我恐怕也没这个时间。"

"为什么？"

"因为我要去健身中心,你给我办了一张全天通行卡,葆沃普拉提的。明天就到期了。"

"我一年前就给你办卡了！再说如果你要上班的话,那今天也没剩下几个小时了啊。"

"那我就把上班时间安排得晚一点,至少它就在公司附近。我真的没时间。"她总是没时间,她把这句话当作口头禅挂在嘴边。同时脱口而出的还有:"我太累了。"但是没人有时间,大家都很累。

卡特扬起眉毛。对她来说,自我照顾是必需的,比金钱、住房、食物这些基本需求更加重要。

"妈妈,我一直在告诉你,要么用,要么扔。"卡特说道。她看着母亲越来越模糊的腰臀比例,几乎没有掩饰自己的惊恐与厌恶。她关上冰箱门:"好吧,我只是不明白爸爸为什么连一盒牛奶都不能买。"

"给他留张纸条。"萨姆一边收拾东西一边说,"或许他今天感觉会好些。"

"或许猴子也会从我屁股里飞出来呢。"

卡特蹑手蹑脚地走出厨房,只有19岁的年轻女孩才能这么轻快。几秒钟后,萨姆听到了吹风机的轰鸣声,她知道在她把牛奶取回来之前,吹风机会一直留在卡特的房间里。

"好吧,我还以为你再也不喝牛奶了呢！"萨姆站在楼梯上吼道。

吹风机安静了一秒,传出一句回答:"你现在只是在招人烦。"

萨姆从抽屉最里面摸出自己的泳衣,然后把它胡乱塞进背包里。

当一大波鲜活的"僵尸"抵达时,她正在脱掉湿漉漉的泳衣。

她们像一捆光滑瘦削的木棍,迅速包裹住她。她们大声交谈,打破了更衣室里原本闷热的寂静,就像她完全不存在一样。萨姆觉得自己游了二十个来回才换来的短暂平静,此刻像雾气一般蒸发殆尽。她只用了一个小时的时间就明白自己多么讨厌这里:紧实的身体自带"隔离主义",让她这种身材走样的女人只想躲到角落里。她曾经无数次路过这家健身中心门口,犹豫着要不要进来。现在这些女人让她意识到,还不如从没进来过。

"尼娜,你一会儿有时间喝咖啡吗?丝佩诗NK(Space NK)美妆店后面开了一家可爱的咖啡馆,我想我们可以去那里——就是有海鲜波奇饭的那家。"

"非常乐意。不过我必须在十一点前离开,得带莱奥尼去看牙医。莱斯你呢?"

"噢,上帝,当然去。我需要一些闺蜜时间!"

这是一群身穿名牌运动休闲服、发型精致,而且有闲工夫喝咖啡的女人。这些女人健身用的背包上贴着设计师的标签,而不是像她一样背着一个山寨版的马克·雅各布[①]。她们基本都有一个叫鲁比或特里斯的丈夫,这些丈夫经常一不小心就把塞满奖金的信封丢到从康仁家居店[②]买来的闪闪发光的餐桌上。这些女人从不开笨重的越野车,甚至从不让自己的车上沾泥。她们总能把车在路边并排停放,然后进店向不堪重负的咖啡师要一杯专供儿童的卡布奇诺,以堵上自家孩子吵闹的嘴。当咖啡上的拉花没有迎合自己的审美时,她们便会发出不满的嘘声。她们从不会在凌晨四点前睡觉,也从不用担心电费问题,而

[①] 马克·雅克布(Marc Jacobs):奢侈品牌。——译者注。本书如无特殊说明,均为译者注。

[②] 康仁家居店(Conran Shop):伦敦高端设计家居品牌,创立于1973年。

且一点也不觉得每天早晨亲切地向一个衣冠楚楚但眼神傲慢的新老板打招呼是一件恶心的事。

她们不会有一个直到中午还穿着睡衣的丈夫，她们的丈夫也不会每每在妻子说要重新找工作时露出惊慌失措的表情。

萨姆现在正处于一种被混乱裹挟的年龄：身材走样、眉间的褶皱、失眠焦虑等问题会以某种形式牢牢粘在一起。而其他的一切，诸如稳定的工作、幸福的婚姻、梦想等事物则会毫不费力地溜走。

"你们根本不知道今年艾美酒店的房价涨得有多离谱。"其中一个女人又说话了。她弯下腰，用毛巾擦干她花大价钱染的头发。萨姆不得不侧过身去，以免碰到她。

"我知道！我们本打算在毛里求斯过圣诞，但是度假别墅的租金比平常涨了40%。"

"真离谱。"

是啊，真离谱，你们这群臭女人。她一边在脑海里咒骂着，一边想起菲尔两年前买了一辆房车，然后兴致勃勃地告诉她："我们以后可以去海边过周末了！"说这句话时，他的眼睛一直盯着车子侧身巨大的向日葵图案，毫不在意这辆车几乎挡住了整个车道。此后，除了更换过一次后保险杠，他们再也没有碰过这辆车。自从他失业之后，这辆车就一直阴魂不散地待在家门前，每天都在提醒他们失去了什么。

萨姆扭动着身子把内裤套上，然后把黯淡的肉体裹藏在浴巾下面。她今天有四场重要客户会议。半小时后，她还得和来自印刷部与货运部的泰德和乔尔见面，他们要努力为公司拿下一些大订单。她会保住自己的工作的。或者说，保住他们所有人的工作。

这么一想，压力好像也没那么大了。

"我想我们今年有必要去趟马尔代夫。你懂的，要在它消失之前去一趟。"

"哦，是个好主意。我们都非常喜欢那里，如果它真被大海淹没了就太遗憾了。"

有个女人从萨姆身旁挤过去，打开了自己的储物柜。和萨姆一样，她有一头深色的头发，但身材非常健美：那是长年的高强度锻炼和皮肤管理叠加的成果。这让她的每个毛孔都散发出一种高贵的气息。

萨姆把包裹在自己苍白黯淡皮肤上的浴巾又紧了紧，像隐身一般潜进角落里把头发吹干。等她再回来的时候，所有人都走了。她松了一口气，一下子瘫坐在潮湿的木制长椅上。她想，剩下的这半小时或许可以去角落里找一张可加热的大理石床躺一会儿。这个想法突然让她高兴起来：躺半个小时，什么都不做，让自己沉浸在寂静的幸福之中。

她的手机突然在夹克衫里嗡了一声。那件衣服挂在她身后的储物柜里。她把手伸进口袋，掏出手机。

你好了吗？我们就在外面。

什么？她飞快地打字，不是下午才去弗兰普顿公司吗？

西蒙没有告诉你吗？改成十点了。快出来吧，现在就得出发。

她惊恐地瞥了一眼手机，这意味着二十三分钟后她就要开始今天的第一场重要会议。她一边哀号，一边扭动着身体套上裤子，再一把从长椅上抓过黑色的背包，然后迈着沉重的步伐走向停车场。

一辆脏兮兮的白色汽车正在路边等她，发动机在空转，车身上印着公司名称：格雷赛德印刷公司。她脚上还穿着健身房的人字拖，只能用"半跑半拖"的方式挪过去。虽然知道自己明天会把这双鞋还回来，但心里依然控制不住地内疚，就好像干了什么违法乱纪的勾当。她的头发还没有干透，也止不住自己轻微的喘息声。

"亲爱的，我觉得西蒙在找你的碴儿。"她刚钻进车厢，泰德就说了一句。他把前座上的杂物腾走，好让她坐下。他闻起来有股烟草和古龙香混在一起的味道。

"你也这么觉得？"

"你想想看，他早就和吉纳维芙仔细核对过今天的会议安排。"乔尔一边转动方向盘一边说道。他那头浓密的长发在脑后扎成了一个整齐的马尾，似乎是为了表达对接下来这一天的尊重。

"你没发现自从他接管公司以来，很多事情都变得不一样了吗？"当他们的车开上主干道时，泰德又说道，"就好像我们天天都踩在鸡蛋上走路。"

仪表盘上方有两个沾满糖屑的纸袋，空的。泰德把第三个纸袋递到她手里：里面装着一个硕大的、仍然温热的果酱甜甜圈。

"吃吧。"他说道，"这是给冠军的早餐。"

她可不敢吃这个东西。一个甜甜圈的热量是刚才游泳所消耗能量的两倍。她仿佛听到卡特在耳边发出无奈的叹息，但只犹豫了一下，就把甜甜圈塞进嘴里，然后闭上眼，享受这种温暖而甜蜜的愉悦。这些天来，萨姆在尽可能地享受让自己愉悦的事物。

"吉纳维芙好像又听见西蒙谈裁员的事了。"乔尔说道，"而且在她走进办公室的时候，西蒙还赶紧转换了话题。"

"裁员"这个词就像一只被困住的飞蛾一样在办公室里撞来撞去。只要一听到，她的肠胃就会忍不住打结。如果连她也失业了，一家人该怎么办呢。菲尔现在连医生开的抗抑郁药都不吃了，因为他不喜欢服药之后昏昏沉沉的感觉，就好像每天一直睡不醒一样。

"事情还没到那一步。"泰德用不太肯定的口吻说道,"萨姆今天可是要去拿下大订单的,不是吗?"

意识到所有人都在看自己时,萨姆赶紧说了一句:"是的!"紧接着,她又拿出更有干劲儿的语气补充道:"当然是的!"

她开始对着小镜子化妆。可是乔尔一路上都在颠簸,她不停地用唾液舔过的手指擦去画错的痕迹,然后轻声补上一句咒骂。所有细节都要考虑到,可糟糕的是她的头发还没有干透。然后她开始翻阅文件,试图让自己掌握每一个数字。记忆突然模模糊糊地回到了从前:那时她对工作十分有自信,就好像每走进一间屋子,她就能立刻掌控全局。"拜托,萨姆,试着回到那个时候就行。"她在心里对自己默念几句,然后把脚从人字拖里抽出来,想掏出自己背包里的鞋换上。

"还剩五分钟。"乔尔提醒道。

这一刻,她突然发现:虽然手里的包看起来和自己那个非常像,但她的确拿错了。这个包里没有那双适合在人行道上走路,或者和客户谈合同条款的舒服的黑色低跟鞋,取而代之的是一双鲜红的路铂廷③鳄鱼皮镂空高跟鞋。

她掏出一只鞋,感受着手上陌生的重量,看着它的绑带在眼前晃来晃去。

"糟糕!"泰德突然惊叫道,"第一场会议是不是在弦友俱乐部附近啊?"

萨姆弯下腰,又从包里掏出另一只鞋、一条牛仔裤,还有一件折叠整齐的白色香奈儿夹克。

"我的老天爷啊!"她喊道,"这些不是我的!我拿错包了,咱们得回去!"

"没时间了。"乔尔凝视着路面说,"都快到地方了。"

---

③ 路铂廷(Louboutin):法国奢侈品牌,一般译作"克里斯丁·路铂廷"。

"可是我需要我的包。"

"对不起，萨姆。"他说，"咱们待会儿再回去一趟，你先穿着健身房这一身可以吗？"

"我不能穿着人字拖开商务会议。"

"那你就穿包里这双。"

"开什么玩笑！"

泰德从她手里把鞋接过来，一边打量一边说道："她确实不太适合这双鞋，乔尔。这双鞋怎么看都不应该穿在她脚上……"

"为什么？那我应该穿什么样的鞋？"

"好吧，朴素的那种。你平时喜欢的都是朴素的东西。"他停顿了一下，"那些看起来充满理性的东西。"紧接着乔尔又补充道："你也知道这种鞋适合什么样的人穿。"

"什么样的人？"

"那些不用站着走路的人。"

他们一边大笑，一边用胳膊肘轻轻推了一下对方。

萨姆从他手中夺回鞋子，看起来小了半码左右。她把脚缓缓地踩进去，系上绑带。

"好极了。"她看着自己的脚说，"现在我可以像一个应召女郎一样去向弗兰普顿的人推销自己了。"

"至少你看起来是个要价不低的应召女郎。"泰德说道。

"你说什么？"

"你懂的，不是给五英镑就能满足你的那种……"

萨姆等着乔尔的笑声慢慢平息下来才开口："好了，谢谢你，泰德。"她又凝视着窗外说道，"我现在觉得好多了。"

他们并没有在会议室开会，因为对方的运输部门出了点问题。迈克尔·弗兰普顿要和他们在停车场的装卸区见面，顺便处理一个糟糕的液压系统引发的问题。萨姆下车后一直试图驾驭脚上的高跟鞋，但只感觉到冷空气在嗖嗖往上蹿。她真希望自己在2009年左右就开始好好做足部护理了。她的脚踝一直在摇晃，就好像这双鞋是用橡胶糊起来的。真的很难想象谁能穿着它们正常走路。或许乔尔说得对，这种鞋是给那些不用站着走路的人准备的。

"你还好吧？"当他们即将靠近那群男人时，泰德问道。

"不好。"她喃喃地说着，"我觉得自己脚底插着两根筷子。"

一辆装着一大捆纸张的叉车突然开到面前，他们不得不赶紧躲避，这样的慌张让萨姆差点摔倒在地上。叉车鸣笛声在空旷的停车场内震耳欲聋。她发现叉车周围的所有男人都扭过头来看自己，然后又把目光移到她的脚上。

"我还以为你不来了呢。"

迈克尔·弗兰普顿是个冷酷的约克郡人。在任何对话中，他都会让你意识到他有多么难搞，同时还会暗示你只能顺从。

萨姆努力挤出一个微笑，用洪亮的声音说道："真抱歉，我们刚刚有一个临时的会议……"

没想到一起开口的还有乔尔："刚才路上堵车了……"两个声音相遇后同时戛然而止，他们只能尴尬地互相瞥一眼彼此。

"我是萨姆·肯普，我们曾经在……"

"我记得你。"他说完就把脸转向别人去了。接下来的两分钟让人窒息，他一直在与一个穿着工作服的年轻男人讨论剪贴板的事，把萨姆晾在一旁独自尴尬。她能感受到周围男人们的目光有意无意地落在自己脚上，那双别扭的高跟鞋此刻就像灯塔一样闪闪发光。

"好吧。"迈克尔终于回过神来搭理她了，"在我们开始谈话之前，我必须告诉你，普林特斯公司为我们开出了更有竞争力的报价。"

"是吗，但是我们……"萨姆刚开口就被打断了。

"而且他们告诉我，你能调整的空间并不大，因为你们格雷赛德被一家更大的公司收购了。"

"好吧，那并不完全是真的。您现在可以相信的是我们在数量和质量上的可靠性。"

她说话的声音变得有气无力，因为所有人都在盯着她看，就好像所有人都知道这个中年妇女穿错了别人的鞋。她在这次会议中节节败退，满脸通红，回答问题时不停结巴，自始至终都觉得别人在盯着自己的脚。

最后，她从包里拿出一个文件夹。里面写着她花费数小时总结出的报价方案。她试图走过去亲自递给迈克尔，但脚后跟好像被什么东西绊住了。她跌跌撞撞地控制住脚踝，小腿上传来一阵剧痛，但她仍然努力地把嘴角的抽搐转化成微笑，把文件递了过去。迈克尔立刻低下头翻阅文件，看都没看她一眼。她只得尽量维持身体平衡，慢慢走开。

最后，迈克尔抬起头来说道："我们正在考虑下一次的订单量，这个数字并不轻松。因此我们需要找一家能如约交付的公司合作。"

"弗兰普顿先生，我们并不是第一次合作了。而且就在上个月，我们与绿光公司也有过一次类似的合作，那一系列的产品目录和贵公司很像。我们交付的质量让他们非常满意。"

他眉间的褶皱仿佛蔓延到全脸："我能看看你为他们做了什么吗？"

"当然可以。"

她在包里的文件夹翻找起来，突然想起绿光公司的产品目录被放在车上仪表盘旁边的蓝色文件夹里，她本以为这次会议根本用不上这些。但现在的情况是，她要在众目睽睽之下走出货物装载区，返回停车场……她立刻用求救的眼神看向乔尔。

"要不我去把它拿过来?"乔尔回应道。

"你们车上还有其他案例吗?"弗兰普顿问。

"是的,我们也承接过克拉克办公用品公司的类似订单。实际上与上个月相比,我们有了更多样化的产品目录。乔尔,你能帮我……"

"不用了,我自己过去看看。"迈克尔·弗兰普顿一边说一边迈开步伐,这意味着她也必须跟在后面。于是她迈着僵硬的步伐和他一起出发了。

他把手伸进口袋继续说道:"我们需要的是一个能迅速且灵活地投入生产的印刷商。你现在能快点走吗?"

他的步子迈得实在太大了。萨姆的脚踝在凹凸不平的地面上再次崴了一下,这一次她发出了一声尖叫。乔尔在她彻底跪下去之前伸出一只手臂,这个举动总算能让她勉强保持直立。当弗兰普顿回头看向他们时,她再次露出了尴尬的微笑,而对方脸上已经阴云密布。

此后她很难忘记接下来的一幕:他对乔尔不停抱怨着,那些话让她的耳朵因为尴尬而滚烫。尤其是他后来打电话跟自己的公司告状时说的最后一句话:

她今天是喝多了吗?

第 2 章　消失的背包

妮莎·康托尔正在跑步机上狂奔。音乐在她的耳朵里轰鸣，她的两条腿也像发动机的活塞一样砰砰作响。她跑步的时候总是很拼命。通常在跑第一英里[④]的时候感觉最糟：那时乳酸和愤怒的混合物刚刚在体内产生；跑到第二英里的时候，这种愤怒会达到顶峰；等到第三英里的时候，她终于开始神清气爽起来。身体的各个零件仿佛涂了润滑剂，这让她觉得自己似乎可以永远跑下去。然后她又要面对自己的愤怒：每当刚刚开始享受的时候，她就不得不停下来忙别的事情。她讨厌跑步，可是又需要跑步来保持理智。她讨厌走在这个该死城市的街道上，那里到处都有人在无所事事地闲逛。所以唯一能让她畅快奔跑的地方就是这个蹩脚的健身房：自己入住的酒店只能暂时把有健身需求的客人引到这里，好腾出空间来翻新他们的高级设施。

跑步机发出提示音，告知她可以停下来了。她立即粗暴地关掉。她可不愿意被一个冰冷的机器指手画脚。"不，我可不会听你的。"她在脑海里说道。她刚拽出一只耳机，手机的来电铃声突然响了。妮莎接通了电话，是卡尔打来的。

"噢，亲爱的……"

"抱歉，打扰一下。"

[④] 约等于 1.6 公里。

妮莎抬起头来。

"你需要关掉手机。"眼前有一位年轻女士说道,"这里需要保持安静。"

"那就别跟我说话了,你声音很大。也请你不要离我这么近,你的汗水都快溅到我身上了。"

这位女士的下巴开始微微抽搐,而妮莎则继续把手机举到耳边。

"我亲爱的妮莎,你在干吗呢?"

"就在健身房,亲爱的。一会儿要一起吃午饭吗?"

卡尔的声音听起来像黄油一样润滑,她一直喜欢他这一点:"是的,不过也许我们要在酒店吃饭了,我得回来拿些文件。"

"当然可以。"妮莎自然而然地回答道,"我需要给你点些什么菜?"

"哦,随便。"

她僵住了。卡尔此前从来没说过"随便"。

"你想吃米歇尔餐厅特制的白松露煎蛋卷吗?还是香煎金枪鱼?"

"当然可以,听起来好极了。"

妮莎咽了一口唾沫,尽量让自己的声音保持正常。"你几点到?"

卡尔没有立刻作答,她在这个空隙里听到他压低声音和房间里其他人说话的声音。她的心跳开始怦怦作响。

"很期待和你的午餐,但是你慢慢来,我不会催你的。"

"好的。"妮莎回答道,"爱你。"

"亲爱的,我也爱你。"卡尔说完,电话立刻就断了。

妮莎站得很稳,但依然能听到血液在耳朵里快速流动的声音,这与刚跑完步无关。脑袋快要爆炸了,她需要迅速理清自己的思绪。在做了两次深呼吸之后,她再次拨通一个号码。对面很快传来语音留言信箱的人工提示音。她开始诅咒这里与纽约的时差。

"喂，玛格达？"她一边留言，一边用手拨弄着被汗水湿透的头发，"我是康托尔夫人。你得赶紧联系上你的人，现在，马上！"

当她再次抬起头，一位穿着马球衫和廉价短裤的健身房工作人员出现在眼前："抱歉，女士，恐怕你不能在这里打电话。我们的规定是……"

妮莎立刻打断他："滚开，去找点别的活干。你没看见这里的地板脏得和细菌培养皿一样吗？"她一边说一边推开他，向更衣室走去，一边走还一边从另一个工作人员手里抢过一条毛巾。

更衣室里挤满了人，但她似乎视而不见。此刻她正在一遍又一遍地回想刚才那通电话，心跳越来越快。不能这样，她需要保持头脑清醒，做好应对一切的准备。但她的身体不可控制地进入停滞状态，就好像所有器官都无法正常工作一样。她先让自己在长椅上坐下，茫然地盯着前方。"我能搞定。"她一边在心里给自己打气，一边凝视着颤抖的双手。"我可不是个没见过风浪的人。"她把脸埋在毛巾里，深深地吸气。直到确信自己不再颤抖之后，她坐直身体，展开双肩。

终于，她再次站起身来，打开储物柜，拿出她的马克·雅可布背包。储物柜旁边的长椅上堆满了别人的背包，她一把推到地板上，然后把自己的包放在腾空的椅子上。得冲个澡。她在做任何事情之前都必须先冲个澡。形象是她的一切。这时电话又响了，几个女人朝这边看过来，她没有理会，直接从长椅上捡起手机：是雷蒙德打来的。

"妈妈？你看到我的眉毛了吗？"

"你说什么呢，亲爱的？"

"我的眉毛。我刚才给你发了一张照片，你看见了吗？"

妮莎把手机从耳边拿开，浏览聊天记录，然后找到他发来的那张照片。"亲爱的，你的眉毛很好看呀。"她用鼓励的语气说道，然后把手机再次放回耳边。

"应该是看起来很奇怪才对吧！我刚才觉得非常难过，因为我看到一个关于海豚贸易的节目，上面说所有买来的海豚都要被迫表演。我内疚极了，因为我们去过节目里说的那个地方。在墨西哥，我们还和海豚一起游泳来着，你记得吗？太糟糕了！我不敢走出房门，然后突然想到是不是可以待在屋里修修眉毛……结果搞砸了，我现在看起来像麦当娜在20世纪90年代中期的造型。"

一位女士拿起吹风机，开始在她旁边吹头发。有那么一瞬间，妮莎想把吹风机夺过来砸碎她的脑袋。"亲爱的，这边现在有点吵，稍等我一下。"

她走到外面的走廊里，喘了一口气，用低沉的声音说道："你的眉毛看起来很棒。而且你根本不知道90年代中期的麦当娜有多火。"

她可以想象他在韦斯特切斯特郡[5]的家里给她打电话的样子：盘着腿坐在床上——他从小就喜欢这么坐着。

"一点都不好看，妈妈。我看起来糟透了！"

一个女人走出更衣室，从她身旁经过。她脚上穿着人字拖，身上套着廉价的夹克衫，低着头匆匆忙忙赶路。为什么这个女人的后背不能挺直些？她的肩膀耷拉着，脖子和脑袋都像刚从壳里钻出来的乌龟一样。妮莎看到这些，立刻火冒三丈：如果你看起来都像个受害者，那就别怪其他人用糟糕的方式对待你！她继续刚才的对话："等你放假回家，我再帮你好好修一下。"

"所以它们看起来的确很糟糕，对吗？"

"不！不！你看起来非常迷人。但是亲爱的，我必须挂电话了。现在有点忙，等我得空了再打给你。"

---

[5] 韦斯特切斯特郡：位于纽约大都市北部的一个郊区郡，是富人的聚居区。

"三点之前都不行，我必须睡觉，醒来以后就要上那个自我关怀课。这东西太蠢了，他们让你做这些'正念'的事，就好像教我重新做人一样。"

"我知道，亲爱的。等我再打电话给你。我爱你。"

妮莎挂掉电话，再次拨通了一个号码："喂，玛格达？玛格达？你听到我的留言了吗？听到了赶紧给我打电话好吗？"

她刚要挂断通话，门再次打开，里面走出来一名健身房的工作人员。于是又多了一个发现她违反规定的人。

"女士，我很抱歉，但是你不能……"

"把嘴闭上！"她咆哮道，于是这位工作人员便不敢出声了。他也能看出来：一个美国女人一旦过了四十岁，是很能豁得出去的。这种识相的表现让妮莎非常满意，甚至可以说是过去一周里最让她满意的事。

妮莎开始用健身房的劣质洗护产品清洁自己的身体（这会让她一整天都带着美国铁路公司列车上洗手间的味道）。然后她把湿发盘起，心安理得地踩在毛巾上（更衣室的地板让她觉得恶心，那里布满他人的皮屑，还有让人长疣的病毒）。她第十八次拿出手机，查看玛格达是否有回信。

胸腔里那团由愤怒和焦虑混合而成的球体正在膨胀，再也无法控制。她把丝绸衬衫从衣架上拽下来，穿过头顶，发梢的几滴水珠被带到温暖而潮湿的皮肤上。看在上帝的分上，玛格达到底去哪儿了？她坐下来，又瞥了一眼手机，然后心不在焉地把手伸进装着牛仔裤和鞋子的背包里。她摸了一圈之后，掏出来的却是一只破旧且丑陋的黑色低跟鞋。她上下打量了一番，在惊慌失措中喘着粗气，然后赶紧把手松开了。在用毛巾擦拭手指后，她慢慢打开背包的一角，向里面凝视，过了好一会儿才反应过来：这不是她的包。这只用的是人造革，而且缝隙处的塑料外壳已经开裂脱落。本应是黄铜质地的"Marc Jacobs"标签已经被玷污成暗银色。

妮莎在长椅下找了一圈，然后又扫视自己身后。大多数讨厌的女人现在都走了，看不见其他背包，只有几个敞开的空储物柜。是的，没有其他背包了。而手上这只看起来和她那只简直一模一样：同样的尺寸，同样的颜色，相似的手柄——但肯定不是她的。

"谁把我的包拿走了？"她的声音很响，却没有指向，"到底谁把我的包拿走了？"更衣室里还剩下几个女人，她们一脸茫然地看着她。

"不。"她喃喃自语道，"不，不，不能是今天。不能是这个时候。"

前台女孩用难以置信的目光盯着她。
"所以更衣室的监控到底在哪儿？"
"这位女士，女更衣室里是不能装监控的，这是违法的。"
"那么，我该怎么找到偷我包的人呢？"
"我不认为您的包是被'偷'了，女士。从您的描述来看，如果两个包如此相似，很有可能是谁不小心拿错了——"
"你真的认为一个平时穿着普里马克⑥的人会'不小心'拿走我的香奈儿外套和路铂廷创始人克里斯丁亲手制作的限定款高跟鞋吗？！"她看着手里的背包，一脸嫌弃。

前台的工作人员依然面无表情。
"我们可以查看入口处的监控，但必须得到总部的批准。"
"我没那个时间等你。刚才是谁最后一个离开这里的？"
"我们不会记录这些的，女士，顾客都是自行离开的。如果你坚

---

⑥ 普里马克（primark）：英国大众服饰品牌，其专卖店被誉为"步行街最多的商店""最实惠商店"。

持要看监控,我会打电话给经理,他可以过来。"

"可以!他在哪里?"

"他正在平纳镇培训新员工。"

"哦,看在上帝的分上!先给我一双运动鞋行吗。你这里有运动鞋吧?我得开车。"

妮莎又把目光投向窗外:"我的车又跑到哪儿去了?我的车呢?"

前台工作人员站起身,离开桌子,用手机拨打了一个号码,但是对方没有接。然后她回过身来,从柜台下拿出一个塑封包。她依旧面无表情,好像刚听了两个小时 TED 演讲,主题是《油漆是如何干燥的》。她把塑封包"哗啦"一声扔在柜台上:"我们只有人字拖。"

妮莎看了一眼那个女孩,又看了一眼那双人字拖,然后再次看向女孩。这个举动让女孩一脸茫然。最后,妮莎只能拿过那个塑封包,一边沮丧地咒骂,一边往脚上套人字拖。在她转身离开的时候,听到身后一句压低声音的嘟囔:"啧,美国人。"

第3章　人靠衣装

"别放在心上，亲爱的，我们接下来还要见三个客户呢。"泰德努力地安慰她。

车行驶在去下一场会议的路上，没有人再说话。在过去的二十分钟里，萨姆觉得整个车厢里笼罩着巨大而痛苦的乌云。之前但凡有过一点自信的身体细胞，此刻都被内疚感填满了。他们会怎么看自己？她仍然能回忆起那帮男人惊讶地盯着自己的样子，还有她摇晃着回到车上时，他们丝毫不加掩饰的嘲笑。这时乔尔拍了拍她的肩膀，告诉她弗兰普顿就是个臭无赖，谁都知道他总是超期打款，所以现在这样也挺好的。可是她一句话也听不进去。她仿佛已经看到西蒙撇嘴的样子：在她汇报自己失去了一个极有价值的订单之后。

"吸进六秒。屏住三秒。呼出七秒。"

乔尔把车停在停车场，然后熄火。他们在车里坐了一会儿，听着发动机的声音逐渐变弱，又抬头看了看前面那栋亮闪闪的大楼。她感觉自己的肠胃要坠到地面上了。

终于，她开口说道："要么这场会议我还是穿着人字拖去吧……"

" 不行。"泰德和乔尔异口同声。

"可是……"

"宝贝啊。"乔尔转过身来看着她，身体靠在了方向盘上，"你既然已经穿上这双鞋,就得把它穿出风格嘛。"

"你说什么呢?"

"我是说,你刚才看起来非常尴尬,现在也是。你必须驾驭住这双鞋,就像你是它们真正的主人一样。"

"可我并不是它们真正的主人啊。"

"你必须看起来非常自信,就好像你穿上这双鞋,所有巨额订单都尽在掌握。"

泰德把嘴巴抿成一条肥厚的线,点了点头,然后用火腿般粗壮的手臂推了推她:"他说得没错,亲爱的。现在,挺胸抬头,保持微笑。你一定可以的。"

萨姆拿起她的包:"西蒙才不会理你这些鬼话。"

泰德耸耸肩:"如果他也穿上那双鞋,我会对他说一样的话。"

"所以我们的最低报价是四万两千英镑。不过如果贵公司愿意调整页码数,而且标题页采用单色印刷的话,我们还能再砍掉八百英镑。"

她一边汇报印刷方案和报价,一边注意到那位总经理心不在焉的样子。有那么一分钟,她再度陷入尴尬之中。她又开始结巴了:"那……那么,这样的方案对您来说可以接受吗?"

他并没有回答,而是用手搓了搓额头,发出一种含义不明的哼哼声。萨姆也用这种声音敷衍过孩提时代的卡特,因为她需要时刻分出一只耳朵听一个小屁孩没完没了的废话。

"噢,糟了,我又要失去一单了。"她从策划方案上把头抬起来的间隙,看到那位总经理正盯着自己的脚。

死一般的沉寂。她根本听不到自己在说什么。可是她又看了他一眼,发现他的眼神十分呆滞。看来是他走神了。于是她继续开口说道:"当然,工期和之前讨论过的一样,八天就可以。"

"太好了！"他用如梦初醒的声音惊呼道，"就是这样，非常好！"

可是他的目光仍然落在她的脚上。她看着他，然后试探性地向左倾斜，把脚踝伸出去——他的目光也跟着移动。她又瞥了一眼坐在对面的乔尔和泰德，看到他们快速交换了一个眼神。

"那么，这些条款您能接受吗？"

总经理将手指张开，抬起头看了她一眼，她立刻露出一个鼓励的笑容。

"嗯，可以，听起来非常好。"他无法控制自己的视线。很快，他的目光又从她的脸上落回到脚上。

她从文件夹里拿出一份合同，然后晃了晃自己的脚，让一根绑带缓缓地顺着脚踝往下滑。"那么，我们现在可以签合同了吗？"

"当然。"他一边说，一边拿起笔在合同上签了字。至于合同条款写了什么，他一个字都没看。

"你最好什么都别说。"当他们走出前台时，她对泰德说道。整个过程她一直目视前方。

"我可什么都没说。只要再拿下一单，就算你长出脚蹼我都管不着。"

在下一次会议中，她全程都在展示自己的双脚。虽然对方的老板约翰·埃德蒙特没有盯着它们看，但她可以感觉到，这双高跟鞋正在刷新自己之前给他留下的印象。更奇怪的是，她对自己的看法也被刷新了。她是昂着头走进他的办公室的。她觉得自己迷人得要命。在接下来的谈判中，她把报价咬得死死的，然后又拿下了另一个订单。

"萨姆，你的状态回来了！"在他们回到车里的时候，乔尔说道。

他们吃了一顿像模像样的午餐——自从西蒙走马上任以来，他们已经很久没有好好吃过午饭了。接着他们又找到一家有露天座位的咖啡馆，太阳也应景地照耀着大地。乔尔和他们聊起上周的一次约会：

那个女人把一张从杂志上剪下来的婚纱照递给他看,并且询问他的意见。然后还说:"我只会给我真正喜欢的人看这些。"泰德忍不住从鼻孔里喷出咖啡,萨姆也笑了,笑得腮帮子发疼。她已经想不起来上次像这样大笑是什么时候了。

*

妮莎穿着浴袍和人字拖,在健身房外寒冷的人行步道上踱来踱去。她给司机彼得发了九条信息,但是没有收到任何回复。这不是一个好兆头。看来要出事了。

"彼得?彼得?你在哪儿?我告诉过你十一点十五分的时候在外面等我!你现在必须马上出现!"

她在打最后一通电话时,听到一个微弱的语音提示:您拨打的号码无法接通。她看了看现在的时间,一边大声咒骂,一边从口袋中掏出房卡。她盯着它看了一会儿,然后跳着脚回到了健身房。

尽管没有锁进储物柜,那个包依然完好无损地在长椅上等着。它当然还在。谁会想把这东西拿走?她迅速在里面翻找起来。一想到这不是自己的衣服,她立刻露出嫌弃的表情。她先把一件装在塑料袋里的湿泳衣掏了出来,犹豫了一秒就把它扔到长椅上。然后她试探性地把手伸进侧边的口袋,摸出三张湿漉漉的十英镑钞票。她想不起上一次手握现金是什么时候了。如果从前看过的文章没写错的话,这是世界上最不卫生的行为,比冲马桶还脏。她颤抖着把现金放进口袋,然后从旁边的旋转架上扯下一个塑料袋,包在手上。一番操作后,她终于把背包提了起来,穿过前台,走出健身房。

"女士,您不能就这样穿着我们的浴袍出去……"

"是的,这个国家的确很冷。可是你们把我的衣服弄丢了。"妮莎一边说,一边紧了紧浴袍的腰带,然后头也不回地走了。

很多出租车司机抱怨优步平台让他们损失了不少订单，可事实证明，至少有六个司机宁愿不挣钱，也不想让一个穿着浴袍的女乘客上车。于是她像一块冰雹一样，在一辆出租车停稳之前就砸了过去。司机摇下车窗，张嘴说了一句什么，好像是和她的浴袍有关。但她立刻举起一只手："宾利酒店。闭嘴，谢谢。"

打车花了 9.9 英镑，尽管路程只有五分钟。她在门童疑惑的目光里径直走进酒店，一路上无视所有转过来的脑袋，穿过门厅，来到电梯间。在电梯门关上之前，她看见里面已经站了一对中年夫妇，男的穿着西装外套和休闲裤，女的穿着一件剪裁非常糟糕的连衣裙，双腋之下各有一团副乳，像肥美的牡蛎。她毫不犹豫地伸出手臂阻止电梯门合上，然后走进来，背对着他们，脸朝门站立。没有人理会她，于是她朝身后瞥了一眼，命令道：

"去顶楼。"

他们用不可思议的目光望向她，她不耐烦地朝他们挥挥手。

"去顶楼。"她又说了一遍，然后补充道，"麻烦帮我按一下。"那位女士犹豫了一下，最终还是伸手按了按钮。电梯在上行过程中一直嗡嗡作响，这让妮莎的肠胃也开始紧张地蠕动。"别这样，妮莎。"她在心里给自己打气，"你可以搞定这一切。"电梯颤抖了一下之后停住，门缓缓拉开。

她正要走出电梯，往自己位于顶楼的套房奔去，却撞到了一个宽大的胸膛。面前出现了三个男人，他们把电梯口堵得死死的。她愣在原地，不敢相信眼前发生的一切。阿里站在正中间，他掏出一个 A5 纸大小的信封。

"你这是干什么？"妮莎一边问，一边试图推开他走过去，但他侧过身体再次挡住她。

"我接到了命令，你不能进去。"

"别犯傻了,阿里!"她终于开始咆哮,"我要去拿我自己的衣服!"

他露出一副她从未见过的冷漠表情:"康托尔先生吩咐了,你不能进去。"

她努力挤出一个微笑:"别傻了,我真的需要把东西拿出来。你瞧我现在的样子。"

此刻的他让人陌生,脸上的表情就像他们从来不认识彼此一样。这个男人保护了她十五年,以前他们经常在一起聊天、开玩笑。上帝啊,她甚至回忆起他抱怨自己老婆有多烦人的时候了。

"很抱歉。"

他弯下腰,把信封放在她身后电梯的地面上,然后退出去,按下一层的按钮,试图把她送下去。此刻她感觉眼前的世界正在摇晃,她甚至怀疑自己会不会昏倒在地。

"阿里!阿里!你不能这样做!阿里!你这样太残忍了!你让我怎么办!"

电梯的门开始缓缓关闭。她看到阿里转过身去,和身边的男人快速交换了一个眼神。那个眼神是从前以他的身份绝对不敢流露的,也是她一生都无比熟悉的。那个眼神仿佛在说:"呵,女人。"

"最起码把我的行李给我!看在上帝的分上!"她大声叫着,可是电梯门的最后一丝缝隙也合上了。

"亲爱的,我这辈子都忘不了你刚才的样子!"乔尔一边说,一边兴奋地转动方向盘,"真的太棒了,你走进去的样子简直像个老板。埃德蒙特一定在你坐下之前就做好签合同的准备了。"

"他的眼睛就没从你的腿上离开过。"泰德一边说,一边大口地喝着一罐可乐,然后竭力控制住自己打嗝的声音,"我说的批量生产的事,他一个字都没听进去。"

"只要你愿意往合同条款里加,他甚至会同意卖掉自己的老婆,"乔尔晃了晃脑袋,"或者他家的长子。什么都行。"

泰德又说:"我发誓,我听你说过,只要这单能拿下八万两千英镑就没问题了。"

"是的,我是说过。"萨姆回答道,"可我看他那个样子,一冲动就加到九万了。"

"那他也点头了!"乔尔惊叫道,"什么都没说,光点头!连附加条款写了什么都没看!看看西蒙到时候怎么说!"

"布兰达这几个月一直吵着要买一辆新的标致汽车。如果我们能拿下最后一单,我就去付订金。"泰德猛地吞下罐子里最后一口可乐,然后用他肥大的手把可乐罐捏扁了。

"萨姆一定可以的。我的老伙计,她快要冒烟了。"

"'冒烟'是什么意思?"

"火力全开呀!"

"对对对!来吧,让我看看下一家是谁。"泰德扫了一眼文件,"噢,普莱斯先生,是一个新客户。亲爱的,这是一票大的!如果拿下这一单,我就能给我老婆买一辆新的标致205了!"

萨姆正在补妆。她对着镜子抿紧嘴唇,突然想起什么,便把手伸进背包,小心翼翼地拿出那件香奈儿外套。她把它举起来,仔细地欣赏它外层奶白色的羊毛和洁净如雪的丝绸内衬,还嗅到了上面残留的昂贵香水的气息。然后,她迅速解开安全带,把这件外套穿上。稍微有点紧,但穿在身上的份量感和质感都是如此美妙。谁知道这件昂贵的衣服会给别人带来怎样的印象呢?她调整了一下镜子的位置,这样就可以看清这件衣服如何勾勒出自己肩膀的线条,它的衣领又如何凸显出自己的颈部。

"我看起来夸张吗?"她转向两位男士。

乔尔只看了一眼就立刻回答:"一点也不!这件衣服简直就是为你量身打造的。你看起来太棒了,萨姆。"

"那位先生一定会再次被你牵着鼻子走,他自己却意识不到。"泰德在一边说道,"你再来一次那种把绑带滑落下去的动作吧,只要这么做,他们一定会立刻五迷三道。"

萨姆凝视着自己的倒影,心头涌上一阵窃喜。这种感觉很奇怪,却又很温暖。她现在看自己就像看一个陌生人一样。可是这种温暖在下一秒戛然而止。她转向他们,脸上的笑容也消失了。

"我这么做……是不是有点给女同胞丢脸啊?"

"丢什么脸了?"

"就因为你和一群穿着西装的男人谈判了?"泰德问。

"因为……你懂的,把性魅力作为武器。你看这双鞋,很容易让人联想到性,对吧?"

"我姐姐说,有一次她在一场没完没了的员工会议上实在待不住了,就说自己痛经,提前离开了。她说,男人们就没法这么干。"

泰德接过话茬:"我老婆有一次在一个俱乐部门口被拦住,于是她向保安秀了秀自己的文胸,立刻就被放行了。事实上,我真为她感到骄傲。"

乔尔耸耸肩:"在我看来,每个人都应该好好利用自己拥有的武器。"

"忘了你那些女同胞吧。"泰德说道,"多想想我们家换新车的事。"

汽车停在最后一场会议的公司门前。萨姆稳稳地从车上走下来,两条腿打得很直,这说明她已经完全掌控了这双鞋:她找到了如何穿着它淡定走路的技巧,这样脚踝就不会晃得太厉害。她在后视镜里检查了一下自己的头发,然后再次低头凝视双脚。

"我看起来还行吧?"

两个男人的脸上充满热情洋溢的笑容。泰德还朝她眨了眨眼:"一切看起来都尽在掌握。普莱斯这家伙的胜算不大了。"

他们走向前台时,高跟鞋在大理石地面上发出轻快的嘎嗒声。萨姆十分享受这个声音。她看到前台的女孩扫视了一眼自己的外套和高跟鞋之后,立刻点了点头。看样子好像不管萨姆接下来提什么要求,她都可以接受。她开始想象自己是每天都会穿着这种高跟鞋出门的女人,想象每天只需要在大理石地面上走这么短短一段路,想象只需要担心足部护理是否配得上一双昂贵的鞋。除此便再也没什么值得担心的了。

"你好。"开口之后,她发现自己的音调变得和之前不一样了。她在刚开始今天的工作时不会有这种自信和放松。"我们是代表格雷赛德公司来和普莱斯先生见面的,麻烦你安排一下。"是的,她就是那个即将搞定一切的女人。

前台接待员看了一眼屏幕,在键盘上敲了几下,然后熟练地把三张名牌卡塞进透明挂牌之中,再把它们递过来。"请你们稍等一下,我这就给楼上打电话。"

"非常感谢。"

萨姆说出这句"非常感谢"的时候,活脱脱像一个王室成员。她小心翼翼地坐在大堂的沙发上,脚踝并拢,然后迅速地检查了一番嘴上的口红,又摸了一把头发。她能感觉到,自己一定也能拿下这一单。乔尔和泰德在她身后相视一笑。

大理石上传来脚步声。她抬起头,看到一个五十多岁、身材娇小的褐发女人走了过来。她盘着一个整齐的丸子头，身上穿着一套剪裁利落又优雅的海军蓝西装，搭配奶白色的丝绸T恤，脚上穿着平底鞋。萨姆惊讶地朝身后瞥了一眼，而那个女人已经伸出了一只手：

"你好，是格雷赛德的朋友们吗？我是米莉亚姆·普莱斯。我们先上去好吗？"

一秒钟以后，她意识到自己搞错了对方的性别。她看向身后的泰德和乔尔，发现他们的表情也都凝固了。愣了一会儿之后，他们赶紧站起来，满脸堆笑，结结巴巴地打着招呼，然后跟着米莉亚姆·普莱斯穿过大厅，走进电梯。

十分钟以后，所有人都意识到米莉亚姆·普莱斯是个不好对付的人。一个小时之后，她强硬的态度让他们三个人遍体鳞伤。如果按照她坚持的方案推进，那么这一单他们几乎赚不到任何利润。米莉亚姆虽然身材娇小，却如此淡定、果敢、不屈不挠。最后连乔尔和泰德都在椅子上瘫倒了，这让萨姆确信希望渺茫。

米莉亚姆又说道："如果你们需要14天的生产周期，那么我方的报价不会超过六百六。因为你们交付越晚，我们的运输成本就会越高。"

"我刚才已经跟您解释过为什么六百六这个数字不太可行。因为如果你想要高光泽度的抛光的话，需要的时间会相对长一些，我们要为此配备单行本的印刷机。"

"那是你们的设备问题，与我方无关。"

"这不是个'问题'，咱们讨论的是逻辑。"

每当米莉亚姆·普莱斯发现自己拿捏住对方时，都会露出一个微笑。一个十分不友好的微笑。可是毫无疑问，她完全掌控着这次谈判："那么我再说一下我的逻辑。如果你们交付时间晚，那么我们的运输时间就会缩短，因此就需要更高的运输成本。听着，如果你们觉得这一单有困难，那么不妨直接坦白：我是否可以考虑其他供应商了。"

"我们没觉得有困难。只是在跟您解释，为什么您这种规模的印刷订单需要更长的生产周期。"

"那么我也只是在解释为什么我们需要在报价中找补回来。"

一切已成定局，他们真的碰壁了。被香奈儿外套包裹着的萨姆此刻汗流浃背。她突然有点焦虑，万一在那雪一般洁净的内衬里流下汗渍可怎么办？

"我需要和我的团队伙伴商量一下。"她从桌子旁站起身来。

"慢慢商量。"米莉亚姆把身体靠在椅背上，再次露出微笑。

泰德点燃一根烟，仿佛那根烟是唯一的能量来源一般，疯狂地抽着。萨姆在胸前交叉双臂，展开，然后再交叉。她眼神涣散地盯着路边的一辆雷诺面包车，它正在一个狭小的空间里毫无意义地反复倒车。

"如果我带着一个利润这么低的订单回去，西蒙一定会大发雷霆。"她开口说道。

泰德用脚后跟踩灭烟头："如果你没拿下订单，西蒙照样会大发雷霆。"

"真是没法干了。"萨姆切换了一下身体的重心，"啊，我快要被这双鞋搞死了。"

他们在沉默中站立着，似乎没有人知道该说些什么。刚才提到的两种后果，大家都不愿承担。那辆雷诺面包车终于熄火了，司机在停下后发现这里窄得连车门都打不开。他们都呆呆地盯着那个司机。又沉默了一会儿之后，萨姆终于开口了："我得去趟洗手间。一会儿直接在里面碰头吧。"

萨姆在女洗手间的隔间里掏出手机，飞快地发出一条消息：

- 30 -

嘿，亲爱的。你今天过得怎么样？出门了吗？

她等了一会儿，一条消息回复过来：

没有，我还是觉得有点累。X[7]

她可以想象他穿着T恤和运动裤的样子，瘫在沙发上，慵懒地拿起手机看消息。有时她不愿意承认，他不在家的时候对自己是一种解脱。就好像有人突然打开家里所有的窗帘，让光线迅速涌入。

她擦净屁股，冲了厕所。提上裤子的时候，她突然因为乱穿别人的鞋子和外套而感到内疚，而且觉得自己很蠢。"你会因为乱穿别人的衣服而被起诉吗？"她一边洗手，一边凝视着镜子里的自己。今天早些时候的信心已经全部耗尽，现在她只看到一个四十五岁的女人，脸上刻着过去经历的所有悲伤、焦虑和失眠。"挺住，老姑娘。坚持到底。"一分钟后，她喃喃自语。随即又陷入困惑：她是什么时候开始自称"老姑娘"的？

这时另一个隔间的门打开了，米莉亚姆·普莱斯出现在她身后。她们在洗手台上方的镜子里互相礼貌地点点头。萨姆觉得尴尬极了，可她竭力地控制着自己的情绪。即使米莉亚姆·普莱斯的发型丝毫不乱，她还是对着镜子拢了拢头发。萨姆想找点事情做，于是又补了一遍口红。她现在很想说点什么，比如一些能说服米莉亚姆·普莱斯签合同的话。她希望自己的话语有魔力，可以让米莉亚姆轻易背叛她那伟大的公司，给萨姆提高一些利润。而米莉亚姆只是浅浅地微笑着，浅得几乎快看不见了。很明显，她什么也不想听。萨姆觉得自己从来没有在女洗手间里这么尴尬过。

突然，米莉亚姆·普莱斯往脚下看了一眼，立刻惊呼道："噢，我的老天爷！你的鞋子太棒了！"

---

[7] 英国人在短信里加的"X"表示"Kiss"，即"亲亲"。一般用于关系亲密的人之间，"X"数量越多表示情绪越热烈。

萨姆顺着米莉亚姆的目光往下看，最终两人都盯住了那双高跟鞋。

"它们简直太漂亮了！"

"实际上这不是……"萨姆及时打断自己，换了另一句话，"它们看起来很棒，对吧？"

"我能仔细看看吗？"米莉亚姆指着她的脚问道。萨姆立刻脱下高跟鞋递过去。她接过来，把它举起，对准灯光，开始从各个角度欣赏它，就像面对一件艺术品或一瓶高档红酒一样，脸上充溢着崇敬。"是路铂廷的，对吧？"

"是的。"

"这是复古款吗？他们至少有五年没做过这种款式了。当然，我也不确定此前是否做过。"

"呃……嗯，我想是的……确实如此。"

米莉亚姆的手指顺着鞋跟往下滑："他可真是个大师啊！你知道，我曾经为了买他家的一双鞋排了四个小时的队。这听起来是不是很疯狂？"

"噢不，一点也不疯狂。"萨姆应和道，"换做我，也会这么做的。"

米莉亚姆把这双鞋在手上掂量了一下，又盯着它们看了一会儿，然后才不情愿地递了回来。"每个人都要找到适合自己的鞋子才行。我跟我女儿这么说，她还不相信，可是一个人的脚上可以暴露很多秘密。我总是从鞋子开始考虑穿搭。现在脚上穿的这双旧鞋是普拉达，我选择穿平底鞋是因为希望自己的生活有种脚踏实地的安全感。但说实话，看到别人穿高跟鞋，我简直羡慕死了。"

"我跟我女儿说过完全一样的话！"萨姆还没反应过来，这句话就已经脱口而出。

"我女儿一直穿着运动鞋。或许他们这一代人还不理解:一双鞋可以发挥图腾般的作用。"

"噢,好吧,我女儿整天穿着马丁靴。看来他们真的不能理解。"萨姆不敢重复"图腾"这个词,因为她不太清楚它的含义。

"听我说,萨姆。我可以叫你萨姆吗?我其实很讨厌刚才这场谈判。我们下周再谈谈好吗?给我点时间,让我再和同事们讨论一下。我相信我们能签订一个对双方都有利的合同。"

"那就再好不过了。"萨姆一边回答,一边把脚重新塞进鞋里。她深吸一口气,又小心翼翼地问道,"所以我可以理解为,您同意我方最开始的报价了,是吗?"

"当然,我想是的。"米莉亚姆露出一个温暖的、心照不宣的笑容,"我还想多问一句,你的外套是香奈儿的吗?"

第4章　窘境

妮莎瘫坐在宾利酒店大堂里一张玫瑰色的毛绒沙发上，将自己的身体完全陷入其中。旁边一个真人大小的花瓶里插着一束天堂鸟。她的手机压在耳朵上一直没拿下来。一波又一波客人叽叽喳喳地路过，朝她投来好奇的目光。他们议论纷纷的声音几乎要把她打电话的声音盖住了。

"卡尔，这一切太荒谬了。我现在就在大堂里。你下来，我们谈谈。"语音留言时间结束，她再次重拨，"卡尔，我会一直打，直到你接电话为止。你不能这么对待和你生活了十八年的妻子！"语音留言时间又结束了，她再次重拨。

"是妮莎吗？"

"卡尔！听我说……什么？你是夏洛特？夏洛特！你看到我给他的留言了吗？我要和卡尔谈谈，你快把电话给他。"

"我很抱歉，妮莎，但恕难从命。"

夏洛特的声音很平静，就像辅助冥想的APP上听到的那样。而且她的语气中仿佛多了一点新东西：一种淡淡的优越感，这足以让妮莎火冒三丈。这会儿她突然反应过来：哦，上帝啊！她刚才直接喊我"妮莎"？

"康托尔先生正在开会。并且他也交代过，任何事情都不能打扰他。"

"噢不……你让他退出会议,我才不在乎他是怎么交代的。我是他的妻子,你明白吗?夏洛特!夏洛特?"

听筒里再也没有声响。那个女孩直接挂断了电话。

她抬起头,发现周围沙发上的人都在盯着自己。她赶紧把脸别过去,挑起眉毛,不住地抱怨,等待他们移开目光。体内的皮质醇含量几乎拉满。她现在很想杀人,或者拼命地跑向某个地方,或者大声尖叫。什么都行。妮莎低头看了一眼自己身上的穿着:如果是这身廉价的浴袍和人字拖的话,她几乎无处可去。她思念楼上顶层套房里的衣服,就像母亲思念孩子那样。此生她从来没有这么渴望过自己的衣服。

她环顾四周,看到大堂对面有一家服饰专卖店,于是把手机塞进口袋走了过去。不出所料,这些衣服质量非常糟糕,但价格却高得离谱。妮莎在货架之间迅速浏览着,一边寻找颜色没那么花里胡哨的衣服和鞋子,一边努力忍受小商店里讨厌的背景音乐。路过一个按尺寸摆放鞋子的货架时,她抓起一双米色的七号平底鞋,然后把选好的东西堆在收银台上。一个年轻的女收银员看着她,脸上写着淡淡的焦虑。

"请把这些记到顶层套房的账上。"她说。

"当然可以,康托尔夫人。"女孩一边回应,一边开始给什么人打电话。

"我需要试试这双鞋。再给我双新袜子。"

"我这就去找——"她的声音戛然而止。妮莎抬头看了她一眼,然后顺着她的目光转过身:酒店经理弗雷德里克走了进来。他对她笑了一下,并在几英尺[8]外停住了脚步。

---

[8] 一英尺约为0.3米。

"对不起，康托尔夫人。我们接到指示，您不能使用康托尔先生的账户付款。"

"什么？！"

"康托尔先生说，您已经无权使用他的账户付款。"

"那是我们两个人的账户。"她冷冰冰地说道，"我们共同的账户。"

"对不起。"

弗雷德里克一动不动地站着，视线也从未离开过她的脸。他的神色平静，但态度坚决。周围的一切都在崩溃，一种陌生的恐慌感在她的胸口蔓延开来。

"你知道的，我们是合法夫妻。这意味着他的账户也是我的账户。"

他依然沉默。

"弗雷德里克，你认识我已经多久了？"她朝他走了两步，努力克制拉扯他袖子的冲动。"我丈夫这是在开玩笑！他甚至不让我拿自己的衣服，我的衣服！你看着我说话！当然，你总有办法让我换下现在这身吧？"

酒店经理的表情稍有缓和，说话的声音也有些犹豫，就好像正在承受巨大的痛苦："他下了死命令……很抱歉，我无能为力。"

妮莎用手捂住脸："我不相信会发生这种事。"

他迟疑了一下，还是继续说道："恐怕……我还要请您离开。您现在穿着浴袍，其他客人看见你会有点……"

他们互相凝视着，没有说话。妮莎看到不远处那个收银台的女孩已经将柜台上的所有商品都收起来了。

"十八年了，弗雷德里克。"她慢慢地说道，"我们已经认识十八年了。"

他继续沉默。最后，他有点尴尬地说道："好吧，我会为你安排一辆车。你想去哪里？"

妮莎看着他，张了张嘴却什么也没说出来，最后只能摇了摇头。一种陌生且不祥的预感吞没了她，如此巨大、黑暗、来势汹汹，就像流沙在吮吸她的双脚。"不用了，我无处可去。"

可是这种感觉很快就消失了。她不会沮丧，也不会认输。于是她将双臂交叉，一屁股坐在鞋柜旁边一把柳条编织的椅子上。

"不，弗雷德里克。我哪儿也不去。我相信你会理解我现在的感受。我会一直坐在这里，直到卡尔下来见我。请你去把他找来。整件事太荒谬了。"

一阵令人窒息的沉默。

"如果有必要的话，我会在这儿坐一晚上。你去把他找来，问题才会解决，我也好知道接下来该去哪儿——或者说到时候去哪儿都无所谓了。"

弗雷德里克盯着她看了一会儿，然后叹了一口气，向身后递了个眼色。很快，两名保安走进商店，停在门口处待命。所有人的目光都集中在她身上。"康托尔夫人，这是我最不希望看到的一幕。"

妮莎一时陷入呆滞。两名保安已经向自己走了过来，每个动作都是如此地干净利索，让她一辈子都难以忘怀。

"正如我刚才说的那样，"弗雷德里克继续解释，"康托尔先生下了死命令。"

第 5 章　A 级浑蛋

"你今天干得漂亮!"回到公司后,萨姆在走廊遇到了玛丽娜,对方兴冲冲地与她击了个掌,"乔尔说你拿下了好几单呢。"

萨姆又穿回了人字拖,刚才在车上就已经换了,因为她的脚趾已经麻木,脚掌也疼痛不堪。她明白自己明天只能穿着运动鞋磕磕绊绊地走路了。但这并不影响她的情绪,和同事说话时,她的嘴角会不自觉地上扬。她感到自己体内充溢着不可战胜的力量,又有一种如释重负的解脱,这二者牢牢地交织在一起。"我做到了,我拿下了订单。也许这就是我人生的转折点,从现在开始一切都会好起来的。"不过刚才和玛丽娜击掌时还是有点不好意思,通常她不是那种会和别人击掌的人。

"泰德建议大家晚上一起去喝一杯。他说自从他的腰围长到 36 英寸之后就没接过这么多订单了。你会来的,对吧?"

"嗯……当然!为什么不呢?不过我得先给家里打个电话。是白马酒吧,对吗?"

萨姆回到工位上,拨通了家里的电话。她知道菲尔通常需要响六声之后才能接听,尽管电话就摆在他面前的咖啡桌上。

"你还好吗,亲爱的?"

"我很好。"

真希望自己不会听到那种沮丧的、听天由命式的回答，就今天这一次。她强迫自己露出微笑："听我说，我今天过得很愉快，还拿下了很多订单。所以我们几个人下班后要去酒吧庆祝一下，也许你可以加入我们。泰德也在。你很喜欢泰德对吗？还有玛丽娜。有一次我们晚上一起去唱卡拉 OK，你还和她一起唱了高难度歌曲《溪流中的岛屿》，还记得吗？"

电话另一头悄无声息，好像他正在考虑。

"就喝一杯，好吗？我们很久没有一起出去了，不是吗？如果我们能及时行乐，那生活会变得更美好呀。"

"求你了，快答应。"她在心里默默催促着。卡特说自己的爸爸最近看起来似乎处于"待命状态"。萨姆一直渴望某件事能打破一直以来的困境，或许就从今晚的聚会开始，让某种改变重启菲尔的快乐。

"我有点累了，亲爱的。我想我还是待在家里吧。"

"但你在家什么都没做！"

萨姆闭上眼睛，试图掩饰自己叹息的声音："好吧，我和他们聚完就回家。"

在她结束通话后不到一分钟，电话铃声又响了。是卡特："你今天干得怎么样？"

她突然从女儿身上感受到了浓烈的爱意，因为她还记得自己的妈妈今天有重要会议："谢谢你还记得，今天我过得太棒了。见了四波客户，拿下了三个订单，而且都是大单！"

"噢耶！太棒了！干得漂亮，妈妈！看来去健身房是有用的！"然后她压低了声音问，"爸爸怎么说？"

"噢，别提了，我邀请他和我一起去酒吧，但他感觉不太好。我先回趟家，在路上带点吃的回去，差不多是七点十五分左右……我还得去趟健身房,把拿错的包还给人家。"

"你还回家一趟干什么?"

"那你们吃什么?"

"噢,妈妈,赶紧去酒吧得了!你已经好几个月没有出去放松过了,而且你刚刚拿下了巨额订单。难道你还把自己当家庭主妇吗?"

"我只是有点担心,你爸爸的情况你又不是不知道……"

"噢,得了,你总得有松口气的时候吧?你不必承担所有压力。"

她向妈妈保证,只要她在家里,一切就没问题。是的,她不会让自己的爸爸饿着肚子。她已经十九岁了,又不是幼儿园的孩子。而且爸爸完全有能力给自己烤一片面包,还能在上面搭配一把豆子。女人不必为所有情绪买单!她带着一种无知的自信,对萨姆说了一大通。萨姆挂断电话后,突然意识到自己有权在家以外的地方度过一个美妙的夜晚,也不用总是守着一个悲伤的丈夫,盯着家里的角落发呆。

萨姆开始统计今天的订单数额。她把数字输入表格,然后带着心满意足的表情在后面加上一个又一个的零。她一边输入,一边做着鬼脸,然后干脆跳起了欢快的舞蹈。她从椅子上弹起来。摇头晃脑,口中念念有词:"噢,是的,这一单是92,但后面还有一个0。一个0不够,还要再来一打0。我要去酒吧,我要去酒吧,哦耶,我——要——去——酒——吧——"

她转过身去,本想拿一支钢笔,却突然惊声尖叫:原来西蒙就站在离她工位不远的地方。她不知道他已经站在那儿多久了,但从他竭力控制表情的状态来看,刚才自己跳舞的样子他并没有错过。

"西蒙,是你。"她恢复淡定之后开口说道,"我正在汇总今天的订单。"

"好的。"他依然盯着她,然后漫不经心地问了一句,"我听说我们今天拿下了很多大订单。"

瞧瞧他，又是那副笑容。她用扬扬得意的口吻回答道："当然，大订单。而且利润率要比之前高很多。"这时她突然反应过来，他刚才用了"我们"这个词：就好像他也为拿下这些订单出了什么力似的。算了，她在心里默默劝说自己：大家都知道这些订单是谁拿下的，而且数字是不会说谎的。

"我还设法延长了交付日期——"

"弗兰普顿那边怎么了？"

"……你说什么？"

"为什么我们没有拿下弗兰普顿那单？"

她刚刚为公司带来了价值近25万英镑的生意，而他居然还抓着第一个小破公司不放？她突然有点喘不过气，说话也开始结巴了。而他将身体靠在门框上，叹了口气："我认为我们需要谈一谈。"

"为什么？有什么好谈的？"

"因为我接到了迈克尔·弗兰普顿办公室打来的电话，他说你去开会的时候醉醺醺的。"

她用难以置信的目光盯着他："你现在是认真的吗？我的上帝啊！"

西蒙把手插在口袋里，大腿根微微向前倾——他和女人说话时经常这么做。

"哦，上帝，那个男人可真敢说！我一点酒也没喝，只是开会前出了一点岔子，我不得不穿着一双别人的高跟鞋去见他。他们的货物装载区路面坑坑洼洼的，我——"

"那是什么？"他很快就打断她的解释，还指了指她的双脚，"你穿的这是什么？"

她顺着他手指的方向低下了头："怎么，你没见过人字拖？"

"我希望你没有穿着这玩意儿去开会,这样太不尊重你的职业了。"她这时注意到,西蒙的鞋上系着闪闪发光的鞋带,两头有点尖,好像在向某种时尚"致敬"。她想起上一个客户米莉亚姆·普莱斯说过的话。这么看来,如果你想知道西蒙是个什么样的人,看他穿的那双鞋就够了。

"我当然没穿着它去见客户!西蒙,我只是想告诉你——"

"我想说的是,如果你是代表我们公司去见客户,那么就要秉持最专业的态度。而且我必须提醒你,除了我们公司,你现在还代表优步印刷这家公司的形象。在任何时候,你都不能穿着这双该死的人字拖。"

"西蒙,你得让我把话说完。我刚才说了——"

"我可没时间听你说,萨姆,现在可不是在格雷赛德那会儿了。我希望未来你能表现得更专业一些。我不想再听到有客户打电话抱怨我们的人醉醺醺地去开会,或者脚上穿着人字拖。你今天让我陷入了非常难堪的境地。"

"可我……难道我……"她刚要开口说话,西蒙就转身回到了自己的办公室。

萨姆张大嘴巴,用难以置信的表情盯着他的背影一路消失。

然后她想起什么,立刻闭上了嘴。她知道西蒙的伎俩:很有可能他会突然杀回来,指责自己的表情管理也不专业。

"他在所有浑蛋里也是属于 A 级的。"泰德摇着头感慨,双下巴也跟着晃动,"真是白披了一张人皮啊。"

刚才这场对话让所有好心情消失殆尽。她本来马上就要拎包回家了,毕竟还得去健身房一趟。但她刚把乳白色的香奈儿外套塞进包时,玛丽娜走到她身旁,劝她今晚不要急着回家,毕竟她刚给公司带来了这么多收益。至于健身房，明早再去也不迟。她又劝道："别让那个浑蛋毁了今天的好气氛！别让他觉得自己得逞了！来吧，萨姆，就喝一杯！"

于是，他们终于在隔壁的白马酒吧欢聚一堂。围坐在她周围的都是认识已经超过十年的同事，他们相处得就像家人一样。她知道所有人的配偶和孩子叫什么，知道他们的孩子喜欢什么宠物，还知道这些人的身体有哪些老毛病。从前碰到谁过生日，她会提前在家烤好生日蛋糕带过来。但在优步印刷接管他们公司之后，一切都变了。她永远记得西蒙第一次看见他们在休息区围着蛋糕唱生日歌时的惊讶表情："真不敢相信你们居然有这个闲工夫。你们当这里是什么地方？幼儿园吗？"

"菲尔现在怎么样了？"玛丽娜在眼前的桌子上又放了一杯白葡萄酒，然后坐稳，"他找到新的工作了吗？"

她今晚不想提起菲尔的名字，所以只是响亮地回答了一句："还没有！"这也表示她完全相信眼下的困境只是暂时的。然后她迅速切换了话题："嘿，你们根本猜不到我今天早上经历了什么。"

在她把来龙去脉说了一遍之后，玛丽娜激动得快跳起来了。她央求道："快拿出来给我看看！"于是萨姆把手伸进座位下方，掏出背包，拉开拉链，展示着那双属于别人的高跟鞋。

她又说道："我真应该先把它们送回去，而不是只顾着来这里喝酒。唉，明天早上还得去跑一趟。"

玛丽娜对这番话毫无反应，她完全沉浸在自己的惊讶中："天哪！你穿了一整天？我穿上它可能连五步都走不了。"

"本来我也不太行。但是玛丽娜，这一整天我都在努力驾驭这双鞋。我可以发誓，今天的订单都是因为穿着它才拿下的。"

"好吧,那你现在还愣着干吗呢!"

萨姆没听明白,有些茫然地看着她。

"你怎么还穿着这双该死的人字拖呢!现在是庆功宴!你赶紧把它换上,给我们走两圈瞧瞧!"

当财务部的莱尼好奇她们在聊什么时,玛丽娜正在疯狂地夸赞这双鞋:"我敢打赌,这双鞋的价格和我们家房子的首付差不多!"而在她回过神之前,乔尔已经把今天发生的事和所有人都吹嘘了一遍。于是在场同事们都要求她穿着这双鞋走几圈。此刻她已经空腹喝了三杯酒。尽管胃里已经开始冒酸水,尽管她知道第二天一定不会好受,但她依然假装自己是T台上的超模,大摇大摆地走了一圈。在场所有人都开始尖叫鼓掌。

"你以后每天都穿高跟鞋出门吧!"泰德说道。

"如果你们男人能每天穿高跟鞋出门,那我们也没问题。"玛丽娜一边说,一边朝他扔了一颗花生。

酒吧里突然响起了音乐声,于是所有人都从座位上起身,争夺一块可以跳舞的空间。打工人庆祝自己又在压力中挺过了一周,暗恋自己同事的人们则希望酒精可以让彼此的关系迅速升温,而那些不愿在即将到来的周末面对家庭责任的人,此刻也不再沉默。玛丽娜抓起她的手,和她一起冲入人群之中,举起双臂,随着音乐的节奏拍起手。中年人跳舞的方式看起来并不酷炫,但中年人的自信也来自他们早已看淡一切。有时候只是跳个舞,在人群当中敞开心扉,让音乐的节拍在你的血液中跳动,就会让你获取应对黑暗的能量,就好像你不再担忧明天即将发生什么可怕的事。萨姆闭上眼睛尽情地跳了起来,感受自己紧绷的大腿,感受脚趾与坚硬的地面对抗。此刻她是如此的强大、叛逆,又性感。她跳得汗流浃背,一缕头发黏在了脸上。乔尔过来搂住了她的腰,抬起她的一只手,让她在自己的臂膀下转圈圈。在她尽情旋转时,乔尔在她耳边低声说道:"你今天穿上这双鞋的时候实在是太漂亮了!"她笑了,整张脸都开始泛红。

当她头晕眼花、面色潮红地回到座位上时,眼前出现了一个陌生男人。

"天哪,有人要来撩你了。"玛丽娜低声说道。他真的在她面前停了下来。他穿着深色制服套装,看起来高大威猛,肌肉发达,这说明他是个平时有健身习惯的人。此刻他正在上下打量萨姆。

"嘿,你好。"她带着浅浅的笑容率先打破沉默。这一刻她突然很好奇,这双高跟鞋是否给自己增加了一些奇怪的性魅力。

"这就是你想要的东西。"他把一个塑料包裹递了过来。还没等萨姆开口说话他就转身离开了,一群汗流浃背、疯狂旋转的肉体迅速将他吞没。

第6章 安身

名下有好几间房子的人一定会有这种烦恼：当你需要某样东西时，它总是被放在另一个家里；同样地，如果你的朋友都是有钱人，你就会发现：当你需要朋友的时候，他们总是在别的国家。妮莎在伦敦有三个朋友——勉强算是朋友，其中叫奥利维亚的那个，在语音留言里说她现在住在百慕大群岛的家里。而另一个叫卡琳的朋友，现在回美国探亲了。她打了两个电话，两个电话都被转接到了语音留言信箱。时区不同可真是个问题。她用尽可能轻松的语气留言，请求她们听到后立刻回电话。可是挂了电话之后她又开始犹豫：如果有一天她们俩也向自己发来这样的请求，她会理睬吗？

第三个朋友，安吉琳·默瑟，已经离过两次婚。第二次离婚是因为发现丈夫睡了自己家的保姆。或许她会同情妮莎现在的处境。安吉琳接电话时的声音非常温柔，她一直在耐心听妮莎用故作轻松的语气解释当下尴尬到极点的状况：她和卡尔之间起了一点小摩擦，能不能帮个忙，给她稍微汇点钱，好让她解决眼下的困境。安吉琳回答道："是的，卡尔已经提前和詹姆斯打过招呼了。"她的声音如此丝滑，"很抱歉，我们真的不想被卷进来——就好像强迫我们站队一样。"可是她已经用甜美的声音明确表达了自己的立场。

妮莎很想问问卡尔都对他们说了什么，但残存的最后一丝骄傲制止了她。"我很理解,抱歉,打扰你了。"她嘴上的话很淡然,心里却念出了至少三句恶毒的诅咒,恶毒到她的祖母听了都要赶紧抓起《圣经》祈祷的地步。

她没有再向其他人求助。妮莎不太喜欢和女性交朋友。学生时代女生们聚在一起后发生的微妙化学反应,让她对女性之间的友谊产生了深深的怀疑。女性的友谊是不受控制的,易燃易爆炸,经常让你觉得脚下的路面在摇晃。当她长大离家,在另一个城市生活后,她就不允许自己向任何人倾诉内心的真实感受——除了朱莉安娜。现在她不敢想起朱莉安娜,有些回忆太痛苦了。好吧,女人总把赞美和诉苦当作社交货币。她们总是把你的得意看在眼里、记在心上,再在某一天转化为攻击你的武器。妮莎认为男人的行为则是可预测的,她喜欢一切可预测的事物。虽然每个人都有自己的行事风格,但她自信能掌握与男人打交道时的游戏规则。

当然,对任何有钱男人的妻子来说,其他女人的存在都是威胁——她们总是死死地盯着自己来之不易的地位。当时她刚嫁给卡尔,已经明显察觉到他周围的女人眼中流露出的轻蔑。比如卡罗尔那帮人,她们对卡尔的新婚太太感到失望,觉得他也不过是个庸俗肤浅的男人。但妮莎作为妻子是十分称职的:她能让自己完美融入卡尔的世界,简直挑不出一丝毛病。这些年来,她目睹卡尔朋友们的婚姻是如何走向破裂的,就像他自己的初婚一样。她对所有"新太太们"了如指掌,也看惯了她们小心谨慎又天真无辜的神情,更别提她们满嘴的甜言蜜语了。除了忠于自己的丈夫、保住自己的地位之外,她们的世界别无他物。

是的,她也是这么过来的。可是四十岁之后,新的威胁来了:一茬又一茬的年轻女人。她们仿佛可以察觉到哪家的太太已经步入衰老,然后像一枚定向导弹一样精准打击。她们年轻的身体如此紧致,愿意取悦男人，更愿意被男人取悦。年轻让她们无所畏惧。没有被岁月带来的失望和愤怒压垮，也没有被日复一日的生活琐碎折磨得精疲力尽。为了迎接她们的挑战，妮莎只能让自己表现得更好。她的底子可真不错：头发闪闪发光，皮肤终日涂抹市面上最新的精华液和面霜。所以她看起来要比实际年轻十岁。她每天都锻炼身体，每周都做一次美甲，每两周脱一次毛，每四周修剪一次头发，每隔十二周注射一次肉毒杆菌。她总是穿着拉佩拉⑨的内衣等着卡尔。他的房间总有最新鲜的花束，地窖里总备着他喜欢的红酒。她总是为他讲的笑话发笑，总是为他的演讲鼓掌，总是在奉承他的同事。在公开或者私下的任何场合，她总能用巧妙的方式让他感受到自己作为男人的优越感。她为他准备好每一条衬衫和裤子，在他的秘书想起来之前就帮他把发型师预约好，确保他的每一处房产里都备着他最爱的食物和红酒。她不允许任何家庭问题阻碍他的事业发展。她的确做到了这一点。她是一个如此称职的豪门贵妇。

而眼下的事实证明，即便做到这个份上也没用。

妮莎换了四家银行的自动取款机，手里的一大堆卡片要么被无情地吞掉，要么在她想取款之前就被吐出来。屏幕上出现冷冰冰的提示：请联系银行工作人员。可是不用联系也知道发生了什么。她只能步行去一家名为曼加尔的奢侈品专卖店，这是她过去五年来伦敦时必逛的店。可是她刚要拿起一件亚历山大·麦昆⑩的外套试穿一下，经理尼杰拉就立刻走出来把她拦住。她说她很抱歉，但康托尔先生今天早上就已经关闭了他们的账户，如果没带其他信用卡，妮莎就无法在这里购物。她一边解释，一边盯着妮莎的浴袍，好像在猜测这是不是

---

⑨ 拉佩拉（La Perla）：意大利时尚内衣品牌。

⑩ 亚历山大·麦昆（Alexander McQueen）：由李·亚历山大·麦昆（Lee Alexander McQueen, 1969–2010）创立的英国时尚品牌。

她尚未了解的最新时尚单品。

妮莎坐在一家咖啡店里陷入沉思，无视其他顾客向她投来的好奇目光。她需要穿衣服，需要找个地方住，还需要找个律师。可是如果身无分文，这一切都无从谈起。也许可以让雷蒙德给自己打点钱，但她不知道接下来会发生什么。她不想把儿子也卷进来——至少别那么快卷进来。这些年他经历得够多了。

"喂？"她在手机铃响的第一时间接了起来。

"是我。我很抱歉，康托尔夫人。"玛格达把声音压得很低，"我只能用我丈夫的手机和你通话，因为我自己的手机不能用了。"

"你联系上你的人了吗？"

"是的，他已经了解情况了。他说很快就会给我回信，告诉我该在哪里见你。他不想直接联系你，以防万一。这就是为什么我过了这么久才和你说上话。"

她的语气听起来真的很抱歉。

"他到底什么时候回信？我真的很需要帮助，玛格达。我现在一无所有。"

"他说会在接下来的一个小时之内。"

"我现在浑身上下就剩一件浴袍了，卡尔什么都不让我拿。你能给我送几件衣服吗？我需要我的珠宝首饰和一笔现金。噢，还有，把我的笔记本电脑也拿来。"

"我还没来得及说，康托尔夫人。"玛格达突然在电话里大声哭泣，妮莎的肩膀不自觉地颤抖起来，"康托尔先生把我解雇了。我没做错什么事，可是他直接把我解雇了。"

妮莎知道此时应该说点什么来安慰她，可是脱口而出的只有一句脏话。

"管家已经不让我进门了，他们说我的报酬已经结清了。我们该怎么办？你知道的，兰尼的医药费马上就……"

"等等，你现在连门都进不去了？"

"进不去！我不得不坐上地铁去加诺斯上班的地方，这才能借用他的手机，因为他们在赶走我之前把我的手机没收了。我像往常一样，早上七点上班，他们在七点十五分的时候把我赶了出去。还好我记住了你的号码，不然就没法给你打电话了。"

这句话提醒了她。她必须准备一个电话簿，把所有号码记下来。只要他想，他也可以抢走她的手机。

"我需要钱，玛格达。我还得赶紧找个律师。"

玛格达又开始哭泣："我很抱歉，康托尔夫人。我没法去拿你的珠宝，你的衣服……我什么也拿不到。他们说了，如果我敢带走任何东西，那就报警处理，这是盗窃罪，这样的话移民局也会搅合进来。他们真的是把我推出门的！我还试着去拿你的……"

"好了，好了。听我说，你收到回信就立刻给我打电话，我必须知道在哪儿和他见面，这对我来说非常重要。"

"我一定会的，康托尔夫人。我真的很抱歉。"她还在哭泣，妮莎听得脑袋都快炸了，她必须要挂断电话。

"别担心，相信我好吗？我们一定会解决当下的问题，然后我会重新雇用你的，好吗？"她其实不确定自己还能否重新雇用她，但这句话让她停止了哭泣。直到挂断电话的前一秒，玛格达还在激动地表示感谢。

她再也无法忍受周围人看向自己的目光了。其实妮莎已经习惯了被别人盯着看，因为她总能轻松地吸引别人的注意力，但那是因为她的身材、容貌，还有一身贵气。现在这算什么？人们的表情里充满怜悯、警惕，甚至反感：那个疯女人为什么穿着浴袍上街？够了，她必须给自己弄些衣服。

- 50 -

她一直坐在这里喝着豆乳拿铁，试图对街对面的商店视而不见，可是现在她知道自己别无选择。于是她站起来，把手机塞进浴袍的口袋，穿过马路，去了那家"全球猫咪基金会慈善商店"。

"这股子味道，上帝啊，这是什么味道！"商店里浮动着一股廉价香水味，这味道既缺乏美感，又充满绝望。她刚进店便立刻逃了出来，站在路边大口呼吸着布朗普顿路的汽车尾气，这味道比店里舒服多了。她等了好一会儿才镇定下来，强迫自己重新走进店里。就几个小时。她默默地安慰着自己。她得找点衣服度过接下来的几个小时。

一位染着青绿头发、身材肥胖的女店员注意到了她，高声说了一句"你好"，然后便不再理会妮莎。这里的一切商品看起来都是如此廉价。她看着那些尼龙衬衫和地摊水准的针织衫，连伸手的欲望都没有。在她不远处有一位老妇人正在挑选鞋子，她聚精会神地检查这些廉价鞋子的花色和尺码。啊，她马上就要和这些女人穿同一档次的衣服了。

"就几个小时而已。没事的，你可以。"她继续在心里安慰自己。

她用指甲勾起一件看起来没怎么穿过的外套，一条看起来和美国尺码4号差不多大小的裤子。外套价值7英镑5便士，裤子价值11英镑。

"你被锁在家门外了，是吗？"

妮莎不想让这个青绿头发的女人说太多，但她还是强迫自己挤出一点笑容："差不多吧。"

"你要试穿一下吗？"

"不用！"她立刻回绝。不，我才不要试穿这些破衣服。我才不要走进你们那些又脏又臭、仅仅用几块破布隔开的试衣间。鬼知道这些衣服都被哪些浑身发臭的穷鬼穿过，我甚至不想和你们身在同一个邮政编码区。但我丈夫让我遭遇中年危机，企图用离婚的方式毁掉我，而我不能穿着浴袍接招。

"或许你想填写一张礼品受赠表单吗?"

"礼品受赠?"

"这样慈善机构就可以退税了,你只需要写下你的名字和地址即可。"

"我现在没有地址可填。"说出这句话让她一阵心酸,但她很快就恢复镇定,"事实上我并不生活在这里,我的常住地址在纽约第五大道。"

"噢,好吧。"女店员暗暗地笑了一声。

付款后,她本来没想拿找零的钱,可是她很快改了主意,又把那些零钱抓起来揣进口袋。这些举动都被那位女店员看在眼里,她又发出一阵嘲笑。然后,妮莎从衣服上撕下标签,套上裤子,从柜台上抓起外套走了出去。那件浴袍被她直接扔在慈善商店的地板上。

玛格达为她预定了另一家酒店,离之前的宾利酒店不远,名叫"春日塔酒店"(The Tower Primavera)。"我跟前台说了,你现在刷不了信用卡,因为你的钱包被偷了,他们最后同意了。"

"噢,感谢上帝。"这些衣服上沾满了别人的气息,她现在觉得如鲠在喉。或许荨麻疹又要犯了。她曾经在一篇文章里读到过:如果你已经闻到了某种气味,说明你的身体也在吸收散发气味的物质。这个观点让妮莎止不住地干呕。她开始不停地拉扯袖子,尽量避免布料接触到自己的皮肤。

"但如果不刷信用卡的话,房间里就没有迷你吧了。"

"那无所谓。我只需要一个能洗澡、能打电话的地方。"

对方突然陷入沉默,然后:

"我……我得告诉你点别的事情,康托尔夫人。"

"什么事？"妮莎看了一眼手机地图，然后往目的地进发。

"这个酒店……可不是你和康托尔先生平时住的那种。"

玛格达开始不停地解释：她感到十分抱歉，可是他们的信用卡已经刷光了这个月的授信额度，她的医疗保险好像也出了什么问题，所以只能给她定这种一百四十美元的酒店。"但是房间里最起码有一个电热水壶。还有曲奇饼，我问他们多要了一包，我想你一定很饿……"

她现在根本没有心思为这些事生气。不管怎样，她先对玛格达表示感谢，然后挂断电话。如果他真的把自己的手机抢走，至少她还可以联系玛格达。

这条路似乎怎么走也走不到头，显然玛格达通过手机地图判断的距离是错误的。天色突然变得阴暗，云层越压越低。妮莎的人字拖尺码过大，在人行道上拍打出刺耳的声响。很快，一阵寒冷而恶毒的雨落了下来。似乎只有伦敦才会下这种雨。妮莎不得不在原地停下，让自己放低姿态，从包里掏出那双属于别人的鞋。好吧，至少包里还有双干净的袜子。她先套上袜子，然后不情不愿地穿上了那双黑色的、笨重的、看起来已经穿了很多年的鞋。还挺合脚，但是它们已经被原主人的脚撑变形了——这让她觉得非常难受。"好了，别想了，这本来也不是我的东西。"她立刻制止自己不安的想法，又把外套也穿上了。廉价的布料立刻贴在她的肩膀上，不过现在她已经没那么抗拒了。穿上这双鞋之后，每走一步都像在跺脚，这种不熟悉的平跟鞋甚至改变了臀部肌肉的运动方式。不论路过哪一栋建筑，门口总是有一辆车如影随形，可是没有一辆车是等着她的，这是一个陌生的城市。她突然有了些如释重负的快感，仿佛飘到了大气层。"振作起来！"她一边给自己打气，一边感觉浑身上下再次充满能量。只要有路人敢打量自己，她都会用愤怒的目光瞪回去。她一定会得到一切她想要的东西。她今晚一定会再度进入顶楼套房，又或者进入其他高级酒店的顶楼套房。不管怎样，卡尔会为此付出代价。

这间酒店是一座用廉价勃艮第砖建造的低矮现代建筑，滑动门的上方有一个塑料灯牌。她找到这里之后，先是在门口停下来，反复确认自己有没有搞错。当她凝视灯牌发呆时，一个身穿球衣，手里举着一罐啤酒的男人走了出来。他在门口停住，对身后的同伴大喊大叫。而那位同伴正仰着脸往嘴里倾倒一包薯片，那样子让妮莎想起围栏里饲养的猪。她看着他们从自己的身旁走过，吵吵嚷嚷地说要去吃麦当劳的巨无霸。

接待员在她的房卡上贴了一张小纸条，然后又重复了好几次：由于无法使用信用卡，所以她不能使用房间里的迷你吧。他们为此感到抱歉。

她又说："通常我们不会接受您这种预订，但今天恰好房客不多。您的朋友非常贴心，她太担心您了。对于您丢失钱包的事情我们也感到很遗憾。"

"谢谢，我不会在这儿待很久。"

她在进入电梯后犹豫了一秒，还是硬着头皮按下按钮。她真的不想碰这些东西。第一次没有反应，于是她戳了第二次，然后立刻用袖子狠狠地擦手。在到达属于自己的414号房间之前，要走过一段走廊，走廊里铺着一段长长的地毯，颜色明亮，带有漩涡状图案。显然设计师的目的是让所有走在上面的顾客感到头晕恶心。她打开房门，在门口愣住。房间小得离谱，只有一张双人床，床对面是一个破旧的仿木立柜，上面摆着一台平板电视。地毯是青绿色的，窗帘是棕色的。房间的前调是香烟和空气清新剂混在一起的味道，中调是一股酸腐味儿，后调则是类似漂白水的味道，就像一个被清理后的犯罪现场。这里是不是发生过什么可怕的事？浴室看起来倒是很干净，只不过洗发水和护发素的罐子都被锁在墙上。这表示他们对住进来的房客极其不信任。

她脱下外套，把它扔到床上，接着用廉价肥皂清洗自己的脸和手臂。她盯着一旁又薄又粗的毛巾看了一会儿，确定是新换上的，才拿起来擦拭。镜子里出现自己的脸庞。她还梳着在健身房淋浴时的马尾辫，素面朝天，这让她一下子老了十岁，而且满脸怒气，疲惫不堪。她回到床边坐下，等待玛格达的回电。（酒店的床单令人胆战心惊，你用紫外线灯照一下就知道了。）

"他说，你得找一个低调的地方，同时还要保证人流密集，这样他就不会过多地引起别人注意。他担心阿里会发现他。所以他想和你在一家英式的酒吧见面。"

"酒吧是吧，可以。"她想起在来这儿的路上见过一家酒吧，她还停在门口重新踩了踩那双松得不能再松的鞋。"告诉他，那个地方叫白马酒吧。但我怎么从人群中认出他？"

"他知道你长什么样，他会主动找你的。他还说，你必须今晚八点就守在那里。"

"今晚八点？还有四个小时呢，他就不能早点来吗？"

"他说了，八点，他会带着你想要的东西出现。你只需要在里面等着，他一定会找到你的。"

妮沙盯着脚下的地毯发呆。然后她用不自信的语气问道："玛格达，你觉得我能相信他吗？他手里到底有什么？"

电话另一端沉默了一会儿。

"他说他一定会去的，康托尔夫人。我只能按照原话转达给你。"

*

只需要绕着床来回走十六步，就可以逛完整个房间，但是她走了一百四十八步才让自己停下来。只要想起卡尔曾经做过什么，或者猜测他即将做什么，妮莎的心跳便会瞬间加速。她的头脑此刻像一个齿轮一般飞速旋转。她目睹过卡尔如何对付自己在商场中的对手，即使他们曾是长期合作伙伴，他也会毫不犹豫地将其送上断头台。一分钟之前，他们刚像朋友那样敞开心扉，吃了一顿丰盛的午餐，他还让自己的司机送他们离开；又或者他们在深夜一起喝了一杯白兰地，不停地说着笑话，气氛极其友好。可是一分钟之后，这一切能被瞬间抹杀。卡尔会在需要的时候提拔或放弃某个人，然后一转头就忘记他们的名字。卡尔从不担心交通处罚、法院的传票或者劳动仲裁委员会的通知，因为他总是愿意花高价雇人给他收拾烂摊子。

现在她明白了，她，他的妻子，也变成了一个需要收拾的烂摊子。

妮莎的肠胃已经挤作一团，仿佛有人在她的腰上绑绳子，而且越绑越紧。每当停下在房间里绕圈的脚步时，她都会觉得自己无法正常呼吸，好像空气无法进入肺部。她现在想喝点什么，但是又不敢喝水（谁知道这儿的水管里藏着什么？）。她也不想离开房间去买瓶装水，万一玛格达来电话怎么办。再三考虑之后，她决定用开水冲一杯速溶咖啡喝。她先把烧水壶煮了三遍，这才稍稍有了点安全感。（有一次她在《晨间秀》上看过一个报道，有些客人会用酒店房间的烧水壶煮内裤。这件事真的让她做了噩梦。）

接下来该怎么和雷蒙德说呢？当然，他迟早都会知道的。他们会编造一些含糊其词的说法：比如，人都是会变的，虽然我们现在不想一起继续生活了，但是爸爸妈妈依然爱你之类的。卡尔可能会请一位律师来构思他的措辞。她必须装出一副勇敢的样子，假装这也是她想要的结果，让一切都尽可能简化，这样雷蒙德就不会太难过。

到底是谁取代了她？这是个问题，所有可能性此起彼伏地闪过，妮莎的脑海里已然锣鼓喧天。现在她可以列出一串符合条件的女性名单，这些人都在过去几个月里向她发射过危险的信号：她们在人群中太过耀眼，而且有意无意地在慈善晚宴中与自己的丈夫勾肩搭背，用她们的烈焰红唇在他耳边窃窃私语。他周围从来不缺女人，所以她一直都在密切监视，不放过任何蛛丝马迹。一定出现了第三者，可是她无法锁定具体目标。妮莎对于自己吸引卡尔的能力很自信，却又隐隐觉得不安。她似乎察觉到有事发生，这也是她说服自己买保险的原因。

谢天谢地，好在她已经买了。

她现在很饿，可是这件事很正常。妮莎从成年之后一直在挨饿（不然该如何保持她那样的身材？）。可是她回过神来时突然发现：自己从早上到现在什么都没吃。她把烧水壶放到桌上的托盘里，发现那里有两袋包装鲜艳、一看就很廉价的饼干，饼干的夹心是让人无法识别的奶油状物质。她用审视的目光盯住其中一袋。几十年来，妮莎一直与碳水化合物不共戴天。而现在，她必须说服自己吞下这些饼干。上帝啊，其实她更想来根烟。她已经戒烟五年了，可现在她愿意为了得到一根烟去杀人。

为了分散自己的注意力，她又把烧水壶煮了三次，泡了一杯红茶，然后一饮而尽。终于，饥饿带来的痛苦将她完全包裹，她只能撕开一袋饼干，拿起一块塞进嘴里。刚开始嚼的时候很干，但不一会儿口腔里便黏糊起来。这可能是妮莎活到现在吃过的最香的东西。"噢，上帝啊，太棒了，垃圾食品怎么这么香。"妮莎甚至眯起眼睛，激动地砸吧着嘴，捕捉每一粒饼干渣在味蕾上绽放出的甜美。她很自然地撕开了第二袋。吃到最后，所有饼干碎屑都被她倒在手心里舔干净。她又舔了舔包装袋内侧，确定再也舔不到任何物质之后，这才把袋子丢进垃圾桶。

妮莎重新坐好，看了一眼手表。

她开始等待。

以前妮莎去过位于茨沃尔德的一家英式酒吧，和卡尔一位拥有一大片射击场的同事。那天他们一时兴起，想去当地的英式酒吧体验一下传统文化。那家酒吧可以说是直接从历史书里撕出来的，到处都是古旧的房梁和摇摇欲坠的天花板，空气中弥漫着烟熏木炭的味道。大门上有一个可爱的手绘古老标识，整个外墙上都包裹着玫瑰花枝。那位店主几乎知道每个客人的名字，甚至还允许他们带狗狗进来。有一只狗狗蜷缩在一个穿着粗花呢的男人脚边，他一口坏牙，声音嘶哑。停车场里既停放着沾满泥浆的老旧汽车，也有周末过来度假的游客们开的崭新保时捷与梅赛德斯。

一个酒吧女服务员端来了几个小盘子，上面放着切成方块的奶酪（你知道餐厅放零食的小盘子上有多少细菌吗……），还有一些棕色的小馅饼。馅饼上点缀着她无法辨认的肉丁，只能勉强咬两口。这里的瓶装水是温的。她对人群中喧闹的笑话露出一个微笑。真希望自己能待在家里。这么多年来，她已经把陪在卡尔身边当成了一种习惯。

可是这里和她印象中的那种英式酒吧大相径庭。倒是有点像她小时候见过的、一般离高速公路不太远的那种酒吧：女人们都穿着背心短裤，而男人们都希望自己来的是猫头鹰餐厅[11]，他们也确实表现出了一副色眯眯的样子。她刚走进白马酒吧，立刻觉得自己被人群与噪声淹没，大家都在震耳欲聋的音乐声与啤酒泡沫中大喊大叫。她躲开那些跌跌撞撞、眼神发直的男人们。很显然，这才晚上七点半，他们就已经喝醉了。

她原本希望能安静地坐在某个角落里等着，但所有座位都满了。只要有一张桌子空出来，人们就会立刻把它填满，就像某种抢椅子的

---

[11] 猫头鹰餐厅（HOOTERS）：以服务员穿着性感而闻名。

游戏一样。所以她只能和那些出来抽根烟再回去的客人们一起等在门廊里。有些人向她投来蠢蠢欲动的目光,她摇头表示回绝。人群里的每个男人都牵动着她的神经,她一直在等着某个人朝她点点头然后走过来。

妮莎是通过玛格达丈夫的朋友的朋友认识这个男人的。他认识的人很多,在很多国家都有人脉。六周前,她通过一次性手机向他下达了指令,所以玛格达对内情了解很少。(她也曾恳求过:"不要让我知道太多,最好什么都不知道。康托尔夫人,我不想惹上任何麻烦。")这个男人上周给他回信,说这份监视工作太容易了,现在手头上得到的东西"一定不会令她失望"。于是她给他寄了一笔现金和一块百达翡丽手表。这块手表是卡尔两年前在迪拜机场买下的,当时他喝得烂醉,根本不记得自己买过这种东西。

单凭长相从人群中揪出这个人是不可能的,他们长得都差不多:脖子很粗,留着部队里常见的短发,像一群打手。但是她有别的办法,因为他一定是酒吧里唯一一个没喝醉的人,其他人都开始吐沫子了。

"想找点乐子吗,亲爱的?"一个年轻男人走过来与她搭讪。他穿着白色的POLO衫和运动裤,裤裆都快垂到膝盖了。而他的脸颊白里透红,这表明他已经喝了有几个小时了。

"不想。"她立刻回绝。

"你在等人,是吗?"

她上下打量着他,然后说道:"对,等你赶快滚。"

"酷!"他吼了一嗓子,他的同伴们也围了过来。这群年轻人都喝高了,互相推搡着,在她面前吹口哨。

"你看起来非常时髦。我喜欢和时髦的女人打交道。"他一边说,一边暗示性地扬起眉毛,就好像她应该感激这种夸赞,"你是美国人,

- 59 -

对吗?"

她不想搭理他,把头扭到一边,假装他们不存在。

"噢,别这样。来吧,让我请你喝一杯。你喝什么?伏特加汤力?"

"就让他请你喝一杯吧!白兰地鸡尾酒怎么样?"

妮莎把脸又转向另一边。他脸上的润肤露闻起来如此廉价、如此刺鼻。"别来烦我,该干吗干吗去!"

"没有你我也不知道该干吗。来吧,亲爱的,让我请你喝一杯,你一定会……"

他过来拉起妮莎的胳膊,妮莎立刻甩开,大声怒骂:"滚开!别烦我!"

这下男子身后同伴们的起哄声抬得更高了。这帮人真是给脸不要脸,可是她必须让自己集中注意力:万一那个男人这时突然出现了呢。

这个年轻人涨红了脸,原本轻佻的举动变得僵硬,眼神也变得茫然:"没必要这样吧!"

"很有必要!"她说完,立刻拖着沉重的脚步回到了酒吧深处,同时不忘回头瞪他们两眼。她走到一个正与朋友聊天、穿着皱巴巴外套的中年发福男子旁边,然后让自己的身体倚在窗玻璃上。

"对不起,能给我一支烟吗?"她对那个男人甜甜一笑,于是他立刻放下了所有防备,甚至连话都来不及说一句,就立刻在口袋里翻找起来,然后他像绅士那样为她点烟,又很快把手挪开。她再次用甜美的微笑报答他:"真不巧,我的烟落在家里了。要是一会儿还想抽的话,也不知还会不会遇到像你这样的好心人。"他听懂了,立刻把一整包烟都递过来,坚持让她收下,还说自己可以再买一包新的。妮莎柔声说道:"你可真贴心呀。"他的耳朵"刷"地一下变成粉红色。

接着,她死命地吸着这包烟,享受着刺鼻的烟味儿。终于能做几分钟快活的事了。"这个家伙到底去哪儿了?"最后一根烟也被抽完了,她用脚跟把烟屁股踢开。"快点出现好吗?你可真让人心焦。"她已经不记得上一次独自在夜里去酒吧是什么时候了,通常她会让自己避开这种地方。如果妮莎今天穿着平时体面高雅的衣服,那么刚才那个小屁孩根本不敢靠近。她一生都在逃离这群人。

她又看了一眼时间,然后把手插进口袋。但想起身上穿着别人穿过的衣服,她惊叫一声,立刻把手伸了出来。

*

九点一刻的时候,她已经在这家酒吧里转了三圈。人群越来越拥挤、喧哗,她不停地抬头又低头,试图看清每个人的脸。一个把鞋喝丢了的女人光脚跑来递上一根烟,因为她觉得妮莎的头发很漂亮。她立刻大声道谢,这根烟来得太是时候了。或许今天吸入的尼古丁剂量会让她明天头疼欲裂。

时间继续流逝,妮莎一边等待,一边在酒吧里又转了一圈。音乐声更大了,每个人的杯里都有酒精在摇晃。一群上班族模样的人在拥挤不堪的小舞池里扭动身体,她目瞪口呆地盯着他们,不相信人类可以没羞没臊到这种程度。差一刻钟十一点,酒吧的侧门上了锁,人们开始从大门陆陆续续离开。他们大笑大叫,跌跌撞撞,突然停下来抽烟或者胡乱接吻。也有人安静地等着出租车。他始终没有出现。

"现在就要关门了吗?"她向一个年轻的亚裔男子问道。他好像是和同事来团建的。

他一边敬礼一边回答道:"是的,宝贝。已经快十一点了,不是吗?"然后他伸手搂住了一个染着姜黄色头发的男人。他身上的 T 恤尺寸并不合体,可是这不妨碍他们唱着歌一起离开。

真令人难以置信。她转过身来,呆呆地凝视着空无一人的酒吧。

酒保正在擦桌子，整理乱七八糟的椅子。难道她错过了那个男人？这不可能！只要他在这里出现过，一定会被妮莎揪出来的。她低声咒骂着，准备走回酒店。

这里距离酒店只有几分钟路程。她突然听到身后一阵喧哗，那群人的脚步声在潮湿的路面上咔咔作响。"白兰地鸡尾酒！"她转过头，立刻从人群中辨认出今晚过来搭讪的小屁孩。此刻他像一个巨大的脓包，在同伴的推搡中向前蠕动。"他妈的，真棒。"

她立刻加快脚步，但身后的人群也跟着加快了脚步，她明白自己被盯上了。心脏开始剧烈跳动，肾上腺素一路飙升。现在她是一个遭遇危险状况的女人，她必须冷静分析眼前的状况：这条街太黑了；附近没有其他人；那条亮着街灯和行驶着车辆的主路还有一两百步才能走到。现在没有阿里保护她了，手边也没有报警器的按钮，口袋里连个能戳人的钥匙都没有。那个小屁孩追上来了。她不用回头就能感觉到。

三步。两步。她感觉对方呼出的热气吹到了自己的脖子上。就在他伸出手臂，想要来个熊抱的时刻，妮莎迅速下蹲，重心后移，转身，朝他双腿之间伸出右前臂，再向上狠狠一抬。力量最终落在他的裆部。这一招是她从前的以色列格斗术老师教的。剧痛使男子立刻躺倒在人行步道上，开始用刺耳的尖叫呼喊同伴。他的狐朋狗友们追上来，一边尖叫一边扶起男子。咒骂声此起彼伏地传来："你他妈的——"

但他们都喝高了，无法在第一时间判断发生了什么。于是她开始在这条昏暗无光的小路上向前飞奔，那些在跑步机上日复一日的枯燥训练突然派上了用场。一股感激之情在心中涌动：至少在如此重要时刻，她没有穿着定制款的优雅高跟鞋，而是穿着一双廉价丑陋的低跟鞋。

快跑到酒店时,妮莎的脑袋还在轰鸣。这时她才发现:手机在刚才的混战中丢失了。可能是因为这个二手外套的口袋实在太浅了。

她咒骂一声,立刻掉头往回走,沿着刚才的路线仔细寻找。街上都是来来往往的醉汉,但她现在已经不害怕了,手机丢失的焦虑已经完全包裹住她。当然会丢,一部孤零零的手机能在市中心的大马路上停留多久?妮莎在闪烁的街灯下绝望地闭上双眼,很想知道接下来还会发生什么更糟的事。

*

"玛格达!伦敦有六家白马酒吧!你为什么不弄清楚!我刚才查了一下才知道!他今晚和我去的肯定不是一家!"

她向酒店前台那位声音柔和的尼日利亚男子借了手机,然后站在角落里的自动售货机旁边给玛格达打电话。此时那个男子正投来担忧的目光,但她无暇理会。

"什么?可是他给我回信了呀!"

"什么意思?回什么信了?"

"他说自己在两个小时前就把东西交给你了。他在路上遇到一点状况,所以迟到了一会儿。他在电话里就是这么跟我说的。"

"没人给我东西!他根本没出现在我去的那家酒吧!"

"不会的,康托尔夫人,我详细地描述了你的穿搭。你星期五会穿什么我是知道的,因为它们都记在我的工作表里。他说他看到你穿的那双高跟鞋,一下就认出你了。"

"……什么?!"

"就是那双路铂廷呀!因为之前他说和你拥有一样身高、发色和年龄的女人实在多了,所以我才想到了这个办法。你说过这双高跟鞋是世界上独一无二的,对吧?所以它们会是人群里最独特的标志。我还给他发了一张鞋子的照片,这样他就不会认错了。我知道你今天会穿这双鞋,因为你说过周五去完健身房之后要做头发,然后直接去客家人餐厅⑫吃晚饭。你说康托尔先生希望你穿着这双鞋过去。"

"可是……我的那双鞋被人偷走了!就在今天早上!"

电话另一端陷入长时间的沉默。

"所以……今晚不是你穿着那双高跟鞋?"

妮莎的双腿突然变得僵硬,她紧紧抓住手机,突然意识到玛格达在说什么。

"噢,我的上帝啊!他把东西给谁了?!"

---

⑫ 客家人餐厅(Hakkasan):2001年创建于英国伦敦,被公认为全球最具影响力的中式餐厅之一。

第7章 尴尬的包裹

不再年轻的身体在经历宿醉后会做出报复性的反应：它以为自己酒精中毒了。此刻所有神经末梢都传出愤怒的信号：你知道自己多大岁数了吗？昨晚这么折腾明智吗？嗯？你觉得自己还年轻，还可以玩得这么野是吗？好吧，现在你意识到后果了吧！萨姆在刺眼的光线中再次闭上眼睛，听到厨房传来可怕的噪声。她又在脑海中与自己的神经系统吵了一架。可是现在必须要起来拥抱新的一天了——哪怕轻轻拥抱也行，或者干脆找个地方悄悄哭一会儿吧。

"昨晚过得不错，是吗？"

卡特出现在面前。她穿着一件缎面的收腰夹克，脚上蹬着笨重的黑色马丁靴，带着恶作剧般的热情在她面前的桌上放了一杯咖啡。

"我……我觉得还行。"

"你先坐直！不然咖啡会洒的！"

萨姆勉强将自己的身体撑直，头疼让她忍不住呻吟起来："你爸呢？"

"还睡着呢。"

"现在几点了？"

"九点半。"

"噢，上帝，我们的狗——"

"狗我已经遛过了，而且又买了些牛奶回来，还把昨晚爸爸吃完的盘子刷干净了。能借我你的金耳钉用一下吗？下班后我要去参加一个抵制毛皮制品的抗议活动。万一出什么乱子，我那对耳环很容易被人扯下来。"

萨姆将目光转向女儿："我好像说过那对耳钉我谁也不借。等等，你刚才说'出乱子'？你要干什么？"

"劣质金属的耳钉会让我耳朵发痒。不过你先把咖啡喝了再说嘛。"

萨姆喝了一口，这咖啡的味道简直和救命稻草一样。"你这招不错，趁一个人最脆弱的时候和他谈条件。"

"名师出高徒嘛。"卡特眉开眼笑地说道，"谢谢妈妈，我保证小心翼翼地戴着它们。"

萨姆突然想到了乔尔，昨晚他的手压在她的腰上，脸上的笑容很暧昧。玛丽娜在她耳边轻轻说："他一定是看上你了。"她的脸一下子红了，不确定这种刺痛感是出于酒精、尴尬还是荷尔蒙分泌。她强迫自己从沙发上爬起来："愿你度过美好的……等等，你刚才是不是说了'抗议'？你要去干吗？"

"没错，就是抗议，我们要让警察叔叔锻炼一下身体！祝你今天愉快，我的好妈妈！"

"快给我站住！你身上那个是刺青吗？"

门"砰"的一声关上，她的女儿出门去了。

菲尔蜷缩在羽绒被里，裹得像个香肠卷，连有人进入卧室都没有察觉。房间里的空气沉甸甸的，安静得让人窒息。她在床边站住，仔细地观察着他。即使在睡着的时候，他也会紧紧皱眉，双手紧贴下巴，似乎随时做好防御的准备。有时她真想冲他吼一番：你认为我不想成天躺在家里吗？你以为我愿意收拾这些烂摊子吗？每天一睁眼就是账单、浑蛋老板、遛狗、买菜做饭，还有吸尘器也吸不干净的头发……这样的日子真的好受吗？可是在大多数时间里，萨姆都在为菲尔难过。那个曾经乐观积极、一边洗澡一边唱歌跑调的丈夫，那个总会在意想不到的时候亲吻自己的丈夫，就这样消失了，取而代之的是一个弯腰驼背、毫无精气神的幽灵。他在半年之内失去了自己深爱的父亲，还有赖以为生的工作。那段时间的每个傍晚，他都会在走进家门时脸色苍白地重复一句话："萨姆，我什么都做不了。"几周前他又对她说，人到中年就好像活在一群狙击手的包围之中，某个你在意的人会突然被击毙。你什么也做不了，更无法预判接下来倒下的是谁。

她回应道："你这些话说得也太悲观了。"可是她的语气也很虚弱。之后两个人都陷入了沉默。

萨姆家锈迹斑斑的旧房车还停在门前，现在俨然成了一栋布满杂草和苔藓的堡垒，还有一大堆过往车辆丢弃的外卖纸盒。与此形成鲜明对比的是安德莉亚家的小屋，她家门前总是一尘不染。整齐的鹅卵石路面没有任何杂草，一排陶罐看起来如此干净整洁，鲜艳的花朵随着季节变换逐一开放。很显然，有人在精心地照料这一切。

她走上前，用一种双方都心知肚明的节奏敲了敲门。这样家里的安德莉亚就会明白，来访者既不是可怕的跟踪狂，也不是上门推销的售货员。过了一会儿，门在她面前摇摇晃晃地打开了。

"瞧你，看起来跟一坨狗屎一样！"安德莉亚用特有的方式兴高采烈地欢迎她。萨姆扬了扬眉毛，同时瞥见安德莉亚的眉毛已经秃了，这让她本就像女鬼一样的面孔越发苍白。"快进来。你负责煮咖啡。别放牛奶，我最近一喝牛奶就恶心。"

她们蜷缩着双腿，脑袋各靠一边，一起窝在沙发上。安德莉亚总喜欢在自己的沙发上铺满各种编织毛毯与柔软的披肩，因为她太容易感冒了。这些织物的颜色都非常鲜艳，她喜欢看起来很乐观、很活跃的事物。安德莉亚最心爱的橘猫"马克杯"爬到了两人中间，现在它正兴高采烈地在毛毯上踩奶，发出愉悦的咕噜咕噜声。

"这回又怎么了？"安德莉亚问。她在自己头上裹了一块柔软的头巾，与她的蓝眼睛非常搭，"展开讲讲。"

于是她回答道："我拿下了三个大额订单，但我的新老板却污蔑我是喝多了才去见客户的，还揪住这点不放。"

"这听上去没什么。还有什么别的糟心事吗？"

她突然想起了乔尔，但又迅速断了念想。"还有就是我穿着高跟鞋跳了一晚上，今天早上脚肿得像没烤熟的面包。"

"啊，我最近总是做噩梦。有时我会梦到被人抓去杀掉。可我惊醒时却发现自己并没喝多，这可真令人失望。"

"你要是想喝多的话，我可以请客，真的。"

她们在上中学的第一天就相识了，原因是安德莉亚过来向萨姆讲述她和一个橙子的故事（她全程噘着嘴，摆出奇怪但令人信服的表情），然后还吹嘘了体育老师的儿子如何迷恋她。在萨姆的印象中，她们成为朋友后的这些年里只吵过一次架：因为安德莉亚十八岁那年度假没有邀请她。从那以后，她们仿佛达成某种默契，再也没有为什么事争吵过。安德莉亚对她的人生了如指掌：每一次暗恋、每一次悲伤，甚至每个一闪而过的念头。她是萨姆生命中最重要的人，每次萨姆和她见面之后，总会觉得心上的损伤被修复。她也不明白为什么会这样。

"菲尔起床了吗？"

"还没有。"

"你和他提吃药的事了吗？"

萨姆叹了口气:"他是不会吃药的。一旦开始吃药,他就要把自己当成真正的精神病患者了。"

"这不过是抑郁症罢了,萨姆,他得摆正心态。每个人都有需要帮助的时候,他现在就是一个需要帮助的人。只不过是大脑出现了一点状况,又不是要把他的奶头切下来!"

她只敢对安德莉亚一个人说出菲尔的真实病情,诉说自己既恨他恨得牙根痒痒,又害怕他永远也不会好转。就算他有一天真的好了,长久的精神消耗也会让他们的感情破裂。可是安德莉亚总有办法让她明白,地球还在继续转动,她不用总是紧张兮兮的。日光之下无新事,就算她现在过得不是很开心,但也没有糟到哪儿去。

"你最近还好吗?"萨姆换了个话题。

"别提了,大部分时间都觉得浑身乏力。这周在视频网站上看完一整季《急诊室的故事》,我才觉得心里好受点了,最起码每集死的人都不是我。"

"不过上次扫描结果还是不错的,对吧?你正在慢慢好转。"

"是的,还有最后一次扫描,我才能重新活过来。瞧,我的头发长出来了。"她把头巾摘下来,露出头皮上的小绒毛。

萨姆把身体靠过去,伸出手抚摸着。"真不错。你现在看起来特别像《疯狂麦克斯》里的弗瑞奥萨。"

"得了吧,别人都说我像查理兹·塞隆[13]。"

小房间里沉默了片刻。马克杯睡着了,它的后腿悬空,看起来像一只兔子。她们俩暂时停止聊天,轻轻地抚摸这只猫。

"对了,我被解雇了。"安德莉亚一边说着,一边继续撸猫。

---

[13] 查理兹·塞隆(Charlize Theron):1975年8月7日出生于南非豪登省伯诺尼。美国、南非双重国籍女演员、模特、制片人,曾获第61届美国电影电视金球奖剧情类最佳女主角。

萨姆愣了好一会儿才重新开口："你说什么？"

"不过这和我的个人情况没关系，是公司的架构调整了，我那个岗位不存在了。"

"他们不能那样做！尤其是在知道你都经历了什么之后！"

"好吧，人家已经这样做了。而且我也算是拿到了一点赔偿，就这样吧。"

"可是，你接下来如何生活呢？"

安德莉亚耸了耸肩。"不知道，我可能要卖身了吧。"她对萨姆露出一个虚弱的笑容，"要么下周我去社会福利局看看，像我这种半死不活的状态应该能领到一些救济金。"

"别这样，现在不是开玩笑的时候。"萨姆身体前倾，握起安德莉亚的手轻轻捏了捏。

"一切都会好起来的。"安德莉亚说道，"世事无常。"

"我会帮你的。"

"我自己有存款。"

"你说过你的积蓄已经花得差不多了。"

"你的记忆力真不错。"安德莉亚说，"不过你也没比我富到哪儿去。"

"说真的，我能为你做点什么吗？要不然我们去起诉你的公司吧？先找个律师？"

"那可是一家大公司，它的法务部已经在压榨劳动者领域深耕多年。而且说实话，我现在没有精力跟任何人斗。"安德莉亚说话的时候一直盯着猫，显然她不想继续这个话题。于是她们在沉默中一起撸猫，直到马克杯觉得今天自己和人类接触得够多了，便悄悄地逃离沙发。

"噢，我还有件有趣的事要告诉你。"

安德莉亚抬起头："天哪，萨姆，看看表，你已经利用宝贵的周末时间在我这待了有半个小时了，现在才想起来要说一件有趣的事？"

于是她和安德莉亚说起了那双路铂廷高跟鞋的事，尤其是从客户弗兰普顿到米莉亚姆·普莱斯的变化。然后她提起了在酒吧遇到的帅哥，以及他递给自己的塑料包裹。

"噢？东西在哪儿？我是说那个家伙给你的包裹。"

"呃……好像被我放在背包里了？"她迅速地翻找起来，然后掏出了那个包裹。打开后，里面是一张小小的储存卡。

"还愣着干吗，这里面可能藏着大秘密！瑞士银行账户的密码？五角大楼用的代码？我可以拿来定位我们公司的人力资源部，然后把它炸了！或者是一笔被遗忘在尼日利亚王室多年的财产？快让我看看！拿来拿来！"安德莉亚从沙发上站起来，伸手去拿身后的笔记本电脑。

"可是如果这里面有什么恶意插件或者病毒之类的东西怎么办？万一有人趁机在你的电脑上装窃听器就糟了。"

安德莉亚翻了个白眼："我现在这德行，谁会来窃听？"说完，她从萨姆手中抢过储存卡，插进笔记本电脑。她们俩并肩坐在电脑前，这样就都能看见屏幕了。

安德莉亚兴奋地说道："如果这真是五角大楼代码，我会先定位到我前夫的母亲家里，然后发射一枚小型导弹。噢，核弹也行。天哪，这可太棒了！"

屏幕开始闪烁，她们俩都安静下来。两具疯狂缠绕在一起的肉体出现在眼前。安德莉亚先开口了：

"呃……萨姆，虽然不清楚具体情况，但我感觉这怎么有点在法律边缘试探的意思。"

"也许这东西是非法拍摄的……"

她们再度陷入沉默,目瞪口呆,惊慌失措,但是谁都无法转移视线。又过了几秒,她们同时张大了嘴巴。

"天哪,他怎么能这么做……噢,不!不!"

"这……这个男人就是给你包裹的那个帅哥?"

"不是他,他比这个男人年轻多了,而且……"

"关掉!快关掉!恶心死了!"

她们"砰"的一声合上笔记本电脑,然后静静地坐了一会儿。安德莉亚看了萨姆一眼,然后摇了摇头。

"这是什么新潮流?如果看上一个人,不给人家发自己的私密照,而是给一个装着色情片的包裹?!"安德莉亚的声音在颤抖,"上帝啊,看来生病让我无法恋爱是件好事。"

能在这个杂乱的社区里看到一个穿着时髦深色套装的男人是件稀罕事。当然,这个街区在房产经纪人嘴里可是伦敦市内"充满活力"和"极具发展潜力"的地方。没有人能做到毫不在意地路过阿里·佩雷茨而不回头看他:他打扮得有点像老流氓,或是宗教团体里穿着飘逸的橙色长袍、挥舞着手鼓唱歌的男人。但是他无暇顾及他人的目光。此时他的目光正死死地盯在手机屏幕上:一个跳动的蓝色光点正在逐渐靠近另一个跳动中的红色光点。他在一个邮筒旁边停了下来,向前迈了一步,然后环顾四周,不知道在寻找什么。接着他低头凝视了一会儿,又迅速闪到路边的绿化带里,然后越过一堵低矮的墙,又看了一眼手机。这次他在一辆汽车旁跪了下来,打开手机的手电筒,眯着眼睛,把车下方的地面看了个遍,然后又把身子往里钻了钻,伸出手,在车底掏出一部手机,掸掉上面的灰尘。做完这一切之后,他站起来,拍拍身上的尘土,环顾四周,深深地叹了口气。任何人听了

这声叹息都会觉得大事不妙。的确,他不得不拨通一个号码,汇报自己遇到的难题:

"我找到手机了,可是没看见她人。一定是出了什么岔子。"

第8章　离婚律师

失眠至凌晨时分，妮莎突然想起来：切尔西还有一处房产。在他们结婚之后，卡尔像患上强迫症一样不断买卖房产。因为切尔西的房子还在装修，所以他们从来没有入住过，昨天遭遇的混乱更是让她忘了它的存在。她现在需要一个大本营，好让自己静下心来处理眼前的问题。不管那个房子现在被装成什么样，都会比这家破酒店好。现在是凌晨2点14分，这个想法令人如释重负，她甚至因为兴奋而开始耳鸣。

她没有那栋房子的钥匙，但如果遇到正在装修的工人，他们一定会放自己进去的。如果一个人都没有，她会想办法闯进去。就算有人报警也不怕，没有警察能阻止房主进入自己的房子。妮莎在床上翻来覆去，计划下一步的行动，头脑越来越清醒。先住进那栋房子，请一个律师，然后找回自己丢失的背包，然后狠狠地踢向卡尔的屁股。最后一个念头终于让她安然入睡，并且时梦时醒地睡到了早上七点。她起床冲了个澡，穿上昨天的衣服，打算去酒店的餐厅好好吃一顿早饭。

"什么？你的意思是你们酒店不提供点餐服务？"

妮莎吃惊地盯着前台工作人员，可是她眨了眨眼就转身离开了。二十年来，妮莎从来没有吃过酒店提供的自助早餐。她可以提出一万个理由：食物的原材料太廉价了；油腻腻的煎蛋堆放在保温柜里，苍白的香肠在金属盘上滑动。南来北往的陌生人用自己的身体靠近它们，在不知不觉中掉落自己的头发和皮屑……这一切都会让人做噩梦。

可是，她现在真的很饿。

这不是妮莎人生中早已习惯的饥饿感。那种饥饿感是若隐若现、一直存在的。而此刻的饥饿让人恐慌，她开始控制不住地打摆、出冷汗，脑海中只有"食物"二字。她走进人群熙攘的早餐厅，这里原本是一个华而不实、被漆成黄色的会议厅。而现在桌椅上都铺着一次性塑料布，墙上用十几种语言写着"早上好！"。尽管这一切都令人厌恶，可是她的胃已经张牙舞爪地咆哮起来，就像一只即将挣脱锁链的怪兽。

她拿起两个西红柿，舀了一勺自称是炒鸡蛋的东西，还有两个土豆饼，然后又给自己加了一根香蕉。至少人们的头发和皮屑不会穿香蕉皮而入。她又抓起一把密封好的长条形奶酪放进口袋。右边的男人用敏锐的目光盯住她，于是她用愤怒的目光盯回去，直到对方脸上挂不住，转身离开。她端着盘子坐到最角落的桌上，一边阅读一份免费的报纸一边进食——尽管什么都没读进去。

她一边吞咽，一边在脑海里一遍又一遍地盘算整个计划。一旦回到大本营，下一步就是钱的问题了。在找到律师之前她必须要找人借钱，可是该向谁借钱呢。这两天她突然意识到，自己所谓的朋友基本上都是卡尔的朋友，一想到这点就令人沮丧。有那么一会儿，她又想起朱莉安娜来。可是她们已经十五年没有说过话了，况且朱莉安娜也不是个有钱人。而玛格达找来的那个男人本该给她提供价值，但他失踪了。

她喝了几口咖啡，心里越来越慌：怎么就落到今天这一步了呢？

她强迫自己立刻闭上眼睛做深呼吸。眼前突然出现卡尔那张臃肿但自鸣得意的脸。或许他现在正在顶楼套房里悠闲地享用班尼迪克蛋呢。她一定要让他自食恶果。她对自己低声说道:"你可以的,你一定会挺过去的。"

当她再次睁开眼时,一个看起来百无聊赖的餐厅女服务员出现在面前:"吃完之后要自己清空托盘,你要把吃剩的东西扔到垃圾箱里。"

妮莎盯着这个女人看了整整三秒,满脸都是蓄势待发的愤怒。但她最终只是长叹一声,拿起托盘,用僵硬的步伐路过那个女人,朝垃圾箱迈步。

妮莎用最后的零钱赶上一辆公交车。她坐在最前排,目的是和车上庸俗的乘客尽量保持距离。她在切尔西大桥下车了,步行十分钟后进入小广场。这里才是人待的地方:洁白的混凝土建筑,精致的奢侈品店和体面的咖啡馆。一个花店门口放着老板主推的优雅蓝色绣球。一看到这些花朵,妮莎就开始想象它们摆在自己家餐桌上的样子。她还计划接下来在附近的美容院做些护理项目:她现在愿意为一次全身按摩杀掉一个人。不错,非常好,她愿意把自己有限的生命放在这里度过。她走进下一个小广场,这里的平静祥和让她更加满意:保姆带着穿着得体的孩子从身边走过,一个老妇人正在遛她的腊肠犬。这才是一个运转正常的世界,她终于可以远离噪音、喧嚣和油腻腻的酒店了。

终于走到了,57号。她在大门前停下脚步,抬起头端详着,地产经纪人介绍过的细节从模糊的记忆中涌现。以卡尔的标准来看,这是一栋相当普通的住宅,他不过看中了这里的地理位置。她记得自己当时只是点头微笑,夸赞它可爱,这个方法可以用来评价他的一切房产。他睡眠非常浅,所以必须住在远离主干路的房子里,最好房子周围几英亩的土地都属于自己。现在,她高兴地注意到装修似乎已经完工了:素净的百叶窗立在那里,房前的花园盛开着精心照料的玫瑰。

她正在努力回忆:承包装修的公司好像是叫巴林顿?还是巴林汉姆来着?这时前门打开,一个女人走了出来。妮莎想,可能这就是室内设计师吧。可令人没想到的是,她很快又抱出两个孩子来。女人注意到站在门口的妮莎,也有一些惊讶,但她似乎在等着妮莎先开口。她们两个互相打量了一会儿,脸上都露出了茫然又困惑的微笑。

妮莎还在一直傻站着,女人率先打破僵局:"请问您有什么事吗?"她瘦得像一条马鞭,有一头自然飘逸的金色直发,身上穿着什么活都不用干的贵妇全职妈妈才会穿的昂贵休闲服。

妮莎硬着头皮问道:"呃……你可以告诉我,为什么你会出现在我家吗?"话一出口,她也为自己的厚颜无耻感到震惊。

女人眨了眨眼,露出不可置信的笑容。

"可这里是……我家啊。"

"不可能。我们家在三年前买下了这栋房子,我有文件可以证明。"

女人脸上的笑容立刻僵住:"我们家在四个月前买下了这栋房子,我也有文件可以证明。"

她们凝视着对方。两个孩子也瞪大眼睛彼此对视,然后都抬头看向自己的母亲。

"太荒谬了,我想你一定弄错了地址。现在请你离开这里。"她把孩子挡在身后,似乎担心眼前的疯子会伤害到家人。

"57号,我没弄错,这就是我家的房子。"妮莎坚持道。

"这不是你家的房子。"

"这就是。"

两个女人脸上都露出了似笑非笑的表情，似乎意识到现在的对话很荒谬。这时妮莎注意到女人已经开始观察自己的衣着：那些廉价的衣服和鞋子。她脸上的表情开始迅速切换，似乎觉得妮莎是个危险人物，没准儿真是从附近的精神病院里跑出来的。

"你是谁？"女人用紧张的语气问道。

"我叫妮莎·康托尔。"

"噢！康托尔！"女人这才松了一口气，"没错，我们就是从康托尔家买来的这栋房子。"

妮莎说道："可是我们并没有卖掉这栋房子。如果要卖的话，我的签名也是必不可少的，他不能——"

她在震惊中突然明白卡尔对自己做了些什么："噢，上帝啊……"

眼前的街道突然开始摇晃。

"喂，你……你还好吗？"女人的语气稍稍有些缓和，她走过来，试图握住妮莎的手臂。妮莎立刻躲开了。在人生中的大部分时刻，她讨厌别人触碰自己，尤其是当别人带着一脸同情走过来的时候。

"四个月前了……"她摇了摇头，"呵，当然。"

"我觉得你最好和你的律师谈谈。但这栋房子绝对是我家的，我们有产权登记文件可以证明这一点，如果你想看——"

"噢不，我……我相信你。"妮莎说完，感觉自己快要喘不过气来。看来卡尔已经盘算了好几个月。她忍不住呻吟一声。但是在女人过来搀扶之前，她还是稳住了自己的身体。

"你还好吗？你需要我为你——"

她没等女人说完就转身离开，快步向公交车站跑去。直到走出他们的视线范围之前，妮莎始终觉得背后有三双眼睛在盯着自己。

"妈妈？你为什么这么早给我打电话？而且为什么打需要我付费的电话？"

"我知道这个时间你也该起来了，亲爱的，你这个小夜猫子。你还好吗？"

"挺好的。"

这个回答让她犹豫了一会儿。对于青少年来说，"挺好的"具有多重含义。欣喜若狂的状态算是"挺好的"，在油管⑭上刷了十几个"最佳自杀方法"的短视频也算"挺好的"。

"那你今天过得怎么样？"

"也挺好的。"

她依然在犹豫，但现在的情况已经非常棘手了。"亲爱的，我需要你帮我一个小忙。"

她听到电脑发出的背景音，可能他正在打游戏。他打游戏时总会戴着耳机冲着某个遥远的队友狂吼。

"我需要你给我转一笔钱。"

"你说什么？"他连续问了两次，显然为此感到困惑。

"我……我想给你爸买一份生日礼物。但我不想用我们的共用账户，这样他就发现了。"她平静地说道，"你也知道他是怎么看待这些财务问题的。"

"那你就用你个人的信用卡呀！"他听起来心烦意乱。背景音变成了爆炸声，接着是枪声。

"我……我的包昨天被偷了，手机和所有银行卡都丢了。"

"噢不！是哪个包被偷了？"雷蒙德的注意力突然从游戏中转移出

---

⑭ 油管（YouTube）：美国的一家视频分享网站，是目前全球最大的视频分享平台。

来，"不会是葆蝶家⑮的那个吧!"

"不是的，只是……只是一个之前用旧了的包。你可能没见过。"

"噢，那就好。告诉我该怎么做，我可从来没有转过账！萨沙！开枪啊！在你左手边的位置！"

雷蒙德在与自己打电话的过程中一直没有中断手头的游戏。他似乎把转账当成了某种冒险活动，这让她有些愧疚：他们夫妇二人很少教儿子各种实用生活技能。她最终决定让他给自己转500美元，这是在不引起别人注意的前提下能拿到的最高数额。

"你打算买点什么？"

这个问题让她愣了一秒："你说给爸爸吗？我……我不知道，我还在看呢。"

"不，我是说你可以先给自己买个新包。"他的声音突然压低了，"圣罗兰的秋冬新款就不错，中等尺寸的斜挎包，上面用了一种减震材料。你可以看看最新一期的《VOGUE⑯》杂志第46页。你一定会喜欢的，妈妈。"

她笑了，儿子突然充满活力的样子让人感到欣慰："亲爱的，听上去可真不错。太谢谢你了，等我把一切都处理好了，再把这笔钱转给你。"

电话另一端陷入了一阵短暂的沉默。

"所以……你什么时候回来？"

"很快就回去了，亲爱的。很快。"

"萨沙8号就会离开，一旦他走了我就不能继续待在这儿了。他是世界上唯一的好人了，其他人真的……"

---

⑮ 葆蝶家(Bottega Veneta)：意大利服装、皮具奢侈品品牌。

⑯ VOGUE：创刊于1892年的美国综合性时尚生活类杂志，被誉为"时尚圣经"。暂无中文译名。

"我知道,让我来安排,我保证一切都没问题。我爱你。"

他又集中精力打游戏去了。于是她挂断电话,长长地舒了口气。现在又有了三天的房钱和饭钱,至少她还可以续命。她坐在床边,回味着和雷蒙德说话时周身笼罩的柔软。可是当她想到接下来的日子,这种柔软便开始逐渐僵硬。是的,她现在要去那个令人讨厌的卫生间里洗漱了。下一步:先去健身房看看自己的背包是否已经归还,然后再找一个优秀的律师。

"没有人归还过任何背包。"

妮莎走了52分钟才到达这家健身房。现在她满头大汗,怒气冲冲。身上的外套让她脖子发痒。这个女孩说话的语气无异于火上浇油。

"所以你们到底要怎么处理这件事呢?那个包里有一件香奈儿外套和一双限定款的路铂廷高跟鞋。而且看在上帝的分上,这个背包也是马克·雅各布的。"

女孩友善的表情下藏着一丝嘲讽,仿佛在说:傻子,等你一出门,看我们怎么吐槽你。然后她带着这副皮笑肉不笑的表情开口道:"我很抱歉,女士。但是墙上的标牌已经声明:我们不会对更衣室内丢失的物品负责。而且我们也一直在提醒所有顾客锁好储物柜,看好个人物品。"她那高人一等的语气,让妮莎十分想把她放倒在前台里胖揍一顿。

"但我可以把它登记在事故处理表上。"女孩又说了一句。

"事故处理表?"

"是的,通常是用来记录运动损伤事件的。但我也可以把您的情况添上,这样如果您的包重新出现的话,接待处的工作人员就知道这是属于您的。不过您得告诉我联系方式,这样在背包重新出现时才可以与您取得联系。"

她说"重新出现"时的语气让妮莎明白,这个背包或许再也不会出现了。

"好吧,你可真是帮了我大忙!"她愤愤地说道,"我会和你们保持联系,最好你们总部客服部的工作人员会给我打一个客户满意度回访电话。"说完,她头也不回地离开了。感谢上帝,幸亏她当初来这儿的时候只拿了一个包。

取出雷蒙德转过来的钱之后,她先从典当行买了一部廉价的预付费手机,然后在超市买了一些充值代金券。下午三点,她借助酒店的无线网给莱昂尼·惠特曼打了一通电话。妮莎先和她寒暄了一番,对她最近发布在照片墙上的美照极力夸赞(莱昂尼十分渴望被他人关注,她觉得任何一个长了屁股的女人都该多穿比基尼秀身材,即使是在她老公的游艇上也是如此)。然后妮莎询问道,是否可以推荐一位靠谱的离婚律师。"是帮我的助理问的。"她压低声音道,"她现在的处境非常糟糕,如果可以的话,我愿意为她做点什么。她真是一个善良的女人,我很想保护她。"

"噢,你对自己的雇员可真好。"莱昂尼说道,"我的助理玛丽亚在和丈夫离婚后简直让人难以忍受。她变得喜怒无常,经常躲在储藏室里哭泣。老实说,我差点就要解雇她了。她把我家的氛围搞得一团糟。"

"好吧,一个优秀的助理是值得被关照的,你懂的。"妮莎微笑着,突然有点内疚地想起玛格达来。她记下对方推荐的律师电话号码之后便立刻挂断电话。从莱昂尼的语气可以判断,安吉琳·默瑟还没有告诉她发生了什么。但莱昂尼毕竟是一个活跃的社交媒体用户,她必须要速战速决。

纽约知名离婚律师索尔·洛温斯坦接听了电话。尽管这是一个周末,他却能迅速进入到工作状态之中。他在电话里表现得能说会道、极具魅力。这充满磁性又自信的语气，足以证明他曾见识过很多在愤怒中变成前妻的女人。

"我能为您做些什么，康托尔夫人？"

妮莎尽可能地用平静优雅的语气来解释自己当下的遭遇。可是话一出口，她就越说越气，眼睛和喉咙都开始剧烈疼痛，就像被石子儿划破了似的。

"慢慢来，别着急。"他温柔地安慰着，但她却更生气了。卡尔居然把自己变成了这种女人：因为被丈夫抛弃而痛哭流涕的女人，对别人哭诉自己受到丈夫残忍对待的女人。

"但是他不能这样对我！"她终于快说完了，"我的意思是，这么做太不可理喻了！我们已经结婚快二十年了！他总不能一分钱都不给就把我踹了！不管怎么说，我可是他的妻子啊！"

他询问起他们的资产状况，她把能想起来的都说了：纽约的复式公寓、洛杉矶的房产、汉普顿的庄园、游艇、汽车、私人飞机、写字楼……她知道卡尔的生意很值钱，但她不确定他从事的行业是什么，只得尽可能地为自己辩护。

索尔·洛温斯坦用几分钟的时间整理了一下思绪。然后他解释道，这只是一个小麻烦，他可以解决。而且他在事成后收取费用的比例，足以让所有不善于和律师打交道的人松一口气。

"好吧，我们现在需要做的第一件事是发一封律师函，夺回你使用共同账户的权利。康托尔夫人，你很幸运，伦敦的离婚法是世界上最公平的。就算不能对半分，你也可以从他过去18年的收入中拿到一个相当可观的比例。"

妮莎把脸埋在自己的手心里："洛温斯坦先生，能遇到你真是太好了。你根本不知道我这两天都经历了什么。"

"我都懂。当务之急是给你找一个住的地方，同时我们继续处理这场不幸的婚姻。现在告诉我,你在英国有房产吗?"

"本来是有的。"她说道,"可他似乎已经把房子卖了。"

"啊,太遗憾了。大多数法官都不愿看到一个丈夫把自己的妻子赶出家门。"她仿佛听到他正在一边说话一边快速记笔记。纽约街头粗暴的鸣笛声在听筒中若隐若现,这居然勾起了她的思乡之情。

"你说你的丈夫让保安给了你一份离婚协议书,现在你能把第一页读给我听吗?"

她照他说的做了。坐在这里朗读文件简直像做梦一样,而对方正在领会其中的要点。趁着他做笔记的间隙,她开始畅想离婚之后该做点什么。应该先把雷蒙德接出来。或许她会带着雷蒙德来伦敦住一段时间。她可不想回美国,不想回到那个爱八卦的圈子。一旦这件事传出去,那些人一定会找各种借口联系她,只为了拿到爆料的素材。

不,她和雷蒙德会在这里找到落脚的地方,然后重新思考接下来的生活。

"康托尔夫人?"

她的思绪立刻被拉了回来。

"这些就是他给你的协议书的全部内容了吗?"

"是的。"她回答道,"我再没收到其他东西了。"

他叹了口气:"这是美国的离婚协议书,他一定是在美国起草的。现在有点麻烦,美国的离婚法可大不相同。"

"这意味着什么?"

"你很难拿回你们共同账户的使用权。你的情况和英国的法律扯不上什么关系,我刚才提到的1984版《婚姻诉讼法》第三部分,现在看来并不适用。而且跨国执行离婚判决是出了名的棘手。我们可能会尝试申请法院命令,但无法强制执行,而且他可以随时回美国。我们也可以先给他发一封律师函,但是——"

"卡尔这辈子从不会在意律师函这种东西。你可能不理解,洛温斯坦先生。卡尔认为自己的人生不应当受任何规则的限制。二十多年了,我一直看他为所欲为地活着。这是他最为自豪的一点,就好像他永远都不会栽跟头一样。"

索尔·洛温斯坦重重地叹了口气:"这恐怕不是个好兆头。康托尔夫人,我认识很多高净值的客户,通常情况都是这样:那些丈夫们——让人担心的总是那些丈夫们——让自己抽身而退,把所有资产转移到开曼群岛或列支敦士登之类的海外据点。然后那些妻子将会在全球范围内追逐自己的丈夫,索取属于自己的一半财产。可是那些财产早就不复存在。对了,还有另一个问题……"

"什么?"妮莎已经感到头晕目眩了,"还有什么问题?"

"好吧,康托尔夫人。如果你一分钱都拿不到的话,我的酬劳该怎么支付呢?"

妮莎愣住了:"我是一个非常富有的女人,你会拿到钱的。"

"要处理这种级别的官司,我必须先拿到一笔可观的定金。"

"但我暂时什么都没有。我刚才都跟你说了,他把一切都夺走了。"

"我很抱歉,康托尔夫人,没有定金的话我真的无能为力。如果你能解决定金问题,我很乐意接手这个官司,不然我什么都做不了。而且我相信再换一个律师来也是如此。"

妮莎一时无言以对。真正恐怖的时刻降临了,她很想大哭一场。对方等了几秒钟才打破沉默:

"康托尔夫人,你现在的遭遇在富人圈中很常见。他的想法或许是通过这种手段来狠狠地折磨你,直到你最终答应他的任何条件,这就是我的推测。如果急需帮助,你可以试着联系警方,还有当地的美国大使馆。"

"我可不想让警察掺和进来!"她用双手盖住自己的脸,低声说道,"我不明白。我真不明白他为什么要这么做。"

他叹了口气,然后用沉稳而自信的语气说道:"根据以往经验,你可以先调查一下他的秘书。"

"他的秘书?"妮莎的鸡皮疙瘩冒了出来,"但是——"

"她是个年轻漂亮的女人吗?"

眼前浮现出夏洛特的面容:她那闪闪发光的皮肤和整洁的马尾辫。每当妮莎走进办公室时,她都会露出淡淡的微笑。

"秘书知道你丈夫的每一个需求和欲望,对他们的日程了如指掌,尤其知道他们每笔钱都花在哪儿。虽然这么说会让你感到不舒服,但是康托尔夫人,秘书在绝大多数情况下都是丈夫们出轨的诱因。眼下我比世界上任何一个人都希望你能解决这些问题,而且我会一直等在这里,随时准备支持你。"

"前提是我能搞到一笔定金。"她说道。

"是的,如果你能搞到一笔定金的话。"

他说完立刻挂断电话,就像一个每小时价值800美元却一分钱也没拿到的咨询顾问那样。妮莎如坐针毡,只能强迫自己不断地做深呼吸。

第9章 事事忧心

萨姆在下午三点半时回到了家中,头痛依然很顽固。狗狗守在门口迎接她,双眼暴凸,带着想要排空膀胱的欲望上蹿下跳。她赶紧把遛狗绳夹在凯文的颈圈上,连外套都来不及脱。这时她听到客厅里有电视机的声响。一阵愤怒涌上心头:走出门去遛十五分钟的狗会要了他的命吗?至于这样吗?每天都无所事事地待在家里真的不难受吗?

"遛过凯文了吗?"她明知故问。

"嗯?"菲尔带着点惊讶转头看向她,好像遛狗是一件新鲜事。"没有吧。"

她站在原地沉默了一会儿。

"安德莉亚怎么样了?"他问道。

"上帝保佑,正在好转中。"

菲尔长叹一声,就好像安德莉亚的不幸也给他增加了负担。在把头转回电视之前,他又露出一个含义不明的微笑。从前这种微笑只会让萨姆难过,但今天她想破口大骂。

"我出去遛遛凯文,行吗?"当他把目光落回电视机时,她试探性地问道。

"当然可以。"他用理所当然的语气回答道,"正好你身上的外套还没脱。"

于是萨姆带着怒气走出家门。母亲上周对她说:"你不应该把他放在家里这么久。我的意思是,如果一个男人长时间不扮演养家的角色,他会怀疑人生的。"

家庭医生对她说:"这个年龄段的男性内心十分脆弱。女性是这个星球上最坚韧的物种之一,我深信不疑。"他似乎希望萨姆把这些话视为对女性的赞誉。

女儿对她说:"妈妈,你最近很情绪化。你要不要试试激素替代疗法?"

"不,我没有那么坚韧!我也没有你说的那么情绪化!"她真想冲他们大吼一番,"我只是太累了。可是如果我也选择摆烂,整天躺在沙发上,那么眼下的日子会更糟。"

她骂了凯文几句,因为它总是在邻居家门口磨蹭,在那些灌木丛底下嗅个没完。可是她很快就感到内疚,因为这一切都不是凯文这个小可怜的错。她蹲下来,双手搂住它肥大的脖子,低声说道:"对不起,亲爱的,我很抱歉。"然后她抬起头,看到72号家的杰德正盯着自己看:好像这个女人承受不住生活的重压,终于疯了。

她一口气走到了河边,依然不想回家。待在家里会让她丧失思考的能力。一对对挽着手的情侣从身边路过,她都视而不见。只有那些逼她让路的骑行者才能令她怒目而视。卡特今天下午又去做兼职了。她似乎总在换兼职:咖啡师,送货员,餐厅服务员(她说过这样的话——"妈妈,我这是在享受零工经济的福利,你不能指望某份工作能稳定地做下去")。如果现在回家,那就意味着要和菲尔待在令人压抑的客厅里,呼吸沉闷的空气。当然,萨姆也可选择做家务,因为所有人都理所应当地认为她现在应该多承担一些。可是萨姆会在开始做家务的几分钟之内怒火中烧,紧接着她就会为此憎恨自己,因为抑郁症不是任何人的错。她总是提醒自己，因为她不是患者，所以才无法理解那种什么都不想做、干什么都没意思的心理状态。不管怎么说，在和凯文一起散步的时光里，她总算觉得自己做了点有意义的事——最起码增加了今天的运动量。

她想起一位哲学老师曾在课堂上问过大家："你每天做出的各种举动，有多少是出于个人意愿，又有多少是出于畏惧不做而带来的后果？"这些日子，她做的所有事都是出于畏惧不做而带来的后果：如果她不出来散步，身体就会变胖；如果她不遛狗，狗就会在门厅里撒尿。萨姆已经习惯于让每一分钟都过得有价值，可是却经常想不起一天天都是怎么过去的。

所有人都会在心中不断提醒自己要更加努力，行动要有效率，要持续创造价值吗？可是就算菲尔没得抑郁症的时候，也会对浴室墙上歪歪扭扭的毛巾架视而不见。洗衣机上永远堆着待分类的脏袜子，地板上永远有待清扫的面包屑，在全家人死于青霉素中毒之前，冰箱里的隔板永远没人擦拭。

她发现自己总会有意无意地想起乔尔。她想象乔尔主动补上卫生间里用光的卷纸的样子。他不会说出"我'帮你'换了卫生纸"这种讨人嫌的话，只会喊你一声"宝贝"。她已经把乔尔和理想型的丈夫联系到一起了。接着她又回忆起前一天晚上跳舞时，他把手放在自己腰上的样子。这种感觉既令人愉悦，又让人内疚。玛丽娜还说"他看上你了"。这不得不令她回忆起他曾经说过的所有赞美自己的话，可是又突然觉得这一切很可笑，便赶紧打消了自己的念头。

一个骑行者狂按铃铛，横冲直撞，从身旁呼啸而过，幸好她及时把凯文拉回自己身边（她本想冲那个人骂两句，但之前她在报纸上读过一篇报道：一个女人在和一个骑自行车的人发生口角后被推到了河里。所以她决定保持沉默）。此时萨姆突然想起来：还没有把那个错拿的背包还回健身房。怎么办,失主会因为丢失了名牌衣服和背包去报警吗?她赶紧思考周末剩下的这点时间还需要做什么:给父亲开药,然后送过去交到母亲手上,并且一定要待一会儿、喝杯茶再走,不然他们又要抱怨自己不回家看父母了;楼顶阳台上的衣服还没收;冰箱该除霜了,因为连门都关不上了;还有拖延了一周也没看的那一堆账单……她低头看了一眼手表,决定在周一上班时再去归还背包。虽然周一也是一个忙得不可开交的工作日。

这时她突然想起安德莉亚:她已经花了几个月的时间来对抗病魔,可自己却对着她抱怨糟心事,这也太难为情了。

"或许我需要一个假期。"她想道。这个想法很难不让人联想起家门口的房车,于是她又开始垂头丧气,艰难地朝家的方向迈去。

萨姆每次看到那辆房车,尤其是看到它侧面巨大的黄色向日葵图案时,都会忍不住叹气。菲尔两年前从一位同事手里买了这辆车,当时他还没有失业。那天回家时他热情四射,对他们未来的房车旅行充满憧憬:"只需要稍微修整一下即可。我会给它重新喷漆,换一个新的保险杠,再把车里的零件换一换。它的发动机依然很好用,我们需要检查的是顶棚有没有渗水。"他高谈阔论了一番,就好像他对房车旅行很有经验一样。实际上他只在十岁那年和家人去滕比[17]度过一周的假期。

起初她对这件事非常生气:他怎么能不跟自己商量一下就从夫妻共同财产中挥霍 3000 英镑呢?但当他描绘在南部海岸度假的美好场景时,她开始动摇:"我们可能会开着这辆车走遍欧洲大陆呢,那该有多好呀,萨姆!躺在法国南部的某块空旷土地上!在星空的照耀下睡着!"他紧紧地抱着她,在她的耳边轻声低语。后来他们真的去法国南部度假了,萨姆记得他们在那里被蚊子咬了个半死。露营的厕所

---

[17] 滕比(Tenby):英国威尔士城镇,距离伦敦 315 公里。

很简陋，蹲坑时必须小心翼翼，这让夫妻二人歇斯底里地大笑起来。他们还是很擅长冒险的，即使要在上完厕所后清洁自己的鞋带。

菲尔已经把发动机修好了，还通过了交管部门的旧车性能检测。后保险杠也被拆下来了，他准备在二手交易网站上买一个替代品。可是接下来他的父亲就确诊了，除了上班，其他时间都要用来照顾里奇和南希。菲尔在极度抑郁中陪着父亲做了三个月化疗，然后就收到公司的裁员通知。显然，所有的人都忘了开着房车出去露营的事。

"或许今天下午你可以去房车上工作一会儿？"类似的建议她每隔几周就会提一次，希望新鲜空气和生活实践帮助他找回人生的掌控感。一开始他会点头同意："当然，当然。如果我有时间一定会去的。"可是几周后当她再提及此事时，他的脸色会非常难看，再后来就不了了之了。现在，这辆房车就停在家门口，里面有四分之三的零件已被拆除，保险杠的位置依然是空的，它在车道边上静静地长霉长锈，可是这并不耽误它占据一部分税收支出。它就这样一动不动，一句话也不说，却能用自己的方式谴责她对美好度假生活的痴心妄想，谴责他们为什么不把自己停到离家三条街以外的马路上去。

凯文嗅了嗅这辆车的后轮胎，干瘪的轮胎和她一样垂头丧气。然后凯文抬起腿，轻轻地尿了一泡。不知道为什么，她突然也想做同样的事情：褪下裤子，翘起一条腿撒一泡尿，尿在这个该死的世界上。她想象着邻居们露出惊讶的表情，在窗边盯着她看时的样子，就像今天她蹲下来夸赞凯文是一条好狗的时候。然后她心满意足地进门了——这是今天唯一好笑的事。

"你在酒吧玩得开心吗？"菲尔从沙发上坐了起来。凯文直接欢呼雀跃地蹦了过来，它已经四十五分钟没看到这个男人了，而且丝毫不在意刚才是他导致自己的膀胱几近破裂。菲尔伸手摸了摸狗狗的耳朵。

"酒吧？噢……玩得很好。"

他默默地凝视着她，一种混合着悲伤和自省的神情从他脸上划过："很抱歉我没去陪你。我只是……我真的很累……"他的声音越来越弱。

"我都懂。"

"对不起。"他再次道歉，目光低垂，然后便陷入沉默。萨姆一时忘记了脑海中的待办清单，在他身边坐下，握住他的手，把头靠在他的肩膀上。她就这样休息了一会儿。

第 10 章　新身份

妮莎穿着那双低跟鞋在伦敦肮脏破旧的路面上步行了好几英里，一共找到两家白马酒吧。可是当她提到自己丢失的高跟鞋时，所有工作人员都一脸茫然。其中一个连回放监控录像都不会操作。"要么你等经理在的时候再来一趟？"那个女孩耸了耸肩，这表示她对这件事毫无兴趣。妮莎这两晚几乎彻夜失眠。每当想起卡尔对自己的所作所为，她的大脑都会拧成一团麻花。愤怒与日俱增的同时，她更加坚定了夺回一切的决心。

早上六点三十分，妮莎在自助早餐刚开始营业时就坐进了餐厅。头发湿漉漉的，被她在脑后梳成马尾。她喝了两杯速溶咖啡，对咕咕作响的肠胃视而不见。

终于走到宾利酒店门前时，她放慢了脚步。一位裹着头巾的门卫正在接待一位疲惫不堪的旅客，帮他把行李箱从出租车上卸下来。如果这次再遇到弗雷德里克，他是否依然会拦住自己？不过妮莎已经不在乎这些了。她打算直接从他身边走进去，然后坐穿酒店大堂里的沙发。这次不管谁来撵她，她都要牢牢地守在原地。

她理了理身上那件破旧的外套，看了一眼手表：七点三十七分，这时卡尔应该已经起床穿好衣服，坐在他的套房里，一边等咖啡一边看财务报表了。通常他喝黑咖啡，加两块糖。等等，谁会给他递上这杯咖啡呢？她突然想起夏洛特的脸，自己最喜欢的黑色丝绸睡衣现在穿在她身上吗？在一夜欢愉之后，那张年轻紧致、口是心非的脸上会挂着心满意足的笑容吗？这些念头让她愣在原地，下巴止不住地颤抖。可是她很快就镇定下来，转而思考自己要对卡尔说什么："卡尔，咱们可以离婚，只要你给我应得的东西。"她一定会带着尊严说出这些话。或者她可以先狠狠地踢他一顿再说。

她深吸一口气，朝大门的方向刚走了两步，立刻发现阿里站在离门卫不远的地方，戴着耳机，神情严肃地对身旁的男子嘱咐着什么。他的嘴唇开合度很小，避免被人解读唇语。这就是阿里。她曾经目睹他只用一记快拳便将一名成年男子放倒在地。此刻他的表现说明一件事：卡尔知道自己会杀回来，他们正为此严阵以待。妮莎在被发现之前就闪身躲进酒店旁边的小巷里，心跳得飞快。酒店后门的台阶中间站着两个厨师，他们一边抽烟一边喝着咖啡。她站在两人旁边也点燃了一根烟，尽量让自己背对马路，避免吸入尿液和腐烂食物的气味。

妮莎可以坦然地从门卫旁边走进酒店，但她可对付不了阿里。更加讽刺的是，过去十年当中，这个男人赖以生存的工作是保护自己。她一边思索接下来该何去何从，一边在紧张中深吸一口烟，没有注意到那两个男人用冷漠的眼神瞥了自己一眼，然后继续他们的聊天。一个穿着连帽衫的女人低头从他们身边走过，快速进入后门；然后又来了一个，她用流畅的外语神采飞扬地打着电话；第三个人穿着一件长长的羽绒服，满头脏辫，在她面前停住："亲爱的，你是要进去吗？"

妮莎抬起头来看着她。

"你可别带着一身烟味儿进去，弗雷德里克最讨厌这种味道了。来点儿这个。"女人从包里掏出一瓶喷雾，妮莎还没来得及拒绝，就被一股廉价的麝香味儿喷了一身。这种化学物质的气味太冲了，她忍不住闭上眼睛，开始剧烈咳嗽。女人把喷雾塞回包里，又对她说道：

"你是新来的吗?来吧,跟我走。"

阿里仍旧站在巷子的尽头,目不转睛地盯着来往的行人。于是妮莎在一瞬间决定跟随这名女子从酒店的后门进去。她们沿着一条狭窄的走廊前行,这期间有无数酒店服务员从她们身旁匆忙掠过。有人推着一辆装满脏衣服的推车走了过来,她立刻闪身靠在墙上,让对方先过去:她可不想接触那些沾满细菌的布料。

"你是第一次来这儿吧?"

妮莎在她身后默然点头。

"你有证件吗?"

"什么证件?"

"社保账号呢?"

妮莎依然摇了摇头。

"那也没关系。你就跟他们说自己有护照,但是正在补办中。他们不会问太多的,不然我们也吃不上这口饭。"她狡黠地笑了一下,就好像在自我嘲讽,"你叫什么名字呀?"

"妮莎。"

"我叫茉莉。嘿,不要一脸忧心忡忡的样子,没人会来这儿把你赶走的!来吧,让我给你准备好一切,然后带你去见桑得拉。她负责排班。"

妮莎发现自己站在一个满是储物柜的房间里,空气中弥漫着残羹剩饭和过度疲惫的身体散发出来的气息。"喂!吉尔伯托!把你的垃圾清走!我是来这儿上班的,不是伺候你们的!"

一个身材矮小精壮、皮肤呈古铜色的男人摇摇晃晃地走了进来,捡起地上的快餐盒,一股鱼腥味儿很快弥漫开来。"一直到星期四,我都要早班晚班连轴转了。如果这种情况一直持续下去,我一定会辞职的。我发誓,茉莉。"

茉莉用低沉的声音哀号一声,那个叫吉尔伯托的人早已转身离开。她一边把自己的背包塞进储物柜,一边说道:"这简直是一场噩梦!自从英国脱欧以来,这家酒店已经失去了40%的员工!40%!对了,你是从哪儿来的?"

"纽约。"

"纽约!我们可不欢迎美国人来这儿,除非他们是来消费的。来吧,你穿多大码的衣服?8号?10号?你看起来真是骨瘦如柴。"她在一大堆制服里挑挑拣拣,终于拿出一件黑色紧身上衣和一条裤子。"虽然我们可以穿自己的衣服上班,但最好还是穿他们的工作服。这样下班时脱下工作服,就等于把所有污秽留在这里。你会为此感到轻松的。千万别把工作中的不愉快带回家。"

妮莎抱着工作服愣在原地,而茉莉已经利索地脱下自己的弹力连衣裙,把工作服套在身上了。她对着门后的小镜子照了照,检查自己的外表是否得体,然后回头看了妮莎一眼。

"穿上啊!别愣着了!如果提前一刻钟上楼,我们就能吃上这里的早餐了!"

她实在无法理解当下的情况,但待在茉莉身边似乎是个不错的计划。妮莎套上了工作服(感谢上帝,这件衣服有刚洗过的味道),然后把自己的东西塞进一个空储物柜,跟上茉莉的步伐走出门去,沿着走廊前行。

妮莎现在并不饿,但有得吃的时候一定要填饱自己,这是她在过去几天中学会的生存法则。她默默地跟着茉莉穿过后厨,看着这个年轻女人与自己的同事热情寒暄:"怎么样了,奈吉尔?你母亲出院了吗?噢,听到你这么说我太高兴了,宝贝……""嘿,卡迪娅!我看了你推荐的那个电影!差点没把我吓死!你为什么要推荐恐怖片给我?难道你不知道我是个没人保护的单身狗吗?"她的笑容如此轻松,一边走一边推开每一扇门,好像全世界的人都在等待着她。妮莎的脑子转得飞快,眼睛快速扫过每一个房间,她担心阿里此时突然出现。但是并没有。这里只有一个个脚步或轻快或拖沓的酒店服务员,他们脸上都刻着常年高负荷工作留下的疲倦。

"给,喜欢吃什么自己拿。这就是早起上班的福利:米内特烤的糕点。天哪,我发誓,自从来这里工作之后我胖了7公斤。"茉莉递给她一个托盘,然后自己拿了一个更大号的托盘,拿起葡萄干面包、巧克力面包和羊角面包放上去。妮莎先给自己拿了一个葡萄干面包,试探性地咬了一口。不到一秒钟,妮莎立刻意识到这是她三天以来吃过的最棒的食物:它的奶油淡雅细腻、温润柔和,这是正宗的法式糕点才有的味道,而且还带着烤箱的余热。几天以来,她的大脑第一次放慢运行速度,沉浸在纯然的快乐之中。

"很好吃,对吧?"茉莉已经吞下去两个面包,她甚至幸福得眯起了眼睛。"我疯狂的一天从早上五点半就开始了,一睁开眼就要让女儿穿好衣服。如果是上学的日子,还要给她准备好午饭,然后把她带去佩卡姆,送到我妈手里照顾。再然后就是倒两班公交车来到这里上班。我发誓,唯一能让我坚持干下去的动力就是这些可爱的糕点。"

"天哪,真的太好吃了。"妮莎从满嘴的面包屑中挤出一句。

"米内特可真他妈是个天才!都快赶上你了,亚历克斯!"一个穿着白色厨师服的瘦了站在熊熊燃烧的火炉旁,听到这句话之后转过身来冲茉莉点头打招呼,然后继续他的工作。"你吃完了吧?"

妮莎点点头。

"好,那咱们走吧。"茉莉用餐巾纸擦了擦嘴,朝厨房另一边的门走了过去。她突然停下来嘱咐妮莎:"把头发理一理。"还没等妮莎阻拦,她迅速伸手抓起妮莎的马尾辫紧了紧。然后她把面前的双开门推开,脚步轻快地沿着走廊继续走,左拐,进入一间小办公室。

"这是妮莎,从今天起就可以上班了。她的证件还在路上。"

"噢,感谢上帝。"那个红头发的女人没有抬头,她正在擦掉值班表上的某个名字。"今天有四个人跟我请病假。她需要上岗前的培训吗?"

"需要培训吗?"茉莉转头问她。

"呃……什么培训?"妮莎一脸茫然。

"真拿你没办法。"红发女人说道,"茉莉,你得把基本的动作要领告诉她,因为你已经是老手了。我们还有16间房没人打扫,还有两个客人要求提前办理入住,这是待办清单。你叫什么名字来着?"

妮莎在开口前犹豫了一下,然后说道:"我叫安妮塔。"

"好的,安妮塔。十二点的时候回来拿你的工牌。你有没有什么病史?身上有什么伤吗?过敏原是什么?等中午回来的时候再填表,现在我们需要你赶紧去干活。"

"你刚才不是说你叫妮莎吗?"

两个女人同时看向了她。

妮莎在这一瞬间突然想起了朱莉安娜。她赶紧咽了口唾沫,回答道:"我认为对于客人来说,安妮塔这个名字更容易发音。"

红发女子耸了耸肩:"那就安妮塔吧。行了,现在去拿你们需要的工具吧。对了茉莉,漂白水的库存真的不多了,你今天要尽可能地省着点用,以备不时之需。"

"省着点用,永远都是省着点用。"茉莉小声地嘟囔着,然后带着妮莎一起去了储藏室。

十分钟后,妮莎和茉莉推着清洁工具车,走上了铺满地毯的三楼走廊。她十分紧张,而且觉得自己非常显眼,好像每一个路过的客人都会停下来观察自己,然后发现她是个冒名顶替的人。于是每当有客人经过身边,她就会立刻低下头,祈祷他们不要注意到自己。

"你这是做什么?"当第三个客人经过他们身边时,茉莉转过身来问她。

"怎么了?"

"我们必须对所有客人说早上好,这是公司的规定。你必须要让客人们觉得自己是宾利家族的一员。如果在六楼和七楼工作的话,你甚至要在打招呼时叫出客人的名字。"

妮莎和卡尔一贯住在七楼的套房里,她已经习惯了所有工作人员都能叫出自己的名字,却从没想过这是酒店的规定。不一会儿又有客人经过他们身边,是一对来自德国的夫妇,她小声说了一句:"早上好。"对方非常有礼貌地回应了她,然后才继续往电梯的方向走去。

茉莉把手推车停在了339号房门外,敲了两下门,然后说道:"客房清洁!"在等待回应的时间里,她翻阅了一下待办清单。

没有人回应,于是她用房卡打开了门。妮莎跟在她身后走了进去。这个房间只有顶楼套房十分之一大小,正中间是一张待整理的床,床单上布满了面包屑,吃剩下的早餐托盘也被放在床上。电视开着,正在播新闻。一个喝空了的酒瓶和两个玻璃杯被放在一边。

茉莉迅速转过身,先关掉电视。"你从卫生间开始打扫,我来负责整理床铺。通常我们只有20分钟的打扫时间,不然会被点名批评的。但是今天早上的时间比较充裕,你可以不用那么着急。"

这一刻妮莎才突然意识到:她现在的身份是需要干活的。本来她只想借助这套工作服混进酒店大楼,然后想办法进入她原本入住的套房。

但是现在,茉莉手里拿着一块蓝色的抹布,正用好奇的目光打量她,仿佛看出了她的窘迫:"又不是让你做开颅手术!你就像打扫自家卫生间那样去做吧!其实这种工作态度更好,宝贝!"茉莉一边开怀大笑,一边套上乳胶手套,然后利索地把被套扒下来。她一定深知里面有什么细菌。

妮莎站在卫生间里,只觉得浑身僵硬。洗手池里沾着一些短短的毛发,不确定是从人体的哪个部位掉落的。马桶圈上满是水渍,地板上有两条湿透的毛巾,其中一条上面沾着浅棕色的痕迹,她祈祷这只是某种化妆品留下的污渍。虽然很想转身离开,但眼下这是她能留在这间酒店的唯一机会了。她连做两次深呼吸,终于戴上手套,开始清洁洗手池。在清洗的过程中,她尽量把脸扭到看不见水池的那边。

快干到一半的时候,茉莉出现在卫生间门口:"嘿,宝贝!你的动作得快点了!卫生卷纸你换了吗?穿上新一卷的时候要把边角折起来,剩一半的卷纸要放回我们的手推车上。来吧,我来处理这些瓶瓶罐罐。"

茉莉干净利落地把用了一半的洗发水和沐浴露小瓶扫到一个垃圾袋里,然后消失在走廊里。妮莎也想转身离开,却突然发现马桶圈上有黄色飞溅物的残留,坐便器里还有一个明显的棕色污渍。她感觉没有消化完的早饭此刻涌到了舌头根的地方……"天哪,千万别这样!"

"加快速度,姑娘!只剩下七分钟的时间了!"茉莉催促的声音从另一个房间传过来。妮莎握住马桶刷,转过头,尽量只用自己的余光瞥向马桶,开始刷洗起来。她两次强行吞下即将涌出的呕吐物,还要擦干因此夺眶而出的泪水。视线向下扫了一眼,坐便器里的棕色污渍依然很顽固。于是她咬咬牙,再次把马桶刷使劲儿伸进去。水花溅了出来,她不由自主地惊声尖叫。"卡尔,我一定会杀了你的!本来我打算原谅你和那个蠢驴女秘书,但我现在死也不会放过你们!"她在心里默念道。

妮莎抬起马桶圈的时候又想呕吐,她赶紧停下来擦了一把脸。眼泪依然控制不住地往外流。她从来没有像现在这样憎恨人世间,因为这勾起了她不愉快的回忆。

那时她是刚满十九岁的安妮塔,从港务局巴士总站的"灰狗巴士"上跳下来,眨着眼睛,用坚定的目光盯着周围的高楼大厦。她来到打工生涯的第一站:42号街附近一家狭小的、老旧的三星级酒店。此后她将在这里花费十周时间打扫酒店房间,然后才能得到一个给大户人家当保姆的机会。在那十周里,她打扫了无数个令人作呕的卫生间,遇到了无数个在打扫房间时用猥琐的眼神盯着自己的男人。床单上的螨虫、污秽不堪的毛巾、恶臭的残留物、强效清洁剂里的化学物质,这些东西让她手上的皮肤日渐粗糙。在那个大户人家当了十八个月保姆后,她托朋友在苏豪区的一间画廊里找到了一份前台接待的工作。她的新制服是黑色的毛衣和裤子,不用佩戴姓名牌,而且她发现总有客人会盯着自己走神。这一刻起,安妮塔变成了妮莎。她发誓此生不会再做任何打扫工作。

在接下来的两小时里,她们又打扫了十一个房间。这里的工作真让人吃不消,她们不仅要更换床上用品,还要把家具复位(这些客人为什么要移动桌子和椅子呢?),一个房间里留着一个用过的避孕套,另一个房间的床单上血迹斑斑。两者都令她作呕,眼泪再次簌簌下落。茉莉一边扯下床单,一边喃喃自语:"人都是动物。尤其是当他们来到一家酒店,打从入住的那一刻起,他们就变成了野蛮人。"她一边干咳,一边转头拿起替换的床单。

茉莉一边干活,一边有一搭没一搭地说着话、哼着歌。妮莎则在心里不停地安慰自己要咬牙坚持,这一切很快就会过去的。她想了无数种让卡尔付出代价的方式,其中很少有一招毙命的,因为迅速死亡实在是对他太仁慈了。十一点的时候,她们终于可以回到狭小的更衣室里休息一会儿了。一位浓妆艳抹、名叫蒂芙尼的前台接待和一个门童在窄窄的木椅上吸电子烟。这里几乎每一个人都抽烟,要么在酒店外面点燃一根烟,要么就在屋里狠狠地吸电子烟。妮莎向那个门童要了一支烟,刺鼻的廉价烟草味儿冲淡了刚才更恶心的人体分泌物的味道,这让她十分感激。

"你还好吗,妮莎?怎么一句话也不说呀?"茉莉倒满一杯茶,向她递了过来。

"没事……只是我已经很久没干过这些活了。"

"好吧,刚才你没说这些。"茉莉的笑声在房间里荡漾开来,"宝贝,你在速度上可能还需要加快一些,但总体上已经很不错了。"她抬头看了看,又说道:"你那些美甲维持不了多久了。大约在2005年左右,我就再也不做美甲了。我的手指头可能更适合戴上钢盔。"

妮莎低头看了看自己的指甲,即使刚才戴了乳胶手套,原本优雅的酒红色镶边已经在不间断的洗刷劳作中开裂。身上的汗水已经干透了。她想,只是今天而已,只要她想办法进入自己的套房,就再也不用过这样的日子了。

可是她又觉得听这些工作人员聊天是一件让人舒服的事。茉莉身上有一股旺盛的生命力,乐观开朗,很有自己的主见,而且经常大笑,好像所有事物在她眼里都很有趣。如果放在以前,妮莎会非常讨厌这样的人,但她今天却对此充满感激。在过去的四十八小时里几乎没有任何人陪她聊天,所以现在能听到这种日常对话是令人愉快的。他们聊着公交线路,抱怨被取消的福利,还有家里的烦心事。妮莎只是在旁边默不作声地听着——不然她现在又能说点什么呢?对这些人来说,她只是一个名叫安妮塔的临时工,明天来不来上班还不一定呢。

两点钟,午餐时间到了。早上她们在厨房见过的亚历克斯过来给他们送三明治。她本来以为面包和馅料会是春日塔酒店那种劣质产品，没想到拿到手里的却是非常漂亮柔软的发面面包，里面塞满了奶酪、腌肉和奶油生菜。他过于彬彬有礼地给所有员工递上三明治，就好像他们都是最尊贵的客人。她平常午饭时只吃沙拉，但上午繁重的体力活让她此刻饥饿无比。拿到手之后，她立刻低下头咬了一大口，看起来非常野蛮。

茉莉一边咀嚼一边说："亚历克斯认为食物是用来供养灵魂的，所以在他眼里众生平等。他服务客人的态度和服务我们是一样的。啊，我真崇拜这个男人。"妮莎又咬了一大口，并且觉得自己也崇拜这个男人。

"茉莉……咱们什么时候才会打扫顶楼的套房？"

"顶楼？噢不，我亲爱的。那里的客人是非常挑剔的，只有我这样的正式员工才可打扫，因为酒店知道我们一时半会儿跑不了。而且顶楼那些浑蛋从来不会给小费，你不会想干这份差事的。"

妮莎眨了眨眼，盯着自己手里的三明治发呆。

六点钟终于到了。当后背和肩膀的疼痛从间歇性爆发变为持续性抗议时，她们一天的工作终于结束了。茉莉打电话给自己的女儿，告诉她自己正在往回赶，并且让她转告娜娜给自己留点炖菜，她真希望今晚公交车能让自己准点到家。现在，她走路的姿势写满了疲惫，笑声也不那么频繁了。而妮莎几乎动弹不得。她浑身都疼，好像活到现在从来没这么累过。她穿上那件糟糕的外套，瘫坐在木质长椅上，已经没有勇气再步行回酒店了。要不然打车回去吧。可她随即想起：自己现在已经身无分文了。

"你家离这里远吗，宝贝？"茉莉一边问她，一边对着门后污迹斑斑的小镜子照了照，然后像个化妆师一样熟练地给自己补上口红。

"呃，在伦敦塔那边。"她回答道。

"那还行。虽然有时候高速公路上堵得一塌糊涂，甚至周日也会堵。亚历克斯也住在那边，有时他要在公交上待一个小时才能回家。"

"我步行上下班。"她说。

"全程步行？太厉害了吧！怪不得你看起来这么瘦……那么，我们明天见？"

明天。明天应该做些什么呢？她太累了，大脑已经无法思考，只能木然地回答一句："明天见。"当茉莉准备离开时，妮莎叫住了她："等等，我的钱呢？"

"什么钱？"

"今天的工钱啊。"

茉莉立刻拉下了脸："宝贝，你的工资不是日结的。你们家乡难道不是这样吗？中介机构还有临时工都是按周结算工资的。你和桑得拉谈谈，她会帮你处理的。你手里总该有点存款吧？"

她一定捕捉到了妮莎脸上一闪而过的惊恐，因为她的表情迅速柔和下来了："你真的很缺钱，对吗？"

妮莎在惊慌失措中点了点头。于是茉莉停下来，把手伸进自己的包里。

妮莎上下打量着她：她也穿着廉价的外套和运动鞋，所以她不想跟这个女人要钱——她不愿承认自己现在比她更穷。

茉莉用沉稳的目光审视着她，好像在盘算该拿多少。最后她掏出20英镑递了过来："通常我不会做这种事，但是我还挺喜欢你这个人的。你今天非常努力，所以值得吃点好吃的。记得，如果你不努力的话，老天爷会慢慢夺走你的一切。"妮莎把钱接过来，盯着它们发呆。

茉莉轻轻地哼了一声。

"那么明天见吧，我相信你还会来的。"最后她带着笑容又补充道,"明天进来时,不要让自己浑身烟味儿,明白吗?"

她把包扛在肩上离开了。手机又被她举到了耳边,另一只空着的手还在往身上喷香水。

在回到酒店之前,她去了贝利街的白马酒吧。里面几乎空无一人,只有几个喝红脸的老头聚在角落里。脚下的地毯微微发黏。当她试图跟酒保说明自己在寻找一双丢失的高跟鞋时,他直接笑出了声。

第11章 爱工作，难爱职场

盘点，暂停营业，恢复时间另行通知。萨姆背着背包，看到门口居然贴了一张这样的告示。门玻璃上已经糊满报纸，仿佛是为了阻止外界看到他们内部因财务纷争而厮杀的现场。

一个年轻男人走到她身边，大声咒骂了一句。尽管天气很冷，他却晒得黝黑，手臂上的肌肉把衣服撑得有棱有角。"我刚在这里办了一张卡！"他向萨姆高声抗议，就好像一切损失都是萨姆造成的，"我可是提前付了一整年的钱呐！"

随后，萨姆看到他大步返回停车场，嘴里依然在不停地咒骂。她有点手足无措。原本她是来这里归还背包的，可现在又得把它带到公司，然后再扛回家，而且依然不知道接下来该如何处理。一想到这些，她就有点生气。西蒙的脸突然出现在脑海中。想都不用想，他现在一定在看表，数着自己会迟到几分钟，然后在她的"罪名清单"里再添上几笔。她把背包牢牢地扛在肩上，快步朝地铁站走去。

仅仅在不久之前，萨姆还是热爱自己的工作的。虽说不至于在每个工作日早上从床上蹦起来吹口哨，也没有在下班回家时觉得自己为这个世界增添了多少祥和，但每天都和自己喜欢的人待在一起，这让她有种宁静的满足感。十二年来，她一直在努力经营好自己的一亩三分地。你可以在世界上任何一家公司看见萨姆这样的员工，他们总是很安静、不折腾，稳稳地推进工作。即使公司需要他们加班，也不会听到什么怨言。他们对工作本身感到满意，不需要对外炫耀，也不需要上级赞扬。这些年她总共加薪了三次，虽然不是什么大幅度的加薪，却足以让她确信自己作为一名职场人的价值。

直到西蒙来到这家公司后，一切都变了。他用一张冷酷的脸审视格雷赛德办公室里的一切，毫不掩饰自己的失望。似乎连这间办公室的存在都让他失望。在与萨姆第一次谈话时，他多次打断她。甚至她一边说话，他一边摇头，就好像她说的每一个字都是错的。

我觉得你的表达方式不够精确。

那么，你为什么要花十天时间来完成七天就能做完的工作呢？

你知道我们优步印刷在对待每一份工作时都力求卓越吗？

你之前的老板对你的工作方式一直很满意，是吗？

他说的每一句话都在暗示对她的不满：她的专注力、她的日程安排能力，甚至是她的守时能力（即使萨姆从来没有迟到过）。

一开始，她真的很想和他撕破脸。可是乔尔劝住了她，因为这样的事并不新鲜："你走到哪儿都会遇到西蒙这样的人。新官上任三把火，宝贝，他总得刷点存在感。"可是这种存在感已经深深地伤害了她。连她查阅自己的工作日程时，西蒙都会跳出来指手画脚，或者在会议中抓住一切她结巴的时刻打压她。现在，当她在每个工作日走出家门时，一种厚重而病态的物质会在肠胃里沉淀下来。她必须在上班路上听些轻音乐或者播客，好阻止自己为接下来的一天担忧。每当走进办公室的那一刻，她都会看到西蒙在办公室里耀武扬威地盯着时钟，然后对自己扬起眉毛——即使她早来了五分钟。他会在深夜时给她发消息，质问她在提高工作效率方面做出了什么改进，或者她是否好好检查了公司印刷的园林家具目录表，以避免两页粘在一起的情况再度出现（这种事之前发生过一次，原因是她的同事哈普迪一时疏忽。

但是这件事并不归西蒙管）。

　　他只愿意和男性平等沟通，说话时脸上洋溢着笑容，仿佛在暗示他们是永远的伙伴，而且可以在下班后一起喝一杯。他总是毫无边界感地出现在年轻女性身旁，用奇怪的角度把双手半插在口袋里，好像一直在指着自己的生殖器，然后面带微笑地盯着她们的乳房。有些女员工，比如迪伊，会一边微笑一边和他调情，然后在女卫生间把他骂个半死："那个垃圾！真他妈让人恶心！"财务部的贝蒂不会理他，她也很少和人任何说话，但是她有一个比台式计算机转得更快的大脑。还有玛丽娜，她从来不在乎任何人对自己的看法，也一直都是想到什么就说什么的性格。这么一比较，萨姆现在是整个办公室里年龄最大的女性。西蒙显然已经决定把所有负面评价甩给萨姆。这真的太累了。

　　萨姆一般会和菲尔倾诉这一切，菲尔总是有办法让她平静下来，和她感同身受，然后站在她的角度提供处理问题的策略。可是那天晚上，当她带着一肚子委屈要向菲尔诉说时，他没有像往常那样让她坐下来，给她倒杯酒，而是把头埋在自己的双臂之中。他说："很抱歉，我现在无法处理任何问题。"她从来没有见过菲尔如此脆弱的样子。她吓坏了，立刻解释现在问题不大，她没有那么难过，只不过今天过得有点糟糕罢了。此后，她再也没有和他谈及工作上的事。

　　泰德、乔尔和玛丽娜是她在同事中最坚定的伙伴，他们支撑着自己走到今天。可是，每当西蒙刁难她的时候，没有人敢站出来替她说句话。不过西蒙也总是在她独处的时候过来找碴儿，比如路过她的工位时小声嘲讽一句："天哪，我真的很难相信你是在这样杂乱的桌面上完成工作的。"大多数时候，如果有别的"观众"在，他会直接无视她。可是她又能做些什么呢？菲尔已经失业了，他们的积蓄也花得差不多了，现在家里只能靠她的工资维持生计。她只能低着头，咬紧牙关，忽视胸中郁结的闷气，祈祷他放过自己，开始挑别人的毛病。

"西蒙又来找你了！"玛丽娜悄悄地把一杯咖啡放在她桌上，神色就像特工接头，她转身离开前的表情让萨姆不寒而栗。

"又出什么事了？"她问道，但玛丽娜头也不回地走了。

她把那个背包丢到办公桌下面，把自己的手提包挂在椅背上，坐下来，解锁自己的电脑。

几秒钟后，他就出现了，穿着一条紧身西装裤，还佩戴了一条闪闪发光的腰带。他的神态就像一位不得不离开重要会议的校长，原因是学校里的某个差生又惹出了乱子。

"你为什么不提醒费舍尔注意胶版纸的颜色？"

"你说什么？"

她急着转身，胳膊肘差点把那杯咖啡从桌上扫下来。

"那个需要印刷4000份房产宣传册的订单。他们在电话里冲我大骂，因为胶版纸的色彩饱和度太差。"

"是他们说愿意使用胶版纸的，因为他们正在缩减成本。我和泰德已经提前说明过，使用胶版纸印刷一定会存在色差。"

西蒙把脸拉下来，就好像她在撒谎一样："马克·费舍尔先生说你什么都没说。现在的问题是，他们想让我们重新印刷，因为没有人会在阅读这份宣传图册之后下单买房，页面上的所有物体看起来都是灰蒙蒙的。"

"我在上次开会时专门坐下来和他谈过，我甚至给他看了我们给柯里尔斯公司打印的商品目录作为例子，告诉他印刷出来的效果会和之前有很大差别。可是他当即表示这没关系。"

"你是说，费舍尔先生在撒谎，是吗？"西蒙用轻蔑的声音说道。

"或许是……是他忘了，但我记得很清楚，我还专门记了笔记。当时他表示，缩减成本才是当务之急。西蒙，如果他现在改主意了，这可不是我们的错。另外，对客户说明印刷品呈现的效果是设计师的工作。我……我之所以介入，只是因为我不放心，想对他们说得再明白一点。"

"好吧，萨姆，你的介入除了添乱之外毫无帮助，因为他们现在确信这都是优步印刷的责任。你最好在闹出更大的乱子之前想办法挽回这一切。"

他脚后跟一转，在她提出抗议之前就离开了。萨姆这才发现：自己早上坐下来之后还没来得及脱外套。在长叹一口气之后，她轻轻地躺倒在椅子上。

当她把左臂从袖子里抽出来时，有新邮件的提示声响起。她身体前倾，打开邮件。

把头抬起来，宝贝。不要让他觉得自己得逞了。

她抬起头，发现乔尔的脸出现在十英尺外的物流部办公区。他对她露出一个微笑，可是她不知道自己现在应该害羞脸红，还是该大哭一场。

*

午餐时，萨姆接到了来自物业公司打来的电话，他们终于要在下周开始重砌家门前的那堵墙。这个好消息来得有点突然。此前萨姆已经催了他们四个月，这件事都快把她搞疯了。那堵墙在六月份的时候被一个看不清后视镜的退休老司机撞了一下，就这样变成了一堵危墙。幸亏修建的费用涵盖在保险范围之内，这让萨姆长舒一口气。她之前真的不知道砌一堵墙这么贵。

她坐在员工用餐区给家里打了一通电话，这是西蒙为数不多的不会涉足的区域（他似乎觉得这里配不上他，因为员工们都使用公司提供的整齐划一的咖啡杯和微波炉）。此刻她正在咀嚼一个金枪鱼甜玉米三明治，面包似乎已经放了好几天了。食物在她嘴里变成黏糊糊的一坨，就像今天她和西蒙争吵时的感受。

"嗨，亲爱的。"电话接通了，她尽量让自己的声音听起来很愉悦，"你还好吗？"

"还行。"菲尔的语气十分平淡。

她可以从电话里听到电视传来的声音：又有一些化了浓妆的女人在屏幕里空谈时政。她还可以想象菲尔盯着电视时茫然的样子。

"那就好。戴斯·帕里给我回电了，他们下周一就要来修咱们家门前那堵墙了。终于！所以你需要把那辆房车挪走。"

"房车？挪到哪儿？"

"我不知道。要不开到路边上？"

"可是咱们没给它缴税。"

"好吧，那看来很有必要先缴税。如果它挡在那儿，他们过来之后就没法砌墙了。或许你可以问问你的朋友们，谁家的车库还有空着的地方？"

"呃……我没法问他们。"

她忍不住闭上眼睛。

"我和他们已经很久没有正常说过话了，我觉得……"他的声音渐渐地弱下去。

"菲尔，我亲爱的，无论如何那辆车都需要挪走。你能不能想想办法？我现在的工作已经够累了。"

接下来是一段长时间的沉默。

"这件事能不能往后拖拖？我现在做不到。"

这一刻，她再也压不住自己的一腔怒火："做不到什么？不就是把车挪开六英尺吗？"

"缴税，还有旧车性能检测那些事。而且我不知道把这辆车挪到哪儿。我现在真的什么都做不了。"

"好吧，请你想想办法，他们马上就要来了。"

"你就往后推迟一周行吗？我再想想。"

"不行，菲尔。"她的声音突然尖锐起来，"我不会再推迟这件事了。你知道我花了几个月联系他们吗？人家好不容易要来了，我不能再把他们放走。那堵墙眼看着就要塌了，如果真有人爬上去，然后被压倒在废墟之下，这是要出人命的。最后是我们来承担这份责任。所以，你现在必须处理好和那辆房车有关的手续，然后把它挪走。让我们的生活回到正轨，好吗？"

电话另一端又陷入了长时间的沉默。

"你能不能不要这么咄咄逼人？"他的声音冷酷而低沉，"我已经很努力了。"

"是吗？你都是怎么努力的？"萨姆压抑已久的怒火一旦被点燃，便一发不可收拾。一些刺耳的话脱口而出："我每天拼命工作养家，照顾生病的安德莉亚，照顾卡特，还有我们家那条大小便失禁的狗。我还得和该死的西蒙斗智斗勇。而你每天有 16 小时待在沙发上，剩下的 6 个小时躺在床上睡觉。你还记得自己上一次去超市采购是什么时候吗？你有多久没遛过凯文了？哪怕你打扫一下厨房的地板呢？你除了为心里那点事反复难过之外还干了什么？你什么都没干！你就知道躺平！你现在除了躺平什么都不会干！"

他沉默了一会儿，终于说了一句："8 小时。躺在床上睡觉的时间是 8 小时。"

"什么？"

"一天有 24 小时。在沙发上待 16 小时的话，还剩下 8 小时。"

"天哪，看在上帝的分儿上！菲尔，你不明白我在说什么吗？你做点什么好吗？我知道你心里不好受，你现在过得很艰难，事实的确如此。天哪！我当然知道现在日子有多难！可是你真的需要站起来，试着做点什么。这几个月来我一直都是这么努力过来的。可是我真的不想独自努力了！我真的快要崩溃了！"

她说完立刻挂断电话，不想再听他继续找理由辩解。随后她盯着墙壁，又呆坐了一会儿。心跳依然剧烈。

转身的时候，她看见西蒙出现在门口。

"和该死的西蒙斗智斗勇。"他点着头，一字一顿地说出这句话，脸上的表情阴晴不定，"说得真有趣。不过我是来通知你的，你需要重新和比尔森那边的人商谈价格问题。总部表示目前的利润率太低了。"

萨姆在他离开后依然目瞪口呆地愣在原地，血流的声音在耳朵里哗哗作响。她看到大腿边上依然放着用保鲜膜包着的三明治，大脑还没反应过来，胳膊就已经把三明治重重地摔了出去。墙上立刻留下一个湿漉漉的爆破状痕迹。

七分钟后，萨姆整理好自己的外套，站起来，用方形的厨房纸巾把落在地上的甜玉米一粒一粒捡起来。用湿抹布擦去墙上残留的蛋黄酱和黄油，然后小心翼翼地把它们丢进垃圾桶。

第12章 倾诉

"所以……我现在需要做什么？"

"你想做点什么？"

菲尔盯着那个男人的脸，想判断一下对方是否在开玩笑。如果靠近他身边坐下，他会不会看出自己现在精神状态不太好？或者干脆判定自己是个神经病？他还有点担心，如果直接躺下的话，他很快就会睡着的。这些天他总是一躺下就睡着了。如果在这里也做同样的事，他会不会立刻被当成疯子？

可是那个男人好像能听到自己的心里话一样："有些人觉得坐着更舒服，有些人觉得躺着更舒服。这真取决于你自己的喜好。"

菲尔犹豫了一下，然后坐在藤织沙发的边缘，让他们之间空出一个座位。那个男人开始凝视他，好像在等待什么发生。这个举动立刻让菲尔产生了起身离开的冲动，毕竟他们没有权利把自己拴在这儿。可是卡特的态度非常坚决。他突然发现自己已经无法反驳女儿了。

"我现在要说点什么吗？还是你来说？"

"你可以随便说点什么，咱们一起谈谈。"

"可我不知道说什么。"

对方陷入一阵沉默。

"所以你今天为什么会来这里，菲利普？"

"菲尔，我的名字叫菲尔。"

"好的，菲尔。"

菲尔的眼睛看向地板。"我的医生让我来的。好吧，他也没有让我来找你。但是他说，如果我拒绝服用抗抑郁药的话，就必须要尝试一下谈话治疗。"他挠了挠头，继续说道，"是我女儿让我来的，她很关心我。可是我觉得这一切都太蠢了。"

"你不愿意来这里吗？"

"我是英国人。"菲尔勉强微笑道，"我们不善于表达跟感情有关的事。"

"好吧，我可不同意你的观点。"科维茨医生说道，"我认为英国人非常注重感情。我们总试图用舒服的方式来表达感情，但经常会让自己不舒服。"他笑了。

菲尔也尴尬地笑了笑。这种尴尬似乎是意料之中的事。

"或许你想和我谈谈第一次去看医生的原因？"

菲尔立刻感到胸闷气短。只要有人要求他描述过去一年发生的事，这种胸闷都会本能般地发作。

"我们还是让说话的方式简单点吧：你父亲去世了，这件事让你一时无法接受，是吗？"

有些事实在太沉重了，根本无法用语言表达出来。父亲刚去世的那几个月如同一个暗无天日的黑洞。如果强行回想那几个月发生的事，他担心自己会像一个被吸入黑洞的小行星那样，再也无力摆脱无边无际的真空。

他咳嗽了一声，终于开口："好吧，是，也不是。"他说完这句话，在椅子上换了个姿势，继续说道，"他一直健健康康地活到了 75 岁，可一旦确诊之后，他的生命突然只剩下几个月了。"

"是癌症吗？"

"是的。"

"你一直陪着他吗?"

"嗯,是的。"

"我很抱歉,这对你来说一定是一段艰难的时光。"

"噢,我倒还好。他最后走得很安详。可是,你知道我妈妈……他们已经结婚五十年了,我最担心的是她。"

"她还好吗?"

这句话问出了关键。其实南希已经很努力了。父亲去世后的六个月,母亲每天晚上都会给他打电话,他必须提前做好准备。她总是强忍着颤抖的声音,谈论当天取得的"小成就",比如清空了抽屉,把一些旧物从家里搬出去。然后,不可避免的,她总是会崩溃:"亲爱的……我实在是太想他了!"于是,他开始害怕每天的电话,他害怕自己只有无能的悲伤,他害怕自己无法承担任何重负。他和萨姆每个星期天都会回来看自己的母亲,要么带她去酒吧吃午饭,要么和她一起举办烧烤野餐,然后在收拾完一切之后陪她聊天。她看起来萎靡不振,好像没有父亲存在她就无法生活。她从来没有独自支付过账单,从来没有刷过车,从来没有在父亲不在场的情况下独自去公共场所用餐。她对吃饭和出门都失去了兴趣,终日像捻佛珠一般回顾过去的日子,尤其是父亲生命最后那几个月。她好像一直想弄明白自己究竟做错了什么:如果早点发现,父亲就不会去世这么早。菲尔想过把母亲接过来一起住,可是他们家的确没有多余的卧室,所以这个念头很快打消了。

可是突然之间,事情有了转机。悲伤的日子持续一阵之后,某一天,母亲突然以新面貌出现在自己面前:她的头发被吹风机吹出造型,还涂上了口红。"我想通了,里奇一定不希望我每天都坐在那里哭泣,他看到我这个样子一定也会难过的。所以你能先告诉我在哪儿给汽车加油吗?"

于是就这样,她从两个月前开始在社区中心做志愿者,每周二都会给那些难民们上烘焙课。菲尔不太理解为什么这群难民需要学会制作维多利亚三明治,但她认为这与食物本身无关:"现在他们只是需要做点什么,让自己找到一种归属感。而且每个人吃完这些糕点之后都觉得心里好受多了,不是吗?这是事实。"

她说自己的心情平复了很多,做这些还是有意义的。听了这些难民的故事,她开始感激自己所拥有的平静生活,并且明白自己已经获得过足够多的爱。从前她觉得大蒜"异味太重",一直不吃,可是现在她享受他们给自己带来的蒜味食物。"说实话,它太辣了,菲尔。我的脸涨得像甜菜根一样红。可是味道真的不错。"

他为她感到高兴,但也有另一种奇怪的情绪涌上来:母亲真的可以重新开始自己的人生吗?因为他做不到。他经常梦见自己坐在父亲的病床旁边,看到父亲用瘦削得几乎透明的手掌紧紧捏住自己的手指头,用力地呼吸着。氧气面罩下的眼睛一直盯着菲尔,目光中充满愤怒。他看起来如此讨厌自己的儿子。有一阵子,只要他闭上眼,就会看到父亲用那种目光盯着自己。

"她现在过得不错,你懂的,真心不错。"他说。

"所以我可以说,你们经历了一件人生大事。"科维茨医生说道,"你们的确需要处理很多事。你找到办法来解决自己的问题了吗?"

"好吧,我失业了。我的妻子也不再尊重我了,女儿也认为我是个废物。对我来说,换洗衣物,甚至身上是否需要穿衣服都无所谓了。我再也不用去见我的朋友们了,谁想跟一个可怜鬼待在一起?

"我太累了,连门都不想出。可是待在家里又让我觉得总有很多琐事等着我完成。我甚至懒得整理可回收的废品。有一天我把一个装鸡大腿的托盘清洗干净后,突然觉得这种行为非常荒谬。某些大国一分钟可以排放亿万吨二氧化碳，我现在回收这一个托盘有什么意义吗？我连新闻都不敢看，看到那些画面就想用被子把脑袋裹起来。尤其是洪灾和火灾的景象，它们会让我为尚未见到的孙辈那一代人感到焦虑。所以我只能窝在让我有安全感的沙发上，看那些转卖一件古董可以赚两英镑的电视销售节目，或者那些浓妆艳抹、穿着鲜艳连衣裙的女人们谈论饮食的肥皂剧。我看电视或许只是希望家里有点声音，我无法忍受那种令人窒息的沉默。

"我知道我妻子已经受够了，她看起来心力交瘁。可是每当我想做点什么来帮助她时，她都会叹气，然后咂咂嘴，因为我总是帮倒忙。她过去是如此爱我，可是现在却用这种表情提醒我：我是如此无能。所以大多数时候睡觉只是一个借口，我只是想避开她而已。然后是我女儿，她比我们两个人聪明多了。她会直接进屋告诉我：'爸爸，你该起床了。'就好像她才是照顾孩子的母亲，或者一家之主。可是我该怎么和她解释呢？我真的很困。即使在一天中头脑最清醒的时刻，我唯一能想到的事物就是我的床，它在等着我爬上去。所以我能做的事情就是等所有人离开家，然后上楼，被世界遗忘几个小时。

"医生告诉我要注意饮食均衡，可是我们根本没有精力来管饮食均衡这件事。我只有力气吃饼干和黄油面包一类的方便食物，它们让我的腰腹逐渐松垮肥大，所以我更鄙视自己了。"

"我说的解决办法指的是……可以是点点滴滴的小事，但它们会让你觉得自己有所恢复。"科维茨医生解释道。

"好吧。我没有什么可抱怨的，对吧？"他对科维茨医生微笑道。

是啊，他有什么好抱怨的呢？和大多数人相比，菲尔拥有的东西够多了。他身体健康，有一栋自己的房子——虽然要背上沉重的房贷。她有妻子，有女儿，未来某一天也会重返职场。他不用躲避武装恐怖分子，也无须徒步四十英里获取饮用水。他并没有饿得皮包骨头，也不用为了嗷嗷待哺的孩子发愁。可是话说回来，面前这个坐在藤织沙发上拿着纸巾的男人到底要干什么？和他谈话能解决什么问题吗？他的父亲并不能死而复生，萨姆的负担也不会减轻，他也不会因此得到一份新工作，他的女儿依然会用奇怪的目光看着自己，就好像他成了动物园里的大猩猩一样。

太荒谬了。这一切都太荒谬了。

"我还是走吧。"他站起身来说道。

"走？"

"你……你一定有比我更需要帮助的人。我……我觉得这里不适合我，对不起。"

科维茨医生并没有阻拦他，而是看了他一眼，然后说道："好吧，菲尔。我将在下周继续与你谈话，希望你能来。"

"真的没有必要。"

"哦，我认为有必要。"

他在菲尔继续婉拒之前站起身来，从他身边走过，打开房间的门，平静地看着他，说道："我希望下周还可以见到你。"

菲尔用了二十三分钟步行回家。到家之后，他关上身后的门，拍了拍狗，然后用沉重的步伐上楼，走向自己的床。

第13章 自食其力

健身房关门了,什么时候开门另行通知。前天晚上,妮莎在回酒店的路上看到了通知。她愣在原地,试图让自己接受现实:她的衣服,那些帮助她认同自己身份的东西,就这么消失了。她不知道为什么自己会如此在意这双高跟鞋,或许这是卡尔送给她的最后一份礼物,这是他们婚姻的见证。卡尔给她创造了一个巨大而华丽的美梦,他十分喜欢自己穿上那双鞋的样子,而且希望她在所有重要的外出场合都穿上。她早已习惯自己的衣着打扮被卡尔支配:"你穿着这双鞋真的太美了,我希望所有人都能看见你穿上它们的样子。"可是这期间他应该一直忙着让夏洛特替代自己的位置吧?这么做的意义是什么呢?她越发确信自己被卡尔耍得团团转,愤怒逐渐增加,每一根血管里的血液都在沸腾。

"姑娘,你的速度提上来了!"茉莉把脑袋伸向卫生间,露出一副赞赏的表情。愤怒似乎让妮莎充满力量,她每天早上在闹钟铃响之前就能起床,然后像打仗一样擦去酒店房间里的污渍。或许她把这些污渍当成了卡尔的脸。一周的时光很快在擦洗中过去。

"你是想休息一下呢,还是在我喝杯咖啡的时间里把其他十二个房间都打扫了?"

茉莉露出笑容,妮莎则挺直身子,用手背擦了擦冒着热气的额头:"我都行。"

这是她在酒店当清洁工的第五天。在这五天里,她会在早上八点从那条狭窄的巷子走进酒店,换上黑色工作服,吃掉美味的糕点,然后打扫恶心的房间。她的脑海无时无刻不被愤怒填满。今天是发工钱的日子,可是她不确定是否会有节外生枝的事发生。更衣室里的聊天内容无非是移民局的突袭检查,还有取消永久居住权获批的事情。有人只来上过一天班就消失了,有些人已经干了好几周,但从来不和别人说话。每当有人望过去,他们便立刻移开目光,仿佛希望自己可以隐身。她和这一大群人没什么两样:每天活在雷达的监测之下,勉强糊口,自求多福。

妮莎还没有想好下一步的计划。她不喜欢这份工作,可是她必须想办法靠近顶楼套房,而现在的工作依然可以提供机会。每天打扫客房时,她都会在心跳加速中探寻上楼的方法。但是没有身份证明的服务人员不能在六楼和七楼工作,他们被限制在更便宜的普通客房楼层,这里受到商务出行人士或者喜欢在网上预订折扣酒店的旅客的欢迎,通常他们只住一晚。茉莉说过,客房服务员至少要连续工作几个月才算经验充足,这会使他们获得信任,进入更高级的楼层工作。

她知道自己一定能上去。可是在想到万全之策以前,她必须耐心等待。

"嘿,宝贝。"下午两点,她借用酒店的无线网(所有员工都会这么做)给雷蒙德打网络电话。她和茉莉的午休时间很晚,这个点叫醒雷蒙德等于让他"提前起床"。可她实在没有办法:酒店的房费只能付到今晚,下一步该去哪儿呢?

"妈妈?你为什么这么早给我打电话?"他刚醒来,嗓子还是哑的。

她让自己露出一个轻松的笑容,然后才开口道:"亲爱的,我需要你帮我个忙。你得再给我转一些钱。原因有点复杂，等我回家之后跟你说。"

"还要转钱？"她听到他在床上扭动的声音。

"是的，再来五百。也许你今天就可以转账给我吗？像上次那样做就行。"

"我做不到，妈妈。"

"噢，你不用立刻就去转账。我只是想早点告诉你，然后看看你的时间安排。"

"不是的，我根本没法转账。爸爸冻结了我的账户。他说我的账户异常，可能是遭遇了电信诈骗。他没有告诉你吗？"

"你说什么？"

"我什么都没法买了。衣服、游戏，甚至连买除臭剂的钱都没有。他说我只需要给夏洛特发信息，告诉她我想买什么，她会给我付款，然后让人把东西寄给我。"

天哪，卡尔已经做到这一步了。

"你一分钱都没有了吗？"她绝望地问道，"储蓄卡呢？你的储蓄卡总能用吧？"

"别提了，都被冻结了。他真的很卑鄙。我现在连我自己的钱都用不了。妈妈，你能和他谈谈吗？他不愿搭理我，我有事只能找夏洛特。"

"我会的，亲爱的，我一定会和他谈的。我很抱歉……我等会儿再和你说。"

她挂断电话，长叹一声，瘫倒在长椅上。茉莉正在另一边和维克多小声地说着什么。等妮莎回过神来的时候，发现她正盯着自己看："妮莎，你怎么了？"

"我前夫把我所有账户都冻结了。这可真是……总之一切都很糟。"

茉莉扬起眉毛:"你前夫?他是个什么样的人?是个连孩子都不管的浑蛋吗?还是说……他让你净身出户了?"

"差不多。"

"我的天!"她惊呼道,"我能猜个大概!你知道我妈曾经说过什么吗?如果你觉得和某个男人离婚之后就没法活了,那么千万不要嫁给他!我的前夫,人不错。每个月十五号都会把他那份抚养费打过来,每当格蕾西有事的时候他也会出面,讲话也是彬彬有礼,一副在意你的样子。我总怀疑他是不是对我还有感情。"她耸了耸肩,指了指自己的脸,"看来我真的很难忘记他。"她又笑了几声,这让妮莎无法判断她是不是在开玩笑。"你前夫有正经营生吗?"

"卡尔?应该有吧。"

"那他是做什么的?"

"呃……进出口贸易之类的吧。"

"噢,我有个朋友桑杰也是干这个的。他在绍索尔附近有一个仓库,他在码头上采购那些从集装箱里掉下来的货物,然后再把它们倒卖给有需要的商家。可是这种收入是不稳定的,前一分钟他还是个有钱人,下一分钟就揭不开锅了。你的父母呢?"

"我没有……我不怎么联系他们。"

"好吧,姐妹。那你有孩子吗?"

"有一个儿子,人在纽约,但……至少他现在是安全的。"

"那还不错。你一定很想念他吧?这对你来说一定不好受。"

"今天会发工钱的,对吧?"

茉莉的脸又拉下来了:"是的,宝贝。可是这笔钱都不够你打车去LV[18]。你懂我在说什么吧?"

---

[18] LV,即 Louis Vuitton,通常译作路易·威登,著名奢侈品牌。

她说得实在太对了。一天的工作结束，妮莎收到一个信封，里面有一张难以辨认字迹的手写工资单，还有她每天工作十小时换来的 425 英镑。一个没有身份证明的女临时工每小时只能拿 8 英镑 50 便士，而且穿这里的工作服还要扣掉 50 英镑。她直勾勾地盯着这笔钱，实在不敢相信这一周的苦力只能换来这点报酬。她算了一笔账，发现这样下去很快就住不起那家春日塔酒店了。她还本想在一切恢复正常之前省着点花，可即使生活开销已经被压低至此，几天之后，她还是会面临无处栖身的境地。

茉莉还告诉她，幸亏酒店没有给她登记在册："要不然还要扣一笔社保费用呢，还要支付一笔税款，目的是为了应对紧急情况。都是些屁话，真出了事谁来管你？还不如直接去领失业救济金。"

"哦，对了。"妮莎刚把信封塞进口袋，又想起一件事，"我忘了还有欠钱没还。"她立刻掏出一张 20 英镑的钞票递过去。

茉莉看了看钞票，又看了看妮莎，然后拍了拍她的手："宝贝，你人不错，真的。不过等你把烂摊子都收拾了，再还我也不迟。"

不知为什么，这些话让妮莎更难过了。

她把备用的护发素和润肤露拿上五楼，送给房客。那是一个化着浓妆的女孩，打开房门后直接把东西拿走，然后重重地把门关死，连句"谢谢"都没说。她带着沮丧往电梯的方向走，然后突然看见了一个男人。

是阿里。

心脏在那一刻几乎停止跳动。妮莎很想找个房间躲进去，可是她的房卡没有开这一层房门的权限，她已无处可逃。而阿里正心烦意乱地打着电话，身上的黑西装一尘不染。他的脚步轻轻地踩过华丽的地毯，眼睛始终盯着前方不远处的位置。

"不,他可不想那样。把车开到前面等着就行了。无所谓,如果你觉得有必要,就在那条街上开一圈。他应该在……妈的,在哪儿来着?噢,在皮卡迪利大街,两点十五分。具体地址你问夏洛特。"

他靠得越来越近,这让妮莎觉得自己浑身上下都逐渐僵硬。刚刚吸进来的一口气还憋在胸口,她咒骂自己为什么不把手推车一起推上来,这样她至少还能蹲在车后面。如果他来硬的,她还可以用手推车撞翻他。可是现在,整个走廊里除了他们俩之外什么都没有,她毫无退路。阿里已经走到自己面前来了。她无助地闭上眼睛,把脸转向身后的房门,等待他用强壮的臂膀抓住自己的胳膊,用威胁的语气怒吼:"你他妈的在这儿干什么?"

呼吸依然停滞在胸腔处。过了一会儿,脚步声从她身边渐渐消失了。前方不远处,他的手机里传来一句咒骂,紧接着爆发出一阵笑声。又过了一会儿,她终于敢睁开眼睛,缓缓地转过头来。只见阿里沿着走廊继续往前走,另一只手还在空气里比画着什么。

妮莎·康托尔,一个25年来一直颇具回头率的魅力女性,在穿上一件廉价的黑色上衣和尼龙长裤、围上服务员用的围裙之后,没有人愿意再多看她一眼。

第14章 得而复失

她回到更衣室之后，脑袋仍然在嗡嗡作响，心跳依然快得要命。可是另一件出乎意料的事情发生了：茉莉说她胃疼，询问妮莎是否可以让她去躺一会儿，然后替她把420房间打扫一下。"宝贝，这是老毛病了。但我现在太难受了，躺一会儿才能好些。"妮莎表示没问题，她也会把422房一起打扫掉。茉莉对她说了很多感激的话，可是她什么都听不进去了。一个大胆的想法突然在脑海中冒出火花。茉莉此时已经脱下围裙挂到挂钩上，疼痛让她不停地呻吟和叹息。然后她艰难地走到洗衣房旁边安静的小房间里，那是前台接待人员的休息室，里面有躺椅。

妮莎一直等在原地，确定茉莉真的离开后，便快步走向她的围裙，在口袋里翻出那张可以打开所有客房的门卡，放进自己的口袋后匆匆离开。

妮莎以双倍速打扫420房间，她扯下脏床单，套上新的，清空垃圾箱，用消毒湿巾清洁遥控器表面，大脑全程高速运转。然后她又来到422房，感谢上帝，那些在入住期间几乎不怎么使用房间设施的单身女性实在太可爱了，这让她给自己赚来15分钟的空闲时间。她把手推车推进电梯，犹豫了一秒，还是把那张房卡刷向感应区，按下7楼的按钮。电梯上行，她的肠胃开始打结。

"客房服务！"门被打开，她调整状态，准备迎接开门后的尖叫，然后她会不顾一切地冲进去。可房间里空无一人。她在原地愣了一会儿，终于走进这间原本属于她的套房。房间里散落各处的物品既熟悉又陌生：卡尔的文件，他的拖鞋整齐地摆在一个棉花做的地垫上。果盘里只有葡萄和桃子，这些是他最喜欢的水果。她走到桌子那边想拿自己的护照，可抽屉里什么都没有。她打开那个装有保险箱的衣柜，输入他的生日，但保险箱发出令人头疼的报错声。然后她又试了另外两组密码，她的生日，雷蒙德的生日，可是没有一个能打开。她骂骂咧咧地站起来，向卧室走去。

床铺已经整理好了，短暂的感激之情涌上心头。这样她就不用被杂乱的床单、喝剩一半的香槟、散落的情趣用品刺激到，然后进一步确认自己的丈夫出轨了。她把目光移开，走向更衣室，打开双开门的衣柜。就是这里：她所有的衣服都整齐地挂在衣架上，和她离开的那天一模一样。她长久地凝视着它们，发出充满渴望的呻吟。她把脸贴在一件蔻依[19]的羊毛外套上，不停地呼吸着，就像一个母亲找回了失散多年的孩子。这是属于她的气味！没有它们的时候，她觉得自己一丝不挂。她转过身，对着梳妆台扫视了一圈，看到了熟悉的瓶瓶罐罐，赶紧抓起来放进口袋。就在这时，另一个女人的化妆品也闯入视线：那些都不是她的东西。她盯着一个没有拉好的超大化妆包看去，里面有一个巨大的眼影盘，粉底的色号对于妮莎来说太白了。化妆刷旁边还有一个卷发棒。她的身体又开始僵硬，一个念头突然冒了出来。于是她回到刚才的衣柜旁边，果然发现了一条裙子：一条不属于她的裙子，藏匿在自己的套装和连衣裙之间。她立刻把它拽了出来：牌子是斯特拉·麦卡特尼[20]，黑色，十分性感，甚至可以用伤风败俗

---

[19] 蔻依（Chloé）：法国著名时装及奢侈品品牌。
[20] 斯特拉·麦卡特尼（Stella McCartney）：英国设计师品牌，主营时装、包袋、化妆品等。

来形容。而她的黑色披肩也挂在上面。一阵愤怒涌上心头。难道他允许这个女人穿自己的衣服了吗？还让她把俗艳的衣服乱插进自己的衣柜？她又看到一套衣裤套装，一双41码的Jimmy Choo㉑高跟鞋。本来妮莎还没想好自己回到顶楼套房之后要做什么，但现在，她开始愤怒地咆哮，然后把衣服从衣柜里一件一件地扯出来：她的香奈儿套装、亮色的罗兰·穆雷㉒连衣裙、华伦天奴裙子。她抱起这堆心爱的东西，把它们全部从衣架上扯下来。如果夏洛特真的穿过自己的衣服，她绝对不会原谅她（一定是夏洛特！那个婊子的脚和小丑一般大）。如果有必要的话，妮莎可以一直忍受卡尔，但她不允许那个贱人把身体塞进自己的衣服里。妮莎把所有衣服卷成一堆放到手推车上，又跑回来穿上了圣罗兰㉓的黑色天鹅绒垫肩套装，套上一件长款的羊羔毛外套。然后，她带着在愤怒中扭曲的面孔，将手推车奋力推出顶层套房，进入电梯，按了下行的按钮。这一次，她在按电梯时居然忘了用袖子包住自己的手指。

当她推着一车战利品走进洗衣房所在的走廊时，茉莉突然出现在面前。她愣在原地，仔细观察那堆衣服，好像不敢相信自己的眼睛。她把双臂交叉之后问道："这是什么？"

"别挡老娘的路！"

"妮莎？！"

"她居然穿过我的衣服！"妮莎现在已经疯了，某种压抑已久的情绪突然被释放出来，这里面还包括上周所有的愤怒和隐忍。"她怎么敢穿我的衣服！"

㉑ Jimmy Choo：英国奢侈品牌，尚无中文官方译名。
㉒ 罗兰·穆雷（Roland Mouret）：英国高端女装设计品牌。
㉓ 圣罗兰（Yves Saint Laurent）：法国奢侈品牌，主营时装、美妆产品、香水、包具等系列产品。

"你到底在说什么？这些是从哪儿弄来的？"

妮莎试图从她身旁挤过去，但茉莉坚定地拦住她。

"顶楼套房。"妮莎的回答依然带着怒气。

"你刚才一直待在顶楼套房里？"她难以置信地眨了眨眼，又问了一句，"所以这些是你从里面偷出来的？"

"这些东西本来就是我的，这不叫偷。"

"你知道自己在说什么吗，姑娘？你疯了吗？"

妮莎从手推车把手上松开自己的手，靠近茉莉说道："我叫妮莎·康托尔，我的丈夫是卡尔·康托尔。从上周开始，他们先是把我从顶楼套房里撵出来，然后又冻结了我的所有账户。我现在只是在拿回属于自己的东西。"

茉莉盯着她的脸，好像在努力理解这些话的含义："也就是说，顶楼套房里的男人就是你的丈夫？"

"是的，我们已经结婚18年了。上周他用一通电话宣布和我离婚。"

茉莉一边摇头晃脑，一边把手举起来。这些话信息量太大了，她还要再消化一会儿："你进去拿衣服了？你是怎么做到的？"

"我一无所有！连衣服都没有，只能穿这些不属于我的破烂货！"妮莎从口袋里掏出那张房卡，"这个还给你。这就是我来这里的目的。"

"你不能这样做。"

"我没有偷东西，它们本来就属于我。"

"妮莎，这种做法很糟糕。你必须停下来。"

"对不起，茉莉，很高兴能认识你。你是个好人。我之前是个很容易讨厌别人的人，可我喜欢你。只不过，今天我必须拿走自己的东西。"

茉莉盯着手里的房卡说道："不，不，不。你刚才是刷了我的卡才进去的，也就是说你留下了我的记录。如果你把衣服偷走，他们会算在我的头上！"

"我会证明不是你拿的。我会给他们打电话澄清一切，或者用别的什么方式。"

"妮莎，我是一个来自佩卡姆的黑人单亲妈妈，你懂吗？你刚才用我的房卡进入顶楼套房，还把价值……或许是价值1万英镑左右的衣服拿走了？！"

妮莎愤怒地纠正她："实际上大概值3万英镑。"

"咱们必须把这些东西放回去。这一切都能够处理好的，宝贝，但是不能用这样的方式。"

"不行！"妮莎想要反抗，可是茉莉抓住了她的手臂。

"别这么对我。你知道的，如果你真的这么做了，咱们俩都会惹麻烦。我需要这份工作，妮莎，我真的不能丢了这份工作。我能走到今天这步不容易，要付出大多数人两倍的努力才行。你能理解一下我吗？你一定能明白的，求你不要毁了我的生活。"

茉莉的语气有钢铁般的坚硬，却也流露出真正的担忧。妮莎犹豫了。她突然想起茉莉在刚认识自己时就掏出20英镑的那天。

她低声呻吟道："求你了，茉莉。你根本不知道他们是怎么对我的。他夺走了我的一切。我需要拿回我的东西，我需要它们。"

茉莉的语气更加坚定："我理解你的心情，我们一定会处理好这些问题的，但不能用这样的方式。"

两个女人互相凝视着，妮莎知道一切都结束了，因为她不能伤害一个真心帮助自己的人。

"啊……他妈的。"妮莎叹了一口气。

"我都明白，亲爱的，我都明白。来吧。"茉莉又恢复了平时轻松的语气,"我们必须在他们发现之前把东西送回去。上帝啊,我的胃还在疼……这叫什么事儿啊!"

她们又回到电梯里,相顾无言。茉莉一直在偷偷看妮莎,好像在重新认识眼前的女人。快到7楼时,她们又互相瞥了一眼。电梯停住,有嘈杂的声音传进来,而且是响亮的男声。一定是有人回到套房里了。茉莉毫不犹豫地按了下行的按钮。电梯门刚刚打开一个口子,它在犹豫中震动了一下,好像没法接受突如其来的指令。但很快它就再次合上门,顺从地下行了。

她们暂时去了六楼。妮莎觉得自己头晕目眩:"现在该怎么办?"

茉莉伸出一根手指,似乎已经拿定了主意。她按下对讲机上的一个按钮说道:"维克多在吗?帮我个忙好吗,宝贝?我需要15~20个挂衣架,塑料的。对对,立刻就要。谢谢你,宝贝。我在622房门外。这个人情我记下了。"

还不到两分钟,身材高大、眼神中略带悲伤的立陶宛人维克多带着衣架小跑着过来了。

"把衣服一件一件挂上去。帮忙搭把手好吗,维克多?"

妮莎按照她的指示,把每一套衣服都挂在了塑料衣架上。三个人都在默默工作。妮莎还试图用大拇指和食指把每件衣服的衣领拉直,将纤细的挂衣带小心地穿过衣架的金属框。手推车上此时已放好一大堆挂在衣架上的衣服。茉莉把它推回到电梯里,向妮莎示意:"戴好口罩,把脑袋低下去。"

七楼的房门是开着的。茉莉示意妮莎留在电梯里,不要出来。

"客房服务!"她喊了一声。

一个男人出现在门口。或许那是史蒂夫?妮莎现在低着头,看不清楚。

"这是什么?"

"我们完成了您的衣物干洗服务，先生。"茉莉从手推车上抱下一大堆塑料防尘袋包裹着的衣服。

"是干洗服务。"史蒂夫冲他身后喊道。

她听到卡尔的声音从书房传出来：

"干洗什么？我没有要求这个服务。"

妮莎觉得自己的心跳停止了。

但茉莉已经推着手推车往外走了："先生，或许您的太太有预约过干洗服务？我们已经洗干净了，现在只是过来归还衣物。"她又回头低声嘱咐了妮莎一句，"待在这儿别动。"

"我太太？我已经和弗雷德里克交代过了，我一分钱都不会给她花的。"

"或许预约服务的时间要更早一些吧。先生，我现在只是过来归还衣物。"

卡尔突然怒吼道："我已经说过了，我一分钱都不会给她花！她所有的订单应该都被取消才对！"茉莉突然不说话了，妮莎只听到衣架受到摩擦时发出的"嗖嗖"声。他们好像又说了些什么，但是听不清楚。

"我很抱歉，先生。"茉莉用平静的声音回答道，"我想这里面一定有什么误会，不过我会保证您无须为此支付费用。"

她又把剩下的衣服从手推车上抱下来，然后回身往门口退。

"你是说所有衣服都不用收干洗费，是吗？"

"这明显是我们酒店的失误，先生。我保证这一单所有衣物都是免费为您干洗的。"

妮莎听到他的语气有明显的变化。卡尔喜欢贪小便宜，而且心安理得，好像整个宇宙都欠他的。他是一个亿万富翁，但如果有人愿意给他提供一点免费的东西，他会立刻表现得像一个在糖果店里免费吃到棒棒糖的孩子。

"好吧。你们在我的档案里备注好,她在彻底滚蛋之前不能享受任何客房服务。我不希望再发生今天这样的事了。"

"当然,我想我的同事们应该已经备注好了。谢谢您的理解,先生。我再次向您道歉。"

茉莉说完便重新走回电梯。妮莎赶紧背过脸去,她怕卡尔突然冲过来。可是茉莉已经按好了按钮,电梯很快就开始下行。

*

之后茉莉一句话也没说。她们在沉默中完成了各自打扫客房的任务。妮莎依然没有从惊恐中平复过来,只觉得浑身发麻。这些天她无时无刻不在设想回到套房后会发生什么,可现在呢?所有东西都被他们再度夺走,她的衣服也要重回那个小贱人的手中。同时她也为自己的所作所为感到愤怒:她的思维过于僵化了,桌上还有更有价值的东西——她的珠宝和钱。

她现在很想休息一下,可是又不想去员工更衣室。她害怕茉莉和其他人对她问东问西,而且她也不想再提起刚刚发生的事。于是她往反方向走,来到厨房。下午三点左右是厨房一天当中最安静的时段,主厨和助理厨师正抓住午班和晚班中间的宝贵空闲时间来休息。有些人正在打盹儿,还有人偷偷去外面抽烟。她一整天水米未进,于是走到通常用来放三明治的桌子那边。可是桌上只有一个空盘子,里面残留着一些面包屑。

面包屑。妮莎的生命里似乎也只剩下这些碎屑了。她把这个不锈钢盘子举起来,盯了半天。回过神来的时候,那个盘子已经被她重重地摔到地上,在坚硬的地面上发出刺耳的撞击声。她又抄起旁边一堆刚洗好的围裙,也甩到了地上。然后是塑料海碗,它们在不锈钢台面上弹了几下,最终噼里啪啦落到地上。

"他妈的!真是去他妈的!我的生活怎么就变成了这样?"她握紧拳头,闭上眼咆哮着。积压已久的愤怒像火山喷发一样倾泻而出。她跪下来,脑袋恨不得蜷缩在肚子上,双手用力抓着自己的身体,看起来极其痛苦。

最后,她终于睁开眼睛,浑身无力,气喘吁吁。所有人都在看她。转身时,她看到一个高个子男人站在炉灶旁,是亚历克斯。他独自倚靠着炉灶站立,双手在胸前交叉,格子图案的工装裤上布满早班时留下的污渍。

"看什么?"她用挑衅的口吻问道,"有什么好看的?"

她低头扫视一圈,意识到自己的确制造了混乱。她爬起来,冷静一会儿,然后开始一件件捡起围裙,叠好,狠狠地把它们摔到原来的位置上。她的面孔依然因愤怒而扭曲。她又捡起那些塑料海碗,一边捡一边擦,还有那个不锈钢托盘。此时几缕头发从发绳里松散下来,她拂去脸上的碎发,一把扯下发绳,重新盘了一个丸子头。

她又向身后瞥了一眼,发现他还在看着自己。"你到底在看什么?"她的脸拉了下来,"难道你没见过别人生气吗?我已经收拾好这堆该死的锅碗瓢盆了,还不满意吗?"

他的表情毫无变化。又过了一会儿,他才用口音浓重的英语平静地说道:"你真是个美丽的女人。"他补充道,"虽然刚才发火了,但依然很美丽。"

妮莎在惊讶中张大了嘴巴。可是他却转身离开,走向炉灶,伸手拿起一个平底锅。他往锅里刷了一层油,然后熟练地打了两个鸡蛋。他又走到角落里的巨大冰箱面前,抱回来一堆食材。

她愣在原地,一时间忘了自己该干什么。而他转过身,冲着角落里的椅子对她点头示意:"坐吧。"

她试探性地走了过去，坐下来，胸前依然抱着刚才没来得及放下的不锈钢托盘。亚历克斯一言不发，不知道在碗里搅拌着什么。他搅拌的速度和姿势让人相信他一定是个好厨师。他带着文身的小臂上有着清晰可辨的肌肉线条。只见他用锋利的刀子快速地切碎香草，扔进碗里。然后又走到烤面包机跟前，拿出两片烤得恰到好处的吐司，涂上黄油，再从低矮的烤箱里拿出一盘食物，背对着她，重新做了摆盘。最后他走过来，把盘子递给妮莎。这是一份班尼迪克蛋，上面覆盖着光滑的荷兰酱汁，最下面是两块焦糖色的黄油鸡蛋面包。

"吃吧。"他递过来之后只说了这一句话，又转身取来几张餐巾纸。妮莎还没来得及说谢谢，他就轻快地走回灶台，利索地打扫起来。他擦净平底锅，又把其他锅碗瓢盆放进洗碗池。这几分钟里，妮莎看不到他的脸，只能听见哗啦啦的洗碗声。当她把第二块面包吃到一半的时候，他又回来了。

这是她人生中吃过的最好吃的一份班尼迪克蛋。她兴奋得浑身发麻，甚至连一句话都说不出来，只能盯着他看，同时嘴里还在不停地咀嚼。他点了点头，好像对她的举动表示赞许："没错。如果你能吃到好吃的东西，就不会那么容易生气了。"

他一直等到她把所有食物吃完，然后一言不发地接过盘子。她刚想说点什么，他却直接转身离开了。

第15章 人子人妻

萨姆走进家门,发现她的父母都跪在地上,周围堆满了报纸。她的父亲正在使劲儿地通过某种压缩装置把一个矩形纸制模具里的水挤出去。平时他们的客厅里就堆满了书籍和各种材料,还在上面叠放着其他生活物品。他们坚持不做任何整理或收纳,因为彼此都清楚什么东西放在哪儿。可是现在,她的母亲正往角落的碎纸机里不停投喂报纸,而父亲则鼓着劲儿用力挤压着,每一下都会让水花从那个老旧的婴儿浴盆里喷出来。碎纸机的轰鸣声非常响,所以一开始他们谁都没注意到有人进来了。萨姆小心地踩过堆积如山的报纸,弯下腰去对父亲挥挥手。他的脸已经涨成紫红色,头发里埋着一些碎纸片。他用口型示意了一句:"你好,亲爱的!"

玛莉安停下了碎纸的动作,大声解释道:"我们在用废纸做木材!"碎纸机暂停之后,房间里只剩下父亲费力劳作的声音。"你爸爸在油管上看到了一个视频,关于拯救地球的。"

"你怎么把《国家地理》杂志放到另一堆里去了!不对吧?"父亲惊呼了一声,她与母亲的对话暂时中断了。

"不,汤姆,我没放错。堆在那边是因为他们充满了有毒的化学物质。如果使用这些杂志,我们会在睡梦中昏死过去的。你看这鲜艳的色泽。烟筒清洁工说,烟囱里面涂的焦油和让杂志发光用的是同一种物质。我们只用报纸好吗，汤姆？而且你做的这个胚子水分也太多了，哪年才能晾干呀？"

"行了，我知道。"

"你倒是用力呀！"

"你行你就上，好吗？"

"我去泡茶吧。"萨姆说了一声便穿过客厅走进厨房。

多年以来，父母的厨房一直"乱而有序"。这里装饰着贴有绿色和平组织标识的记事板，还有他们年轻时的照片。虽然已经有点卷边了，但一切都让她觉得很温暖。操作台上各种罐子和香料挤得满满当当，实在没法排列收纳的那些就被孤零零地丢在一旁。但是最近她察觉到：厨房的卫生标准有所下降。比如皱成海绵状的苹果，还有好几天前的酸奶，都没有被清理掉。这些都是警钟，提醒她未来还要承担更多家庭责任。他们压根不会同意请一个清洁工，因为这违背了他们作为社会主义者的信仰。但是萨姆需要每周在百忙中抽时间过来收拾两次，他们对此满不在乎。她戴上母亲用的橡胶手套，打算先把他们弄脏的碗碟洗掉。父母为胚子争吵的声音模模糊糊地传入耳朵：

"我已经压了好几百次了！我真的不知道为什么还有这么多水分！"

"你没有装满一大壶水吧？这样太不环保了。"母亲走了进来，在牛仔裤上擦着手。她穿着一件浆果色的套头毛衫，领子是灰色的。两个胳膊肘已经磨破了，萨姆可以透过这两个圆圆的洞看到母亲苍白的皮肤。

"没有，妈妈。我装了三杯水的量。"

"从午饭时开始忙活，只弄出了两块纸胚，真不知道该如何继续对这件事保持热情。咱们家的报纸堆得实在太多了，有火灾隐患，我跟你爸说过很多次。"

她的话里已经听不到任何讽刺的意味了。萨姆在刷碗，母亲在一边泡茶。她把那些罐子逐一打开，想寻找一点糕点或者饼干，但什么都没找到，她只能发出失望的叹息。另一边的房间里，萨姆的父亲在挤压纸胚时发出的咒骂和喘息声还在不断传进来。

"菲尔怎么样了？"

萨姆有些生气：能不能不问这些？但她很快压制住这种情绪，毕竟父母关心自己的丈夫是件好事。很多父母并不喜欢他们的女婿，她应该心存感激。

"嗯……跟之前差不多，总觉得累。"

"他找到新工作了吗？"

"还没有，妈妈，找到了我会告诉你的。"

"前天晚上我给你家打电话了，卡特说了吗？"

"没说。我这几天没怎么看见她。"

"那个女孩一直在努力工作，她一定前途无量。话说回来，那天晚上打电话时因为我们正好看到了一个电视节目，但我忘了叫什么了……是什么来着？反正就在电视上。噢，然后她说你出去喝酒了。"

萨姆拿起茶，仔细地品了一小口："也没什么特别的事，就是和同事们出去喝一杯，庆祝我们拿下了一大笔订单。"

"好吧，或许你不应该把抑郁的菲尔独自扔在家里。我从来没有丢开你爸一个人出去喝过酒。我猜想他一定不喜欢我这么做。"

萨姆很想说，因为你从来没有上过班。你从来不用赚钱养家。你从来没有遇到过这么糟糕的老板：无时无刻不在提醒你的存在是浪费公司资源。你永远不会躺在一个睡着的男人的背后，怀疑他心里早已没有自己的位置。

"好吧。"她小心翼翼地回答道，"我也没有经常这样。"

她的母亲坐在桌子旁叹了口气："对一个失业的男人来说，这段时光一定很艰难。他一定觉得自己不像个男人了。"

"妈妈,你生活在一个男女平等的年代。我还以为你早就接受平权思想了。"

"好吧,我只是在跟你探讨一些常识性的问题。他们会觉得自己被……那个词怎么说来着?噢,'阉割'。如果家里的钱都是你赚的,然后你晚上撇下他去酒吧喝酒了,可怜的老菲尔会怎么想?"

"怎么着,没有我爸陪着你就再也不出门了吗?"

"除了去见我读书会的伙伴们。因为利娜·古普塔老是说她痔疮的事,你爸在场会很尴尬。老实说,我真不知道她怎么能在聊安娜·卡列尼娜的时候想起安那苏[24]。"

萨姆和她的母亲聊了一会儿,或者说和一个名叫玛丽安的女士聊了一会儿。萨姆一直在扮演一个配合度极高的观众。她母亲对地球生态环境感到担忧,对那些自私、愚蠢、除了惹人生气什么也不会干的政客感到恼火。她也对邻居的痛苦感同身受:他们当中有的身患重病,有的生命垂危,有的已经死去。这些年萨姆逐渐意识到,她的母亲可以为整个世界感到担忧,唯独对自己的生活不感兴趣。当然,和菲尔有关的事除外。她认为菲尔是世界上最好的女婿,还说过这样的话:"你能嫁给这个男人真是太幸运了。"此外,她还得忍受父母频繁秀恩爱的场面,他们会抓住一切机会分别向她"诉苦":"他连地图导航都看不懂,还非要逞强!上次我们就被他带沟里了!""她恨不得满世界丢眼镜,然后再赖到我头上!她可能真的瞎了,连眼镜放在哪儿都看不见。"

"你接下来打算怎么对待菲尔?"当萨姆穿上外套准备离开时,母亲突然问了一句。厨房和楼上的卫生间都已经打扫完了。她发现一

---

[24] 安那苏:Anusol,一种用来治疗痔疮及其他肛门直肠症状所引起的不适的药物。

大堆连名字都念不出来的药品，而这些药是支撑父母活下去的必需品。想到这些她就更难过了。

"你这是什么意思？"

"嗯……我想你也许该多做点鼓励菲尔的事，让他心里好受一些。"

"什么叫让他心里好受一些？我不懂。"

"别开玩笑，萨姆。他需要你的支持，即使这会让你感到烦恼。"

"我已经很努力了。"她的声音流露出难以隐藏的疲惫。

"好吧，你可能还需要更努力一些。你知道，你爸当年也有过这样的时候……"

"妈妈，我跟你说过，我真的不想知道关于爸爸性功能障碍的那些事。"

"好吧。我给他弄了一些蓝色药丸，吃到一定剂量之后，效果真的显现出来了——当然，塞恩斯伯里超市发生的那次不幸事件除外。他又重新找回了自我，我们两个又过上了从前那样开心的日子。"她停顿一下，思考后重新开口，"不过这也意味着，我们现在只能在路边的乐购超市购物了，那里的停车位对于家用轿车来说太窄了。"

母亲把手放在她的胳膊上："听着，我的意思是，你觉得自己已经做得够多了，可事实上远远不够。只要你能让菲尔重新振作起来，最终受益的是你们两个人。"

母亲蓝色的瞳孔此刻散发着刺眼的光芒，她对萨姆露出一个安慰的笑容："好好想想吧……"然后她把目光转向房间的另一边，"汤姆，你到底在用那个鬼东西搞什么名堂？我在这儿都能听到水花溅到客厅地板上的声音了！你就说吧，没有我你能干什么？"

回家的路上，萨姆开始回想母亲说的话。借用那些女性杂志的口吻：她和菲尔已经"情感失联"好几个月了。两口子已经很久没有一块儿出门了，除了狗、女儿，或者糟糕的工作之外，他们真的没别的话可说。可是菲尔已经很久没遛过狗了，女儿也有日子没见了，她也不想在家谈起工作上的破事。也许此时她真的还需要做出更多努力。如果她能不把关注点放在自己的疲惫上，也别太指望有谁能来支持自己，或许他们的感情还有出路。

萨姆在人行道上站住，突然意识到一个问题：她居然开始认真对待母亲给予的建议了，真是不可思议。紧接着，父亲和那些蓝色药丸的样子在脑海中浮现。她不得不用大声歌唱的方式转移注意力。直到走到邮局门口，那些画面才从脑海中抹去。

菲尔依然瘫坐在沙发上看电视。节目里，一对情侣正为了低矮的天花板和狭小的储物间争吵不休。萨姆把外套挂在衣帽架上，然后站在原地凝视菲尔的头顶。他的脑门已经秃得差不多了。两周前，她劝他去把头发理一理，因为那时的他看起来特别像《疯狂教授》的主人公。不过现在他看起来至少是一个熟悉的人。她突然回忆起他们两个过去在沙发上腿挨着腿、蜷缩在一起的日子，那时菲尔总会伸手抱住她的脑袋亲一亲。她暗下决心：我要让你觉得好受一点儿。

于是她做了菲尔最喜欢的鸡肉派和土豆泥，还有一份绿色蔬菜。她把餐桌安排在厨房里，以免菲尔在电视机前吃饭时让盘子从手中滑下来。她开了一瓶葡萄酒，分别倒在两个杯子里。菲尔的话不多，但他没有抱怨在厨房吃饭的安排，甚至还在餐桌上努力聊起邻居家的新车。两杯酒下肚，她试着问他感觉怎么样。他皱起眉头，脸色立刻阴暗下去——就像有人突然把屋里的窗帘全拉上那样。她鼓足勇气继续聊天，说她的父母在家里用废旧报纸制作木材的事。而他则尽最大努力让自己看起来兴致盎然。厨房里时钟走过的声音清晰可闻。

"这酒不错。"他说。

"噢,是吗?这是打折的时候买的。"

"是的。真的很好喝。"

卡特突然给她发短信,问他们俩是否见过自己的驾照。这个小插曲让两人的对话再次活跃起来:他们兴奋地谈论起曾经丢失过的驾照,抱怨这张小塑料卡片有多么容易丢失,而卡特平时也确实丢三落四的。可是这段对话很快便结束了。十点,厨房的钟表发出报时声,菲尔又回到沙发上看整点新闻了。她鼓励自己:比起菲尔这些天的状态,今天的晚餐已经非常成功了。

她将厨房刷洗一新,希望这里没有让菲尔看了会沮丧的东西。葡萄酒还剩下两英寸,她盯着酒瓶看了一会儿,然后突然抓起来,咚咚咚地灌了下去。暗红色的微酸液体在喉咙里燃烧,她心满意足地用手背擦了擦嘴。

厨房收拾好之后,她上楼洗了个澡,然后往身上喷了点香水。她在朦胧的镜子里凝视自己的身影:以她的年纪,现在的状态已经算不错的了。她的脖子很好看,一对乳房也还算坚挺。虽然没有那些瘦成木乃伊的女人才拥有的身材曲线,可是她也有自己丰盈的美。她对自己说道:"想想你当时穿着那双高跟鞋的感觉。想想你在谈判时的表现,还有你穿着它们在酒吧里跳舞的样子:你是如此强大、有魅力,简直势不可挡。"

她把身子扭到床上,等待着丈夫上楼的脚步声。当年他们刚搬进这个家的时候,他每天都是追着她上楼的,一边追一边用手捏住她的屁股。那时他是如此渴望靠近她。

卧室门开着,她看到他走进卫生间。刷牙洗脸、用漱口水快速漱口的声音逐一传进耳朵。这些声音太熟悉了,就像每天早上的炉灶声和开关大门的咯吱咯吱声。

然后他爬到她身边，弹簧被他的身体压得吱呀作响。这段时间他们一直背靠背睡觉：菲尔有打鼾的毛病，所以养成了侧卧睡觉的习惯。

他们上次做爱已经是 11 个月之前的事了。

这个数字是她从酒吧回来的那天晚上仔细算出来的。上班的时候，女员工们会在茶水间扎堆儿，抱怨她们日渐冷淡的丈夫，开玩笑说回家之后的兴趣只剩下看书了。萨姆不爱看书。做爱才是他们婚姻的润滑剂，它能阻止那些琐碎的日常击垮他们：比如随便扔在地上的衣服裤子，堆满了也没人管的洗碗机，还有交通罚单。做爱能让他们两口子重新找回激情，找回自我，让枯燥乏味的生活熠熠生辉。

她静静地躺了一分钟，然后慢慢转身，用手臂环住他。他的皮肤是如此温暖，还有淡淡的沐浴露香气。他没有反应，于是她进一步靠近，让自己的整个身体都盖在他身上。她先是亲吻了他的脊背，把脸颊贴了上去。她是如此思念这个男人，想念他抚摸自己的感觉。几个月前她为什么没有主动出击呢？他的身体轻轻颤抖了一下，一股欲念涌上她的心头。她开始伸手抚摸他的腹部，然后逐渐向下，摸到了他小腹上柔软的绒毛。一定可以的。她会让这件事发生的。这或许会是一个新的开始。她再次亲吻他，顺着脊背一节一节地吻下去。她又轻轻地拉动他的身体，让他扭过头来面对自己，同时在心里默念："*我非常有魅力，我是个性感无比的女人。*"现在，她想把自己的身子压到他上面。

他的声音在黑暗中划破沉寂："对不起，亲爱的。我今晚不太有兴致……"

她好像被蝎子蜇了一下。他的声音似乎在黑暗中不断回响，而萨姆突然变得非常安静，轻轻地把手从丈夫的腹股沟处移开。然后，她在羽绒被下方扭动身体，缓缓离开丈夫，让自己处于仰卧的状态。刚才要是穿上睡衣就好了。他们没有说话，就这样躺了一分钟。

他又开口了:"但是鸡肉派真的很好吃。"

如果菲尔接下来持续表现出"缺席"状态,那么占据她生活大部分时间的男人就是西蒙了。很多年轻同事这样形容他们的关系:她完全被架在火上。

甚至有一些同事已经开始在工作中有意地避开她,好像担心她的晦气会传到自己身上。没有人敢路见不平拔刀相助,因为你懂的,这只是一份工作。而且他们现在也很难找到别的去处。

乔尔是个例外。

她现在已经坐在车里吃午饭了。员工餐区让她觉得没有安全感,她也不敢在自己的工位上吃饭,因为西蒙总是能在她嘴巴塞满的那一刻走过来找碴儿。于是她选择在车里播放一首舒缓的古典音乐,独自吃着三明治,让自己的思绪归于平静。

"你在这儿干什么?"

车门打开了,她吓得差点跳起来。还好进来的人是乔尔,他身上带着外面的寒气和一股温暖的柑橘甜香。关上门后,她注意到他手里拿着加油站那边买来的奶酪三明治。他的外套有些臃肿,但那一头脏辫却非常干净利索地扎在脑后。

"至少把引擎打开呀,萨姆!有点热乎气。上帝啊,这里冷死了!"

"我只是想……"

"我都好几天午饭时看不见你人了。西蒙让那个白痴富兰克林跟我们去谈卡梅伦那单生意,天知道他是怎么拿下的。我是想来看看你是否需要喝一杯咖啡,但他们说你不在公司里。然后我又看到你的车窗上有一层蒸汽,所以……"

富兰克林。那个年轻又傲慢的富兰克林,总是穿着亮闪闪的西装,咧着嘴冲别人笑。算了,就这样吧。她吸了一口气说道:"我只是想在这里静一静。"

他的笑容逐渐消失,然后仔细地盯着她的脸观察了一会儿:"想和我说说吗?"

"不想。"她感觉自己再多说一句就要哭了。如果真的哭出来,一切都会一发不可收拾。她最近经常处于一场爆发式哭泣的边缘,这种哭泣可能会将她吞噬,让她流鼻涕、红鼻子、胸腔剧烈起伏。如果是乔尔目睹这一切,那她真的没法活了。

"啊,宝贝……"他带着厌恶摇了摇头。"我听泰德说了,西蒙在昨天的预算会议上几乎让你下不来台。"

她意识到乔尔在狭小的车厢里和自己靠得太近了。他的手就放在自己大腿边,手背上的皮肤光滑细腻,散发着雄性荷尔蒙的气息。他潮湿的睫毛微微卷翘,散发星星点点的光芒。好像她从没见过成年人拥有这样的睫毛,如果伸手触摸的话会扎到自己的手指吗?他们已经认识八年了,似乎今天是第一次注意到他的睫毛。

前一天晚上,菲尔拒绝了她。早上照镜子的时候,她看清了自己失眠之后的样子:衰老松弛,毫无魅力。乔尔也不会喜欢自己的。她知道乔尔对自己没有那个意思。他只是见过自己穿上那双高跟鞋之后兴奋过度的蠢样子罢了。或许他觉得自己作为一个上了年纪的老阿姨有点作过头了,想确认一下可怜的老萨姆是否一切正常。

他必须立刻离开这辆车,萨姆打定了主意:"好吧,事实上,一切都很好。我是说我一切都好。"

她说这些话的时候眼睛不敢看他,她不想看出他的同情,尤其是他歪着头的样子。她一直盯着自己的膝盖,脸上的微笑非常奇怪。"我只是想在这儿一个人听会儿音乐,放松一下。"

他沉默了一会儿,回答道:"我可以在这儿陪着你,我也要吃我的三明治。"

"噢，不。"她抬头瞥了一眼，说道，"你买的是奶酪三明治，我不喜欢奶酪。"

双方又陷入沉默。她回过神来：我不喜欢吃奶酪吗？这是什么时候的事？

"好吧。"他停顿了一下，继续说道，"我只是……我只是想确认一下你是否一切都好。"

"我很好！一切都很好！你不要担心我，毕竟我是个成年人！"她终于抬起头来，脸上带着闪烁不定的微笑。接着，她从乔尔的表情中读取到了一些信息，这让她的肠胃紧紧地缠在一起。但她依然用超出自己想象的坚硬语气说道："你真好，但是你该走了。请你下车。"

他再也没有说话。又坐了一会儿，他拿起没来得及拆封的三明治下车了。

第16章 临时一家人

茉莉没来上班。妮莎看了一眼值班表,发现另一个女人替了她好几天,也许是因为之前的双休日一直都在加班吧。尽管她很怀念和茉莉一起聊天的时光,但现在看不见她也不错,毕竟她们很有可能吵起来。这些天来的损失让妮莎随时处在崩溃边缘。

她每天都在无声的愤怒中完成自己的工作,在肮脏的卫生间里奋力挣扎。任何一个敢多要一卷卫生纸或护发素的房客都会引来她仇恨的目光。她知道房客们对这种态度不满意,所以装作来自一个不说英语的国家。她的微笑中有一半是威胁,她的行为举止也带有一丝暗示:如果你再多说一句,我就让你死在这家酒店。

妮莎已经联系了6位纽约知名离婚律师,其中只有3位愿意接电话,还有两位说他们已经和卡尔签约了。她打电话联系银行,一个叫杰夫的客户经理承诺会给他回电,但是他没有。从开始到现在,这是第四件伤害自己的事。"妈的,卡尔。"为了让自己继续在这边的生活,她想申请一张信用卡,但没能申请成功,因为她在英国没有常住地址,而美国的信用卡申请成功后只会把卡寄到纽约的住址,可是那里很显然已经不是她的家了。"妈的,卡尔。"

她每天都会给雷蒙德打电话,听他聊一些琐碎的日常:午餐吃了什么;他怀疑自己的室友是摩门教徒;他对自己不住地咬指甲感到绝望……妮莎现在没法对他解释家里发生了什么。她的儿子，她那俊美又脆弱的儿子，正在离自己五千英里之外的地方独自硬撑，想到这些她就觉得自己的心在滴血。她很快就会向他说明一切的，前提是自己一定要能站在身边安慰他，不然她担心给儿子造成无法挽回的伤害。这几天发生的事情实在太多了。

她简直恨透了卡尔。

每次她躲在厨房午休时，亚历克斯都会出现，要么准备晚餐用的食材，要么坐在角落里读一本老旧的平装书：通常是和食物有关的。他几乎不和妮莎说话，但只要看到她出现，他就会立刻放下书，去操作台给她做些吃食。有时是撒了精细香草的野生菌菇煎蛋饼，有时是夹了鸡肉和松露蛋黄酱的三明治。他把食物放在她面前，让她吃，然后一句话也不会多说。他好像知道妮莎正在经历人间地狱，而他的存在是一根细小的救命稻草。他的头发看起来总像刚从被窝里爬出来一样，眼神疲惫，身上没有一点多余的脂肪。当然，她并没有格外注意他的身材，而是遇到每个人的时候都会在脑海中测算对方的体脂率。因为长时间处在厨房恶劣的工作环境中，厨师的衰老速度几乎是常人的两倍。虽然他看起来和其他人一样疲惫，但身材还算匀称。

一次他递过来一份摆盘很漂亮的牛排三明治，她忍不住说道："我不会和你上床的，你最好心里有数。"

他依旧淡定地看着她，甚至露出一个微笑，就好像她说了一句笑话一样："好的。"看起来他根本没往那方面想过，这种回应让她又尴尬又愤怒。

住在那间简陋的旅馆里，她几乎天天失眠，各种恶毒的念头如乌云般笼罩在头顶。每天早上醒来时她都感到精疲力尽，只有辛辣的愤怒支撑着她爬起来赶回宾利酒店。有一天晚上，她在凌晨两点和四点分别醒来一次，一次是因为街道上的警笛，另一次是隔壁房间的夫妇在吵架。她再也忍不住了，拿起手机，想起一个为数不多的能烂熟于心的电话号码：朱莉安娜。可是她很快停下来，凝视着自己编辑的那段消息，然后全部删除，把手机放到一边。

就算把这几天的工钱和雷蒙德转账的钱加起来，她能住在酒店的日子也不多了。然而糟糕的事情总比预想的发生得更快：春日塔酒店通知她房间在接下来无法续订。早上六点半，她正往餐厅走，前台接待也出现在走廊里，对她说道："康托尔夫人，接下来两周我们的房间都被订满了，恐怕你需要明天早上办理退房手续。"

"那我该去哪儿呢？"她问道。而前台接待茫然地看着她，好像她从来没有被房客问过这个问题。

妮莎步行上班的路上不停地思考：自己会流浪街头吗？就像每天早上她在大街上看到的那些身上盖着纸壳箱、灰头土脸的男人一样。没有一个人愿意给她回电。过去十八年，和她在名利场合里谈笑风生的女人们没有一个算是她的朋友。卡尔，或者夏洛特，一定早就通知她们不要搭理自己了。她甚至能听到她们嘲笑自己的声音从大西洋彼岸飘过来：

"噢，听起来真糟。可是我不得不说，她是一个冷漠无情的女人，我真的不愿出手相助。"

"噢，梅丽莎！我想的和你一样！"

她沿着河流大步向前，试图为接下来的日子制订一个计划。可是她太讨厌这个城市了。她讨厌这里的交通拥堵，讨厌雨刷器也擦不干净的灰蒙蒙的车窗，还有隐藏在后面的乘客们的嘴脸；她咒骂那些骑着自行车乱窜的人，也讨厌其他通勤族对自己茫然的凝视。她讨厌坐在汽车里对自己孩子的吵闹无动于衷的母亲们；讨厌那些在工地上大喊大叫的建筑工人，还有那些聚在酒吧门口对行人品头论足的年轻混混。她现在无法与这些平民百姓拉开距离，就像一个肉眼不可见的原子从宇宙中坠落，来到这个单调乏味的人世间。她把衣领竖起来，对抗潮湿的空气。一条还没来得及放到酒店失物招领处的高档羊毛围巾此刻正招摇地裹在她的脖子上。尽管她不是一个喜欢复盘往昔的人，但如果仔细回想一下就会发现：妮莎·康托尔这辈子从来没有这么沮丧过。

"我们需要谈一谈。"

茉莉在妮莎完成一天的工作后出现了。她没有穿工作服，上衣是一件红宝石缎面的厚外套，下半身是一条运动裤，身上挎着一个金属链条的坤包。指甲上是刚涂了没多久的亮蓝色。"我发誓，我这几天脑子里想的全都是上周二发生的事。"

妮莎粗暴地把她的外套从储物柜里扯出来，"砰"的一声把门带上："你说的是强迫我把自己的东西还回去的事吗？"

茉莉把脸拉了下来："别跟我这么说话，我不是你的敌人。"

妮莎投去质疑的目光，但茉莉已经转身朝走廊迈步了。

"快点把外套穿好。"她催促着，"跟我走。"

公交车一下子来了两辆，她们坐上了头一班。车子在拥堵的马路上艰难穿行，茉莉抓住机会开始询问她的过去和现在。

"你之前一直住在酒店的顶层套房里吗？我是说，真的是顶层套房吗？"

"等等，你在这里有一栋房产？你是个有房子的人？而且还不止一套？你他妈的到底有多少套房子？"

"你们真的会每个月都去不同国家的房子吗？所以你的家到底在哪儿？……什么叫'都是你的家'？"

"那些衣服真的都是你的吗？他每周都给你花钱买衣服？多少钱？等等，你说多少？你从来都不用工作吗？……好吧，你说的那个不叫工作。"

"你的朋友都联系不上吗?她们一点忙都不帮?天哪,这是一群什么人啊!"(这个问题真让人破防)

"你儿子怎么说?"(这个问题让人破了大防)

"好吧,你打算什么时候告诉他?宝贝,你可不能瞒着自己的儿子呀。你在替谁维护形象呢?那个出轨的狗男人吗?"

"那个勾搭你丈夫的小贱人是谁?你认识她吗?噢,好吧,你当然认识她……所以你打算怎么办?"

茉莉提问的方式非常直接,而且她并不为此感到尴尬。妮莎被问得心惊胆战,毕竟她已经习惯了和那些富太太之间的"加密对话",习惯了她们毫无意义的微笑和飘忽不定的眼神。而茉莉和她们完全不一样。刚才满腔的怒火已经逐渐消散,她诚实地回答每个问题,而且不用担心会说错话,也不用担心让对方抓住什么把柄。她们就像两个普通的闺蜜在聊天。

下了公交车之后,她们又走了十分钟。这个过程里她们一直在聊天,甚至没有注意到下雨了。穿过一片巨大的住宅区后,茉莉的家到了。这里的人行小路四通八达,橙色的街灯都是一个模样。妮莎环顾四周,担心如果没有茉莉在身边的话,她是没法原路返回的。

"这一切听起来都太不真实了。"茉莉一边说,一边把手伸进包里,"我是说:虽然我听了很多乱七八糟的事,但毕竟不是我这个阶层能见识到的。"

茉莉打开了一间公寓的门,这时妮莎突然明白过来:这个女人今天倒了两班公交车,几乎穿越了整个伦敦市,只是为了去酒店找自己。

这是妮莎见过的最小的公寓,每一个墙面或者家具的表面都整齐地摆放着各种收纳盒,里面装着衣服之类的东西。还有一些挂衣杆上晾着还未干透的衣服。家里到处都是衣服,有的挂在门后,有的在叠整齐之后被堆放在椅子、桌子或者柜子上。

"格蕾丝，你在哪儿？"茉莉先带着妮莎去小厨房转了一圈，然后又直接走出来了，"你写完作业了吗？"

一个女孩的声音伴着电视机的声响一起从隔壁的房间传过来："写完了。"

"是用心花费时间和精力写好的吗？"

"还有谁来了呀？"

"是妮莎。"

妮莎在可折叠餐桌旁边的椅子上坐下来，脱下外套。空气里弥漫着家常食物的味道，还有一股麝香的甜蜜气息。灶台上好像炖着一锅肉，细腻的肉香均匀地覆盖在窗户表面。她已经好久没有闻到过这样的味道了，最近习以为常的是酒店各种化学清洁剂的味道。今晚开始，她将无家可归。她计划先去酒店洗衣房旁边的小床上凑合几晚，但估计很快就会被赶走。

"好吧，格蕾丝！别这么没礼貌！出来见见人！"

一个十三四岁的女孩从门口探出脑袋，盯着妮莎看了半天。于是妮莎在犹豫中朝她挥了挥手。

"天哪，你可真漂亮！"

茉莉爆发出一阵笑声，然后走进房间里面："这孩子最近正在为了外交团的事接受训练呢。"

"我是说真的！你带回来的这个女人看起来像是希腊神话里的女神！"

"你就这么和我带回来的客人说话吗？谁教的规矩？"

"对不起。"格蕾丝脸上毫无歉意地说道，"你是和妈妈一块儿工作的人吗？"

"是的。"

"所以你就是那个连卫生间都不会打扫的人?"

妮莎想了想,回答道:"说的应该就是我。"

"你有没有像我交代的那样把大米放进去?"茉莉一边问,一边打开一个锅盖往里瞧了瞧。

"把大米放在烤箱最底下,还要盖上一层盖子,对吧?"

"没错,感谢上帝。我实在太饿了,格蕾丝,请你把餐桌收拾出来好吗?"

茉莉在她周围忙来忙去,从橱柜里拿出碗碟,又把小餐桌搬到客厅的电视机旁边。格蕾丝也帮忙摆餐具,而且害羞地看了妮莎一眼。妮莎手足无措地站在一旁,不知道该干点什么。

"你是美国人,对吗?"格蕾丝从她身边走过的时候问道,"那你去过迪士尼乐园吗?"

"我儿子像你这么大的时候,我带他去过。但是他不太喜欢这种地方。"

"为什么呀?"

"他不喜欢出门坐车之类的事情。他更喜欢看电影、打游戏。"

"男孩儿们好像都喜欢打游戏。可是妈妈不让我玩那些东西。"

"你妈妈做得对,我儿子的心理医生说,打游戏和吸毒没什么两样。"

"什么是……'心理医生'?"

"就是……呃……研究精神病学的专家,他们可以帮助你重新思考。"

"你儿子疯了?"

妮莎犹豫了一下,突然笑了:"可能有点吧。不过我们不都是疯子吗?"

"才不是。"格蕾丝撇撇嘴,转身拿来一条餐巾。

房间里有一个小沙发和一把扶手椅，扶手椅上有一大堆亚麻布头摇摇欲坠地压成一摞，每一片的边缘都如刀子般凌厉。熨衣板就立在旁边。格蕾丝又去拿来几个杯子和一壶水。茉莉把这些洗好晾干的布头装进塑料袋，再把每一个塑料袋用胶带封好。妮莎认出上面有宾利酒店的印花，茉莉也关注到了她的目光。

"这些东西只被用过一次就扔掉了，所以我认为这是一种回收再利用。"

妮莎回答道："我还以为你有很多衣服。"

"噢，这些不是我的。"茉莉示意她在餐桌旁坐下，"我只是负责熨烫和加工。"

"负责……什么？"

"我不用去酒店上班的时间就在做这些：熨烫和加工。"

妮莎凝视着她，默默思考：自己在宾利酒店工作完之后早已精疲力竭，只能走回去洗个澡。她无法想象别人居然还有力气再做一份兼职。

茉莉把炖好的羊肉端上桌，每人一盘。炖肉旁边还配有一份白米饭，蒸得恰到好处，它们一起散发出浓郁的香气。这是妮莎两周以来吃过的第一顿家常饭菜。要是放在以前，她一定会默默计算好蛋白质与纤维的摄入比例，然后把白米饭推到一边。但现在，她贪婪地用叉子把所有食物混在一起，让米饭吸满香浓的肉汁，然后风卷残云般地吞下去。她吃得实在太快了，连停下来说句话的时间都没有。母女俩还没吃完一半，她的盘子已经空了。

"看来亚历克斯今天没上班呀。"茉莉打趣道。妮莎吃光后抬起头看着她，她赶紧说："来吧，再给自己盛一盘。"

她这才意识到：亚历克斯已经成了自己必须依赖的"饭票"。而且她不知道茉莉是怎么发现这件事的。妮莎犹豫了一下，然后用勺子给自己又装满一大盘饭菜。茉莉和女儿有一搭没一搭地聊着作业，还有明天去学校要做的事，其实都是为了等妮莎吃饱。而妮莎这回真的吃饱了：她觉得自己的胃几乎要被撑破。茉莉让女儿把用过的餐具都拿到厨房，然后转身问妮莎：

"你现在住在哪儿？"

"在一间酒店，但是……"她不想说太多。

"但是什么？"

妮莎叹了口气，将手臂举过头顶。"他们的房间接下来都被别人预订了。当然，我也确实没钱继续住下去了。我本来想问你，是否可以暂住在宾利酒店洗衣房后面的那间小屋里。我记得你胃疼的时候，那里有床可以让你躺一会儿。"

"噢，不。"茉莉立刻摇头，"别想了。那是给夜班服务员准备的。整晚都会有人进进出出，你顶多能在里面躺两个小时。"

"好吧，那我可以住在客房里吗？就是……检查好哪间屋子没人住，我就偷偷溜进去。我的意思是，我不会掀开床罩睡觉的。如果有人来的话，我会在五分钟之内整理好一切。"

茉莉的表情表示她并不赞同这个办法。她又认真地问道："你想好了吗，接下来到底怎么办？"

"我不知道。"

茉莉把自己从餐桌上撑起来，好像下定决心一样，终于开口说道："好吧，我想你必须住在这里了。"

"这怎么能行呢……"

"那你还有别的去处吗？"

"可是你这里……空间并不大呀。"

"是不大。但总比流浪街头好。你就住在这儿吧，妮莎。我不会给你提供五星级酒店的客房服务和身体按摩，但直到问题解决之前，你在这儿会有一张属于自己的床。你不用上班的日子可以帮我照顾格蕾丝,做做饭什么的,这就算给我付房钱了……但是你家之前会雇一个私人厨师吗?你是不是根本不会做饭?"

她们相顾无言,时间默默流逝着。

"不至于,不至于。"

妮莎终于慢慢地摇了摇头。

茉莉的眉毛向上挑了几下。然后,她再也绷不住了,爆发出一阵爽朗的笑声。妮莎感到很奇怪,一时不知道该说什么。或者说,她不知道该如何应对当下的情况。眼前的女人才刚认识没几天,但她却愿意给自己提供栖身之地。她得感谢茉莉,这间公寓能让她在接下来几周里不用考虑生存问题。而这个女人依然在笑她。

"噢,我的人生啊!妮莎,这一切太不真实了。"茉莉把笑出来的眼泪擦干净,"说实话,你是最不真实的。"

妮莎用严肃的语气说道:"我会解决所有问题的。对,我要制定一个万无一失的计划,让那个浑蛋付出代价。他要偿还所有这一切。"

"噢,我不怀疑你的能力。"茉莉又靠回到椅子上,依然在笑,好像这是她听到过的最了不起的言论,"我会带着家庭装的爆米花出现在现场,你得给我预留个座位。真的。"

床比格蕾丝的个头高整整 2.5 英尺。妮莎接下来就要睡在这张有些缺口的蓝色双层床的上铺,那上面堆着一些杂物,还有一些贴纸的痕迹;下铺盖着一个小马宝莉的羽绒被。妮莎凝视着这个几乎被床填满了的小卧室,还有一个衣柜和一张小书桌在墙根儿处争抢空间。墙上贴满了她不认识的歌手海报。此时格蕾丝从书桌旁转过头来盯着自己。

"宝贝,你得把你的东西从上铺拿下来。"茉莉指着床铺说道。格蕾丝转过去看自己的母亲,脸上写满无声的抗议。

"我不会在这里待太久的。"妮莎用尽可能和缓的语气解释道。

她想象雷蒙德面对卧室里借住的陌生人会是什么态度。他一定也会和现在的格蕾丝一样抗拒吧。她赶紧又说了一句:"我保证不打呼噜。"

格蕾丝发出不满的哼哼声。

茱莉递给妮莎一条毛巾:"她本来也不愿一个人待在屋里。放心吧,一切都会好起来的。"

就算不考虑格蕾丝,妮莎自己也要适应眼下的生活。之前她和卡尔有各自的更衣室和卫生间。自打上学开始,她就没有和别人如此亲密地共处一室过。

"噢,对了。"茱莉说道,"我有东西要给你。"她转身去了别的房间。妮莎愣在原地,看着刚刚她递给自己的黄色浴巾。很快,茱莉拿着超市用的购物袋回来了。妮莎接过来问道:"是 T 恤吗?"她们刚才讨论过,今晚先住在这里,然后明天一早再回小酒店拿她的东西。

"你先打开看看。"茱莉说道。

妮莎有些迟疑,盯着袋子看了一会儿,然后慢慢地掏出三条黑色丝绸的拉佩拉内裤和深蓝色的 Carine Gilson[25] 蕾丝文胸。她用难以置信的目光盯着它们,让自己的指尖从面料上划过。这些都是她曾经穿过的内衣,这是属于她自己的内衣。她一边抚摸它们,一边抬头看向茱莉。

她说:"好吧,不能让一个女人穿别人的内衣,对吧?"妮莎突然开始哭泣。自从这场愚蠢的混乱开始以来,她第一次流出眼泪。

---

[25]　Carine Gilson:来自比利时的奢侈内衣品牌。暂无中文译名。

第17章 交锋

"她的表现其实很反常。"

"什么叫'反常'?"

"她好像从家里消失了。即使她在家的时候,也会尽可能地远离我。比如出门遛狗,或者上天台晾衣服。"

"你确定这不是因为你把家务活都丢给她了吗?如果她不做,谁来做这些呢?"

"好吧,我想也许是这个原因……可是之前她在家的时候,我是能真切地感受到她的存在的。还有化妆的事。"

科维茨医生等着他继续往下说。

"萨姆从来不化妆。我是说,她只会偶尔涂一点睫毛膏,大多数情况下她都不怎么化妆。她不喜欢这些。我也不介意。因为你知道的,我觉得她本身很漂亮。她不是那种不化妆就不敢出门的女人。"

"所以她现在开始化妆了?"

菲尔想了想,说道:"经常化。我是说,每当她早上准备出门上班的时候,我也躺在房间里,经常能看见她在打粉底、化眼影和腮红之类的东西。"

"你没有问过她原因吗?"

"没有。"菲尔在座位上扭动着身体,看起来非常不舒服,"我觉得她如果一直当我睡着了，什么都没看见，那事情会简单很多。"

"所以，她不知道你每天都看到她在化妆这件事。"

"不知道。"这样的对话听起来真愚蠢。

"菲尔，你有什么顾虑吗？我是说，为什么她化妆这件事会引起你的关注呢？"

"我只是觉得……这不是萨姆之前经常做的事。"

双方陷入了长时间的沉默。

"冒昧地问一句：你们的夫妻生活怎么样？"

"很好。"

"很好吗？"

"我的意思是，本来一切都好。但自从我……嗯，我的意思是，我现在这样也算正常吧……"

又是一阵沉默。

"你很久没有碰过她了，是吗？"

菲尔的耳朵开始发热。他点了点头，挠了一下鼻子。

"你还记得你们上次亲密行为是什么时候吗？"

菲尔现在有了自杀的冲动，他真的很想死。他对自己重新回到这里的决定感到后悔。

"有一段时间没做过了吧。几个月？也许……也许快一年了。"

"你们双方都觉得这样没关系吗？"

他不想回答这个问题。他更不想提起前两天晚上萨姆依偎在他身后的样子。显然，她需要他。可是……他做不到。他并不是失去了对萨姆的爱意，而是他怕自己早已丧失掉性功能。可是这些话简直羞于启齿。如果他真的丧失了性功能，他们的婚姻或许会就此结束。所以干脆说自己没兴致，事情会变得简单一点。他不会说出这些心里话的，对谁也不能说。

从前，他们可以坐在一块儿畅谈这些"私房话"，甚至两个人会为此哈哈大笑。但是前几天的那个晚上，她只是转过身去，仰面长叹，似乎对他很失望，或者说很愤怒。那一刻，他真的很想换个星球生活。

"我是说，我知道她一定会对现在的我感到失望。但是……但是我只是觉得……"

"太累了？"

"是的。"菲尔松了一口气，"对我来说这些事太累了，我现在应付不了。"

沉默再次降临。科维茨医生非常喜欢这种长时间的沉默。最后，他终于开口了："菲尔，如果你把刚才跟我说的这些如实转达给萨姆，你觉得会怎样？"

听到这里，菲尔不确定自己的身体是否还能动弹，但是他的大脑明显陷入停滞状态："我不能和她说这些吧。她太容易生气了。我的意思是，她不是那种会冲着你大喊大叫的人。她不会和我吵。但是我能感觉到她对我非常失望，她认为我把家庭责任全部抛给了她。当然，这是事实。但我真的没办法，我只是觉得太累了。就像现在，我很想躺下来，不用去管正在发生的一切。如果我真的和她这么说了，她一定会觉得负担加重。因为我成了另一个她必须要处理的难题。"

"所以，你的办法就是像现在这样，熬过去？"

"算是吧。"

科维茨医生再次等着他继续开口。

"我真的没有精力去做其他事了。"

"菲尔，你父亲去世的时候，你有什么感觉？"

"你什么意思？"他现在依然无法接受有关父亲的提问。

"你之前说过,当他生命垂危的时候,你觉得自己让他失望了。"

"我不想聊这些。"他突然开始结巴。

"好吧。但我从目前和你的谈话中可以得出一个结论:你总感觉自己让他人失望了。你认为这个结论正确吗?"

"这不是我的感觉,这是事实。"

"萨姆说过她对你很失望吗?"

"没有。她不会这么说的。"

"所以这只是你单方面的感觉啊。"

"可她是我的妻子。我太了解她了。"

"你说得没错。"他在沉默中思考良久,"你认为如何做才能让她不对你感到失望?"

"好吧,这很明显不是吗?我要找一份工作,重新回到一个男人该有的样子。"

"难道你现在不是一个男人吗?"

"我说的是我要成为一个真正的男人。"

"你觉得什么才叫'真正的男人',菲尔?"

"噢,天哪。你在开玩笑吗?"

菲尔说出的任何话都不会影响科维茨先生的情绪,他只是一直在观察自己。除了嘴角挂着半个微笑之外,他几乎面无表情。

"你能展开讲讲吗?在你眼里,什么才是真正的男人?"

"这有什么好展开讲的?不就是有工作、能照顾家人、能承担责任吗?"

"如果做不到这些,你会觉得自己不算个真正的男人?"

"好吧,我不想和你玩这种文字游戏了。"菲尔站起身来,"我得走了。"

科维茨医生并没有阻拦他。他像上次那样一言不发,看着菲尔穿上外套，走到门口。这时他喊了一句："菲尔，我们下周见！"

妮莎已经在茉莉的公寓里住了三晚。为了熟悉路线，其中有两天她是和茉莉一起乘坐公交车去上班的。两个人在早上的通勤中通常不说话，因为她们五点半就从床上爬起来了，要喝好几杯咖啡才能撑过接下来的一天。晚上，她们一起乘坐拥挤的公交车回家。这时她们往往会聊个不停：比如谁拿到当天最高的小费，房客们又有了什么新的怪癖，还有她们俩晚餐要吃什么。妮莎其实不喜欢闲聊，但茉莉如此热情好客，她总要有所回应。所以她总是努力把自己疲惫不堪的一面隐藏起来。

她们还要从茉莉的母亲那里把格蕾丝接回来。一年半以前，她的公寓遭遇过一次入室抢劫。从那以后格蕾丝就不敢一个人待在家里了。劫匪抢走了茉莉施洗时的手镯和格蕾丝的笔记本电脑——那可是她花了六个月分期付款才买下的。所以如果格蕾丝的父亲晚上没时间接女儿的话，她们下班后就得去把小女孩接回来。茉莉晚饭后还得做那份兼职：公寓里充满了蒸汽熨斗工作时嘶嘶的声响，还有缝纫机被踩得哐哐作响的声音。妮莎负责在晚饭后刷洗餐具，这样茉莉就少了一项任务。

格蕾丝依然是个不情不愿的小主人，非必要时从不和妮莎说话。很明显，妮莎分走了她的房间，这让她很生气。每当妮莎从上铺爬下来，她都避免和她有目光接触，只是转过脸去重重叹气。每当她们共同待在狭小的卧室里时，她都会赶紧戴上耳机。可是妮莎无法责怪这个孩子。就算格蕾丝态度亲和，与一对母子一起挤在这个小公寓里也是非常难熬的。可以移动的空间非常小。幸亏她没有什么行李，不然根本没地方放。她连一个人躲起来静一静的地方都没有，甚至不能独自洗完一个澡：每当她进入卫生间，总有人敲门要求拿洗发水、牙刷之类的东西，或者要求上厕所。房间里充满噪音：电视机、格蕾丝放的音乐、厨房里的收音机、旋转的滚筒洗衣机（它好像从来没停下过）、上门收衣服或送衣服的门铃声。这种充满疲倦和躁动的生活，居然是这对母女的日常。

然而，她知道自己必须心存感激。不管怎么样，这里总比那间糟糕的酒店房间好很多。说实话，自从出事以后，这里的生活已经是她所有经历中最温暖的部分了。她发现自己开始敬畏茉莉，因为她在任何场合都能快乐地笑出声来。茉莉在骂人的时候嘴巴和船上的水手一样脏。可是不管遇到什么糟心事，她总是能找到一些笑点。茉莉很想开一家裁缝店，但是她喜欢在宾利酒店工作，而且担心只有自己守着一家店的日子会很无聊。"真的，或许我只是需要多点空间。如果有一家店铺，我可以把家里的东西挪过去。"她在公寓里比画着，"这样我和格蕾丝的空间会多一些。""是的，她迟早会谈恋爱结婚的，但是她的眼光还真不是一般的高。挑剔得要命。""我和格蕾丝算是绑到一块儿了，任何想追求我的人都得先过她这一关。"格蕾丝听到这话以后挑起了眉毛，看来一时半会儿没人能过她这一关。有几次，当茉莉拿男人或性作为话题开玩笑时，妮莎发现自己也跟着笑了起来，甚至笑出了眼泪。有生以来，她第一次看到女性团结之后的力量，她喜欢这种感觉。

可是那一天，她看到夏洛特·威利斯穿着她的外套出现了。那是一件蔻依浅棕色羊毛外套，花了她6700美元，而且那款每个尺码只有一件。那时妮莎推着清洁车，先看到这件外套沿着走廊朝自己飘过来，然后才看清穿着它的人。她觉得自己好像被对方认出来了，因为夏洛特的脸上挂着一丝奸计得逞、自鸣得意的微笑，她还转过身去对身旁的年轻女子说了几句话。妮莎停住脚步，愤怒随时会令她晕厥。茉莉撞到了她的后背，然后顺着她的视线望过去。当她意识到妮莎在看什么之后，立刻用胳膊肘把她拉走，沿着走廊快步走到酒店大门旁边的服装专卖店。手推车被忘在了原地。

"她就是那个小贱人吗?"茉莉问道。

"我的外套。"妮莎大口地喘着粗气,"她居然穿了我的外套!他妈的!上帝啊,我看到了什么?我看到了什么?"她们最终停在客梯旁边。妮莎转头看了茉莉一眼,挺直身子,耸了耸肩,好像已经别无选择:"好吧,我现在必须去弄死她。"

茉莉爆发出一阵笑声,然后她重新整理好表情,用看格蕾丝的眼神看着她:"不,我的小妮莎。你不能弄死任何人。"

"那可是我的外套啊!"

妮莎真的无法忍受,有些事触碰到了她的底线。"看在上帝的分上,那可是蔻依的外套!"

"别理她。"茉莉坚定地说道。妮莎再度抗议,她立刻制止道:"听我说,别理她。咱们要打的是持久战。"

"什么?你说的都是些什么啊!"妮莎的音调提高了,茉莉赶紧把她推进一个安全出口,然后神色镇定地面对来往的客人,对他们微笑致意,就好像刚才只是员工之间在说笑话。"持久战?我才不要打什么持久战。"

"宝贝,你现在必须面对这些了。"

妮莎眼睁睁地看着夏洛特和她的朋友走进金光闪闪的电梯。她现在还能想起当时买外套时的场景,她第一次在私人更衣室披上那件外套的感觉:华丽的剪裁,柔软舒适、略带一点皮革味的羊毛表层。当她在镜子里凝视自己的倒影时,店员在一旁冲她微笑。它是多么柔软啊,奢华、美丽又柔软。

"我恨你。"当夏洛特的脸消失在电梯门后时,她对茉莉说道。

"我知道。"茉莉说,"来吧,我给你拿个三明治。"

"我觉得自己现在像个愚蠢的灰姑娘。当然,我没有那些愚蠢姐妹、南瓜马车还有一堆瞎老鼠。"妮莎在亚历克斯给大家准备的三明治上咬了一口,然后把盘子一把推开。

"谁说灰姑娘的老鼠是瞎的?算了……"茉莉喝了一口茶说道,"你想说什么就说吧,我在听,宝贝。噢,等一下……"她看了一眼手机,"桑德拉让我去她的办公室。她要问我地毯上的污渍的事,就两三分钟。你就在这里等我,我马上回来。"

妮莎继续着怨恨的咆哮,几分钟后才注意到茉莉已经消失了。她盯着手里的三明治看了一眼,里面有芒果和虾仁,非常好吃。可是她的胃正在抽筋,一口也吃不下。

亚历克斯慢慢地从椅子上站起来,放下手里的书:一本关于北欧高地如何做炖菜的书。他把手伸进口袋,掏出一盒香烟,然后把香烟晃出来几根递给她,他自己则利索地掏出一根塞进嘴里。

"我不抽烟。"她的声音依然愤怒。

"我知道。"他说。

他往垃圾箱所在的后门走去。过了一会儿,她也跟了出来。并不是她很想和这个男人待在一块儿,而是她实在不想一个人待着,必须要有个人回应自己的情绪。他靠在矮墙边,把香烟点燃。巨大的塑料垃圾箱散发出一股卷心菜的气息,但和其他工作人员一样,她现在已经对这些味道不敏感了。

"我的丈夫。"她开口说道,"他把我从家里赶了出来,还拿走了我所有的东西。我他妈的连正常生活都维持不了。"

"听起来真糟……"他若有所思吐出长长一串烟雾,"英语里对类似事件的表达是不是:他把你搞成了一块烟熏鱼[26]。"

---

[26] 原文是 He has done you up like a kipper,字面上的意思如亚历克斯所说,实际意思是"他让你成为一个游手好闲、无法自立的人"。

这种说法让她愣了一下,甚至忍不住笑了起来:"你在开玩笑吗?烟熏鱼?那是什么意思?"

他也笑了:"我不知道。英语里总有一些很奇怪的表达。上周有一个客人说我在拽他的链子[27],可我根本没碰过他的链子。"他脸上总带着会心的笑容,似乎很难把他和严肃认真之类的词联系到一起。

他再次掏出烟盒,这次她接受了一根烟。当他为她点燃香烟时,会拢起手指护住火苗,同时非常小心地让自己那双疤痕累累的手不要触碰到她。她吸了一口,一股虚无且罪恶的快感涌上心头,就像她吸每一根烟时的感觉。

"那你打算怎么办?"

这个问题让她泄气了。今天又失去了一次发泄愤怒的机会。她耸了耸肩,突然打开了话匣子。其实她不确定为什么要对眼前的男人说这些,可她就是很想说话:"我真的不知道怎么办。我现在住在茉莉的小公寓里。她的孩子很讨厌我,因为我住在她的房间里,占用了她本来就不大的空间。我现在天天都要打扫厕所谋生。那可是真正的厕所。这种生活简直是我的噩梦,我不知道该如何摆脱。"

"但是你还没有和他谈谈吗?"

"从事情发生那天起我们就没说过话。他拒绝和我谈话。"

他点点头,好像明白了一切。他们在原地一边抽烟,一边静静地站着。

"如果你不能解决问题,那就要解决你对问题的看法。"他说道。

她皱起眉头看着他,而他一直凝视着外面的小巷。那里有两只鸽子正为了一块鸡骨头打架,它们抢夺来抢夺去,谁都叼不住那块骨头,只能用变形的爪子互相蹒跚着追赶。

---

[27] 原文是 pull his chain,英语 pull one's chain 字面意思是"拽某人的链子",但一般表示捉弄人、惹某人生气的意思。

"也许你可以想想过去生活中所有不愉快的事情，然后对它们说：'好吧，这是我重新开始的机会。我又拥有了自由，没有任何束缚，我或许会过上梦想中的生活。也许我会比之前更幸福。'"

"在没有钱，没有房子，还拿不到我的东西的情况下吗？这真是我听到过的最垃圾的鸡汤文。"她愤怒地喘息着。

"也许吧。但是，如果你改变不了自己的处境，那你就只能改变自己的想法了。你别无选择，不是吗？"

"你喜欢在这里每天工作18小时的日子吗？你想把这种日子过到死吗？只是因为有客人说培根火候不对，你就要被米歇尔骂个狗血喷头，不是吗？你凌晨赶末班公交车回家，第二天早上还要倒两班车通勤，仅仅因为有其他员工嫌工资太低不干了！"

他看着她说完这些，眉眼因为愉悦皱了起来："我喜欢这里的工作。而且，我做的培根火候一直恰到好处。"

她忍不住嘲笑他："别跟我扯这些。"

"我可以用食物让他人获得幸福。"

"这些客人的生活方式很难让他们感到幸福。他们在酒店用餐有时是为了获取热量，有时只是为了彰显地位。这里的女人吃饭时脑神经有一半都用在计算热量上。食物对他们来说既是享受，又是惩罚。他们都无法从食物那里获得幸福。这就是为什么你们收盘子的时候总会发现里面剩了一半。"

"我说的不是客人的事。"他对她微笑一下，然后熄灭香烟。

她盯着他看了一会儿，然后问道："我应该继续给他打电话，对吧？"

"我认为这是解决问题的唯一方式。"

"去他妈的，打就打。"她开始拨卡尔的号码。

"不，用我的手机打。"亚历克斯赶紧拦住她，"你不能让他有追踪你手机位置的机会。"

她在一瞬间明白过来,然后接过他的手机,开始重新拨号。

"你希望我走开吗?"他问道。

她的头脑还没反应过来,身体就先一步做出行动。她拽住他的袖子央求道:"不,别走。你要留下来。"电话拨通了,她意识到自己在发抖。卡尔接电话的声音突然传进耳朵。

"你终于接电话了。"她竭力控制住自己颤抖的声音。

"妮莎!我亲爱的,你还好吗?"他居然只流露出一丝惊讶。卡尔是个冷静的男人,控制力极强。此刻他说话的语气就像刚从外地短暂出差回来一样。

"天哪,我可真是太好了!太精彩了!你他妈的觉得我过得怎么样,卡尔?你把我的人生搞得一团糟!"

"这件事有点戏剧性,亲爱的。"

"可真是太他妈的戏剧性了,卡尔。你到底在干吗?你到底想怎样?"

"亲爱的,我们能不能用文明的方式谈一谈。"

"别叫我'亲爱的'!你把我,你的妻子从家里赶出来,连衣服都不给,一分钱都拿不到。你是想让我睡在大街上吗?"

"你现在在哪儿?我会派阿里来接你。我一直都想联系你。"

她愣住了。亚历克斯正在看着她。

"我现在用的是……一个朋友的手机。你先给我寄点钱就行了。我会找律师来解决咱俩之间的问题。"

"不,不。咱们还是见面聊聊吧。"

"好吧。"她深吸一口气,"在哪儿见?"

"我在肯特郡的多佛有一栋楼,我们可以在那里的仓库见面。"

"所以你想让我去肯特郡的一个仓库找你?"

亚历克斯听到之后冲她摇头。

"不行。"她回绝道,"酒店吧。我们在酒店楼下的大堂见面。"

他的语气有些轻微的变化:"那就听你的吧。"

"今天就见。"她补充道。

"我会重新安排我的会议时间,咱们一个小时之后见。"

"没问题。"

他的语气中显然带有一丝恼火。他不习惯让她来掌控局面。

"别让阿里来。"她继续提出要求,"也别让夏洛特来。我更不想看到你的律师。不要让其他人出现,只有你和我就够了。"

他挂断了电话。她也放下电话,看向亚历克斯。她现在感觉头晕目眩。

"你还好吗?"亚历克斯认真地看着她。

"我可能需要一支烟。"她低下头,看见自己的工作服,立刻改口,"不,不。我需要的是像样的衣服。"

洗衣房的墙壁从上到下都盖满了装在塑料防尘袋里的衣服,维克多和茉莉几乎并肩站在这个狭小黑暗又充满化学物质的空间里来回踱步,挑选尺寸合适的那一套。然后茉莉再把衣服拿到一间客房,一边摇头,一边举起衣架,给妮莎过目。最终她们选定了一套桑德拉[28]的黑色西装和一件浅色的丝绸衬衫。因为维克多可以在周五送还衣服给客人,在此之前还有重新清洗的时间。可是没有鞋子可以借用,因为很少有人会把鞋子送给酒店清洗。这意味着她要穿着那双别人的旧鞋。太糟糕了。不过与一直以来发生的一切相比,这好像也没什么。而且维克多还找了一个师傅给这双鞋做清洁和抛光。然后她去女洗手间给头发烫了几个卷,用的是茉莉从行政办公室借来的卷发棒。她还

---

[28] 桑德拉(Sandro):法国二线品牌。

借给妮莎一些睫毛膏和口红。于是两周以来，妮莎第一次在镜子里看到了一个相对熟悉的自己。

"你看起来像个大老板。"茉莉说道。此前她主动提出帮妮莎多打扫一个房间，好为她争取谈话的时间。"你准备好了吗？"

"准备好了。"妮莎回答道。可是她心里真的没底。

她刚穿过酒店的门厅，就看到卡尔从座位上站了起来。从这个距离观察他，一切都变得很奇怪：他的双下巴居然这么厚，以前怎么没注意到？他的啤酒肚被腰带勒得紧紧的，就好像面团刚从面包机里发起来一样。他身上的所有物件：剪裁得体的西装，厚重的手表，意大利皮鞋，都让她觉得无比怪异。她突然意识到，这个男人已变得如此陌生。十八年的时光是怎么过去的？而他对自己热情地微笑，就好像真的一直期待见到自己一样。他过来亲吻她的脸颊，这个举动令她十分震惊，可她还是允许了。他身上的古龙水气味也有些陌生。一阵短暂的、残留的愤怒再次涌上心头：是谁给你买了另一种香型的古龙水？

"来两杯咖啡。"他们坐下之后，卡尔吩咐道。服务员不知道是从哪里突然冒出来的。"我要双倍意式浓缩，给这位女士一杯美式。你要奶油吗？"

她摇了摇头。

她试图控制住自己微微颤抖的身体。在过去几天里，她一直在想象今天的情形：他用卑鄙的嘴脸道歉的样子，以及自己用一把镐头把他砍得鲜血四溅的样子。现在他就坐在自己面前，终于见到这个大活人了，可是她的感觉很奇怪，就好像什么都没发生过，这只是两个人日常的午餐咖啡时间。

"所以……你是从很远的地方过来的吗？"

"不是。"她回答道。

她把脚踝齐齐整整地叠放着,坐稳自己的身体,然后一直盯着他的脸。她忍不住想道:这就是那个和我睡了快 20 年的男人。我尽我所能满足他的每一个需求,尤其是那些心血来潮的幺蛾子。当这个男人头疼的时候,我会抚摸他的脑袋;当这个男人抱怨压力大的时候,我会按摩他的肩膀。我熟知他的尺寸,这样就可以在世界上任何一位裁缝那里为他定制服装。我还为他生了一个孩子,他是我心爱的孩子的父亲。我让他在每个发脾气的时刻平静下来。我甚至还要替他监视商业上的对手,在必要时破坏对方的计划。我让他的生活变得更加简单轻松,享受到了大多数人体会不到的舒适。

可就是这个男人,切断了我和他的一切联系,就好像我从未在他的人生中出现过一样。他和他的秘书上床了,而且在整个过程里把我瞒得死死的。整件事看起来太不现实了,有那么一秒,她怀疑自己现在在做梦。

"你还好吗?"咖啡上桌的时候,他开口问道。

"你在跟我扯淡吗?"

"你看起来状态还不错。"

她搅拌了几下自己的咖啡。

"这他妈的到底是怎么回事,卡尔?"她愤怒地问道。而他却笑了起来,真的在大笑,连眼泪都笑出来了,就好像她刚刚说了一个笑话。

"对不起,亲爱的。"他终于开口了,"在过去的几周里,我没有处理好外交策略上的问题。"

"外交策略?你现在是认真的吗?"

"我被律师的建议带偏了。我现在才明白事情不该这么处理,咱俩的问题应该用咱们特有的处理方式。"

他伸出一只手掌盖在她的手上,这种熟悉的重量让她感到震惊。但只是短暂地愣了几秒,她就把那只手甩开了。他看了她一眼,又坐回到自己的椅子上。

"你受伤了,你很愤怒,我都能理解。我今天来这里,是为了事情能往好的方向发展。"

"咱们不可能再像从前那样一起生活了。"她直截了当地说道。

"我知道。咱俩的路算是走到头了。但是过去的日子你都忘记了吗?"他深情地笑着。

她皱起眉头看着他。眼前的人真的是卡尔本人吗?不会是阿里雇来的演员吧?

"咱们还是一起度过了一些难忘的岁月的。那些美好的时光,有趣的旅行,还有英俊的儿子。就算看在过去的日子的分上,咱们还是可以成为朋友的,不是吗?"

"你和我儿子没有任何关系。你已经有18个月没有和他说过话了。他要联系你还得通过你的员工。"

他伸出一只手挠了挠头:"好吧,妮莎,我还能说什么呢?我是过错方。而且我也做出了努力,在过去几周里,我还是尝试联系他了。"

"你把你的破事都告诉儿子了?"

"没有,当然没有。我想还是由孩子的母亲跟他说会更好,毕竟你和他的关系比我好多了。"

她摇了摇头。他当然会把这一摊子事留给自己,让她来承担情感上的责任。

他靠在桌子上,神情突然严肃:"妮莎,我是来向你道歉的。我把这件事情处理得非常糟糕,也没有给你应得的尊重。现在我想试着改变这一点。让我们用和平且和谐的方式,把人生的这一页翻过去。"

她一句话也没说。直觉告诉她,沉默是她现在最有力的武器。

"我想和你和解。"

她等的就是这句话:"那好吧。"

"我会让我的律师和你的律师谈谈,制订一些公平的方案。"

"卡尔,我没有律师。这一点你应该知道吧。"

"我来解决这个问题,然后让我们的律师去谈。我们一定会找到一种方法,让你也能好好过下去。"

她有点好奇地看着他:夏洛特是幕后黑手吗?是谁给他建议让他说出这番话的?可是他看起来真的很真诚。她偷偷地环顾四周,没有看到阿里、夏洛特或其他任何熟人。只有茉莉穿过酒店大堂,朝自己这边瞥了一眼。茉莉扬起眉毛,好像在问自己:你还好吗?她点头表示回应,然后倚到座椅靠背上,双腿继续交叉。

他继续说道:"所以我认为,我们应该……等等,你怎么穿了这么一双鞋?"卡尔盯着她的脚问道。

"哦,这件事说来话长。"

"你那双限定款的路铂廷哪儿去了?"

"你为什么这么在意我的路铂廷?"其实她心里更想说的是:难道你不觉得夏洛特那双大脚根本穿不进这双鞋吗?但是她想装作对他们的事一无所知。

他喝了一口咖啡,避开她的目光:"好吧,那双鞋也算作和解条款中的一部分。"

她盯着他问道:"你他妈的是想把我的鞋要回去?"

"那双鞋是我买的,妮莎。从法律角度讲,那是我的东西。还有其他一切资产,都是我的东西。"

"是你买来送给我的,从法律角度讲,那都是我的东西。以及,你到底为什么想要回这双鞋?"她想逼出他的实话:说吧,你就是想把这双鞋转送给你的新情人。

"那是我特意定制的一双鞋,所以……它们非常值钱。"

"卡尔,你真的很奇怪。你的资产里比那双鞋值钱的东西可多了去了。"

"还有一些情感方面的原因。"

"别扯了,你以为那双鞋是柏林墙吗?"

"妮莎,别这么碍事。"他用警告的声音说道,"我现在已经表现得够慷慨了。"

"卡尔,我可没有妨碍你。而且你也不是个慷慨的人。我早就做好心理准备了,可能你会给我一个装满豆角的手提箱作为和解条件。但无论如何,那双鞋已经不见了。"

"什么叫不见了?"

"它们本来放在我的背包里,但被别人拿走了。"

"拿走?你的意思是它们被偷了?"

"我倒不这么看。可能是有人拿错了包,而且就在你给我离婚协议的那天。"

"什么?难道你现在还没有把它们找回来吗?"

"你猜怎么着,卡尔?比起被你赶出家门,没有钱,没有衣服,没有住所,丢一双高跟鞋已经他妈的不是什么大事了。"

他对买给她的一切礼物总有一种奇怪的占有欲,就好像这些东西还是他的,只是暂时放在别人手上而已。刚结婚的时候,她把他刚送给自己的古驰㉙背包落在餐厅里了。就因为这件事,他四天没和她说话。

"好吧,那你打算什么时候把它们找回来?"

"不管你信不信,这些天我能做的事情只有努力挣钱养活自己,

㉙ 古驰(Gucci):意大利奢侈品品牌。

为自己找个地方栖身。如果你的目的是向我展示你有多强大，那你真的做到了。你就是可以在一瞬间夺去我生命中的一切。这些天我清楚地认识到：你才是那个高高在上主导一切的人。如果我在与你共同生活的过程中弄坏了你的某样资产，那么我感到很抱歉。"

他看起来十分震惊。难道是为他自己的所作所为感到震惊吗？

她又等了一会儿，继续问卡尔："你当时就没考虑过我的处境吗？"

他耸了耸肩："我不知道，我以为你会去找你的朋友之类的。"

"我在这个国家没有朋友。"

"或者总有个人送你回国吧？你为什么要留在这里？"

"你不知道我手里没有护照吗？还有我的其他东西，都被你关在顶楼的客房里！"

"哦，也是。"他心烦意乱地说道。

"听着。"她说道，"你先给我一笔钱，让我请律师，然后我们就会协议离婚。你可以拿走我的任何一双鞋，我也能带着属于我的东西去过自己的日子，行吗？不要大惊小怪，也不用对外公开。只要我能拿到属于自己的东西就行了。"

他的脸突然拉了下来。

"没有那双鞋，你什么都拿不到。"他说，"我一美元都不会给你。"

"什么？"

"你不能就这样弄丢我的东西！那是我花钱买来的东西！反正你就是……什么都拿不到！"

"你在说什么啊？它们是被别人偷走的，你为什么要这么对我？"

现在他的眼神已经异常冰冷，下巴紧紧地绷着："先去把那双鞋找回来，然后再找我谈。"

"卡尔？你这是……"她大声喊道，"那我的钱呢？我要请律师！卡尔！你得把我的衣服还有我的东西还给我，卡尔！"

他已经转身离开酒店大堂。阿里适时地出现了，他们肩并肩背对着自己，开始认真地商讨着什么。

第 18 章　练拳击吧

萨姆坐在候诊室里,手里捧着一本已经过期三年的《女性周刊》,心不在焉地看着旁边的护士向一位坐在轮椅上的男子解释了 15 次:家属不能和他一起进入手术室。他的家属包括四个争吵不休的女人,还有一群闹哄哄的孩子。她讨厌这个地方,讨厌这个不停被消毒、充满恐惧和挫败感的候诊区,讨厌压低声音后的谈话,讨厌时间流逝而自己依然停滞于此。而且大多数情况下,讨厌也不能一走了之。为了转移自己的注意力,她与一个地点显示在俄亥俄州的网友玩了 3 次单词接龙游戏;给健身房打了 2 次电话试图归还那双鞋,但是没有人接;她还回复了 14 封工作邮件,其中有 8 封来自西蒙。

"我很抱歉,但规定就是如此。这里有许多患者的免疫力非常差,我们不能让他们再增加感染病毒的风险。"

萨姆盯着那群流鼻涕的孩子看,心想:这些孩子浑身上下可能只有鞋子上携带的病毒最多。

一个年长的、扎着马尾辫的女人并不理会这些说辞:"我爸不想一个人待在那里,他需要他的家人。"

"是的,我想和家人一起进去。"

"我理解您的感受,先生。但是您不会一个人在里面待很久的。"

"他希望和他的家人待在一起,你们应该尊重他的意愿。"

一个孩子开始用力摇晃萨姆身边的饮水机,上面的水桶很快就开始倾斜。就在它快要倒下来的时候,萨姆急忙伸出一只手将其稳住。孩子停下来,盯着她看,目光呆滞。而那群家属中的一个女人投来极其不友好的目光,就好像她稳住饮水机的动作是一种冒犯。

即使声音中已经满是疲惫,护士仍然要继续解释下去:"女士,我真的不能破例。医院必须尽可能地保护所有患者,手术过程中不允许除患者以外的任何人进入治疗区域,包括患者的朋友和家人。或许你们可以在食堂等一下,等他准备好了我们会通知你们的。"

"他不会自己进去的。"

"我不会自己进去的。"老人将双臂交叉放在胸前。

"那么先生,恐怕我们不能继续给您提供药物治疗了。"

"他需要药物治疗!医生就是这么说的!"

"我已经解释过医院的规定了,女士。"

"你这不叫解释,你这是歧视。你们本应该尊重病人的意愿,可是他的需要被你们忽视了。他又不是个植物人,你看不出来吗?"

"我不是植物人。"老人也跟着说道。

萨姆看了一眼手表,她已经在这里待了一个小时四十分钟了。在这段时间里,护士联系了三个没有如约来就诊的患者,应付了一个歇斯底里的青少年,还有不断指责医院没有满足自己要求的患者及其家属,并且他们认为这是医院对自己的歧视。她的目光与护士短暂相遇,她想露出一个理解的笑容,但却被那个扎着马尾的女人看在眼里。

"看什么看?"她朝萨姆啐了一口。

"没有没有。"萨姆赶紧低下头,脸"刷"地一下红了。

"管好你自己的事吧!"

"没错。"另一个女人接过了话茬,可能是她的妹妹。她朝萨姆走近几步,她们俩相隔只有几英尺。只见她舒展肩膀,下巴前倾:"你最好滚开。"

萨姆很想说点什么来反击,但一句话都想不出来,只能举起杂志,挡住自己被对方口水喷到的脸颊和脸颊上尴尬的潮红。男孩终于成功地弄翻了饮水机,一股洪流在地面四散开来,她的脚也被冲刷了。护士叫来了保安,有人大喊大叫,有人在忙着收拾地面上的水迹,还有人开始哭泣。最终,这位老人和他的大家族被推到外面的走廊,他们在那里不停地咒骂着。这时安德莉亚出现了,她的脸色煞白,嘴唇紧闭。萨姆蹦了起来,戴上口罩迎过去。

"扫描结果怎么样?"

"真他妈棒。"她说道,"我都等不及了,赶紧回来了。"

萨姆说:"好吧,感谢你每次都带我来这些'热门'的地方。"

"别大惊小怪的,别人还没机会见识这些呢。"

安德莉亚挽起萨姆的胳膊,两人慢慢地走到停车场。

车子启动后,安德莉亚一直没说话。萨姆已经陪她来过医院很多次,她们也是多年的好友。她知道自己什么时候该给她加油打气,也知道什么时候应该让她一个人静静。车开到一半,她注意到安德莉亚的指关节已经发白,于是赶紧伸手从后座拿过来一条柔软的毛毯。等遇到下一个信号灯的时候,她把毯子轻轻地盖在安德莉亚的腿上。两个人还是没有说话,但几分钟后,安德莉亚伸手抓住了萨姆。萨姆一直等到信号灯变绿才让她放开手,而她的眼里已经满是泪水。这是在表示感谢呢,还是对一根救命稻草的渴望呢。

"一切都会好起来的,你懂的。"她说道,"我觉得这次真的会好起来的。"

她送安德莉亚进家门,并在临走时塞给她一张 740 英镑的支票,用来帮她支付本月的房贷。安德莉亚什么也没说,这张支票让她愣在原地。她用一只苍白的手捂住嘴，摇了摇头，小心翼翼地把它放在一旁的餐具柜上，然后紧紧地抱住了自己的朋友。

谁都知道安德莉亚现在很困难，但信贷机构几周以来一直拒绝给她一次宽限期。而社会福利机构能提供的帮助对安德莉亚来说简直是杯水车薪。而只有萨姆知道，这些钱也几乎是她的全部家底儿了。

她在把车开回去的路上一直试图说服自己，以此压制心中不断冒出的恐惧：我没有别的选择。如果我遇到了同样的事情，她也会这么对我的。

第二天早上，建筑商联系到她，说门口的房车有些碍事，看来菲尔还是没有把它挪走。这时恰好西蒙也过来找她。她在打电话的过程中转过身来，突然意识到有人在盯着自己：西蒙站在几英尺外，用一根手指敲了敲另一只手腕上的巨大手表，神情十分严肃。

"好吧，要不麻烦你把它挪走？"她对着手机轻声说道，"家里没人开门，可能是他出门去了。你瞧，车钥匙就在轮胎下面，它没有上锁。我知道，我知道车胎瘪了，可是你只要把它稍微往街边挪一点不就行了吗……"

西蒙用缓慢而谨慎的步伐在周围走了一圈，最后直接站到她面前。她抬起头看了他一眼，把一只手捂在话筒旁。

"对不起，我现在正在上班，没法回去处理这个问题……别这样，你听我说，我会立刻联系他把车挪走，你们先别离开好吗？我一定会让他解决这个问题的……喂？喂？"

西蒙在她进入办公室的那一刻就立刻关上了她身后的门。他的办公室四面都是玻璃，所以外面的人都能看到他们。萨姆环顾四周，发现的确有几个同事正在往里看，而且都面露难色。看来他们都知道即将发生什么。除了自己，他们什么都知道。

西蒙坐下来，叹了口气，好像这次谈话给他带来了巨大的痛苦："萨姆，你的工作表现实在难以令人满意，我已经没有办法视而不见了。"

"你说什么？"

他甚至没有请她坐下来。

"你不是一个能做好团队协作的人。"

"这是什么意思，我怎么就……"

"我尽可能地给过你机会。但你一直没有跟上团队的节奏，这让我觉得你非常不靠谱。"

"等等……我的表现到底怎么不令人满意了？"

"好吧，最起码其他人从没向我抱怨过自己的工作。"他径自坐下，拿起圆珠笔在桌上敲了几声，连看都不看她一眼。她注意到那根圆珠笔上有他名字的缩写：这年头居然还有人把自己的名字刻在圆珠笔上？"另外，我们需要的是精力充沛的员工，要给团队注入活力。而你看起来总是很沮丧，你应该注意自己的表现。"

"西蒙，你忘了我刚签下一单价值二十一万英镑的订单吗？"

"这是整个团队的努力。而且在这个过程中，你弄丢了一个非常重要的客户。"

"他早就决定更换供应商了。见到我们之后，他只不过在通知决定的结果。我们当时能做的事情其实很少了——"

"萨姆，我不想听你的借口。我只看结果。"

她气得一句话都说不出来，只有眼泪夺眶而出。她想起自己十岁的时候就受过这种委屈：一位老师不顾青红皂白地指责她在卫生间的墙面上涂鸦。可是她根本没做过这件事，甚至连墙上的单词是什么意思都不知道。"西蒙，我在这家公司工作了12年了。在你来这儿之前，我可从来没有抱怨过我的工作。从来没有。"

他似乎短暂地悲伤了一秒，但很快就摇了摇头："好吧，这家公司现在已经属于优步印刷了,所以你应该努力适应更高的标准。我也想帮你适应,萨姆,你真的需要提高自己的业务水平。"

她盯着他问道:"我还有别的选择吗?"

"这取决于你自己。我必须通知你,公司现在正在降本增效,尤其是缩减人力成本。如果真的走到那一步,我们肯定优先保住高绩效的员工。"

双方陷入一阵短暂却沉重的沉默。

她继续盯着他问:"你想说,我要被裁员了,是吗?"

他微笑了一下,皮笑肉不笑:"我更认为这其实是一种积极应对问题的策略,也是你鞭策自己进步的机会。萨姆,如果你的表现没有任何改进,那么我想……"他用手抓了抓自己喷满发胶的头发,"如果你能找到更好的去处,这对我们双方都是最有利的结果。"

当一个人从老板的办公室里走出来,而外面所有人都知道她马上要被裁掉的时候,迎接她的将会是一阵古怪的沉默。紧接着会有一阵微弱的嘈杂声,然后你会听到所有人都恢复了手头上的工作——就好像他们突然想起来自己还有工作要做似的。萨姆路过一个又一个后脑勺,终于坐回自己的工位。她挺直背部,发现至少有三十多个人在关注自己的状态,可是他们又都装作一副什么都没发生的样子。

她盯着自己的电脑屏幕,鼠标胡乱地点击着,一个字也看不进去,因为脑袋正在嗡嗡作响。他显然在把所有过错推向她,这样公司就不用支付遣散费了。她将会失去家里的房子,失去一切。她抬头,看到西蒙示意富兰克林去自己的办公室。他们面对面坐着,西蒙放松地把脚抬到桌子上,不知道在聊些什么,只能看到他们都在大笑。她不用成为约翰·勒卡雷[30],也能大概猜出他们对话的内容。

---

[30] 约翰·勒卡雷(John le Carre),出生于英国普尔,二十世纪最著名的间谍小说家,二十世纪五六十年代曾就职于英国军情五处(MI5)和军情六处(MI6)。其代表作《冷战谍魂》曾获得英国金匕首奖和美国埃德加·爱伦·坡奖。

新邮件的提示消息传来,她立刻点开:

乔尔:你还好吗?

萨姆:不太好。

乔尔:中午一起出去吃个三明治?

萨姆:我不敢这样。万一他又抓住这种小事借题发挥,我就惨了。

乔尔:那就下班后去喝一杯?

她突然想到了家门口的房车,看来她真的需要自己去挪车了。

萨姆:还是算了吧。

萨姆:但是谢谢你。

萨姆:对不起。

乔尔:该发生的事情总是要发生的,宝贝。抬头挺胸,像泰德说的那样。

乔尔:但结果也许没你想的那么糟。

萨姆(她的眼眶里再度充满泪水):谢谢你。X。

乔尔:我永远都在。X。

她不知道接下来这一天是怎么过去的。她听到自己说话的声音,就像从很远的地方飘过来一样;她按部就班地查看印刷进度表,检查层压页面的质量;还得继续给客户打电话,但她意识到自己的声音实在太奇怪了,就像嗓子里有一个吞不下去的肿块。她没有再看西蒙的办公室一眼。每当察觉有人在盯着自己看时,她会立刻表现出面不改色心不跳的样子。

她在六点半时离开工位,绕道从物流部往外走,这样就不用经过西蒙的办公室了。乔尔正在和他们部门的另一名司机一起查看本周的行车记录仪。当她经过时,他也正好抬起头来。她赶紧挤出一个微笑,但眼睛却无法直视对方。外面正在下雨,这场雨来得十分应景。她爬进车厢,不住地深呼吸,声音有些颤抖。车子启动,她的眼泪顺着脸颊滑落。希望没有人能穿过雨雾朦胧的玻璃看见自己这副样子。20 分钟后,她终于把车开到家门口,在路边停下,盯着那辆房车走神。菲尔果然没有把它挪走,来砌墙的建筑工人只能绕着它开展工作。客厅里亮着灯,电视机也在闪烁。她知道自己必须解释即将发生的一切,但她不知道接下来该如何应对菲尔的焦虑。她依然坐在车里,原本嘈杂的收音机广播也成了安静的背景音。她慢慢把脑袋靠在方向盘上,然后一动不动地停在那里。她在尝试让自己正常呼吸。

这时她的手机响了一下。

乔尔:希望你现在一切都好。或许你改变主意了,我们可以最起码聊半个小时。X。

她盯着屏幕发呆,很快又来了一条新消息:

每个人都需要被倾听。

她又盯了一会儿手机屏幕,然后把手指放在键盘上。反复斟酌之后,她开始打字。

萨姆:你真好。但我一切都好。谢谢你。X。

她又在车厢里坐了一会儿,不情愿地叹了口气,然后把包从副驾驶座上拖下来,打开车门往家走。

房间里非常暖和。但考虑到电费开支,这样的温度实在太奢侈了。菲尔过去会在家里四处走动,把空调温度调低一些,但现在他早已忘记这个任务。她路过客厅时往里看了一眼,他依然躺在沙发上,呆呆地盯着屏幕。她就在原地站着,希望菲尔发现自己的存在,但他没有。

她只得走进厨房,脱下外套,把它挂在椅背上。菲尔午餐时用过的盘子堆在水槽里,旁边还有一个平底锅,残留的意大利面已经在锅底变成了一圈硬壳。餐桌的防水桌布上有一些干硬的番茄酱痕迹,茶杯是空的。还有一张便条,他用潦草的笔迹写着:你妈妈打电话问你能不能改成每周四过去打扫卫生。

她站在厨房中央,手里紧紧地捏着这张便条。

"不。"她的脑袋开始飞速旋转,"不,不。我不能。我受够了。"

她转过身,回到狭窄的门厅,希望菲尔发现自己的存在。但他的注意力依然放在电视机上。于是她快速跑上楼梯,不假思索地穿上了一件全新的针织衫,还有在参加表姐桑德拉二婚的婚礼时穿过的蓝色裤子。她又从床下把那双路铂廷高跟鞋拽出来穿上,仔细地绑好两根带子。再次站起身时,她立刻觉得自己高大了许多,也可怕了许多。她开始对着镜子化妆,涂上玫瑰色的口红,刷上睫毛膏,然后抬起下巴冲自己噘了噘嘴。接着她往头上喷了一些发胶,给自己做了一个简单的造型,还往身上喷了一些香水。收拾妥当,她走到楼下,重新穿上外套,抓起背包,掏出手机输入一条信息:

如果你还愿意陪陪我,那就20分钟后在马车&马匹酒吧见面吧。

她等了一会儿,又补充了一句:X。

*

乔尔早已提前等在酒吧。他背对着她,站在吧台前和酒吧的男招待聊得热火朝天。乔尔是个自来熟,和每个人都能聊起来,无论走到哪里都是这样。她刚打开酒吧的门往里进,乔尔立刻180°转身,就好像他身体里有某种雷达能检测到她的信号一样。

"给你来一杯白葡萄酒?"他笑着问道。

"是的,就是这个。"

她找到一个角落里的位置坐下,因为在一家脏乱差的酒吧里穿着这么时髦的衣服和鞋,还是让人有点不自在。她有点后悔把这双路铂廷穿出来了,它们与其他人脚上磨损的靴子和运动鞋相比显得格外扎眼。她甚至觉得露出自己的双脚都太过招摇，只好交叉双腿，缩在餐桌下面。乔尔两只手各拿一杯酒走过来，小心翼翼地放在桌上。"你看起来好漂亮呀。是要去哪儿吗？"

"呃……也没去哪儿，只是穿成这样搭便车比较方便。"她说着，抿了一口酒，"我现在看起来是不是有点傻？"

"一点也不！非常漂亮。"他立刻露出笑容，"你看，你已经把自己的致命武器穿出来了。"

她凝视着脚上的鞋子，露出一个苦涩的微笑："我想，这双鞋或许展现出了我性格中的另一面。如果它们真的属于我，我恨不得天天都穿。"她依旧目不转睛地盯着自己的脚。

"是为了对付西蒙吗？"乔尔说道，"那个人……"

"不仅是为了西蒙，为了对付所有人和事。"她突然觉得有些尴尬，"噢，天哪，我要开始发牢骚了。我打赌，你一定觉得自己赢了，我果然会找你诉苦，是吗？"

"你得说出来，宝贝。"他说道，"这就是我来这里的目的呀。"

"你来这里的目的仅仅是这个吗？"她在心里默默问了一句，但是精神却很快振奋起来。

她说："好吧，我宁愿多喝几杯。"过了一会儿，他们互相碰杯，正式开始这次聚会。

*

这么多年以来，她第一次觉得自己被另一个人认真地倾听和对待。他们聊起来就收不住了，并且在接下来换了好几个酒吧。他谈起自己为什么和上一个女朋友分手：因为她总是提一些无理要求。"我只是觉得她表达出的每种情绪都像一个陷阱，等着我往里跳。你懂这种感觉吗？"尽管她不懂，但她还是立刻点了点头。她讨厌这位素未谋面的前女友，但又有点同情她。你想啊，她居然错过了乔尔这么可爱的男人。

"我是想说，她这个人还不错。但是我跟她在一起的感觉太窒息了，我觉得自己要被撕碎了。只要一见面，她总是在试图解读我每个行为背后的底层逻辑，而且那些解读往往都很消极。她总是不断问我和上一任分手的原因，然后把这些原因归结为我的性格缺陷。"

"我知道那种感觉。"她还想补一句：我不会那样对你的。但是这句话太冒失了，她打消了这个念头。

"我对她已经仁至义尽了，这就是问题所在。我总是希望别人和我相处时是开心的，但我自己却精疲力尽。就好像我做什么都没用，对方根本看不到我的努力。你懂这种感觉吗？"他说完立刻摇了摇头，露出一个笑容，"你当然懂这种感觉，你每天都在经历这些。我真不懂，西蒙为什么看不到你的价值。"

"只有西蒙看不到吗？"她心里冒出这句话时，心脏猛地收紧了。乔尔是那么善良，那么亲切，他们之间已经建立了心照不宣的默契。他说出的话总是能落到她的心坎上，她被这种感觉麻醉了。他们已经喝到第三轮了，他转过身来，邀请她与自己并排坐在长椅上。她靠在他的肩膀上，感觉到他身体的温度。他健壮黝黑的手臂就在自己身体旁边。他们聊起各自的父母，当她说起自己父亲曾经需要吃那些蓝色小药丸时，他笑得流出眼泪："我爸从来不用吃那些。"他说道，"每天下午两点半，他都会敲着手表找我妈，告诉她'午睡'的时间到了。我们就在隔壁看电视，他一点都不管我们的感受。"他忍不住傻笑起来。

"别瞎扯了。"萨姆也跟着笑了起来。

"真的。在我和妹妹还小的时候，这件事让我们尴尬死了。现在我的想法变了，我会认为：'老兄，你的身体素质真不错。'难道不是这样吗？都七十多岁了，还是那么渴望自己爱人的身体，多浪漫啊！"他说完，飞快地侧身看了她一眼，发现她的脸正在变红。

他们又聊起了工作上的事。提到西蒙这个名字，他气得咬牙切齿，不停地挥舞着拳头，好像在试图控制自己第二天上班时去揍他一顿的冲动。她把这些都看在眼里，觉得很温暖。他们又吐槽这个领导当得有多糟糕，自从他上任以来，大家就没过过一天舒心的日子。她告诉他，西蒙在圆珠笔上刻了他自己的名字。当乔尔为此大笑时，她心里悄悄生出一种胜利感。"那个傻子居然把名字刻在圆珠笔上？"接着乔尔鼓励她争取自己的权益，不要被西蒙的想法带偏。她在心里说道："是的，是的！"又是三杯酒下肚，她仿佛有了应对一切的勇气，而不是缩着脑袋找个地方躲起来。

"菲尔知道这些了吗？他怎么说？"他目视前方，终于问出这个问题。提到"菲尔"这个名字的时候，他拿起酒杯喝了一口。

"我不怎么和他说工作上的事情……我们家最近遇到了很多事。"她知道自己不该和乔尔说这些，但是她已经控制不住了，"我们的积蓄快要花光了。家里只有女儿愿意跟我说话。菲尔什么也不说。他得了抑郁症，但是他不愿做出任何改变，既不去看医生，也不向任何机构求助，甚至拒绝吃药。我每天就像和一个鬼魂生活在一起，我不知道他是否还能感觉到我的存在。每当我快要崩溃的时候，我会去和我最好的朋友安德莉亚聊一会儿。但是她得了癌症，我不想再给她添堵了。我告诉自己，混一天算一天吧。可是今天，连这份糊口的工作都要被夺走。我只是觉得……我应付不来了。"她察觉到自己的哭腔，赶紧把脸扭过去，试图克制夺眶而出的泪水。

乔尔把她搂到自己怀里，手臂紧紧地环绕着她。她闭上眼睛享受这个时刻。他身上的乳液有一股好闻的洋茴香味道，他的皮肤是如此干净而温暖。自从她和菲尔在一起以后，还没有其他男人这样搂过她。一开始她有点僵硬，但慢慢地，她被融化了。她让自己的头靠在他的肩膀上，觉得十分安心。她甚至开始默默祈祷让时间永远停留在这一刻。

"我会陪着你的，宝贝。"他在她耳边轻声说道。

"噢，对不起。"她立刻擦去流出眼眶的泪水，"我现在的样子太蠢了，让我自己慢慢处理这些事吧。"

"不。一个人处理这些事太难了。你是我的好朋友，我不愿看到你难过的样子。"

她抬起头来直视着他。他的嘴唇离自己只有几英寸。他的目光温润如玉，却难以捉摸。她想："我们只是朋友吗？"他依然紧密地注视着她，仿佛有某种被压抑多年的情感在这一刻浮出水面。她站起身来说道："我们再喝一杯？"

当她拿着酒往回走的时候，远远看到他依然靠在长椅上。此刻她突然觉得有些尴尬：自己今晚说得太多了，暴露了很多个人隐私。但当她坐下来时，他却忍不住笑了出来。

他说："我有一个想法。"

"你说。"她回应道。

"你知道你现在最适合做什么吗？"

她拿起杯子喝了一口，感觉自己已经醉得很厉害了。

"你适合拳击。"

"什么？"

"拳击。你需要某种力量，萨姆，无论是精神的还是身体的。你需要看起来更强势，不然对付不了那个浑蛋。你需要让自己看起来不好惹。看你刚才走路的样子，垂头丧气，就好像他已经把你的一切夺走了。你得重新找回自己的力量。你觉得自己现在能打出一拳吗？"

她忍不住笑了："我不知道。可能打不出来。"

"你明晚和我一起去健身房吧！……别那样看着我，很多女人都在练拳击，她们喜欢这种感觉。你就把那个沙包当成西蒙的脸。我告诉你，每当我在工作上遇到烦心事的时候，就会去那里戴上拳击手套，然后'嘭嘭嘭'……"他快速地对着空气挥舞拳头，"一个小时之后，我的状态就回来了。"

可是去健身房意味着要在他面前穿紧身运动服，意味着要素面朝天、汗流浃背，这副模样一定会让他大跌眼镜。她立刻回忆起前一阵子去健身房时的感受，和那些一直在做身材管理的女人比起来，自己简直胖得可耻，她恨不得找个地缝钻进去。"还是算了吧，我……"

乔尔立刻紧紧地抓住她的手，他的手掌温暖又结实。"来吧，你一定会喜欢这种感觉的。我保证。"

看着他脸上的笑容，她实在没有办法说"不"。她凝视着他，忍不住想问：

"你真的相信我还有救吗？"

开口之前，她又把这句话咽了下去。

然后她整理好自己的情绪，重新说道："好吧。"

他终于放松下来，身体向后靠去，喝了一大口酒。"那就说定了，明天七点。我会把详细地址发给你。"

第19章 一只鸭子

妮莎在接下来的几天里一直想着这双鞋。会有人把它送回去吗？况且那个健身房还关门了。那个女人是故意偷走的吗？她现在已经穿过那个女人的黑色低跟鞋了，在这种情况下报警还管用吗？就算不想鞋的事，她也会想起卡尔。只有远距离观察时，她才发现这个男人有这么严重的怪癖。他之前就总是对自己的衣着挑三拣四，要么就是"太暴露""像个妓女"，要么就是"太显胖"。他从来不允许她穿平底鞋，因为这样会显得她的腿"又短又粗"。本来她以为这个男人只是希望自己的太太看起来尽可能地漂亮，但现在她开始重新思考这个问题了：难道是他对这些衣服鞋子本身怀有某种渴望吗？比如恋物癖之类的？现在看起来，一切皆有可能。又或者他想把它们转送给夏洛特？仿佛某种象征？她突然回忆起来，在送给自己这双鞋的那天，他强迫她立刻把这双鞋穿上，他看向自己双脚的样子也异常兴奋。现在想想，这种场面让人非常恶心，她赶紧停止了回忆。

茉莉最近晚班很多，所以妮莎大部分时间都是独自完成工作的。这其实让她松了一口气：因为公寓的日子越来越不好过了。最近她能明显感受到生存空间正在被疯狂压缩，她们三个永远都觉得对方碍事。要么为了争夺洗手间而争吵，要么因为要去厨房的冰箱拿东西或者烧壶热水而冲撞。茉莉接下了更多熨烫面料的订单,原本小小的门厅几乎被一个又一个巨大的编织袋装满了。面对日复一日的压力与疲惫,茉莉的幽默感正在消失殆尽。与此同时,格蕾丝对于妮莎占用自己房间的愤怒也与日俱增。虽然妮莎能理解小姑娘的心思,但也实在受够了对方的白眼和叹息。所以每当和茉莉各自轮班时,她就有了暂时独处的时间,不用再露出那种委曲求全的笑容。本来她就不是这样的人。

那双该死的鞋到底去哪儿了?随着时间流逝,这个问题在脑海中出现的频率越来越高。她必须把它找回来:越早找回来,她就能越早从卡尔那里得到钱,然后离开那个小公寓,重新开始自己的人生。她确信雷蒙德已经知道这些事了。昨天给他打电话的时候,他的声音异常冷静,说他以为爸爸妈妈已经回家了。她不得不继续编造谎言,比如卡尔还有事情没处理完之类的。尽管她的谎言看起来很有说服力,但雷蒙德是个敏感的孩子,他不会被蒙在鼓里太久的。"我只是很想见到你,妈妈。"他在挂断电话之前突然说了这么一句。她立刻觉得自己的喉咙仿佛被一个巨大的肿块堵住,几分钟后才能正常开口。

"我知道,亲爱的,我也是。我们很快就会见面了,我保证。"

午休时间,她走到后门口那一堆垃圾桶附近,尽量不离开窗户太远,因为还要使用酒店的无线网络。她先抽了一根烟,然后拨通了玛格达的电话。

"康托尔夫人!我给你发的消息你一条都没回!你没事吧?我一直很担心!"妮莎听到话筒里传来机器的轰鸣声,好像是谁拿着气动扳手在拆卸汽车轮胎。

"我最近太忙了。听着,我现在必须弄清楚一件事:卡尔必须要拿回我的那双鞋,你知道原因吗?"

"哪双鞋?"

"就是那双路铂廷。你能帮我四处打听一下吗?还有,你的人不是在酒吧里看到一个女人穿着那双鞋吗?那是个什么样的女人?我必须知道这些,我要和卡尔谈判了。"

"我会去打听的,康托尔夫人。希望他没有换电话号码。你知道的,干这行的人会经常换号码。对了,康托尔夫人,我什么时候能恢复工作?我真的不太会装卸轮胎……"

"我得先把那双鞋拿回来,然后才能谈你工作的事。玛格达,这件事真的很重要。为了我们俩能过上正常的生活,你帮帮忙好吗?"

"我明白了……不,我们没有米其林轮胎,只有这种型号的固特异!噢,不是……请你相信我,康托尔夫人。"

看来刚才的话已经激励到玛格达了。妮莎挂断电话,掐灭香烟,穿过厨房往回走。现在是午餐的高峰期,两边的炉灶几乎都在吐着火舌,锅碗瓢盆的撞击声响个不停,其中还夹杂着几句脏话。她在人堆里艰难前行,身上很快就沾满了飞溅出来的各种汤汁。这时她看到亚历克斯正低头品尝一盘扇贝。两人目光相遇,他立刻冲她招手。他甚至弯下腰来,冲着她耳边大喊大叫,似乎担心厨房的嘈杂盖住他的声音:"你过会儿再来!我有东西给你!"

她有点疑惑地眯起眼睛。

"你一定会喜欢的!"

"到底是什么?"她喊道。这种接连不断的馈赠让她感觉很不自在。她一直在欠他人情,而且还无法报答。她不想再亏欠任何人了。

"当然是好吃的东西!"

"所以到底是什么?以及,你总给我好吃的,到底是为了什么?"

他还没来得及回答,她立刻补上一句:"你希望……希望我为你做点什么吗?"

他皱起眉头,好像对这些话表示困惑。然后他不耐烦地摇了摇头,转身继续品尝那些扇贝了。

那是一只鸭子。亚历克斯要送她一只鸭子。当她准备转身离开的时候,他说:"供应商送来了很多只,你拿走一只,领导也不会发现。"他把这只重量惊人的鸟类用一块细布包好,递给她。还嘱咐她这是有机农产品,所以味道很好。她可以拿去给茉莉和她的女儿做一顿美味大餐。

"你是不是从来没烹饪过鸭子?"她茫然的样子还是被他看穿了。他走回储藏室,用一个包裹装了一些八角、竹芋粉、一些绿色的香料,还有一小瓶橙子果酒,然后把鸭子放进去一起打包好。他又低下头写出一张食谱,整个过程里没有看她一眼。他的字迹居然如此漂亮,漂亮得让妮莎震惊。

"做法并不难,但你一定要在烤箱关火后,把鸭子留在里面焖十分钟,明白吗?最少十分钟,这样肉质会非常嫩滑。"

她越来越觉得紧张。他肯定想得到什么,不然为什么要这么做?那些美味的日常食物和眼前的惊喜礼物难道是白给的吗?她还从来没有遇到过这种猜不透心思的男人。或许只能用侮辱的方式激怒他了,不然她无法得到自己想要的答案。于是她接过包裹时一直表现得很粗鲁,对他说各种粗话,然后转身走回更衣室。可是当她回头看到他既诧异又好笑的目光时,突然更生气了。她在为自己的举动感到生气。

妮莎在面对情绪问题时一直会采取同一种方式:谁也不理。她像个机器人一样,一口气打扫六个房间,凶猛而彻底。这些天来,她居然发现自己对这份工作充满感激。在没有跑步机和健身房的情况下,这些繁重的体力工作可以让她平静下来。扯下床单再换上新的,打扫房间里的灰尘和污垢,此类工作并不需要投入太多思考,但可以让她的大脑停止轰鸣。她需要这种剧烈的体力消耗。又是一天的工作结束，她坐在更衣室的长椅上啜饮一杯咖啡。茉莉给她发了一条短信：

我前夫说他今天不能把格蕾丝接回家了。你能在下班回去的路上顺便去趟我母亲那里，把她给接回家吗？我不敢让她一个人乱走。

她想起了储物柜里的那只鸭子，想到了那张并不是很难操作的食谱，或许今天晚上她们真的可以吃一顿大餐。她也想为茉莉做点什么，不然她会觉得自己像个慈善机构里的难民。

"当然。"她在文本框里输入。"今晚一定要空着肚子回家，我会给你一个惊喜！"

她想在下班前再去趟厨房，正式感谢一下亚历克斯。但她又压制住自己的想法：太尴尬了。万一她很认真地道谢，他会不会再做出什么别的举动？她告诉自己：这不过是一只该死的鸭子。对于眼下的局面而言，这只鸭子算得了什么？

公共汽车在路上颠簸起来。茉莉又发来一条短信，提醒她要注意哪些标志才不会走错路。她认为自己永远也无法适应伦敦错综复杂的交通系统，那些如蛛网一般盘根错节的街道看起来是如此相似。她已经掌握了在公共汽车上冥想的技能，让自己沉浸在黑暗的寂静中，以忽略其他乘客的咳嗽声或刺耳的手机铃响。所以，她一开始没有注意到有个女人在跟自己说话。等回过神来的时候，对方已经快要坐到她的大腿根上了。

"你这是干吗？"她一边抱怨，一边把女人的外套从自己腿上撤下去。

"我刚才让你往里挪一挪，我没地方了。"这是一个身材高大的女人，身上穿着一件长款的天鹅绒拼接外套。她说话时始终没有看妮莎一眼，就好像她是一个路障。

"你看我还有地方挪吗？嘿，我说！你都快坐到我身上了！"

这个女人只是用鼻子"哼"了一声,然后又往她身上挤了一下。她的头发染得很糟糕,浑身一股广藿香的味道。

"女士!"妮莎吼道,"嘿!你这样真的很过分!退一下好吗?"

"我刚才已经很礼貌地问过你了,你一动不动,根本不搭理我。"女人反驳道。

"别让你该死的外套碰到我,好吗?"妮莎伸出两根手指夹起外套,再次把它从腿上甩出去。

"你要是能往那边挪一挪,我的外套就不会碰到你了,不是吗?"

妮莎感觉所有血液都往脑袋上涌:"你怎么不说你的块头太大了,根本就坐不下呢?而且你现在用你的臭外套不断往我身上凑,这是你有问题。"

女人把妮莎焊牢在座位当中,让她无法动弹。她靠得实在太近了,身上除臭剂的味道简直令人作呕。"天哪,太令人窒息了,我几乎可以闻到这个女人身体里每个细胞的味道。"

"让开!"她再次吼道。

其他乘客的目光已经纷纷投向这里。妮莎隐约听到周围人窃窃私语的声音,还有司机透过后视镜瞥过来的警惕目光。

女人面无表情地说道:"这是你的问题,你先给我让开。"

"是我先坐在这里的。"

"这辆公交车是你家开的吗?你要是不懂这里的规矩,就滚回你原来的国家去。"

"……我原来的国家?……挪开!你的!屁股!"妮莎简直不敢相信,眼前的女人居然有胆子这么说话。可她实在是个大块头,凭妮莎的力量根本挪不动她。她用胳膊肘把她往外推,可是那个女人直接在她后背上锤了几下。锤的过程中,她依然目视前方,不看自己一眼,于是妮莎干脆拿起她的背包,使劲儿地摔到车厢前方。包里的东西立刻散落一地，口红、纸巾等个人物品在座椅下方滚来滚去。那个女人终于转过来，目瞪口呆地看着她。

"把我的包捡回来！"

两个女人现在都站了起来。女人推了妮莎一把，这让妮莎感觉到，虽然她看起来块头很大，却没有什么臂力。于是妮莎伸出两个胳膊，用尽全力推了她一把。女子突然失去平衡，尖叫一声，重重地摔倒在座椅上。周围的乘客也都跟着爆发出一阵尖叫。这时公交车突然停了下来，妮莎努力让自己站稳。司机从驾驶舱打开门走出来，指着她们说道："你们俩，现在就下车！"

"我不会下车的！"那个女人一边捡起自己的背包一边说道，"她都把我推倒了！"

"是你先坐到我身上来的！你没看我都喘不过气来了吗！"

"下车！"司机再次说道，"否则我会报警！"

"我哪儿也不去！"妮莎倔犟地坐下来，"只有到站我才会下车。"

"你觉得我怕警察吗？我告诉你，警察来之前我就会把这个婊子打得头破血流……"

十分钟后，妮莎站在路边，这辆公交车终于开走了。车上所有被耽误的乘客都在盯着她看，这让她觉得自己的皮肤在燃烧。警察的警告依然在耳边回响。他们才不在意谁对谁错，只是觉得两个成年女人在公交车上抢座位是件很无聊的事，也很可笑。她已经在计算下一班公交车会在几分钟后到达本站，她还得去接格蕾丝回家呢。这个狗屁国家。

又过了二十二分钟，她终于挤上下一辆公交车。车厢里站满了人，她只能站着。这时她突然想起来：那只包装精美的鸭子，还有亚历克斯精心挑选的调料和配菜，被她落在了上一辆公交车上。

- 197 -

格蕾丝在回家路上一言不发,妮莎也没有主动开口。格蕾丝一直戴着耳机,安静地倒了两班公交车回家,这样就可以假装身边的另一个女人不存在。终于到达公寓了,格蕾丝像是自言自语一般说道:"我不饿,我在娜娜家已经吃过东西了。"然后她走进自己的卧室,"砰"的一声关上了门。

妮莎真的受够了。她找到盒子里剩下的两片面包,给自己做了一个奶酪三明治,然后飞快地吞下去。她告诉自己不要再去想那只鸭子,它可能已经在去别人家的路上了。热水器里没有热水,她打开开关,等了20分钟,然后把自己关进浴室,打开洗发水倒进浴缸,因为这里没有像样的沐浴油或香氛让她做泡泡浴。

她躺进浴缸,让水没过自己的下巴,在里头待了一个小时。她的思绪在丢失的鸭子、路铂廷高跟鞋和谜一般的、让人讨厌的亚历克斯之间来回切换。现在她想毁灭整个世界,但是又不知道该从哪儿下手。回顾此前的生活,她发现自己总是在和周围的人生气。但现在,她的思路被打开了,好像有无数种方式在等待她做出选择,而其中最不靠谱的就是利用自己的女性魅力。她想起了十几岁时的自己,每天都有无数男人把目光放在自己身上,然后想尽办法和自己发生关系。那时她真的很难不引起异性注意,他们甚至会干扰自己的正常生活。十二岁时,饲料店的男人愿意给她一美元,只要能给他摸一下自己的胸部;加油站的男人总在她去加油时做出猥琐的姿势;坐地铁时经常会有跟踪狂尾随她回到公寓;等到她开始在画廊工作后,有越来越多的男人会以更巧妙的方式过来揩油。结婚之后,她付出了无限努力,只为保住理想中的婚姻生活:保持身材,创造一个完美的家庭氛围,每天都梳着漂亮的发型,但身体其他部位一根杂毛都没有。她习惯穿那些让人脚疼的高跟鞋,只要出现在卧室就表现出顶级艳星的状态(即使丈夫随随便便就能勃起)。她想起来,卡尔曾经去给私处做过激光脱毛，因为他希望自己面对妮莎时也有足够的性魅力。她忍不住大笑起来。可是现在，她的女性魅力正在日渐消失。即使付出过这么多的努力，她依然被一个更年轻、更甜美的小情人替代了。

好吧，对于所有这些不公平的事情，她最好一笑而过。不然她会被视作一个毫无幽默感的老太婆。

这些年来，她一直在逃避自己逐渐老去的事实。不然呢？承认这些对自己有什么好处？可是现在，它就像浴缸里的泡沫一样突然浮出水面，如此残忍，如此失控。

格蕾丝卧室里播放的音乐声不断传出来。她一直躺在那里，直到手指和脚趾的皮肤变得皱巴巴，直到浴室的小镜子被雾气蒙得严严实实，直到水开始变冷，她终于起身走出浴室。这时茉莉正好也回来了，她把家门"砰"的一声关上，沿着狭窄的门厅往里走，顺手解开脖子上的围巾。这时她注意到了妮莎的存在，然后绕过她往厨房走去。

"宝贝！你的惊喜是什么？我饿得直流口水。"

妮莎愣在原地，很快就把脸拉下来："噢……是的。我在回来的公交车上遇到了一些状况，一个愚蠢的女人几乎要坐到我的大腿上了……"

"但惊喜是什么呢？你告诉我空着肚子回来呀。"茉莉打开烤箱门，然后又把炉灶上的锅盖揭开，里面都是空的。

妮莎的心沉到了谷底："很抱歉，吃的东西出了些岔子。"

两人都陷入沉默。

"所以……你什么吃的都没做？"

她盯着妮莎看了一会儿，然后缓缓地闭上眼睛，似乎在努力平息即将爆发的怒火："我为了你的惊喜，连酒店的咖喱椰子鸡都没吃就跑回来了。"

然后她长长地叹了一口气:"好吧,好吧。那就给我来片烤面包,上面放点豆子。我得赶紧吃下去,不然要低血糖了。"

妮莎的心里突然一紧:"我……我好像把最后一块烤面包吃了。"

"你在逗我吗?"

"对不起。"

"那你就不能出去再买点吗?"

"我刚才一直泡在浴缸里……这一天太糟了,我需要好好泡一泡。看,我现在就穿衣服,马上就去买。"

茉莉现在的目光几乎可以切割玻璃。"那么格蕾丝吃了什么?"

"她说她已经在你母亲家吃过东西了。"

"我妈说她什么都没吃就回来了。"

茉莉闭上眼睛,又叹了口气。她打开地上的包裹,从妮莎身边经过,把烘干机打开,塞进一堆刚洗过的床单。她突然停了下来:"等等,谁把热水器打开了?"

妮莎说:"是我。"

"你打开多久了?"

"我不知道……有几个小时了吧。"

茉莉猛地把开关关上。"天哪,你知道那玩意有多费电吗?姑娘,你不能总是这么浪费电。噢,我的上帝啊!"她把门带上,然后转过身来,"家里什么吃的喝的都没有,还有一大笔电费账单。你真把这里当酒店了?你觉得自己还住在宾利酒店,是吗?妮莎,你从来不用为钱发愁,可是并不代表所有人都和你一样!你现在和以前不一样了,懂吗?上帝啊!"

她跺着脚,沿着门厅走到厨房。妮莎裹着浴巾,被晾在原地。

她穿上了一条破旧的牛仔裤和一件T恤,格蕾丝在一旁斜着眼睛看她,她视若无睹。走出公寓的时候,她还能听见橱柜的门在砰砰作响。她装作什么都没发生,快步走向十分钟内就能抵达的 24 小时便利店。她被自己气坏了,忘了寒冷,听不见一群年轻混混在角落里冲她吹口哨,也没看见台球厅门口那些鬼鬼祟祟的人。20 分钟后,她再次回到公寓。茉莉正坐在客厅的沙发上,好像在吃一碗面条。

"给你。"她把一大包超市买来的食物递了过去。

"什么?"茉莉把自己的视线从电视机上挪过来。

"面包、牛奶、鸡蛋,还有一些巧克力。你听我说,我真的很抱歉。"

茉莉瞥了一眼,说道:"好吧。"然后又把目光转回电视机。

"还有这个。"

茉莉叹了口气,不得不把记忆力再次集中在她身上。直到她低下头,看到妮莎手里拿着一沓钞票:"这是什么意思?"

"这是我欠你的,感谢你这段时间收留我。本来我应该给你更多的,但是我得给自己留点钱,我还得要回我儿子。"

"你欠我的?"

"算是我过去几周在你这里的食宿费。我现在就收拾行李,然后在半小时内离开。"妮莎的喉咙突然哽咽起来。

茉莉看了看她手上的钞票,然后又抬起头来看着她的脸:"你疯了吗?"

"好吧……"妮莎的脖子已经僵硬,她的声音显得很严肃,"很明显,我一直留在这里,你们都受够了。"

茉莉又盯着她看了一会儿,然后把脸拉下来。"妮莎,我刚才那么生气,是因为我实在太饿了。可你是我的朋友,我不会因为你忘了关热水器就把你丢到大街上。"她烦躁地摇了摇头,"你还是赶紧坐下吧,女人。你真让我无语。"

妮莎依然站在原地。"可是面包……"

"不就是面包吗？以前从来没有人冲你发过火吗？好吧，你之前很少与别人分享什么东西，对吗？如果我们生活在同一个空间里，你做什么事之前都要考虑一下别人，可以吗？但是也不用这么小题大做吧！上帝啊……"

茉莉摇了摇头，从碗里划拉出最后一口面条。妮莎试探性地坐到了沙发的另一端，她们一起默默地看了几分钟电视。然后她弯下腰，指着塑料袋问妮莎："你给我买的是什么巧克力？"

"是'绿与黑'㉛的巧克力，很苦的那款。"

"噢！你太懂我了吧！"茉莉又露出了极富感染力的笑容，"好吧，看在上帝的分上，放松点好吗，女人？如果我每次跟你表达情绪的时候都像踩在鸡蛋壳上，这日子可怎么过啊？你懂我的意思吧？去吧，烧壶水，我们一起喝杯茶。"

在过去的生活中，妮莎很少在午夜之前入睡。卡尔会忙到很晚，做一些接电话、看邮件之类的工作，而且他不喜欢在进入卧室时看到妮莎自己先睡了。但最近这几天，妮莎在十点之前就已经困得睁不开眼。尤其是今晚，情绪大起大落，她已经彻底精疲力尽。她拖着疲惫的身躯爬上床铺，脚趾碰到了床尾冰冷的栏杆。然后她让每一个根骨头都尽情拥抱身子底下廉价的床垫。

下铺的格蕾丝看完书，关掉了床头灯。她突然有点欣慰：因为身边有另一个人在支持自己。尤其是刚才她和茉莉聊起卡尔和那双鞋的事情时，她爆发出难以置信的嘲笑："噢！我的上帝！你是怎么和这个家伙过了这么多年的？""我想这有点像温水煮青蛙。"妮莎说道，"每一段婚姻在刚开始时都挺好。可是等你受够了一地鸡毛之后，很多事情便难以回头。"茉莉听完又笑了。她是发自内心地瞧不起卡尔。

㉛ 绿与黑（Green & Black's）：英国巧克力品牌。

她这辈子就从来没见过谁敢瞧不起卡尔，哪怕嘲笑一下都没有。她不用再多说什么，眼前的茉莉完全站在自己这一边。茉莉依然留在客厅里，她要再多熨烫一个小时的面料。妮莎主动提出搭把手，但茉莉挥手让她去休息。"我没事的，宝贝。就这样一边看电视一边熨，我不会弄到太晚的。"

"嘿，妮莎？"

妮莎从自己的思绪中回过神来，赶紧回应下铺的格蕾丝：

"怎么了？"

"对不起。"

"为什么说'对不起'？"

"我对你实在太刻薄了。妈妈已经告诉我你遇到什么状况了。我之前什么都不知道，但现在我不会再介意和你共用房间了。真的很对不起，我不该这么对你。"

妮莎再度哽咽："哪有……你真好，格蕾丝。谢谢你。"

卧室里很安静，所以她们能听到电熨斗发出嘶嘶的响声，还有电视机发出的嘈杂声。格蕾丝的声音在黑暗中再度响起："我妈妈经常让别人留在这里。我其实有点受够了，她总是对别人过于善良。可是有时候……你懂的，她们可能在利用妈妈的善良。"

"我懂的，格蕾丝。我和她们不一样。"

"可我妈妈也说过类似的话。"

妮莎凝视着眼前的黑暗，突然觉得不安：自己真成了这种人吗？

"你儿子是个什么样的人？"

"你说雷蒙德？他是个好孩子，很善良，很聪明，也很风趣。"

"他多大了？"

"嗯……已经 16 岁了。"

"那他现在住在哪儿？"

"在美国。他住在一所寄宿制的学校里。"

"美国?"格蕾丝用惊讶的声音问道,"你甚至和他不在一个国家?"

"现在暂时不能见他……暂时的。"

"可是你不想他吗?"

妮莎再度哽咽。可是这回她无法控制眼中汹涌而出的泪水。幸亏现在躺在黑暗之中,没人能看见她的脸。

"非常想。"

"那你为什么要离他那么远,甚至不在同一个国家呢?"

妮莎犹豫了一阵,才开口回答:"雷蒙德在不久前遇到了一些问题。而他的父亲……好吧,我们都认为不能让儿子一直待在我们身边,因为他爸爸的工作需要经常在全世界出差。如果把他放在寄宿学校,生活会更稳定,他会更快乐。"她又补充道,"那个寄宿学校的条件非常好……我是说,他得到了很好的照顾,那里也有很多先进的设备。"

格蕾丝一直没有开口说话。

"那里有游泳池,伙食也很好。他们还有自己的舞蹈教室。他的房间又大又漂亮,有专属的电视机,还有一个小厨房……"

又是一阵沉默。格蕾丝突然问道:

"所以,他过得比以前更开心了吗?"

妮莎凝视着天花板,听到客厅里茉莉忙得晕头转向的声音。厨房里的洗衣机开始无情地旋转。

"好吧……"她擦了擦眼睛,控制住再次涌上来的泪水,"说真的……我们从来没有问过他这个问题。"

第 20 章　男人的忧伤

卡特坐在柯琳的卧室里,从她大拇指的美甲上抠下几块深绿色的碎屑。柯琳正在用卷发棒给头发烫卷。楼下,柯琳的妈妈正在跟着健身视频跳操。她们俩可以听到砰砰作响的节奏,其中还不时地蹦出一句咒骂。

"可你确定是她吗?不像你妈妈会做的事情啊。"柯琳找出一条发带,对着镜子中的倒影,在卷发棒上方认真地比量着。

"那肯定是她的外套。因为有个毛茸茸的帽子。我是先注意到了这个,然后才仔细地看了看,肯定是她。她抱着那个家伙。你说她为什么会出现在一家拳击俱乐部门口?难道是去见谁吗?"

"你觉得……她有外遇了?"

"好吧,我这么说吧:她当时紧紧地抱着这个家伙,他也把脸埋在我妈的肩膀上。"

那天卡特坐在双层公交车的第二层。她还能记得刚看到这一幕时肠胃下坠的感觉。她的第一反应是站起来拍了两张照片,希望在一刹那间留存更多信息。旁边的女人忍不住抬头看她,就像在看一个疯子。

"自打七月以来,我妈就没有做过发型,但是那天她居然垫了发根。她还换了新的背包。更糟糕的是她那双高跟鞋……实在是太妖艳了。"

"很妖艳的高跟鞋?"柯琳重复着"妖艳"这个词,然后松开了卷发棒。刚烫好的卷发非常有弹性,它们是从卷发棒上轻轻跳下来的。

"你懂的,就是那种看起来很性感的高跟鞋,还有红色的绑带,后跟至少高四英寸。我妈永远都不会穿这种鞋,一百万年以后也不会。好吧,这绝对不正常。"

那个男人抱着妈妈时,她的前脚掌看起来软弱无力,脚后跟则是悬空的,好像要尽可能地贴在他身上。他一直对着她微笑,就像对待一个秘密情人。那双高跟鞋在健身房外灰色调的场景中显得格外扎眼。卡特不知道接下来发生了什么,公交车一闪而过。她重新坐回座椅上,脑袋里一直在轰鸣。她吓坏了。

她的母亲和一个男人紧紧拥抱。那个男人不是自己的父亲,而是一个她从来没见过的男人。

柯琳放下卷发棒,把原本对着镜子的脸转过来:"那你打算怎么办?和你的妈妈谈谈?"

这个问题戳中了她的心事。其实她也不知道接下来该做什么。她的母亲是个善良踏实的女人,这些年来一直如此。或许她已经很疲惫了,陷入了某种人生危机之中,而且不知道该怎么跟女儿解释这种状态。她的父亲就更别提了。或许自己的性格当中也像父母一样,有懦弱的一面。她觉得母亲是"别人放个屁她也会接住"的那种人,这让她非常沮丧。她的父亲也好不到哪儿去,真的。她已经失眠了两个晚上,试图把所有碎片拼接到一起:妈妈最近总是深夜才回来,而且几乎天天化妆。卡特最近一次和她拥抱的时候,能明显闻到她身上的香水味儿。她越想越觉得气愤,仿佛有一股胆汁涌到了嗓子眼。她突然发现,自己一直在观察母亲的一举一动:她在看电视的时候会不会露出放松的笑容?她还爱自己的爸爸吗?还关心他的死活吗?为什么她突然开始喝低脂奶而不是全脂奶了？她开始减肥了？你为什么要出轨？你和别人上过床，在家里居然还能表现出一副若无其事的样子？自从在公交车上看到那一幕之后，她几乎没有和母亲说过话，避免和她待在同一个房间里，回答问题也只用简单的"是"或"不是"。每当转身离开时，她能感受到妈妈困惑的目光落在自己后背上的焦灼感。可是她装作不在乎。既然她能做出那种事，为什么自己还要礼貌地对待她？这一切都太荒谬了，太不公平了。她的世界正在崩塌，这让她非常痛苦。

她把最后一层甲油剥了下来，她的大拇指指甲此刻看起来就像个脆弱苍白的贝壳。

"我不知道，或许我应该告诉爸爸。但他现在患有抑郁症，我不知道这样是否会害了他。"

"我会说的。"柯琳解释道，"我的意思是，如果我是你，肯定会把这件事先告诉爸爸。"她把脸转回镜子，又拿起卷发棒。"上帝啊，成年人的世界为什么这么复杂？希望我们在四十多岁的时候不要遇到这种破事。"

菲尔坐在椅子上，小口喝着科维茨医生为他准备的一杯水。其实这杯水在过去三次谈话治疗中一直存在，但他碰都没碰。可现在他发现了这杯水的用处：如果被问到一个难以回答的问题，他可以利用喝水的时间整理思绪。

"我是想说，她肯定不对劲儿。她回家越来越晚了。尤其是这周的几天，在她很晚到家之后，整个人看起来……居然容光焕发。"

"容光焕发？"

"她当时看起来真的很开心……是那种发自内心的快乐。"他大声地说出这些话，以此掩盖内心的刺痛感。

"你就没问问她去哪儿了吗?"

菲尔又喝了一口水:"好吧……我没问。"

"为什么不问呢?你难道不想知道答案吗?"

他摇了摇头。其实他并不是不想知道答案,而是想表达"我也不确定"。两人沉默了很长时间,菲尔一直盯着脚下的地毯走神。科维茨医生终于开口了:"菲尔,我对你的消极心理感到震惊。你好像觉得自己什么都做不了,任何事都无法控制。不仅对你妻子是这个态度,对你自己的人生也是如此。你之前一直都是这样的吗?"

这个问题触发了菲尔的回忆。他当年也有过充满活力和积极规划人生的时候,和现在判若两人。比如他买下那辆房车的时候,当时他是多么期待两个人未来的生活啊。

"不是的。"

"那你觉得自己现在为什么会这么消极呢?"

菲尔又吞下一口水。他不知道该怎么回答这个问题,于是决定保持沉默。这段时间以来,他已经习惯了保持沉默。

"如果可以的话,我还是想回到你父亲生病这件事上。菲尔,这件事看起来对你产生了很深远的影响。"

"我真的不想跟你聊这个。"

"好吧,我问点普通性质的问题。你和父亲的关系好吗?"

"当然!"菲尔被自己回答的声音吓了一跳:这声音太大了,大得有些刻意。他知道科维茨医生一定会揪住这点不放。他什么都知道。

"当然?你小时候和他待在一起的时间多吗?"

"是的,他下班之后就会和我待在一起。但是他工作太忙了,在我印象中他好像一直在工作。但是……你懂的,他是个好父亲。"

"所以他有着很强的职业使命感。"

"是的。他曾经一直向我们灌输他的思想:人们应该为工作投入一切。"

"你做到了吗?"

"我算是做到了吧……我的意思是,我和他的想法不太一样。比起工作,我更看重家庭。时代不同了,我们和那时的男人想法不一样也很正常,对吧?而且我和萨姆能有卡特这个女儿也不容易,这让我和很多家长的心境大不相同。萨姆她曾经流产过,你懂的,她会觉得……"

科维茨医生一言不发,等着他继续往下说。

"好吧……她之前总觉得自己是个失败的女人。我可从没这么想过。但是这一切都太可怕了,那是一种非常无助的感觉,你能理解吗?她一次又一次怀孕,每次都是在怀孕几个月后……在我们觉得这次没问题的时候,她就突然流产了。"

"这种情况发生过多少次?"

"4次。"菲尔回答,"她流产过4次。最后一次是在胎儿5个月大的时候。"

"我很难过。"科维茨医生说道,"那一定是一段艰难的时光。"

"真的很难。但是对萨姆来说更痛苦,毕竟她是孩子们的母亲。"

"但是你一定也很难过。"

"可我不知道该对她说些什么,你懂吗?有时她会躲在浴室里哭,听起来伤心极了。可是每次流产发生一段时间后,我也不知道该做些什么了。"

"你都做过什么呢?"

"我只是告诉她:一切都会好起来的,我们一定会有自己的孩子。"

"你做到了。"

"我们做到了。"菲尔突然笑了起来,"萨姆去做了某种手术,几个月后就怀上了卡特。当她出生的时候,我发誓我从来没有见过如此美丽的事物……"

这是他人生当中最美好的几个月。他所有刚做父母的同事都会抱怨晚上没法睡个好觉，抱怨老婆眼里只有孩子、忘了丈夫，要么就是抱怨家里的空间不够大。但菲尔十分乐意让萨姆晚上好好睡觉，自己在半夜爬起来照顾孩子。他喜欢把卡特抱在身边，轻轻地摇晃她，呼吸她身上那种婴儿特有的味道，盯着她清澈的眼睛看个不停。她是世界上最珍贵的东西，却又如此脆弱。有生以来，他第一次觉得自己取得了奇迹般的成就，这种成就感远远超出了他原本对自己的期望。以至于每当想起自己的女儿，他都会忍不住流泪。这是他的孩子，是他和萨姆的孩子。此后萨姆没有再度怀孕。或许这是上天的安排，有一个漂亮的女儿已经足够幸运了。人要多看看已经获得的东西，不能贪得无厌。但如果一个孩子都没有得到的话，他们俩也只会各自把这份渴望压在心底。

"我觉得这是件好事，菲尔。经历了这么多，你才拥有了自己的孩子。所以你比你父亲更注重家庭关系，这是可以理解的。"

"是的，是的。"菲尔立刻点头。

"显然，家庭对你来说至关重要，和你的幸福感直接挂钩。当你失去一个重要的家庭成员之后，你的母亲令人意外地转变角色，变得相当独立；而你的妻子似乎不再从你们二人之间的亲密关系中获得幸福。所以你觉得一切都让你焦虑不安。你同意我的说法吗？"

这些话从别人嘴里说出来的感觉是非常奇怪的。"好吧，我想……的确如此。"

"但我还是想了解更多你父亲的事，即使你觉得难以启齿。"

"他已经死了，不是吗？他走的时候我一直陪在他身边，这还不够吗？"

"或许够了。有很多人认为这是一种荣幸：在自己深爱的人去往天国时，他们能陪在身边。"

菲尔的肠胃又开始打结了，这种感觉非常熟悉。他现在哑口无言，只想离开这个地方。他环顾四周，开始规划"逃跑"的路线。

"菲尔？"

"不是的……对我来说不是这样的。"

"也许你非常依赖父亲对自己的评价。一旦他离开，你会觉得人生失去了目标感。"

"不，不。不是这样的。"

"但他很爱你。你在前几次谈话中曾经告诉过我，他和你的母亲关系非常好。而你是他们唯一的儿子，是很多人关注的焦点。这种过度的关注可能是好事，也可能是坏事。"

菲尔双手抱头，陷入了长时间的沉默。时间的确有点太长了，以至于他回过神来的时候，几乎忘记自己还身在科维茨医生的房间里。他终于开口说话了，但是声音很小，他对自己的声音感到陌生。

"他想让我来结束这一切。"

"什么？"

"他想让我来结束他的生命。最后那几天，他在床上挨日子，不停地喘着粗气。但只要我母亲一离开房间，他就会抓住我的手腕，让我在他的脑后多放一个枕头。他太痛苦了，这一切都令他难以忍受。可是他不愿意在我母亲面前表现出来，他不想让她看到自己脆弱的样子。他也讨厌自己当时的样子。"

科维茨医生正在凝视着他，这种专注的眼神让他想起父亲当时坚定地看向自己的样子。那只瘦骨嶙峋的手腕压在自己的手腕上，如此沉重。

来吧。

求你了,菲尔。

"然后发生了什么,菲尔?"

"那种感觉……真的很糟。我开始害怕去父亲的病房。有一次我真的在去探望他之前忍不住呕吐了。"

他还记得那间病房的气味:有消毒剂,还有一些甜腻的水果正在腐烂的气息;很多食物一带进来就会很快腐烂。房间里有父亲刺耳的喘息声,门外有医护人员拖着鞋子走路的声音。除此以外,房间里可以保持长达几个小时的安静。"我会让妈妈休息一下,比如去楼下喝杯茶之类的。不然她一直守在那里,会把自己累坏的。"

"你母亲真的会同意让你一个人留在房间里吗?"

菲尔点点头,擦去脸上的泪水。"有时他的眼睛会难以控制地流下眼泪,这会让他感到愤怒。是真的愤怒。因为我长这么大就从来没见他哭过。他一直是个坚强的男人,一家之主,像一块坚硬的岩石。他不想让我们看到他这种虚弱的样子。"

"他跟你说了多少次,让你结束他的生命?"

"在他人生最后那几天,每当我出现的时候,他都会让我那么做。也许说了能有三周左右吧。然后我失业了。他们说这是由于'公司架构调整',但我心里清楚,这是因为我请假太频繁了。但我不能让我母亲一个人去处理这件事。"

又是长时间的沉默。窗外,一辆汽车在不断发出噪音,就好像有人跟自己车子的发动机过不去一样。

"菲尔,你父亲是和你单独在一起时离开人世的吗?"

菲尔慢慢点点头,但是眼睛没有看向科维茨医生。

科维茨医生在开口说话前等了一会儿,然后当他再次开口时,声音就变得很温柔:"菲尔,如果你要告诉我,是你帮助父亲获得解脱的,那也没关系。只要你平时没有谋杀他人的倾向,那么这不算是犯罪。你不用担心我会报警。"

菲尔一言不发。

"所以……这就是一直以来笼罩着你的阴影吗?"科维茨医生放下手中的笔记本,"菲尔,我们有保密原则,你可以自由地告诉我一切。如果你为此承受了巨大的心理负担,那么只有说出来,你才能获得解脱。"

"我没有。"

菲尔抬起头来。他现在终于开口了,那些秘密纷纷从他的身体里喷涌而出,势不可挡。

"妈妈要去喝杯茶。当时是五点一刻。他再次让我……结束他的生命。此前他已经说了很多遍了,可我……我真的做不到。我开始哭泣。那时我已经精疲力尽。每次看到他,他都会跟我说同样的话。他的脸,他的声音……我忍不住一直哭。然后他说我没用,他说我是一个毫无价值的浑蛋,因为我不能让自己的父亲解脱。我就是做不到。虽然我也知道,如果我把管子拔掉,这对他来说没准是件好事。但我不能杀人,我不能。我当时太虚弱了。他奄奄一息,而临走前说的话都是对我的失望。他一直都觉得我没出息。他当时的声音如此刺耳。他全身的力量都在抓着我的手腕。即使他病成那样,手上的力量还是很大,我丝毫不敢抽手。他睁大眼睛瞪着我,用仇恨的声音说我没用。他是如此鄙视我,认为我一直都是一个愚蠢、软弱的小男孩。他从来没有爱过我,因为我实在太没出息了,太软弱了。"菲尔开始大哭,"然后,突然,那些维生机器像坏了一样,发出刺耳的噪音。护士冲进来,场面很混乱。然后他走了……他就这样离开了人世。"

菲尔不知道自己哭了多久。印象中他从来没有这么大哭过。他不停地爆发出巨大的嚎叫,浑身颤抖,手掌里全是泪水。几分钟后,他感觉科维茨医生用手拍了拍他的后背,然后向他面前推过去一盒纸巾。他一边擦脸，一边道歉，因为每张纸巾几乎一上脸就湿透了，他要不停地抽下一张。

最后，他终于平静下来，仿佛刚经历了一场风暴。菲尔目光呆滞地坐在那里，精疲力竭，胸腔不停起伏，他的气还没有喘匀。科维茨医生等待一切结束，然后站起身来，慢慢地走回房间另一边的座位上。

"菲尔，我必须得告诉你一些事实。"他终于开口说道，"我不知道你父亲在最后说那些话是否出自真心。或许这只是一个久病缠身、心情沮丧的人的胡言乱语。但我希望你重新思考一下这个问题：不按照别人的要求做事，坚持自己的原则，反而需要更大的力量。并不是所有人都能承受你所经历的一切。为了照顾你爱的人，在那样痛苦的情况下，你仍然让自己充满力量。在那个可怕的病房里度过一个又一个小时，你身体的每个细胞都在发出抗拒，可你依然没有退缩。"

菲尔又开始大哭，这回哭得更厉害。在喘息声中，他只能分辨出科维茨医生说的最后一句话：

"从这个角度来看，菲尔，你确实做出了一些很有勇气的决定。"

妮莎觉得自己最近很奇怪：她时常想起亚历克斯。每当她去吃午饭的时候，目光总是不自觉地寻找他的身影。而当他用不经意的眼光望向自己时，她会觉得后背在燃烧。夜晚来临时，她会想象自己贴在他脖子和肩膀相接的位置。每当她和他说话时，他都会眯起眼睛认真思考，就好像她的一切都应该被郑重对待。他是她此生见过的情绪最稳定的男人：不像卡尔，变脸就和翻书一样快。你很少会见到他爆发出大笑或愤怒。当他看到她的时候，他会用一贯的方式微笑，递给她食物。而这些食物总是恰好合她胃口。当她离开的时候，他也会淡淡地挥手或点头。她实在无法理解：为什么他总是对她很好，总是这么讨人喜欢。坦白点讲，这令她感到愤怒。

她开始利用午休时间和他聊天，问一些他的个人问题。有时他正在工作，她就站在操作台旁边，或者在巷子里和他一起抽烟。他来自波兰，但是早已把英国当成家乡，因为他已经在这里生活了 16 年。他和前任分居了，但是关系处理得不错。他一直都在做厨师，从来没考虑换别的行业。他认为酒店的管理并不完善，但他待过更糟糕的地方，所以这里算是很舒服了。在能发挥自己价值的地方工作就是最好的。他希望自己有一天能在伦敦开一家餐厅，但不确定该如何筹集资金。他很喜欢伦敦这座城市。他在这里有一间自己的小公寓，这是他已故的父亲为他留下的一笔资产。他打算从 12 月 31 日起开始戒烟，他觉得自己的烟瘾是可以控制的，妮莎对此毫不怀疑。他有一个 11 岁的女儿，下班后她就会陪在他身边。谈到女儿的时候，他的表情变得柔软，目光也变得悠远，那是妮莎无法触及的地方，就像一口深井一样。每个人都喜欢他在厨房里工作的状态。他从不会像其他人那样，在休息时间到处开玩笑或者在更衣室闲逛，不停抱怨米歇尔最近总是发脾气。他总是保持沉默，显然对自己的工作很专注，然后在休息时间待在自己该去的地方。他一直在阅读与烹饪相关的书籍，很少看手机，对运动或者去外面喝一杯之类的事情基本没有兴趣。他很少做那些让她留下深刻印象的事：他不会调情，也不会尝试让她平静下来，更不会问她问题。她不知道该怎么搞定这个男人。

"我把你送我的鸭子忘在公交车上了。"有一天她突然提起这件事，希望激怒他。

"那我就再给你拿一只。"他淡淡地说道。

还有一次，他坐在她对面吃三明治，她忍不住问道："你怎么从来不问我的事？"这句话听起来很像抱怨，她看起来也的确很恼火。他停顿了一下才回答道：

"我认为你会告诉我你想让我知道的事。"

"你怎么从来不追我?"有一天,他打扫自己的工作台到很晚,外面天已经黑了。他们俩一起下班,走在河边堤坝的路上,听到周围汽车的轰鸣,她忍不住问了一句。

"你希望我追你吗?"他一边问,一边把脑袋朝她那边歪了歪。

"不。"

"那不就得了。"

"这是什么意思?"她停下来,冲他皱眉。

"意思是,一个理性的男人可以读懂另外一个女人是否希望自己追求她。"

"可不管怎样,大多数男人都会主动追求我。"

"这很正常,毕竟你很漂亮。"

她狠狠地瞪了他一眼:"你现在开始追我了?"

"没有啊,我只是在陈述一个事实。"

他可真是太讨厌了。她完全无法读懂他。她自认为可以读懂这个星球上的任何一个男人,而他却一直让她摸不着头脑,还总是忍不住靠近他。可是每当凑到一块儿时,她总会用一种奇怪的、找碴儿的语气跟他说话。或者干脆避开他。

事实上,当妮莎有时迎向他的眼神时,内心的某个角落会发出呻吟。她实在太渴望身体上的接触了,对方不一定非得是卡尔。她怀念自己被拥抱、被触摸、被渴望的感觉,怀念一个男人因为她而欲罢不能的感觉。但她不能表现出分毫异样,因为她的下铺睡着一个14岁的孩子。

"你看上他了吧?"茉莉和她一起吃三明治,看到她的眼睛一直注视着他。

"我没有。"

茉莉扬起眉毛。"好吧。"

"他就是个临时请来的厨师,没有钱,也没什么前途,我为什么要喜欢这样的人?"

茉莉吃完最后一口,在开口前用手帕擦了擦嘴:"姑娘,如果我是你的话,我会像爬藤一样把他缠起来。"

最近五个月,卡特一直在进家门之前跟自己玩一个小游戏。每当她关上身后的大门,沿着门廊走到客厅时,她会和自己打一个赌:猜猜父亲待在家里的什么位置。大多数情况下,父亲都会躺在沙发上,头靠近桌子。偶尔他会反过来,头靠在两个沙发垫中间,双脚摆在桌边。每当她猜对了的时候,都会给自己买点小奖励。此刻,她走过那辆日益破败的房车,看着车身上巨大的向日葵图案。在她看来,这辆房车的存在真是一个灾难。她把钥匙插进门锁,猜测今天父亲的位置会是大多数情况下的样子:躺在沙发上,头靠近桌子。结果简直十拿九稳。可是当她走进家门,在身后把门关上,往客厅的方向看:电视机是关着的,父亲不在那里。

卡特把外套挂在衣钩上,走进厨房。现在是晚上七点十五分,她的妈妈应该下班回家了,可是她不在。仅仅在一年半以前,每当她回到家,母亲总是做好热饭等着她,而爸爸会在一旁和大家聊天,收音机广播在角落里充当家庭背景音。当时的幸福感在她眼里如此寻常,以至于失去一切之后,她陷入了极度的沮丧之中。厨房里一个人都没有,迎接她的只有窒息的沉默。

她从橱柜里掏出几个米糕吃掉(也没别的什么东西可以吃了),然后上楼,走向卧室。她看到自己的父亲躺在床上,盯着墙壁发呆。

父母的卧室门是开着的,她在门口站住。

"……爸爸?"

他把头转过来，望着她。他看起来精疲力尽。这些天他看起来一直是这样。

"哦，嗨，亲爱的。"他挤出一个笑容。

"你在做什么？"

"我上来休息一下。今天，有点累。"

"妈妈在哪儿？"

他眨了眨眼睛，好像刚想起妻子不在家。"我也不知道，可能还在上班吧？"

"那你给她打个电话？"

"好吧，我今天不想打任何电话……"

"但现在已经七点十五分了！"卡特盯着他看。他还是这么消极，即使周围的一切都在分崩离析，他仍然拒绝采取任何行动。突然间，她再也忍不住了："天哪！爸爸，你醒醒好吗？"

他看起来吃了一惊。不知为什么，这种反应让人欣慰。

"你猜妈妈现在在哪儿？"

他摇了摇头："我……我也不知道。"

"她现在和一个男人在一起！而你……你只是像颗马铃薯一样蜷缩在这里，任由她胡来。爸爸，你认为接下来事情会如何发展？你以为就这么呆坐着，问题就会解决了吗？你必须得做点什么！你必须得站起来，看看眼皮子底下正在发生什么！"

"一个男人？"

"我都看见了。"卡特的眼泪夺眶而出，浑身的血液都在往头上冲，但她已经顾不得这些了，"我在公交车上看到她和一个男人拥抱。她现在每天都化妆，回家很晚，但你却一副什么都不知道的样子。"

她的父亲看起来很崩溃，但她不在乎。她想让他大吃一惊，她想把他"叫醒"。

"是吗……不是吧……"

她不理会父亲，径直走过去打开他们房间的衣柜，翻了个底朝天，终于拿出那个袋子："你看到这个了吗？"

"这个袋子怎么了？"他看起来很困惑。

她把拉链拉开，那双鞋露了出来。她是在两天前发现它们的。这是一个赤裸裸的提醒：一定有什么不对劲的事情发生了。

她举起一只说道："这双鞋是妈妈的，是你老婆的！这就是她去见情人的时候才会穿的东西。但凡你对周围的人有一点在意，而不只是沉浸在自己的世界里，你就知道自己该做点什么了！"

"你妈妈有这样的鞋子吗？"他直勾勾地盯着这双鞋，看起来难以置信。

"噢，我的老天！我还得说得多清楚才行？你是家里的成年人吗？连我都看出你们的婚姻出问题了！上帝啊！爸爸，醒醒吧！我真是讨厌这个家！我讨厌你们！"

卡特再也看不下去父亲呆滞的样子了。她大哭起来，把鞋子丢到房间另一边，大步走了出去，"砰"的一声关上了身后的房门。

萨姆脚步轻快地走进家门，仍然觉得浑身热乎乎的。最近她走路的步伐似乎加快了，好像她的目标感变强了，总是很有力量地走向每个目的地。

今晚在健身房度过的时光简直救了她。西蒙一整天心情都不好，只要一出现就会过来触霉头，而且时不时地向她投来轻蔑的目光。她焦虑极了，决定今晚暂时不去健身。但是乔尔总能察觉到一切。他给她发了一条信息，上面写着：越是这样，越应该去。今晚见。所以他们在六点钟的时候一起到达健身房。两个小时过去了，她现在觉得自己可以征服世界。教练席德一直在教她如何正确出拳，要先收紧腹部核心区，然后才能挥拳出击。不然她的拳头是软绵绵的，手腕无力，毫无效果。到最后，他开始大喊："冲啊，姑娘！"她身体上的每一块肌肉都在尖叫，她感觉自己的手套要长在对方的护具上了。1, 2, 1, 2。她觉得一切都尽在掌握，一切都可以从红手套中倾泻而出。她的指关节最后擦伤了，可是她依然感到愉快。她是一个比想象中要坚强得多的女人。

"你简直太棒了！"她第一次参加完拳击训练，走出健身房，乔尔忍不住夸赞她。她一直都在咧着嘴笑。那天她的脚上就穿着那双鞋，仿佛这双鞋能烘托某种氛围。尽管她知道，一旦乔尔离开自己的视线，她立刻就会换上日常穿的运动鞋。"这种感觉很棒。"她说道。然后，乔尔紧紧地拥抱着她，告诉她一定要坚持下去。

她现在已经去过四次了。尽管每次训练过后，全身的肌肉都会因为大量的运动而酸痛不止，但她总感觉自己的状态回来了。这种训练看似枯燥，但是她乐在其中。每次运动结束，她的汗水都会滴到眼睛里，头上的马尾辫油腻不堪，满脸通红，素面朝天。她还认识了其他几个来练拳的女人：身材娇小、肌肉发达的法蒂玛，整个后身都被巨大的运动套装裹起来的安妮特。她们对女人的长相、度假去哪儿还有体脂率是否符合标准一点也不感兴趣。在艰难持久的热身运动中，她们彼此苦笑着；在一记又一记勾拳和刺拳中，她们忍不住咧开嘴嘲笑对方的动作。可如果谁真的打出漂亮的一拳，她们又会大声地表示鼓励。席德像对待专业运动员一样对待她们，对她们的表现要求严格。如果谁没有全力以赴，他就会用开玩笑的语气发出威胁。在训练过程中，每当她回头看向一边的角落，乔尔一定在那里。他结实的手臂总在快速挥拳，在沙包旁变成了一团模糊的影子。然后他会用前臂擦去额头的汗水，对她咧开嘴微笑。

改变正在发生。四次训练之后，她觉得自己的核心力量有明显的提升，走路时也开始抬头挺胸了。当西蒙过来对她挑刺儿的时候，她总是会欣然接受。可是在内心深处，她已经对他来了一连串的左勾拳和右勾拳：3，4，5，6！西蒙对她的表现总有些恼怒，也失去了往日淡漠的神情。她不确定自己是否"赢了"，可是她喜欢看到西蒙这副样子。

"你在吗？"她打开家门，脱下外套。电视机是关着的，她想知道菲尔是否在家，可是她很快又反应过来：不在家还能在哪儿呢？这些天他不是一直都缩在家里吗？她突然觉得有点窝火，但很快就提醒自己打消这些念头。每次训练过后，她至少能保持几个小时的情绪高涨。1，2，3，4。坚强起来。踩住地面，感受脚下生根的稳定状态。

菲尔和卡特坐在厨房的餐桌旁，静静地吃着意大利千层面。她在门口停下，和他们打招呼。

"嗨！"其实她有点惊讶，自己不在家的时候，他们俩是从来不会主动做饭的，"你们已经开始不等我就吃饭了？"

"我们哪知道你什么时候回家。"卡特头也不抬地说道。

"噢，抱歉。我本来想打个电话的，但事情实在太多了。谁买的千层面？"

"我。"卡特又切下一小块，塞进嘴里。

她终于察觉出来：屋里的气氛有点怪。菲尔始终没有抬头。他面无表情地把食物叉进嘴里，好像仅仅是为了给身体这个机器补充燃料。

"你可真好，亲爱的，谢谢你。"她把包放在灶台边。"有我的份吗？"

"在橱柜里。"卡特依旧面无表情。萨姆用尖锐的目光瞪了她一眼，但是她什么都没看到。

她拿了一盘千层面坐下来，只吃了一口。她现在必须要节食。想到身体上的脂肪正在燃烧，她突然觉得很开心。然后她从餐盘里抓了一些蔬菜吃。菲尔一直没有看他，只是机械性地把食物叉进嘴里。萨姆环视一周，开口说道：

"大家今天过得怎么样？都还好吗？"

"很好。"卡特答道。

"今天都做了些什么？"

"也没做什么。"

"菲尔呢？"萨姆问道。

"还好吧。"

萨姆低头吃了一大口千层面，很美味。所以她决定专注于食物本身，不再管这奇怪的氛围了。

"好吧，这可真不错。"她在等着有人接话，可是没人理她。她只好又说了一句："这可真好吃啊！"

"就是随便在乐购买的。"卡特站了起来，把空盘子丢到洗碗机里，然后往门口走去。"我要去柯琳家了，我是不会迟到的。"

萨姆刚想说话，女儿已经出门去了。

她转头问菲尔："卡特怎么了？"

菲尔继续咀嚼着，没有说话。

"她这两天一直很奇怪，你不觉得吗？"

菲尔摇了摇头。他嘴里塞满了食物，所以说不出话来。

她想，或许他根本就没注意到这些事。她忍住想要叹气的冲动。"我今天遇到了一些好事。"她鼓起勇气换了个话题，"当然，我也不知道这算不算好事。上次和我签下一个大订单的女人，米莉亚姆·普莱斯邀请我本周晚些时候和她一起共进午餐。也没什么特殊的理由，只是因为我们的合作很顺利，她对此很高兴，而且说有些事想和我讨论。我的想法是，吃顿饭也没什么，对吧？她或许只是想给我一些建议。但对我来说很重要，她是个令人印象深刻的女人，能和这样的人一起共进午餐，总是会长些见识的。"

菲尔点点头，又往嘴里叉了一大口。

"最近听说我们的同行哈伦·刘易斯公司正在招聘客户经理。所以我想……或许可以打听一下，是否能跳槽。这样我就不用面对西蒙了，你明白吧。"

"是的。"他应和道。

她又说："或许我在那里还能赚得更多呢。"她一直没有告诉他自己要面临失业的风险，或许这是他目前承受不了的压力。

这次他什么都没说。

"我的意思是，我真的很喜欢现在的同事们。"话一出口，她的脸颊开始微微泛红，希望没有被他看到。"可是西蒙一时半会儿不会离开这里的，所以只能是我换个地方了。无论如何我都要试一下，对吧？"

他盯着她看了一会儿，脸上尽是茫然的表情，什么信息也读不出来。然后他再次把目光落回自己的盘子。

"菲尔，你没事吧？"

"没事。"他终于吃完了。萨姆还坐着，而他已经让沉重的身体站立起来，把空盘子丢到洗碗机里，走进客厅。萨姆只好独自在餐桌前继续用餐。

很长一段时间以来，在萨姆以为菲尔睡着了的那几个小时里，菲尔一直在装睡。他闭着眼睛，在与将死的父亲抗争。他瘦骨嶙峋的手紧紧抓住菲尔的手腕，菲尔无法摆脱父亲愤怒而尖锐的凝视。这种无休止的恶性循环让他感觉浑身瘫软。你真是一个懦弱无用的男人！来吧，快点结束我的痛苦。而现在，几个月来的第一个晚上，父亲没有

- 223 -

在脑海中出现。但是他并没有松一口气。相反，他开始为枕边的女人感到困惑。她的手开始抚摸另一个男人了吗？她的脸庞是为另一个男人的存在而闪闪发光的？这件事已经发生多久了？为了溜出去和他见面，她都撒了什么谎？在过去的几周里，她经常面红耳赤、气喘吁吁地回到家来。他不敢想象她和那个情人都做了些什么。一想到这些，他就会腹痛，赶紧把膝盖抱到胸口。他的萨姆，这个和他一起生活了二十多年的女人，现在对他漠不关心，仿佛自己是一件被丢弃的旧家具。他突然觉得这个女人如此陌生。可是他为什么一直没有注意到这些呢？或许他注意到了，她的确有一些异样。可是他实在不想面对这些，只好装作什么都没发生。而愤怒的女儿终于强迫他面对现实了。

菲尔没有问自己"为什么会这样"。原因太明显了。这些日子他无法为萨姆做任何事。这几个月以来，他变成了一个木偶，无法正常工作，无法为她提供任何帮助。他这么无用，她去找别人，也很正常。

这些想法一整晚都在他的脑海中旋转、升腾。黎明时分，他的目光已变得呆滞，整个人不知所措。他甚至觉得恶心，整个人烦躁不安，可是身上一点力气都没有。他听到身边的她已经起床了，她去卫生间洗澡、换衣服的声音在耳边清晰可闻。她是在为那个男人打扮自己吗？他喜欢什么样的内衣？或者喜欢她穿什么别的东西？然后她轻轻地下楼去了。以前她离开房间之前，都会走回床边亲吻他，现在却再也不会了。他还以为这是因为她不想打扰自己，现在看来，她是不想再和自己有任何瓜葛了。她瞧不起自己。前门关上了，她的车子也启动了。他用手掌捂住眼睛，希望一切就此停止。他希望自己的身体从眼前的生活中解脱出来，希望能待在没有任何人能发现自己的地方。

他不知道在床上躺了多久：半个小时？两个小时？他的双手和双臂都有一种奇怪的麻木感，好像不受大脑控制。直到再也躺不住的时候，他终于起身下床，在房间里来回踱步。他凝视着窗外的街道，它看起来和之前毫无二致，但是他心里明白，很多东西已经和从前不一样了。然后，他转身走向衣柜，打开柜门，盯着女儿前一天展示给他的那个黑色背包出神。他呼吸急促，迟迟不敢打开这个背包，好像里面的东西具有放射性。最后，他终于蹲下来，慢慢地拉开拉链：它们果然在那里。他透过拉链的缝隙窥视这双性感的红色高跟鞋，就好像它的主人是一个他完全陌生的女人。他拿起一只鞋，盯着它看了半天，然后不知为什么，他把鞋压到了自己的鼻子上。这时他突然觉得自己的脸正在扭曲。一声咆哮从他的身体里爆发出来，可这咆哮悄无声息。这是她为那个男人穿的高跟鞋，这双鞋将成为他的妻子和情人间共同的秘密。她可能会穿着这双鞋和他做爱。他很少会把这个词说出口，但现在它深深地印在了他的脑海中。他的双手开始颤抖，他赶紧把鞋子塞回背包。菲尔来回踱步，发出低沉而痛苦的呻吟。然后他又坐了下来，双手抱头。停了一会儿，他再次站起身，走到背包跟前，抓起鞋子，塞进衣柜底部的空塑料袋。他不知道衣柜里为什么会有空塑料袋。在他的印象中，很多东西都和这些塑料袋一样，一直存在，但无缘无故。他把袋子举在身前，快步走下楼梯，表情痛苦，就好像在处理一大包用过的尿布或狗狗的粪便一样。最后他站在了门廊里，突然有点不知所措。他只有一个念头：这双鞋不能留在这栋房子里。它绝不能留在这里，因为它会污染他所熟悉和热爱的一切。他还没意识到自己在做什么就已经打开门走到外面，用扳手打开了房车的车门（几个月前，当萨姆开始希望有人能把这辆车偷走时，他们就再也不给它上锁了），然后爬进车里，闻到一股轻微的、永不消散的腐烂气息。他打开软垫沙发凳上方的一个小厨柜，把高跟鞋塞进去，"砰"的一声把柜门甩上。然后他回身坐到长椅上，大口地喘息着，试图驱散眼前淡红色的迷雾。

菲尔自认为是一个愿意向别人谈起自己感情生活的人，但是他想不到一个合适的倾诉对象，也不知道该向谁征求建议。他想到了科维茨医生。但是他能怎么说呢？菲尔之前和他谈起过萨姆不对劲的地方，所以这个话题应该不会让他惊讶。但是他会让自己和妻子直接对质吗？为了表达出自己的愤怒？难道这样做才像个男人吗？或者仅仅是告诉萨姆，他已经知道这件事了，所以她现在必须做出选择？但是菲尔非常害怕。不仅仅是要直接面对萨姆，而是他也需要做出自己的选择，可是他不确定自己该怎么选。而且更糟糕的是，如果他选择和萨姆对质，她很可能会直接收拾行李，把那双鞋和其他个人物品带走，搬去和那个他不认识的男人一起住。

菲尔坐在原地，一动不动，双手间歇性地颤抖。过了一会儿他才意识到自己身上只穿着睡衣和T恤，颤抖是因为寒冷。他摩擦双手取暖时，注意到车里有一堆过期的杂志，或许是家里的谁在可回收垃圾处理日把它们搬出来，但回收箱当天已经满了，所以临时存放在这里。当然，他对这些完全没有印象。他盯着那堆杂志看了一会儿，然后站起来走过去，抱起其中一半，使劲儿用肩膀撞开车门，小心地走出去，下了台阶，沿着小路走到回收站，把杂志扔进回收箱。他又回来取走另一半过期杂志，盯着尘土飞扬的房车车厢发呆。然后他注意到那个满满当当的垃圾袋：那是从父亲家的旧棚屋里收拾出来的一堆破烂，母亲不舍得扔掉，但却都是些用不上的东西。比如生锈的工具，老旧的汽车手册、灯泡，还有一直没用上的钥匙。他是不想让母亲伤心，才把这些东西带回来的。但是现在看来毫无意义，该怎么处理这些垃圾呢？他把那个塑料袋拽出来，丢到黑色垃圾桶旁边。然后他突然产生了某种冲动。他回到车厢，开始仔细检查每一处设施；有条不紊地打开车厢里的每扇门，不放过任何一个角落。他把所有看起来没什么用的东西都清理出来，扔到外面的垃圾桶里。两个小时后，清理结束，他已经汗流浃背，睡衣上沾满了各种污渍和灰尘。

菲尔收紧下巴，嘴唇抿成一条细线。他回到家里，走上楼，环顾四周，看到自己的连帽卫衣被压在其他衣服下面。他把卫衣拽出来，套在自己的T恤上，又穿上一双袜子和鞋子，然后再次走出家门。即使萨姆回到家，他也会留在房车里，守着发动机取暖。等到她睡着了再回房间。

第 21 章　前尘

妮莎此生从未遭受过严重的暴力，但每次发现夏洛特穿着自己的衣服时，她都觉得自己被别人暴打了一顿。夏洛特曾经两次在公共场合穿着她的蔻依羊毛外套出现，一次是在走廊里，另一次是在周六，她穿着这件衣服在大厅里走来走去，就好像在展示自己的衣服一样。两天后，她又穿着妮莎的亚历山大·麦昆连衣裙出席一场晚宴，裙子侧边不知道怎么被划了一道。她和茉莉下班时看见了这一幕，当时她刚走进一辆停在路边的汽车。妮莎差点忍不住哭出来。

但很明显，这些侮辱还不够多。周二的午餐时间，当妮莎疲惫地走向自己的三明治拼盘时，透过打开的厨房门，她无意间瞥到夏洛特在前面的餐厅里。她刚坐下，身上穿着妮莎的纯白圣罗兰套装。

"不！"她停下脚步，站在原地狂吼。一个服务员差点被她撞到，忍不住咒骂一句。

亚历克斯出现在她身旁。午餐时间快要结束，他正在用一块布擦手，然后观察着她脸上的表情，问道："是那个情妇吗？"

"她会把汤汁溅到上面的！"妮莎发现自己的呼吸十分困难，"我永远不会穿那套衣服吃饭。"

亚历克斯从门口望过去，叹了口气。她感觉到他的双手落在自己肩膀上，轻轻地推动她离开。

"不不不!"她把他的双手推开,"你不明白。没有人舍得穿着那套衣服用餐,就像你不敢对着《蒙娜丽莎》吃意大利面一样。那是一套纯白色的衣服啊!还是圣罗兰的!这套衣服是1971年的限量款,世界上可能就剩下这么一套了。那是在佛罗里达州的一次房产拍卖会上,我从一位买手那里买过来的。这位女士把它收藏在一个可以控制温度的密封储藏柜里,衣服上还有标签!它的标签都还没拆呢!说明它从来都没有被穿过!你看到了吗?那套衣服真的很复古,很简约,非常有韵味。看在上帝的分上,她连碰一下都不应该,怎么还敢穿在身上呢?而且她居然……她居然穿着这套衣服吃饭!"她的声音异常痛苦。厨房的门被关上了。在这之前,她看见卡尔重重地坐到夏洛特对面,他的手机紧紧地扣在他的耳朵上。

"不。我不能让她就这么毁了这套衣服,我不能——"她说道。

"他的保镖就在附近。"亚历克斯对着她的耳朵低声说道,"你可不能靠近她,你明白的。"她转过身,看着他的脸。他的表情里既有同情,同时又很坚定。她知道自己的确该离开了。

"这太不公平了,亚历克斯!"她一边跟着他往厨房里面走,一边愤愤不平地嘟囔,"他们就不怕报应吗?"

她忽然意识到,亚历克斯的手臂正环绕着她的肩膀,还给她递过来一根烟。她终于慢慢地恢复平静。但在她继续发表自己的看法之前,亚历克斯嘱咐道,他会去把茉莉找过来,她必须待在这儿,哪儿也不能去。然后他才转身离开。

茉莉一过来就把她抱在怀里,低声说道:"噢,我的宝贝。噢,我可怜的孩子……"可是妮莎已经毫无感觉了。

那天晚上,妮莎在茉莉家给卡尔又打了一通电话。她的怒火被压抑了一整天。

"卡尔,我——"

"你找到东西了吗?"

"什么东西?"

"那双鞋!"他不耐烦地说道。

"又是那双鞋。"这回连茉莉都忍不住在一旁抱怨,"你懂的,这双鞋只是他拿来做文章的借口,目的是把你变成违约的那一方。哪个男人会如此执着于一双女士高跟鞋呢?"妮莎仔细考虑了这番话,觉得十分有道理。他可能发现了一些奇怪的法律规定,坚持双方都要遵守,否则就要对她提出某些条件。她一定会发现背后的秘密。可是她现在身无分文,没有一个律师愿意帮他。

"别再跟我来这一套了,卡尔!"她吼道,"你他妈的只需要把我的衣服和我的赡养费给我,你这个狗东西!"

"啊。粗俗不堪。这才多久啊,你终于现原形了。"

她立刻陷入沉默。茉莉在房间的另一边熨烫衣服,但满脸都是担忧和警惕的神情。她一度告诫妮莎不要急着给他打电话,晾着他,让他慌不择路。但妮莎整晚都在愤怒中沸腾,她也受不了了。

"卡尔,你才是世界上最粗俗不堪的人!"她再次狂吼起来,"你让我去找那双已经丢了的高跟鞋,以为这样就不用赔偿我损失费了是吗?我告诉你,行不通!世界上没有一个法官会允许这种蠢事发生!"

"那么我就试着去找找看吧,亲爱的。"他用平静的语气回答,然后爆发出一阵大笑。那是发自肺腑的大笑。

"给我应得的份额!卡尔!你不能这么对我!我是你的妻子!"

"先找到那双鞋,然后我们再谈。"

"我都告诉过你了:那双鞋被别人偷了!上帝啊!难道是你派人把那双鞋偷走的吗?为了让我一分钱都拿不到?你怎么这么愚蠢,这么幼稚?"

"你现在只是在惹人厌烦。"他冷冰冰地说道,"找不到那双鞋,一分钱都别想。"

他把电话挂断了。妮莎在这边抓着电话,目瞪口呆。

茉莉赶紧走过来,塞给她一个靠垫。

妮莎看着它,满头雾水:"给我这个干什么?"

"宝贝,如果你想尖叫,先用这个蒙住脸。如果我们制造太多噪音,居委会又要投诉我了。"

有时妮莎会想象拿走自己那双鞋的是个什么样的人。就像她会想象自己弄丢的那只鸭子:也许它现在还隐藏在公交座椅下方,被包裹在那块布料里,在巴特西和佩卡姆周围一圈又一圈地兜风。她的高跟鞋可能已经被某个化着浓妆的夜总会老板放在自己的鞋柜里了;或者被哪个二道贩子用纸巾包好,准备转手送给迪拜某位极具影响力的客人。卡尔一定希望自己永远都找不回这双鞋。她真的很讨厌他这一点,她越想越伤心。

茉莉在电视机前取下妮莎的最后一块假发片时说道:"有时候我觉得,失去那些衣服,比失去你的丈夫更令你伤心。"原本假发片撑起的头发开始散落,妮莎感觉自己的脑袋轻松了不少。"难道不是这样吗?你心里也是这么觉得吧?我没开玩笑。你并没有因为另一个女人插足而大哭、怨恨,宝贝,让你发疯的是她穿了你的衣服!"

一语惊醒梦中人。她呆呆地看着茉莉,思考了好一会儿。然后她从碗里掏出一些玉米片,一边咀嚼,一边继续思考。"我想它们对我来说是某种象征,代表着我想成为的那种人。"

"你想成为的那种人?"

"你根本不知道我的出身。"她说道。

"所以你是从哪儿来的?"

妮莎盯着电视看了一会儿,终于开口道:"一个中西部的小镇。我小时候只能去那种打折的二手商店买衣服。如果能买到一件没被别人穿过的衣服,那就很幸运了。"

"还有这种商店?"

"那里的衣服长年打折。比如你经常买的 Primark,或者其他平价服饰的连锁品牌。但是那里的衣服没那么时髦。"

茉莉爆发出一阵笑声:"你在逗我吗?"

妮莎摇了摇头。她从来没跟别人说起过自己的身世。自从她19岁乘灰狗巴士来到纽约,弃用过去的名字"安妮塔"之后,就再也没提起过了。"我妈妈在我两岁的时候就去世了,我是和爸爸还有奶奶一起长大的。他们认为用衣服打扮自己是一种虚荣,而虚荣是魔鬼的属性。至少从小他们就是这么说的。不过现在我明白了,他们这么说,是因为想把省下来的每一分钱都拿去买便宜的波旁威士忌。我向他们乞求来的任何东西都来自两元店,那里的所有东西闻起来都很廉价。而且他们总是给我买大两号的衣服和鞋子,这样我再长大些也能穿。他们如此吝啬,又总是很严厉。如果一分钱也不想花,他们就会从慈善超市给我弄来些二手、三手的衣服。"

茉莉聚精会神地听着。

"我家附近的那个慈善超市实在太脏了,我的穷邻居们都不愿意光顾,所以只有我穿着那里的衣服,在学校里显得格外扎眼。他们可以在一英里之外就把我认出来,然后过来嘲笑我。我讨厌那时的自己,也讨厌我穿过的所有衣服。等我再长高一些的时候,我会穿爸爸工作时的衬衫,因为这种衣服比那些廉价的女装更能带来安全感。它们看起来很笨重。在我小时候生活的地方,穿得像个男孩子会避免很多危险发生。"妮莎点了一根烟。尽管茉莉通常不允许她在公寓里吸烟，但当她看到妮莎双手颤抖的样子时，也不太忍心阻止她。

她睁大眼睛问妮莎："你到底是怎么嫁给一个亿万富翁的呢？"

妮莎吸了一口，又吐出一缕长长的烟，然后耸了耸肩："这些说起来也没什么稀奇。我在当地的酒吧打工，这让我存了一些钱。因为我的长相看起来不错，总是能吸引别人注意，那些男人愿意为我付小费。我想这是我人生的第一笔资金，我带着钱，坐上灰狗巴士去了大城市，然后不停地打工：打扫卫生，做家政，在酒吧工作。然后我把自己的名字改成'妮莎'。那是在一本杂志上看到的名字，听起来很具有迷惑性。然后我认识了一个开画廊的老板，得到了在画廊工作的机会。那些年，我一直在重新塑造自己的人生。我学着说话时不用那么重的鼻音，丢掉那些低胸的衣服，和爱看书的男生们约会。我把自己变成了一个不能随便搭讪的女人。卡尔是来画廊买画的客人，买一幅定价过高的康定斯基[32]的作品。我们就是这么遇见的。我喜欢他自信的样子，尤其是他走进来的时候，仿佛店里的一切都属于他。他很迷人，浑身散发着金钱的气息，让人非常有安全感。我喜欢他看我时的样子，就好像他已经把我划归到他的世界里去了。"

"你过去的事，他一点也不知道吗？"

"哦，我告诉过他一些。一开始他还不信，后来又觉得很有趣。他好像为我感到骄傲，因为卡尔喜欢我勇敢的一面。但有时，如果遇到他生气的时候，他就会抓住我的过去来攻击我。他叫我'白人垃圾'，或者'乡下人'，他知道这些话会戳中我的软肋。但老实说，我以为他不敢像现在这么欺负我，因为他知道我从前过的是什么日子，比现在苦多了。他应该知道我什么都不怕。"

---

[32] 瓦西里·康定斯基（1866年12月16日 — 1944年12月13日）：出生于俄罗斯的法国画家和美术理论家，被认为是现代艺术的伟大人物之一、抽象艺术的先驱。

她吸掉最后一口烟,把烟屁股狠狠摔到盘子边。"很明显,我还是不够懂他。"

"等等。"茉莉突然反应过来,"也就是说你之前打扫过卫生间!"

妮莎抬起头。"你听了半天就抓住了这一个重点?"她苦笑着说道,"我从22岁起就再也没干过这事了,那是属于安妮塔的过去。来宾利酒店做保洁之前,我连一把刷子都没碰过。"

"上帝啊,怪不得你这么恨他。"

"比你想象的还要恨。"

她突然想起朱莉安娜。在她初次与卡尔相遇的几个月前,在纽约一个炎热的夜晚,她们俩坐在消防梯上,一边抽烟一边大笑。她们抱怨老板,冲着刚下夜班的建筑工人大喊大叫。当那些工人对她们做出回应时,朱莉安娜在令人窒息的高温中发出低沉的笑声。她向后仰着头,卷曲的棕色头发在肩膀上跳动。她忍不住想,朱莉安娜一定会喜欢现在陪在自己身边的茉莉。

时间回到她们最后一次见面的那天。妮莎站在卡尔宽敞华丽的公寓里,向她解释:卡尔不希望自己和她走得太近,这会给他带来困扰。朱莉安娜抬起下巴,不可置信地问道:"这就是你的选择吗?你选择了对自己来说更重要的东西,是吗?我可是你最好的朋友!看在上帝的分上,我还是你儿子的教母!"朱莉安娜的面庞已经扭曲,她决定永远离开她,"妮莎,你怎么变成了这副样子?我还是更喜欢那个叫安妮塔的姑娘。"

茉莉的声音把她拉回到现实:"妮莎,我知道你是个斗士,现在我真的理解你的处境了。你一定会拿回你应得的东西。你要多拿一些才行。我对此深信不疑,我们会一起解决这个问题的。"

"我们?"

茉莉睁大眼睛:"卡尔的存在是对女性的侮辱!我怎么会让你一

个对付这种人呢！我们现在是好姐妹了，明白吗？对了，我还有件事要告诉你。"

"什么？"

"好吧……"茉莉忍不住笑了出来。"我最近在整理格蕾丝的旧玩具，你懂的，我们这里空间太小，要不停清理才行。然后我找到了她的恶作剧工具包，她更小的时候特别喜欢玩这些东西：放屁坐垫啦，会断在手上的假口香糖啦，还有两包旧的痒痒粉。所以……"她把双手并拢，"最近两天，我在打扫顶层公寓的时候，在你们家卡尔的内裤里留下了一份小惊喜。"

妮莎难以置信地盯着她。

"妮莎，你是不知道，今天早上我跟在他后面走过走廊……噢，宝贝，我差点笑死。"她模仿卡尔走路的样子，十分懊恼，十分不适，两瓣屁股紧紧地夹在一起。她忍不住嘲笑这段回忆，闭着眼睛，双手贴在鼻子两侧。终于镇定下来之后，她回头看向妮莎："有我在，宝贝。我们是一伙儿的。"

妮莎眨了眨眼。如果她是个普通的女人，或许会抱着茉莉大哭，一边哭一边表达自己的感谢，然后说她们永远是最好的朋友。但妮莎不是这样的女人，从来都不是。她只是仔细地打量着茉莉的脸，然后对她点了点头。

"我会回报你的。"妮莎说道，"所有这一切，我都会还的。"

"我知道的。"茉莉回答。

"另外，我觉得你真是个天才。"

茉莉说："你怎么才意识到这一点？"离开房间时，她哼起了小调。

第 22 章　新发现

那天晚上，格蕾丝戴着降噪耳机坐在下铺。上铺的妮莎坐起身子，又躺下了（天花板太矮了，她坐不住）。她拨通了雷蒙德的电话。

"妈妈？"

"嘿，宝贝。"她迫不及待地要知道他当天都做了些什么。

儿子失眠了，他已经陷入疯狂状态。他最喜欢的那个宿舍管理员，大块头迈克，与上级领导发生了一些争执，然后他辞职了。没有萨沙，现在连迈克也走了，他觉得自己在这儿连个说话的人都没有。楼下那个新来的姑娘每次吃完饭之后都会偷偷地催吐，工作人员不知道这些。可是楼下的卫生间里总会有呕吐物的味道，他不敢相信这些人的鼻子都是干什么用的。"妈妈，你什么时候回来？"

妮莎闭上眼，深吸一口气："很快就回去了。"

"可是到底是什么时候呢？我不明白你为什么还留在英国。"

"有件事我得和你谈谈，宝贝。本来我希望当面告诉你的，但现在看来很困难。"

然后他沉默了。她突然有点犹豫，因为她不知道接下来说的这些话会造成怎样的后果。

"嗯……好吧。你爸爸和我，我们……事实上……好吧，我们之间发生的一些事有点棘手，而且——"

"你要离开他吗？"

妮莎咽了口唾沫："也不完全是这样。是他先决定和别人在一起的，他认为这样更快乐。而我……我也同意两个人分开或许是最好的选择。好吧，我只是在找一个能和你简单说清楚的方式。"

他再次陷入沉默。

她把脸埋进自己的手掌，压低声音说道："雷蒙德，我很抱歉。我不想让你面对这些问题，但一切都会好起来的。我保证。我们仍然是一家人，只不过分属不同的家庭而已。"

他依然一言不发。妮莎能听见他的呼吸声，所以她知道儿子并没有挂断电话。

"雷蒙德？我亲爱的，你还好吗？"

"他走就走吧，我不在乎。"

他停顿了一下，继续说道："在过去几年里，他本来就不愿意和我待在一起。"

"噢，的确如此。他确实没时间，因为他总是很忙。"

"妈妈，我们都知道那只是一个借口，真的。我的精神治疗师教我勇于面对现实，看清事物的本质。如果爸爸要离开，就由他去吧，那是他的损失。"

他又停顿了一下。

"事实上，我两天前就和他谈过了。我告诉他我想回家。他说我很愚蠢，还说我是个累赘，一点也不靠谱。"

"他说你是个'累赘'？"

"好吧，我让他滚蛋。"

他的声音透露出一股死气沉沉的感觉，这让她紧张得肠胃都在打结。多年以来，雷蒙德一直在勇敢面对自己的人生。但她明白，卡尔的这些话将成为他无法愈合的创伤。

"你真的还好吗,宝贝?"

又是一阵长时间的沉默。

"雷蒙德?"

"不太好。"

"怎么不太好呢?"

他又不说话了。

"好吧。如果设置一个从 1 到 10 的打分机制,你会给自己的悲伤程度打几分?"这是上一个精神医生建议的方法。如果很难判断自己的情绪,采用这个方法会帮你理清思路。

一个短暂的停顿过后,他说道:"好吧……8 分?"

她的内脏开始翻滚。

"我没有告诉你,是因为我猜想你一定和爸爸出了什么状况。我不想打扰你。"

"雷蒙德,听我说。我现在很好,我向你保证。我会尽快让你离开那个学校的,好吗?我们会一起找一个小房子,家里只有你和我。而且那个地方一定是你喜欢的。"

"真的吗?"

"如果你愿意的话。"

"那我现在不用再住在这里了吗?"

"不是的,我一直在为我们未来的生活筹钱。可是我现在遇到了问题,我没有地方给你住。我住在一个朋友家,这里非常拥挤。我现在必须要和你爸处理好财产分割的问题,然后我们就可以在一起生活了。"

"求你了,妈妈,快点行吗?我实在太讨厌这个地方了,我讨厌这里的一切。在这里待着总让我怀疑自己有什么毛病。"

"你没有任何问题。"她的眼睛充满泪水,"你是完美的,你一直都是。"

她用手掌擦了擦脸颊:"你真的不为你爸爸感到难过吗?"

"我为什么要难过?他是个浑蛋!他对你来说是个可怕的人,而且他总是表现得好像我根本不存在一样。而你总是围着他转,就好像他是你的上帝。他离开我们倒是件好事。"

听到儿子如此残酷的描述,妮莎觉得非常痛苦。"噢,上帝啊,雷蒙德。我很抱歉,你没有一个好父亲。"

"我不在乎。"雷蒙德嗤之以鼻,"我说过,他离开我们是他的损失。所以你什么时候回来?"

这个问题又来了。于是她只能继续解释:他们之间有财务问题要处理,她现在被困在英国。她估计儿子的脑袋一时之间处理不了这么多信息。"我已经在努力解决了,但你还是要再忍受一段时间。你知道的,他是个狡猾的人。"

"财务问题是什么?"能问出这个问题,说明雷蒙德的精神医生一直在努力工作。

"呃……他,他希望在分割财产之前,我能还给他一些东西。但是这只是他在玩的某种游戏罢了。我正在努力搞定。"

"还什么?他想要什么?"

"是我之前弄丢了的一样东西。"

"所以是什么,妈妈?"

"是一双高跟鞋。"

"一双高跟鞋?"

"是的。"

"他要你的高跟鞋干什么?"

"好吧,我的朋友茉莉认为他在耍花招。我之前已经告诉过他,这双鞋在健身房被人偷了。他抓住这点不放,跟我玩时间游戏。"

"是哪双高跟鞋？"

雷蒙德一贯是个打破砂锅问到底的孩子。

"是那双纯手工制作的路铂廷，红色鳄鱼皮的那双。"

她等着电话那头的抗议声。可是雷蒙德一言不发。

"我会处理好这个问题的，宝贝。如果有必要的话，我会找人仿制一双的。但是要过他那一关才行。"

"可是它们本来就是仿制品啊。"

"你说什么？"

"就是那双高跟鞋，如果我没记错的话，它们本来也不是正品的路铂廷啊。"

"亲爱的，那是他特意为我定制的高跟鞋。它们当然是正品。"

"去年三月，那时我还住在家里。有一天我待在紧挨着他书房的客厅里，听到他在打电话：'路铂廷的鞋子不是这样的，你还要仿得再像点才行。'几周过后，你就收到了这双鞋。我能记得这件事，是因为他已经很久没有送过你礼物了。后来我观察过那双高跟鞋，确实看起来和正品不太一样。比如鞋底的签名，形状有点奇怪。还有鞋底采用的红色，不是路铂廷那种典雅的红色。你那双鞋底部的红色，看起来有点……过于刺激。"

"什么？这听起来也太疯狂了。可是你爸爸为什么要给我买一双假鞋呢？"

"我也不知道。当时我就觉得这件事很奇怪。但是你真的很喜欢那双高跟鞋，走到哪儿穿到哪儿。我不想扫你的兴，所以什么都没提。"

突然，她回忆起收到鞋子的那天，的确有一些奇怪的细节：那双鞋没有装在垫着纸的鞋盒里，也不像其他的路铂廷那样装在柔软的布袋里。它被装在一个没有任何标记的黑色丝绸袋子当中。她当时还以为这双鞋是为她专门定做的，所以才会这样。

"这实在是太难以理解了，亲爱的。你爸爸为什么要买一双盗版的名牌鞋呢？以他的经济实力，想买多少正品都可以。而且既然是一双假鞋，他急着要回去干吗呢？"

"我不知道，妈妈。等你弄清楚了，能快点来接我吗？"他的声音越来越小，"我真的很想你。"

"我也很想你，亲爱的，我会解决这个问题的，我保证。你要照顾好自己。我爱你。"

"妈妈……"

"怎么了？"

他停顿了一下，才开口问道：

"你还好吗？"

她忍不住抽泣了一下，然后赶紧用手捂住嘴。等了一会儿，她确定自己的声音已经重归平静之后，才重新开口："我很好，宝贝。"

她想起小时候经常光顾的两元店。商店里有一半的商品都是农场用的饲料或者农用机械的维修设备。狭窄的过道里铺满软管和橡胶垫。另一半是生活必需品：大容量的汤包和米饭，几箱灭菌牛奶，厨房纸堆得几乎和房顶一样高。这里充满化工用品和绝望的味道。那年她七岁，她的父亲开始教他去店里偷东西。她先挑选一件九到十一岁儿童都能穿的羽绒服，穿上身后几乎可以吞没她的身体。然后往衣服里夹带几件毛衣和一瓶金宾威士忌[33]走出来。可是没人会怀疑如此可爱的孩子在运送赃物。这是父亲唯一一次让她看到自己的"特长"。

他们居住的镇子里有三家这样的两元店，他们会轮番进攻，每星期去偷一到两次。唯一被抓到的那次，是因为不小心把藏在衣服里的商品掉到了谷物食品的货架上。她立刻在原地哭了起来，说自己只

---

[33] 金宾威士忌（Jim Beam）：美国威士忌品牌名。

是想给爸爸一份生日的惊喜。保安对她笑道:"你爸爸喜欢威士忌是吗?"送她出去的路上,他还给了她一包夹心饼干,嘱咐她以后不管买什么东西都应该去收银台付钱。她的父亲就在门外的卡车里等着。当他看到自己的女儿从后腰里掏出另一小瓶威士忌的时候,他笑了:"你看到了吗,安妮塔。"他拧下瓶盖喝了一口,"人们只能看到他们愿意相信的东西。你看起来这么漂亮,没人相信你会做坏事。"

妮莎躺在小小的双层床上,听着下层格蕾丝的耳机里传出微弱的节拍声。尽管周日以来,她已经轮了四次班,甚至还连轴转了一整天,可是一想到那双高跟鞋,她立刻清醒了。

白马酒吧白天的样子看起来比夜晚更加廉价。那里养的植物都呈现出半死不活的状态,在吊篮里苟延残喘。酒吧的标志已经开裂、脱落。她和茉莉换班了,这样就能赶在上午十一点开门的时候过去(有人会在上午十一点就开始泡吧吗?这些英国人是怎么回事?)。酒吧的男招待刚刚把门打开一条缝,她就立刻挤了进去,要求查看监控录像。

"等一下好吗?我连收银台都没打开呢!"

"你以为我是过来喝酒的吗?"

"那你来酒吧干什么?"这是一个打扮得很时尚的年轻人。他的深色头发被扎成了马尾,脸上的表情已经开始愤怒。

她改变了策略:"很抱歉打扰你。"她满脸堆笑,"我希望你能帮帮忙。几周前,我有一件东西在你们店被偷了,我想知道你是否能帮我调一下监控。"

"你要找的东西是什么?"

她抬头看了一眼,注意到天花板上的圆形摄像头:"所以你们店里是有监控的,对吧?"她伸手向上指了指。

"有是有。"他朝她手指的方向看了一眼,"但是我不认为我应该帮你调监控……"

"就5分钟。"她把手放在他的胳膊上,轻轻按压他的肌肉,"你真的会救我一命的。"

他突然有点不知所措,只能盯着她的脸看。她一直在微笑,如此甜美,充满希望。"你听我说,我现在真的走投无路了,这件事很麻烦。我一个女人身在异国他乡,却遇到这样的麻烦……原因解释起来有点长,我真的需要你的帮助。或许这对你来说是强人所难,可是相信我,但凡还有别的办法,我是不会过来打扰你的。我能看出来你也很忙,可是我真的需要你的帮助。"

他是个善良的孩子。她能看出他已经开始动摇了:"可是我……"

"我可以告诉你确切的日期和时间,你查起来只需要5分钟。"

"好吧,可是这些监控录像涉及顾客的个人隐私……"

"我又没调查他们的姓名和住址,只是想看看什么人拿了我的东西。"

"可是我们只能保存6周之内的监控录像。"

"对我来说正好够用。"

他皱起眉头,目光落到了自己的鞋面上。等他再抬起头时,目光里充满了质疑:"你到底是什么人?你不会是警察吧?"

她露出了一个漂亮的笑容:"噢,上帝啊。我看起来像一个警察吗?我的名字叫安妮塔,我只是一个普通的母亲。"

"是不是你的手下在这里赌博时出老千了?你们要在这里搞火并吗?"

"亲爱的,如果我的丈夫没有出轨,我今天是不会来找你要监控的。"

他向身后瞥了一眼。很显然,酒吧里除了他们俩没别人。

- 243 -

"我得找个别的地方给你看监控录像,这里的办公室不允许客人进入。"

"我明白了,你小心点。"

当他再次陷入犹豫时,她注意到了他胸前的名牌。

"米洛。你叫米洛,是吗?我是认真的,你真的可以救我一命。我只是在寻找一件私人物品。显然,你们店的监控录像可以拍下是谁穿着它。"

他又向身后瞥了一眼,然后转过脸来,说道:

"把确切的时间告诉我。"

"星期五,7号。晚上八点到九点左右,只需要调取一个多小时的录像就可以了。"

"你就待在这儿别动。"他叮嘱道,"我会把它下载到 iPad 里拿出来。"

"你是我的神!"她大声说道,再次捏了捏他的胳膊,"真的很谢谢你。"她注意到他的表情缓和下来,于是非常满意地想:是的,我还是精于此道。

十分钟后,她坐在酒吧里喝着一杯卡布奇诺,而米洛则用年轻人特有的速度浏览着监控画面,偶尔他会借助一根手指放大后仔细观察。

"所有画面都是黑白的?"她在一旁问道。

"是的。但如果你注意到什么的话,我们可以把画面放大,这样看起来也很清楚。你刚才说的是高跟鞋吗?"

"是的,鞋跟大约高六英寸,是绑带的。品牌是路铂廷,那双鞋的品质在你们店里可以说是鹤立鸡群。"

"你说有人偷了这双鞋?"

"而且还在你们店里穿了。"

他凝视着屏幕:"那我重点关注高跟鞋。可是这里穿高跟鞋的女人也太多了吧,你怎么认出你那双?"

"好吧,我一眼就能看出来。"她啜饮着他为她制作的卡布奇诺。的确有太多劣质、笨重的鞋子出现在眼前。而且还有那么多醉醺醺、走路一瘸一拐的女孩子和满头乱发的男人。她突然感到一阵焦虑。这是她能找到的最后一家白马酒吧,如果这里的监控录像还是一无所获的话,那么她的线索会再一次中断。就在这时,她看到了那双鞋。

"在那儿!"她喊道,然后对着屏幕指了一下,"暂停!你能把这里放大些吗?就是那个女人!"

时间显示是星期五晚上的九点十七分,有一个发型剪得很糟糕的女人跌跌撞撞地从舞池里走了出来,另一个女人挽着她的手,她们醉醺醺地走向一张放满了酒瓶的桌子。这一幕都被监控拍了下来。米洛倒回几帧,然后用手指在屏幕上移动,不断放大,女人脚部的画面已十分清晰。她让他尽可能地继续放大,直到图像变得模糊才停下来。的确是她的高跟鞋,一切都再清楚不过。她觉得自己已经成功了一半。

"这就是我的高跟鞋!绝对是!你能向上滑动一下吗?让我看看她的脸?"

这个偷鞋的贼是一个相貌平平的中年女人,眼睛半睁着,被汗水打湿的头发贴在脸上。每一帧画面都能看出她底盘不稳,一边晃动一边回到座位,脚踝都是弯曲的。

"就是她。这就是那个偷了我鞋子的女人。"她大口地喘着粗气,凝视着已经趋于像素化的画面。

"这也太奇怪了。"米洛难以置信地摇了摇头。

她抬头看着他:"你能想起这个女人是谁吗?"

他皱着眉头看向画面，又往前倒了几帧，目的是能看到她周围的其他人。他就这样来回看了很多遍。

"呃……好像是优步印刷公司的那些人。"

"……什么公司？"

"就是这儿附近的一个印刷机构。啊，她身后的那个人叫乔尔，就是那个留着辫子的男人；另一个男人叫泰德。他们经常会在星期五晚上光顾这里。"

"优步印刷公司。"她重复道，"你能帮我写下来吗？"

当他把那张纸条递过来时，她又露出了一个微笑。那是一种突然蔓延开的、真诚的、充满喜悦和感激的笑容。妮莎在日常生活中很少会露出这样的笑容。米洛也感到欣慰，报以她微笑。他们互相凝视了一会儿。

"可是她不像是那种会偷别人鞋的——"

"这些你就别管了。"她一边说，一边从酒吧的凳子上跳了下来。

当她去厨房找亚历克斯时，他正独自一人打扫操作台，为晚餐时间做好准备。炉灶上有一块污渍，他弯下腰去认真擦洗。

"嘿，亚历克斯！"他听到自己的名字，立刻转过身来。而妮莎直接朝他冲了过去："我找到偷我高跟鞋的人了！"她气喘吁吁，难以压制自己的兴奋，甚至一边笑一边给了他一拳。

"你没开玩笑吧！"他说道，"你的人生转机要来了！"他突然也笑了起来，整个脸盘都充溢着喜悦。他放下手里的清洁布，搂住她的腰，把她抱了起来。双脚从地面离开的那一刻，她忍不住尖叫起来。突然间，她无法控制自己的冲动，双手捧起他的脸，轻轻地吻了一下。这个动作让他有些犹豫，可是接下来，他用双臂把她拉到自己怀里，紧紧地抱住。他的嘴唇也贴在她身上轻轻地亲吻着。这个吻让妮莎沉溺其中，无法自拔。他的手臂充满力量，他的嘴唇又如此温柔。她深深地呼吸着他身上面包、肥皂和洗发水混合起来的温暖气息。这种味道实在太好闻了，她真的很想咬他一口。于是她轻轻地咬了一下他的下嘴唇，这让他发出了一声轻微的呻吟，这可能是她听过的最性感的声音。她的双手紧紧地箍住他的脖子，整个脑袋也尽可能地往上靠。时间仿佛静止了，空气在面前打着旋涡。突然，厨房尽头面点区的门响了一声，他们赶紧分开彼此的身体。妮莎后退一步，用手指拢了拢头发，神情有些尴尬。

米内特手里捧着两个装面团用的铝制托盘，一边哼着歌，一边穿门而过。亚历克斯一直在观察她的目光有无异样，然后回头看了妮莎一眼。他松了一口气，这口气似乎憋了很久。

"呃……好吧。"她看到米内特的背影消失在面点区后，说了这么一句。

"呃……好吧。"他重复着她的话，然后低头看向自己的鞋，显然有点不知所措。这种状态让她感到一丝满足。当他再度抬起头时，两人的目光直接相遇。妮莎猜测自己的脸颊一定在微微泛红。

"很明显，你这个女人并不好惹。"

她笑了，目光中露出一丝狡黠："你最好记住这一点。"然后，她掸了掸裤子表面的灰尘，又瞥了他一眼。好像也没什么别的话要说了，于是她径直离开了厨房。

第23章 新机遇

那辆车算是彻底废了。它当然是。西蒙昨天提醒过她4次,今天绝对不可以迟到。九点会召开战略会议,十点是销售会议,十一点是策划会,总部的人会参与以上所有会议。他是用警告的语气来通知她的,就好像开完这些会她就没好日子过了。

"菲尔,菲尔?"卡特在厨房里吃着一片烤面包,眼睛盯着手机。"你爸去哪儿了?他不在楼上。"

卡特耸了耸肩。

"卡特,你爸到底去哪儿了?你一定见过他,对吗?"

"可能在那辆房车里。"

她没空理会女儿冷漠的态度,说话时也尽量不去看她的眼睛,尽管昨晚她为这件事哭鼻子来着。她抓起包冲到了门外。房车的引擎盖被掀起来了,菲尔钻进去鼓捣着什么,半个身子都被挡住了。

"我们的车子打不着火了。"

"可能是该换电池了。"

萨姆等着他从引擎盖下面爬出来,可是他一直待在那儿。"菲尔?"

"干吗?"

"我说,你能帮个忙吗?或许帮我找一根跨接电线?我必须在九点前到达公司，否则我就摊上事了。"

"那你叫一辆出租车会更快。"

她站在那里，不知所措地盯着丈夫的腿。他已经在这辆房车里住了很多天。起初她很高兴：菲尔居然有了看电视之外的其他活动，这真是个奇迹。但是他在这里待得也太久了，就好像在对抗着什么，就好像他在尽量避免和自己共处一室。

"你一点忙都不帮吗？"

终于，他从引擎盖下面钻了出来，站直身体。当他把目光转向萨姆时，脸上的冷漠让人难以置信。

"好吧，我又不能凭空变出一块电池来，不是吗？"

他站在原地闭目沉思了一会儿，这种毫不在意的神情让她觉得脊背发凉。"好吧，谢谢。"她最后说道，"真的很谢谢你。"

他一声不吭地从发动机侧面拽出一块油布，再次钻到引擎盖下面。

母亲打来电话的时候，她还在出租车里。她已经计算过，自己将会在十八分钟内进入办公室。她在心里快速列出可行的借口。如果她直说是家里的车坏了，那么西蒙会批评她缺乏计划性：就好像所有人都能提前预测自己的电池会在何时耗尽。或许她可以说路上遇到了交通事故？但是西蒙是个死较真的人，他真的会去查自己上班的路段是否出现过交通事故，以此揭穿自己。还是别撒这种谎了。也许她可以在进门时手上拿着一份文件，这样就可以说自己曾半路折返，只是为了获取更多的数据。

"你上周为什么没有过来打扫卫生？我需要你帮我查阅一些社会主义的赞美诗。"

"你说什么？"

"社会主义的赞美诗!"她的母亲不耐烦地重复了一句,"另外,你爸最近在圣玛丽教堂谈论耶路撒冷的历史。我指出:达勒姆主教提到的'黑暗撒旦工厂'实际上说的是教堂,而不是面粉厂,这种说法是不恰当的。你知道帕尔弗雷夫人很容易被类似的说辞冒犯到。她对牧师非常忠诚,因为她上周在祭坛上敬献了亵渎神灵的花朵。"

"亵渎神灵的花朵?"

"亚瑟王,你最好知道那是什么含义。总之我们都惊呆了。无论如何,你爸不知道对家里的无线网动了什么手脚,我们现在没法上网了,所以需要你帮我们找一些社会主义的赞美诗,这会是他们讨论的主要资料。你最好今天下午就给我。他在下午茶时间会先去检查一下眼睛。"

萨姆在她的包里疯狂翻找化妆品。早上卡特把卫生间占领了,她来不及化妆就出门了。

"哦,对了,我们决定收留一名难民。但是需要填写很多表格,你得帮我们填。我们还要把那个闲置的房间打扫出来,不然连一张床都放不下。好吧,我记得里面原本就有一张床来着,但是现在也不太确定,因为房间里的箱子太多了。"

"难民?"萨姆的脑袋有点转不过来了。

"为他人着想很重要,萨姆。你知道,我和你爸都希望能为所在的社区贡献出自己的一份力量。很显然,这些难民当中也有非常善良的人。罗杰斯夫人就收留过一个阿富汗难民,他总是很有礼貌地把鞋子脱下来再进屋。"

"妈妈,你知道现在是上班时间吗?我要忙死了!"

母亲的语气精准表达出一种侮辱与伤害的完美结合:"好吧,你要是能偶尔想想自己的父母就好了。"

萨姆用肩膀和耳朵夹住手机,往脸上涂了一层粉底液:"妈妈,我不是偶尔才想到你,是无时无刻不在想你。好吧,如果你想收留一个难民,那很好,但是我没时间帮你打扫空房,也没有时间找你的社会主义赞美诗。我手头上的事情已经够多了。我已经为你预约了周二的上门保洁服务。如果我有空,我也会回去帮忙的。"

"上门服务。"母亲的语气十分痛苦,"好吧,我想我们必须告诉那些深陷不幸的阿富汗人:我们的女儿现在太忙了,没空给他们腾出一张床。"

"妈妈,自从2002年以来,那间屋子里就堆满了爸爸在易趣上收集来的各种火车票。早就没人见过房间里的床了,我甚至怀疑那里原本就没有床。你得体谅我,有空的话我一定会去的,可是我太忙了。"

"我们都有很多事情要做。萨姆,你要知道你不是家里唯一一个大忙人。天哪,我真希望你不要用这种态度和菲尔说话。难怪他觉得自己被家人轻视了。"

她迟到了四分半钟。当她匆匆跑进会议室时,西蒙用尖锐的目光瞪了她一眼,仿佛她已经迟到了四个小时。

"很高兴你终于来了。"他一边说一边看手表,眉毛已经扬了起来。然后他扫视了一圈周围的同事,确保他们都注意到萨姆迟到了。

她打算在第二场会议后取消与米莉亚姆·普莱斯的午餐。西蒙毫不留情地质疑她的数据,脸上总是挂着心烦意乱或者百无聊赖的表情。每当她开口汇报的时候,他总是用刻有他名字的圆珠笔敲击自己的笔记本。要么就是在她说话的同时,他也在喃喃自语。她注意到所有优步印刷的高管们都和西蒙是一个德行,穿着打扮一样,说话的样子也一样。他们都用看戏的表情打量自己,抓住自己每一次出糗的时刻不放,认为自己是毫无价值的员工。销售会议结束后,她走进女卫生间，把脸深深地埋在双臂里，这样就不会有人听见她躲在小隔间里哭泣的声音了。

她坐在马桶上给菲尔发信息，菲尔没有回复。到目前为止，他只回过她三分之一的信息，或许这并不只是因为他患有抑郁症。她又给卡特发信息，卡特只是简单地回了一句：他很好。结尾没有留下"X"的记号，也不问她这一天过得怎样。这些天以来，她觉得自己被家人孤立了。她又想给乔尔发信息，但是她阻止了自己的念头。这样做还是有点过分，她知道自己不想这样。她的手指在手机键盘上停住了，直到听见隔壁有人进来，她赶紧把手机放回口袋。

等到她从隔间里出来的时候，已经是十二点十五分，她来不及取消与米莉亚姆的午餐了。于是她只能在洗手台前用水泼了一把脸，重新化妆，然后出去吃午饭。她离开的时候没有注意到西蒙正透过玻璃窗尖刻地凝视着她。

"萨姆，你还好吗？"米莉亚姆已经在餐厅靠窗的位置等着她了。当服务员把萨姆带过去时，她站起来表示欢迎，脸上洋溢着热情的笑容。

印刷工作进展顺利，米莉亚姆对各个方面都感到满意。她还亲自打电话给萨姆，感谢她关注到了每个细节。如果放在以前，她一定会把这件事反馈给上级领导。但现在她的领导是西蒙，这一切毫无意义。说不定他反而会找出什么纰漏来，或者反问她为什么没有抓住机会让客户加价。

"很高兴再次见到你！"她握住萨姆的手晃了几下，这让人有些尴尬。米莉亚姆今天穿着彩虹条纹的套头衬衫，下面搭配窄身直筒裙和高跟短靴。萨姆永远都不会穿着这样一身衣服去上班，但是放在米莉亚姆身上，一切看起来都很有权威性。她带着愧疚感，再次穿上了那件香奈儿外套，以此替换掉她通勤时穿的灰色衬衫。毕竟这个女人是米莉亚姆·普莱斯,她要尽可能地向她靠拢。

"今天为了见你,我也穿了我那双路铂廷!"米莉亚姆一边说,一边倾斜自己的双脚,以便萨姆可以看到。她又低头看了一眼萨姆的脚,萨姆立刻察觉到她有一丝失望,因为自己脚上穿着一双朴素的黑色低跟鞋。她有点后悔没把那双高跟鞋穿出来。

"你的鞋子真漂亮啊!"萨姆应和道。

她们简单地聊了各自的女儿,还有天气之类的话题,然后就开始点菜了。米莉亚姆决定吃沙拉作为开胃菜,然后再吃一份鱼。萨姆也点了同样的沙拉,还有一份素馅饼,这个是最便宜的主菜了。她有点担心自己是否需要支付这顿商务午餐。西蒙一直在克扣工作餐的报销限额。她开始在脑海中盘算这些数字。

"跟我说说你的事吧,萨姆。"米莉亚姆率先开口,"你是怎么来到格雷赛德工作的?哦不,我现在应该叫它优步印刷,对吗?"她说话时表现得十分自信,就好像她深信自己说什么都是对的。

"我不确定该怎么说……"萨姆有点结巴,而米莉亚姆微笑着等待她整理思绪,"我的意思是,我本来也没打算在印刷公司上班。但是在女儿还小的时候,我在那里找到了一份兼职的秘书工作,当时的老板人非常和善,他叫亨利。他现在已经退休了。当时他非常肯定我的工作能力。"说到这儿,她有些紧张地笑了笑,以免让对方误以为自己过于自负。"几年之后,他决定让我管理项目,然后我就转变了自己在职场中的角色。他真的是个非常好的人。真的。"

"哦,我见过亨利几次。"米莉亚姆说道,"我非常喜欢他。那么你的家人呢?"

"我的丈夫,还有一个十几岁的女儿,这些你都知道。仅此而已,真的。只有我们几个,还有几个需要照顾的父母。"

"哦,我们都到这种年纪了,不是吗?"米莉亚姆说道,"我的父母住在索利哈尔的一家养老院。我觉得自己大部分的时光都花在往返的高速公路上,还要安抚那些受够了的护理人员。"

"真的吗?我感到抱歉……我的意思是,这些听起来很辛苦,所以我感到抱歉。"萨姆迅速把话题拉回来,"我不太知道你说的那个养老院,那一定是个很棒的地方。我相信你一定会把父母安顿在一个非常棒的地方颐养天年。"

"那的确是个很高级的养老院。但是没人愿意在养老院里结束自己的一生,不是吗?"

服务员过来给她们倒水,萨姆停顿了一下才开口:"我父母宁愿死也不愿去养老院。所以我要完成他们所有的家务,比如打扫卫生、采购生活用品之类的。"

米莉亚姆苦笑着点点头。萨姆突然感觉和同龄女人沟通起来毫不费力。她们不再是二三十岁时锋芒毕露、充满干劲儿的状态了。到了四五十岁左右的年纪,她们都是死亡、疾病、离婚和各种伤痛之后的幸存者。

"这对你来说太辛苦了。"米莉亚姆说道。

萨姆的手机突然开始嗡嗡作响。"对不起。"萨姆把手伸进包里,突然满脸通红。米莉亚姆挥了挥手,示意她别在意这些。

看到来电显示的名字,她的心瞬间沉了下去。"怎么了,西蒙?"她试图在僵硬的脸上摆出一个微笑。

"你在哪儿?"他的声音非常冷漠。

"我今天来见米莉亚姆·普莱斯女士了。我已经在我的日程上标注了,而且已经告诉过吉纳维芙两次了。"

"荷兰那个项目要求提前四天完成。客户说已经发电子邮件通知你了,但是你一直没有回复。"

"什么?你等等……"

她又对米莉亚姆说了一句"对不起"。电话依然在通话中,她打开邮箱开始查找。找到了,十五分钟之前,有一封来自荷兰某个教科书出版机构的电子邮件。他们要求提前完成这个项目。

"西蒙,那仅仅是十五分钟前的邮件。"

"所以呢?"

萨姆迅速把手机贴回到耳朵边。

"所以我没来得及注意到新邮件。等我回去立马就会处理。"

"萨姆,你必须迅速回应所有新邮件。我已经告诉过你很多次了,迅速回应一直是我们优步印刷的优良传统。你做得显然还不够。"

"我……现在这个时间点大多数人都在午休,没迅速回复也是能理解的吧?"

"萨姆,你他妈的以为自己是来度假的吗?到底怎样才能让你郑重对待自己的工作?你现在立刻回来处理这件事。事实上是你不想回来,是吗?你赶紧回来也不会给米莉亚姆·普莱斯留下不好的印象,因为现在这个项目对我们公司来说非常重要。我会告诉富兰克林的。"

"可是我现在也在做和项目有关的事情啊!这是我谈下来的项目!"

"无关紧要。"西蒙立刻打断了她,"仅仅能谈下项目是不够的,我需要的是一个能操盘全局的人。你回来之后立刻来我办公室。等你享用完你丰盛的午餐吧!"他一定是在办公室里大声说出这些话的,所有人都会知道他在和自己通话。她甚至可以想象他对着电话翻白眼的样子。西蒙挂断了电话,而她坐在餐桌旁目瞪口呆。

"你还好吗?"米莉亚姆问道。她刚才似乎一直在研究菜单。

"好……还好。"萨姆努力让自己振作起来,"只是一些工作上的问题,你懂的……"

"我知道西蒙是个什么样的人。"米莉亚姆把目光移向菜单顶部,

"是叫西蒙·斯托克韦尔吧?"

萨姆有些惊讶地盯着她。

"他可真是个讨人厌的小矮子。你不知道,几年前他在我们公司工作过,那时他也刚工作没多久,总是找机会给我留下他的联系方式。他是不是为难你了?"

萨姆愣在原地,不知道该说些什么。"不!没什么,一切都很好……只是太多事情突然同时发生了。我……好吧……我有点……"下一秒钟,她突然崩溃了,又咸又苦的泪水如山洪爆发般喷涌而出。她不住地抽泣,肩膀也在颤抖,只能用手掌紧紧地捂住眼睛。"我……我很抱歉。"她有些尴尬,连忙拿起餐巾纸擦脸,"我也不知道该怎么形容现在的情况……"

上帝啊,她把这顿午餐毁了。米莉亚姆一定会觉得她是个失败者,被西蒙虐得体无完肤。她拼命地环顾四周,希望找到女洗手间的方向,这样她就可以逃离眼下的尴尬。她不敢问服务员,也不敢站起来——万一走错方向岂不是更尴尬。可是当她回过神来的时候,面前的米莉亚姆正平静地看着自己。

"我……我很抱歉……"她一边擦去脸上的泪水,一边再次道歉。

米莉亚姆的表情变得非常严肃。

"我确实遇到了一些难事。真不好意思,可是平常我……"

米莉亚姆把手伸进自己的手提包,掏出一包纸巾,从桌子上推了过去。"我包里装的东西一看就来自一个母亲。"她说,"我猜你根本不想看包里其余的东西。车钥匙、鼻炎喷雾剂、医生给我女儿开的处方,她懒得自己去拿,还有激素替代疗法的用药、给狗狗的零食……简直没完没了,你也是吧?"

她继续微笑,什么也不说了,似乎在给萨姆一点平静下来的时间。萨姆想从包里掏出小镜子看看自己的脸,但米莉亚姆拦住了她:

"你看起来很好,妆没有花。"

"真的吗?"

频繁的抽泣已经逐渐放缓。萨姆已经尴尬得蜷缩成一团。

米莉亚姆又往她杯子里添上一点水:"我想说的是……好吧,希望你不会觉得我说这些不合时宜。但是刚才你走进来的时候简直垂头丧气,和那天我见到的你判若两人。"她把杯子递给萨姆,等她喝了一口才继续说道,"我猜八成是西蒙·斯托克韦尔那小子闹的。"她身体前倾,继续说道,"或许你现在还没进入更年期,等那时候再遇到这种男人,你会发现自己无所畏惧,这就是更年期的妙处。他们心里也有数:如果发现自己这点小花招吓不倒你,他们会突然变得无计可施。"

萨姆露出一个虚弱的笑容:"可是我的工作掌握在他手上。"

"你的工作能力很强,为什么要让他掌握一切?"

"我……我……"萨姆真的很想说出一切,控诉西蒙是怎么贬低自己、让她觉得自己一无是处的,控诉他那些忽视和刁难自己的手段,可是对一个客户谈及自己公司被优步印刷收购之后的惨状,似乎违反了职业道德。况且哪个黑人女性愿意听一个中年白人女性抱怨自己的工作?

她再次挤出一个笑容:"也不仅是因为他。我这一周过得很糟,的确有太多事情等着我处理。"

米莉亚姆看着她说道:"你的谨慎令人钦佩。"

"最近发生的事真的太多了……"

"咱们这个年纪本来就是如此,不过咱们的美食已经上桌了。好好吃上一顿,你一定会觉得舒服不少。"

在整个午餐过程中,米莉亚姆一直把话题控制在自己感兴趣的方向上:比如十几岁的女儿有多么任性,照顾年迈的父母有多么疲惫,

- 257 -

还有好好对待自己是非常必要的（尽管萨姆早就想不起来上一次好好对待自己是什么时候了，但她还是跟着点了点头）。而在萨姆的脑海中，另一些场景正在上演，她在预估接下来可能发生的糟糕情况：米莉亚姆·普莱斯是否会向其他人透露这个蠢女人是如何在接待客户的商务餐上痛哭流涕的？等她回到公司，见到西蒙，他一定会当着所有人的面把她尽情羞辱一番吧？而最让她感到难过的是，她给米莉亚姆留下的第一印象被彻底颠覆了：那个穿着名牌外套和高跟鞋的女人从此消失了。她只会记住一个真实的萨姆，一个脆弱可怜又可悲的蠢女人。她不敢看自己的手机，因为她知道西蒙会连珠炮一般地指责她在荷兰这个项目上的失误。因此，她只能礼貌地保持微笑，尽量避免自己再做出其他愚蠢的举动，并且尽可能地吞下自己的食物。令人惊讶的是，她一直旺盛的食欲此刻居然消失了。

"再来份布丁？"

她的思绪又被拖回到餐桌上。"哦不，这些已经够了。我想我该回公司了，还有工作等着我推进。"她婉拒了对方递过来的菜单，"我再次道歉……对不起。"她含糊地挥了挥手，希望一切就这么过去。

接下来是长时间的沉默。

"萨姆，你这样可不行。"米莉亚姆开口道。

"我知道。"萨姆的脸一下子红了，"我确实应该控制好自己的情绪。不过我保证，这不是我平时工作的状态……"

"你误会我啦。"米莉亚姆赶紧解释，"我的意思是，不要老是为一个让你失望的老板工作。你的能力明明很强。我在达克斯工作时曾和伊万聊起过你，他说你一向都很靠谱。我很高兴能有机会认识你。"

萨姆缓缓地抬起头。

"我们一直都在寻找你这样的人才。你在这次合作中的表现给我留下了深刻的印象。我真的认为你应该来我们公司看看。"

"你得去一个能让你重新找回工作激情的地方，不管是哪里。"米莉亚姆向服务员点头示意。还没等萨姆开口，她已经掏出一张信用卡准备结账了。"所以你有兴趣来我们公司看看吗？"

萨姆愣在那里，几乎连话都不会说了："呃……好……我是说，我愿意。"

"非常好。等确定好具体日期，我会以邮件形式通知你的。"米莉亚姆站了起来，在服务员拿过来的POS机上刷了自己的信用卡。而萨姆依旧坐在椅子上，回顾刚才都发生了什么。结完账，米莉亚姆把钱包塞回手提包里，身体前倾。

"与此同时，你要穿上一双好鞋，配上这件外套，再涂个大红唇。让西蒙那小子知道：你可不是个好惹的女人。"

第24章 一个亲吻

坐在这家咖啡店里,你可以很清楚地看到这家印刷厂背后的全貌。这是一个狭窄且遍地垃圾的院子,两侧分别是一家杂货店、白马酒吧和另一栋写字楼。而那栋写字楼的窗户和墙壁上布满了涂鸦,似乎已经空置了好几年。妮莎今天下午被酒店解雇了(茉莉知道后只能叹口气,毕竟妮莎是个临时工,这种情况经常发生)。她啜饮一口温热的卡布奇诺,看着白色的旧面包车在"优步印刷"的标志牌下来来往往。一群男人聚在后门口,趁着卸货的空当聊天喝茶。他们的欢笑声使冷空气中多了几股热腾腾的蒸汽。她很紧张,也很专注,盼着那个女人穿着她的高跟鞋从楼里走出来。尽管她知道这种可能性微乎其微。

她在这里已经坐了将近一个小时,脑海中已经盘算出了各种对策:比如跟着这个小偷回家,和她当面对质,然后再从她脚上把高跟鞋夺回来(前提是她的确穿着自己的高跟鞋。就算穿了,她也不愿碰别人的脚,这会让她作呕)。或许她可以打电话报警,但如果这里的警察和美国警察一个德行,那她宁可在原地吹口哨。只要知道那个女人的住址,妮莎可以趁着她睡着后闯进去,然后找到自己的高跟鞋拿走。这样她就得戴着口罩遮住脸。当然,这个策略太过冒险,因为她不知道这个女人家里是否还有其他成员。况且戴口罩会让她的脸过敏。还有最后一张王牌：她可以通知卡尔，然后让他派阿里来搞定这个女人。但她怀疑阿里是否会对自己坦诚相待：万一他拿走这双鞋之后又不承认，那么她将面临比之前更糟糕的情况。或许不应该让阿里他们提前介入这件事。

妮莎一直坐着，几乎把所有可能性都考虑到了。杯底残留的咖啡渣正在变得冰冷。咖啡师第三次走过来，用尖刻的语气问她是否需要续杯。她拿起外套和背包径直离开了。

萨姆回到公司时，西蒙正在和他那群同事聊天。她是从侧门进入办公区的，这样可以在没有人注意到她之前先去女洗手间检查自己脸上的妆容。现在，一群年轻人正围在西蒙的办公桌旁，聚精会神地盯着他的手机屏幕，然后不时地爆发出大笑。她脑补了一下屏幕上出现的画面，或许是某个年轻的大胸姑娘。她松了一口气：还好他没有等在自己的工位上。她能想象他的样子：半拉屁股贴在桌子上，歪着脑袋，装出一副忧心忡忡的样子。她在原地看了他们一会儿，放下自己的手提包，把那件奶白色的香奈儿外套挂在椅背上，然后走了出去。她先穿过财务部，然后经过前台，沿着狭窄的走廊走到装卸区。

货车都停在外头，他一个人坐在有百叶窗的那个小办公室里。她过来的时候，他背对着她，双手交叉放在脑后，凝视着窗外的院子，看起来像是在沉思着什么。他的肩膀实在太宽了，公司发的藏青运动衫被撑得紧巴巴的。办公室角落的房梁上，悬挂着一个黑色和黄色相间的大沙包。她站在门口，一言不发地凝视着他。她想起那晚在酒吧里跳舞，他把手放在自己的腰上。当她穿着那双高跟鞋昂首阔步时，他的眉毛扬了起来，脸上充溢着仰慕。

角落里放着一个老式取暖器，所以司机办公室暖和到了闷热的程度。墙上挂满了行车记录仪，还有各种白板。白板上写满了他的工作日志，还挂着一些发黄的生日贺卡和新的优步印刷标志的备忘录。在这里工作了那么多年，她好像没来过这里几次。她突然觉得这间办公室看起来如此狭小。当然，也有可能是他的块头太大了。这时，他从椅子上转过身来。

"萨姆，你怎么来了？"

"你有手套吗？"

他眨了眨眼："什么？"

"手套。"她解释道，"拳击手套。你这里备了吗？"

他顺着她的目光看了一眼那个沙包。"我有。但那是我用的，对你来说太大了。"

"拿给我看看。"

他把手伸到办公桌下方，拿出一个工具包，里面有两只带有明显磨损痕迹的黑色拳击手套。她接了过来，简单地看了一眼，然后就套到自己手上，并用牙齿固定两个尼龙搭扣，直到它们紧紧地箍在自己的手腕上。然后她走到办公室后方的沙包面前，对着它站了一会儿，深吸一口气，收紧核心，清除脑海中的所有杂念。然后她抬起肩膀，带动手臂，用自己的右手狠命地打了一拳。沙包感受到这种撞击，吊绳开始剧烈晃动。她又调整重心，双脚抓地，让自己的左肩聚集力量，又打出一拳。于是沙包再次抖动。她开始连续挥拳，沙包的皮革被打得砰砰作响，头发也从马尾辫里散落下来。她的呼吸逐渐急促，每次击打都会从嘴里发出轻微的喘息声。但她停不下来，也毫不在意眼前有人盯着自己，更不担心穿着漂亮的裤子和耐斯特[34]的上衣打沙包看起来有多愚蠢。

乔尔起初被吓得后退了一步。等他反应过来，便立刻走到沙包的

---

[34] 耐斯特（Next）：1982年2月在英国建立起来的本土服装品牌，在海外有140多家专卖店。主营男女服装、童装、鞋帽、首饰、家居用品等。

另一边，用双手稳住它，这样萨姆就可以更使劲儿地挥拳了。她欣慰地注意到：自己每次出击时，他都会后退一下，所以他不得不把左脚前倾，以此调动更多力量来稳住沙包。萨姆就这样一直挥拳，直到精疲力尽才终于停下。等她停下来的时候，心跳的速度已经非常快了。她用双手扶住自己的腰，感觉到汗水从后背流到裤腰上。办公室里一片寂静，只有沙包的吊绳在吱吱作响，这声音显得格外刺耳。她抬头看了乔尔一眼，发现他仍然在扶着那个沙包，好像不确定自己是否会继续出拳。

"你还好吗？"他终于问道。

"米莉亚姆·普莱斯想让我去她的公司看看，然后和我聊聊。"她气喘吁吁地答道。

乔尔露出了惊讶的表情。

她补上一句："她要给我一个新的工作机会。"两人都不说话，互相凝视着。萨姆觉得汗水滴进眼睛里了，于是用手背擦了擦。

"我不想让你走。"乔尔的双手终于从沙包上松开了。

她说："我也不想走。"他们再次互相凝视着彼此。然后，她不假思索地走上前去，把乔尔的脸固定在两个拳击手套之间。她亲吻了他。

触碰到乔尔的嘴唇时，萨姆的整个身体都开始颤抖。已经有二十五年的时间了，除了菲尔，她再也没有亲吻过任何男人。她甚至不确定他和菲尔之间是否这样亲吻过。乔尔的一切都是如此陌生，但却如此诱人，他身上的味道非常特别。他的嘴唇更加柔软，身体却更加强壮。他的手放到了她的头发上，一股压倒性的力量吞噬了她。乔尔把手臂围了过来，他们的身体紧紧地贴在一起，亲吻也变得更深、更剧烈。她抱着他脖子的手上还戴着拳击手套，这让他的呼吸异常急促。时间突然停止了，周围的一切都不复存在。只有他的嘴唇，他的皮肤，他身体散发出来的阳刚力量。她感觉自己的身体正逐渐融化，逐渐与他休眠已久的神经元融为一体，然后两个人的神经都开始兴奋。她真的很想把手套摘下来，她想触摸到他的皮肤，她想触摸那种光滑温暖的感觉。她想把自己的身体紧紧地包裹在他身上，然后把手伸进他的裤子里……可是她突然后退一步，胸腔起伏，大口喘着粗气，把拳击手套举到自己脸上。

她看到了泰德。此刻他站在装载区门口，显然他什么都知道了。因为他的嘴微微张开，那张慈祥的、胖嘟嘟的脸上露出既镇静又失望的表情。

"乔尔，我……我……"她开始结巴，然后转身往办公区跑，一边跑一边扯下拳击手套丢在身后。

萨姆飞快地穿过一个又一个工位，终于回到了属于自己的那一个。她的脸色依旧潮红，目光只敢落在前方，好像所有人都知道刚才发生的事情了。她的身体开始燃烧，浑身都在发热，整个脑袋乱成了一锅粥。

她摇摇晃晃地坐在椅子上，眼睛直勾勾地盯着屏幕。她刚才亲了乔尔？她刚才亲了乔尔！然而她想做的事情不仅仅是亲吻乔尔。她现在仍然能感觉到他的嘴唇还在亲吻自己的身体，他强健有力的身体紧紧地包裹着自己。她又想起了泰德震惊的表情，然后忍不住怪叫了一声：既像笑，又像尖叫。她立刻变得很难为情，用手捂住脸，内疚地瞥了一眼身后。但似乎没有人注意到她，大家都低着头。玛丽娜端着一杯咖啡路过她身旁，消防门旁边的复印机似乎又出了故障。她的手机突然嗡嗡作响，她差点跳起来。是乔尔。

你还好吗？

她盯着屏幕上的这句话。

我还好。她用颤抖的手指输入着，泰德说什么了吗？

这件事和他没关系,他去忙他的事情了。

你认为我应该去找他谈谈吗?

不,不,我也不知道。也许我应该找他谈谈。可是我有点没反应过来刚才发生了什么。

她抬头看了周围一眼,害怕有人注意到自己。会有人知道吗?她,萨姆·坎普,刚刚和一位男同事鬼鬼祟祟地接吻。这就是外遇吧?她的人生要往这个方向上走了吗?泰德会不会鄙视自己?救命啊!她在脑海中喊了一句,却不知道自己该向谁求救。而接下来发生的事更让她吃惊:一个深色头发的女人突然出现在她工位旁的过道上,怒目圆睁,用响亮的美国口音问道:"你把我的高跟鞋弄到哪儿去了?臭婊子!"

第 25 章 再相逢

妮莎坚定地走进了优步印刷的办公区。原本聚集在货车旁边的男人都把目光汇聚到她身上，但似乎没有人认为她现在的行为有什么不妥。在盯着她的腿看了几秒钟之后，他们又回过神来继续聊天。办公区看起来单调乏味，似乎出售宠物保险或者提供下水道排污方案的公司也是这种装修风格。她沿着一条看起来像是通往主办公区的走廊往里走，陈旧的地毯和咖啡机的气味让她忍不住皱起鼻子。路过前台时，一位年轻女子从手机屏幕上抬了一下脑袋，但没有阻止她的意思。妮莎推开一个双开门，眼前是一个被灰色隔板隔出一个又一个工位的大房间。

角落里有一个被玻璃窗围起来的大办公室，里面聚集着一群穿着廉价西装的年轻人。而环绕在她周围的，是一群打工人特有的嗡嗡作响的声音：他们敲击着键盘，对着手机喃喃自语，或者一边喝茶一边围着打印机聊天。她把背包夹在身侧，认真地扫视了一圈。然后，她发现一个女人缩着后背坐在远处的工位上，露出隔板的头发看起来一塌糊涂。妮莎停下来，仔细地观察着她。

妮莎终于找到这个女人了，就是她给自己制造了如此多的麻烦。可是她突然有点不知所措，毕竟这个女人掌握着自己未来翻身的钥匙。可是，她身上寒酸的穿着，还有那副耷拉着肩膀的样子，简直让人愤怒。难道就是这种女人在掌控着我的未来吗?她一边想着,一边向前迈开了步子。她听到自己的心跳声越来越响。她像闪电一样出现在那个女人的工位旁,看到她转过身来面对着自己,虚弱无力的手抓着手机,面孔因为震惊而僵硬。

"什……什么?"那个女人结结巴巴地问道,"你在说什么啊?"

妮莎注意到,她的脸上有稍纵即逝的喜悦之情,紧接着就是现在的惊恐。

"你在健身房偷了我的高跟鞋!你不仅偷了我的高跟鞋,还一直穿着它。我在酒吧的监控录像里看到你了!而且……噢,我的上帝!那个是我那件香奈儿的外套吗?"

眼前的女人脸一下子红到了脖子根,她内疚地看了一眼挂在办公椅上的奶油色外套。

"这到底是怎么回事?"妮莎从椅子上一把扯下外套,检查标签是否完好,"我的高跟鞋呢?还有我的包呢?你把它们弄到哪儿去了?我要报警!"

"我没偷你的东西!只是不小心拿错了!"

"哦?不小心?你没有把我的东西还回去,而是穿着我的高跟鞋去酒吧,还穿着我的香奈儿外套来上班?你可真够不小心的!"

一小波人已经凑了过来。那个女人依然在盯着她,她手掌向上挥舞着:"听着,我可以解释。我要还东西的时候,那个健身房——"

一个男人突然出现在工位旁的过道上。他的头发上糊满了发胶,身穿廉价西装,但神情中却带着一股盲目的自信。

"这是怎么回事?"

"怎么回事?你问问这个偷鞋的贼就知道了!"

"我说过了!我不知道那些东西是谁的,我只是不小心拿错了。当我回去归还的时候,那家健身房就——"

"我现在只想拿回我的高跟鞋。"

男人转向萨姆："萨姆，这是怎么回事？"

女人转向男人："西蒙，你听我解释。那天早上我去了健身房，就是你看到我穿着人字拖的那天，我错拿了别人的包，而且——"

"而且你把它偷走了！"

"那就这样吧。"

"什么叫'就这样'？"

"你被解雇了。"

办公区突然安静下来。

"你说什么？"

"你被解雇了。"他拔高嗓门，又说了一遍，似乎是为了让现场的每个人都能听到。"现在立刻生效。我们公司容不下一个小偷。你一再让优步印刷声名扫地，不管警告你多少次都不知悔改。就这样吧，收拾好你的东西，赶紧走人。"

他现在看起来理直气壮，而且还向身旁瞥了一眼，仿佛在等待所有"观众"的认可。不知为什么，妮莎突然觉得有些难过，因为她一直讨厌这种男人。但现在的结果也是那个女人自找的。

"西蒙，不是这样的。"一个留着辫子的男人走了出来，"你不能因为一个误会，就这样简单粗暴地解雇萨姆。那天我们去健身房接她，在车上都看见了。她不小心拿错了包，但我们——"

"说这些没用。"西蒙立刻打断了他，嘴唇因为严苛的反对压成一条细线，脸上是不加控制的兴奋，"你说的那些都没用。眼前这位女士才是最了解实际情况的人。我不能容忍这种行为。在过去几周里，萨姆惹的麻烦已经够多了，这是最后一根稻草。"

"但是——"

"这件事已经有定论了。每个人都回去工作吧，别看戏了。萨姆，收拾好你的个人物品，一会儿我会让保安送你出去。HR会处理好接下来的流程。"

妮莎也有点看不下去了。其他员工都开始窃窃私语。他们的表情都有些犹豫，互相交换着眼神，但似乎没人愿意站出来挑战这个男人的权威。最终，让人不舒服的事情发生了：他们都老老实实地回到了各自的工位。那个留辫子的男人是最后一个离开的，他在女人耳边说了些什么，但她看起来一句也听不进去。她已经吓得脸色发青，一言不发地收拾东西。妮莎忍住了自己的同情心。毕竟现在她才是受害者！她又没偷别人的东西，她现在只是想拿回自己的东西罢了。

男人最后离开了，旁边还有几个穿着廉价西装的男人。"我会在外面等着你的。"妮莎又说道："萨姆，我必须要拿回我的鞋子和包。"

萨姆拿起桌上的相框，把它们放进玛丽娜送过来的纸盒里。她的手滑了一下，一个相框掉在地板上，这个声响在办公室里显得格外刺耳。玛丽娜过来帮她捡起来，小声在她耳边说了一句："抱歉，别太难过。"但"小偷"的标签显然改变了很多事，玛丽娜临走前的眼神显得困惑又谨慎。工位周围的同事都很安静。萨姆不敢抬头：她知道西蒙和他的小团体一定在办公室里盯着自己，互相窃窃私语。她想象着他们可能的对话内容，越想越觉得丢脸。耳朵里一直在回响刚才那个女人的话。她收拾好最后一件东西时，楼下的保安路易斯出现了。

他挠了挠后脑勺，不停地切换双脚站立的重心，好像有点不知所措。她看了他一眼，他的表情尴尬至极，只能对着走廊做出一个"请"的手势。

大门打开，冷空气扑面而来。她看到那个美国女人果然站在外面，掐灭了一支烟。她突然反应过来：我被解雇了。她现在真的失业了。她把箱子放到地上，拿起手机，想找那个唯一能帮自己渡过难关的人聊聊。

"安德莉亚？"

萨姆今天没开车来，她也不想和这个疯女人一起打车：她处于一种神经兮兮的状态，似乎带有攻击性。于是她开始步行，而那个女人紧紧地跟在离她两步远的地方，像一条尾巴。她招摇地穿着自己的香奈儿夹克，不停地检查袖子是否有污损的地方。

"女士，我不拿到东西是不会离开的，你要明白这一点。"

"我知道。"萨姆没有回头，继续前进，"我只是想步行回家。"

萨姆一步一步地向前走，脑海中依然回响着西蒙的声音。她还记得当时同事们的表情，从前她给同事们留下的任何好印象都会因此消失殆尽。她本应该先去归还这双高跟鞋的。这件事当时就应该最先办好才对。现在后悔也来不及了。

"我的东西最好还放在你家里。"

"在我家。听着，当时我要还你的包来着，但是健身房关门了。他们重新营业的时间并不确定。"

"跟我说这些没用。"

"好吧，我只是想告诉你，我不是小偷。"

"我亲眼看到你把我的香奈儿外套挂在椅背上。"

萨姆转过身来，几乎控制不住眼里的泪水："我今天有一次重要的会谈，你能理解我一下吗？我曾经给那个客户留下了非常好的印象，我想继续给她好印象。而且我觉得再穿一次也不会毁了这件衣服。对不起。"

"好吧好吧，所以你把自己当成特蕾莎修女了是吗？随便你吧。"

"什么？"

"把我的高跟鞋还给我就行了。我不在乎你是怎么想的，我需要证据。"

证据。萨姆刚才一直在看西蒙的脸，当他说自己是小偷时，居然在得意地撇着嘴。她失业了。现在她真的失业了。西蒙这种人是不会给自己写推荐信的。想到这里她就胃疼，她会很难再找到新的工作。菲尔和卡特要和她一起流落街头了。他们最终会被安置在一个屋里只有床和厨房的小公寓里，那里只有一个做饭用的电源插孔，厕所也是公用的。要不然他们就得搬去和父母住。所有人都会责备自己的。她怎么会陷入这样的境地？

她们又一起默默地走了两条街，直到萨姆实在忍不住，转身说道："你能不能不跟在我身后走？像看管犯人一样，我太难受了。你真的以为我会逃跑吗？我手里还捧着这个该死的箱子呢！"

"女士，我跟你又不熟，谁知道你下一秒会做什么？况且你看起来确实像个一流的短跑运动员。"

"我看起来像个一流的短跑运动员？！"

"好吧，你看起来的确不像个小偷。但是不知道为什么，我的东西的确被你拿走了。"

"噢，看在上帝的分上！"萨姆放下箱子，用手捂住眼睛，试图控制自己的情绪。当她把手拿开时，那个女人正盯着自己看。

不过几分钟后，她的确开始和自己并排前行了。

两人默默地继续赶路。萨姆感谢自己的鞋足够稳固，不然她该怎么对付怀里这个笨重的箱子呢，里面装满了插着家人合影的相框，她必须不断停下来调整姿势。后背和胳膊都开始酸疼。而旁边的美国女人毫不费力地昂首阔步。萨姆惊讶地发现，她穿的是自己那双黑色低跟鞋。步行回家需要半小时，但这次旅途看起来永无止境。她十分想念安德莉亚。只要看到她的脸，只要她能过来抱抱自己，她就能重新感受到世间的美好。她一定会无条件相信自己不是小偷。终于，她们拐进了家附近的街区。她看到安德莉亚的日产 Micra[35] 就停在家门口。这让她松了一口气，然后又止不住地抽泣起来。于是那个美国女人用尖锐而好奇的目光看向她。

"就是这儿，我们到了。"萨姆的声音很小。路过门口的房车时，她看到菲尔戴着一副塑料护目镜，正在路边修理车子的保险杠。声音很响，他连头都没抬一下。

萨姆用力把家门推开，把箱子扔在门口，迅速往楼上跑，连迎上来撒娇的狗狗都没有理会。她不想让这个女人在家里停留太久。她推开卧室的门，走向衣柜，掏出那个黑色的马克·雅可布的背包，抖了抖它的提手，然后走回楼下。那个女人站在门前观察菲尔，双臂交叉放在胸前。萨姆回来之后，她立刻转过头，目光紧盯她手中的背包。

"终于。"她一边说，一边从萨姆胳膊上扯下背包，"我所有的东西都在里面了吧？"

"当然。"萨姆回答道。

女人盯着她看了一眼："我要检查一下才行。"

"这是对的。"萨姆说完就转头去了厨房。安德莉亚坐在餐桌旁等她，头上裹着一块亮粉色的头巾。她看见萨姆出现，便勉强自己支撑身体站起来。"发生什么事了，亲爱的？"

萨姆突然把安德莉亚紧紧地抱在怀里，把脑袋埋在她的脖颈上泣不成声。即使她已经情绪失控，也依然能察觉到安德莉亚越来越虚弱了，自己的肩膀要比她的结实得多，这让她更难过。

她说："我失业了。"

安德莉亚认真地看了她一眼。"你没开玩笑吧？"

"他终于得逞了，他把我解雇了。一切都是因为一个愚蠢的误会。

---

[35] Micra：日产旗下汽车品牌，是日产在欧洲和日本的一款主力微型车。暂无中文译名。

我实在不知道该怎么办了。菲尔不知道这些,真的不敢想他到时候会说什么。"

安德莉亚的脸因为同情而皱了起来。她轻轻地抚摸着萨姆的头发:"别担心,一切问题都能解决。萨姆,我们会渡过难关的,你会没事的。"

突然,那个美国女人像一道闪电一样冲进了厨房,安德莉亚吓得后退了一步。她的愤怒好像电火花一样噼啪作响。

"他妈的,我的高跟鞋哪儿去了?"

萨姆转过身来看着她:"什么?"

"我问你,我的高跟鞋呢?"

"我已经说过了,它们就在包里。"

"你是谁?"安德莉亚问道。她突然看起来没有那么虚弱了。

美国女人吼道:"我是被这个婊子偷了鞋的人。"

"你不能在我朋友的厨房里这么放肆,嘴巴放干净些!"安德莉亚的声音像冰刀一样划过空气。萨姆注意到,这个美国女人的面部神经抖了一下。

萨姆擦了擦眼睛:"我一直都把鞋放在包里啊。"

那个女人把包开到最大后递了过来:"那你告诉我,鞋在哪儿呢?"

萨姆难以置信地眨了眨眼。那双鞋居然不见了?她向前走了一步,试着把放在背包底部的 T 恤衫挪开。果然,那双鞋真的不见了。

萨姆的脑袋开始嗡嗡作响:"怎么回事?我一直都把鞋放在这个包里……"

这时菲尔走了进来,从脸上摘下护目镜。她面无表情地看了看萨姆,然后又看到了安德莉亚和那个美国女人。或许连他也察觉到气氛有些奇怪。

"你是……?"他试着和美国女人打了个招呼,等待对方的解释。

"菲尔,你有没有看到过一双红色的高跟鞋?它们就放在这个包里。"

菲尔的脸色大变:"你那双新高跟鞋吗?很放荡的那双?"

"放荡?!"美国女人拔高了嗓门,"那可是路铂廷的定制款!而且那是我的高跟鞋!"

菲尔依然盯着萨姆:"所以那不是你的鞋?"

"当然不是。等会儿,你是怎么知道这双鞋的?"

"卡特看到你穿着那双鞋……"他抬起下巴盯着她,继续说道,"就在你和你的情人约会的时候。"

萨姆下意识地低下头。整个厨房瞬间安静下来。这时她终于明白过来:为什么菲尔这些天如此冷漠,为什么他总是排斥和自己待在同一个空间。她的脸开始涨红:"我……我没有情人。"

"她哪儿来的情人!你不知道她这几个月过得有多苦吗?因为你根本不搭理她!别犯傻了,菲尔。"安德莉亚注意到了萨姆的尴尬,注意到她的脸已经红到了脖子根,也注意到了空气里令人窒息的沉默。她来回地盯着他们看:"好吧……现在的情况有点出人意料。"

"我本不想碰你那双鞋。"菲尔开始解释,"好吧,我还是碰了。我把它拿到房车里了,因为我实在不能忍受你把它放在家里。但是紧接着卡特问过那双鞋的下落。或许她把那双鞋借走了。"

"真精彩!"妮莎在一旁说道,"我的鞋居然被那么多双脚穿过!太精彩了!"

萨姆依然盯着自己的丈夫:"我真的没有外遇。"

"是吗?"

"当然没有!为什么你会往这方面想?"

"好吧。首先,你变冷漠了,陪在我身边的时间越来越少。"

"菲尔,是你先在沙发上赖了好几个月!大多数情况下你连我是死是活都不知道!"

"你经常容光焕发地回到家,而且满身大汗!"

"那是因为我开始练拳击了!我一周打三次拳击!"

"打拳击还穿着高跟鞋?听起来真新鲜。"

"你在说什么啊!"

"喂!咱们能别跑题吗?我不在乎你老婆和谁鬼混!我现在就想知道我的高跟鞋他妈的在哪儿!"

萨姆转向妮莎:"我会赔偿你高跟鞋的钱,对不起。"

"我不要你的钱!你还不明白吗?我一定要拿回那双鞋!"

安德莉亚掏出手机:"要不我们先给卡特打个电话吧?"

安德莉亚给萨姆的女儿打电话,而身为母亲的萨姆站在原地一动不动。她目不转睛地盯着菲尔。菲尔的目光飘忽不定,显然对她刚才的话半信半疑。意识到这一点之后,她觉得仿佛有一记耳光打在脸上。

"嘿,亲爱的,你还好吗?现在认真听我说:家里出了一些状况……现在最关键的问题是,你把妈妈柜子里的红色高跟鞋拿到哪儿去了?"

房间里安静下来,安德莉亚的声音让人安心。但他们听不见电话那一端的答复,只能听到安德莉亚在说什么:"我知道,亲爱的,但这是个误会……所以你把鞋弄到哪儿了?我知道,我知道……你真的这么做了?等一下,让我把地址写下来,你说吧……"

她随后说了很多与"保证"有关的话,然后是一句"是,我也爱你",最后终于说了"再见"。挂断电话,安德莉亚松了一口气,抬头看向这些一直在等待她的面孔:"好吧,她……她以为你有外遇,她不想让你继续穿这双鞋。而且,这双鞋的样式很明显在迎合那些崇尚父权的男性的审美,非常令人反感,所以她不想把它留在家里。"

"所以我的鞋呢?"美国女人急忙发问。

"她把鞋送到了一家慈善商店,在她的大学附近。"

"她把我的高跟鞋给捐了?!"美国女人对着空气绝望地举起双手,"好吧,现在越来越精彩了!"

"是什么时候的事?"萨姆的声音已经发虚了。

"昨天下午。听着,别慌。我们现在就赶过去,没准儿可以把它找回来。"

第26章 干一票大的

妮莎上了一辆窄小的汽车，在后排落座。萨姆和她的朋友则默默驾车穿行在伦敦的街道上。这位名叫安德莉亚的朋友脑袋上包裹着柔软的头巾，她的脸白得发灰，种种迹象表明她已罹患重病。可是她现在正处于一种异常的兴奋状态，就好像大病初愈一样。"你打算什么时候跟我说说这个'外遇'？"安德莉亚问萨姆。

萨姆回头看了妮莎一眼："改天吧。"

"也就是说你真的有外遇啦？这可真是……"

"我没有外遇！"萨姆再次涨红了脸，"我就是亲了他一下。仅此而已。"

"哇哦！萨姆？你可说过你没干过出格的事！"

"那是之前的事情了……"

"你该说就说。"妮莎在后座上插了一句嘴，"我很快就会离开伦敦了，这是你们的地盘。"

信号灯切换让行程短暂停顿。妮莎注意到，萨姆的手悄悄地伸了过去，在安德莉亚的手上轻轻地捏了一下，非常温柔。这样的小动作，也会发生在她送雷蒙德回学校的路上。身体接触往往能比语言传递更多信息。

妮莎依然对高跟鞋的事情感到愤怒。而愤怒的主要原因是，萨姆的家人居然以为这双鞋属于萨姆,而且她的女儿还因此把鞋捐到了慈善商店。但此刻,当她坐在萨姆的车里,行驶在伦敦繁忙的街道上时,她发现自己很难保持一开始的愤怒,她甚至觉得自己好像没那么占理了。这个萨姆看起来的确不像一个小偷,她没有那种近乎疯狂的自我保护意识,也没有小偷特有的睁眼说瞎话的能力。虽然妮莎不愿承认,可是她看起来的确有点……可怜。

也许真的是她不小心拿错了?妮莎回想起那天在更衣室里的各种细节,她好像把另一个相似的背包推到了地上。或许这真的是个意外。可是紧接着她就想起在监控录像里看到她穿着自己高跟鞋时的德行。还有她把自己的香奈儿外套挂在椅背上的样子。于是妮莎再度陷入愤怒。不能只看一个人的外表,他们私下做了什么你永远不知道。她比任何人都清楚这一点。

"应该就是这里了。"安德莉亚把车停在主干道上,仔细看了看手机屏幕,然后抬头往车窗外望去。

萨姆大声地念出那个标志牌:"全球猫咪慈善基金会。"

"你没开玩笑吧?"妮莎在一瞬间突然回忆起了这个地方。

"没有,我是按照她给我的地址找的。你看,就在她的大学旁边。"

妮莎叹了口气。这座城市或许有很多慈善商店,但她不明白为什么就这么巧。

"我去吧。"萨姆疲惫地走下车。

"噢不!"妮莎赶紧把前排座椅往前推,这样她也能快速从车里钻出来,"我不会再让你独自接触我的东西了。我也要去。"

萨姆打开了店门,慈善商店的暖气开得很足,扑面而来的是一股散发着腐旧味道的热空气。妮莎闭上眼睛,竭力控制住自己想要逃出去的冲动。她深吸一口气，重新背好背包，跟在萨姆后面走了进去。一排皱巴巴的靴子放在满是灰尘的鞋架上。旁边倒是有几双名牌鞋，可是它们的标志早就被无数双汗脚磨掉了。萨姆仔细地浏览每一个鞋架，然后摇了摇头："也许这双鞋还没有被摆出来。"她又解释道，"我有一个朋友在沃金的癌症慈善商店工作。她说东西收进来后，有时会在仓库里存放几个星期才上架出售。或许我们也遇到了同样的情况。"

妮莎抱怨道："今天遇到的事真是一件比一件精彩。"

她们开始在商店里漫无目的地踱步。妮莎扫视过每个角落，然后注意到橱窗里的陈列品——如果这些东西也能叫作陈列品的话。搭配得乱七八糟的、像是给新娘母亲穿的礼服，还有她甚至不愿意拿来打人的劣质陶瓷制品。瓷制的猫。污渍斑斑的调料瓶套装。她的高跟鞋没有出现。她转过身来，萨姆正站在柜台旁边。那个蓝发女店员的目光越过她，向妮莎这里投来坚定的一瞥。

"嗨，请问你能帮我个忙吗？"萨姆说话的声音越来越小，语气中也充满犹豫，"这对你们来说会尴尬吗？但是之前应该也有过类似的情况吧？我女儿刚在你们这儿捐了一双高跟鞋，但那双鞋根本不属于她，我们必须把鞋还回去。所以如果你能帮个忙的话，那就太感谢了……"

妮莎冲到她前面说道："噢，看在上帝的分上！我们需要查看你们昨天收进来的所有鞋。"

"那你要不要拿回你那天穿在身上的浴袍？"蓝发女店员的嘴角微微上扬。

妮莎把嗓门拔高了一点："我只要我的高跟鞋。它在哪儿？"

女店员皱了皱鼻子："昨天送来的所有东西都已经摆上货架了。"

萨姆和妮莎看了彼此一眼。

"已经摆上去了？在哪儿呢？那是一双红色的路铂廷高跟鞋，鞋跟有六英寸那么高。而且是唯一限定款。"

"你自己去货架上找吧。"

"我们已经把货架翻遍了！"

女店员低头在账本上看了几眼。"那就说明它已经被别人买走了。"她往前倒回去一页，在手写的账单上一条条浏览，"啊，这里。红色的路铂廷高跟鞋，今天早上已经卖掉了。"她的后背往椅子上一靠，看起来理直气壮。

妮莎盯着她，感觉自己的心脏正在往下坠："你们怎么敢就这样卖了那双鞋？"

"你确定吗？"一旁的萨姆问道。

"女士，那双鞋不属于你。而我非常需要它。"

"东西售出后，我们概不负责。而且我们有权出售被送到这里的任何物品。"她面无表情地看着妮莎，"因为目的是帮助大家行善。"她又慢慢地露出一个笑容："如果你愿意考虑别的鞋子，我倒是可以给你一个推荐——"

"上帝啊！"妮莎突然尖叫起来，然后冲到门外，不停地跺脚。

过了一会儿，萨姆也走了出来，连声道歉："我相信一定能找到办法解决这个问题的……"她一直重复着这句话，看起来像一个泡烂了的茶包一样虚弱。而妮莎仅存的耐心已经消失殆尽。

"好吧，就这样吧。"她点燃一支烟，愤怒地大口喘着粗气，"你把我的几百万美元打水漂了！"

"或许我们还有机会把它找回来。"萨姆有气无力地说道。

"怎么找？你想去调监控录像，看看有多少人进出过这家商店？你想去跪求那个蓝头发的女人，让她告诉你是哪个陌生人进来买了这双鞋？"

"好吧,我……我再送你一双别的鞋。"萨姆一屁股坐在了马路边,"要不然我赔钱吧,它值多少钱?"

妮莎开始大喊大叫:"我不需要另一双鞋!你拎不清重点吗?我需要的只是那双高跟鞋!我还得跟你解释多少遍?"

"喂!"妮莎很久以后还能回忆起当时的场面:她被一个看起来随时会病倒的女人震慑住了。安德莉亚身高不超过五英尺,几乎是从车里一步蹦到了妮莎面前,用她那瘦骨嶙峋的手掌推开妮莎,从而保护她的朋友。她的头巾在用力的时候滑落下来,妮莎可以看到她光秃秃的头皮上有刚长出来的绒毛。

"女士,你不能用这种态度和萨姆说话。她已经告诉过你了,这是一场意外,是她不小心搞错了。而且她现在正在想办法解决问题,你不能总这么咄咄逼人。"

妮莎本能地后退了一步。安德莉亚的眼睛里燃烧着纯粹的蓝色火苗,非常具有威慑性。随后安德莉亚开始重新包裹头巾,目光始终盯着妮莎。妮莎决定稍微挽回一点自己的尊严。

"我只想拿回那双高跟鞋,行吗?它对我来说真的很重要。我丈夫……好吧,我前夫,他在跟我玩一个愚蠢的游戏。如果拿不到那双鞋,我们就无法签订离婚协议。"

"这不是萨姆的错,对吧?毕竟那只是一双高跟鞋,没人能想到它背后有这样的故事。"

"礼品捐赠表。"萨姆突然说了一句。两个女人的目光都聚集到她身上。然后她使出浑身的力气站起来,就好像刚从一场长眠中苏醒,"买走那双高跟鞋的女人,一定会填写一份礼品捐赠表。大多数人都需要填写一些个人信息的,对吧?"

"你简直是个天才!"安德莉亚突然笑了起来,"走,我们再去问问!"

妮莎有点没反应过来，但直觉指引她尾随两个女人回到了商店。柜台前的女人现在脸上满是疑惑的表情，因为萨姆不停地和她解释：这双高跟鞋真的很重要，或许他们留存了买主的信息，希望能告知一下。

萨姆满怀希望地问道："她应该填写过礼品捐赠表的，对吧？"

"你问这个做什么？"

"因为你们可能知道买主的姓名和联系方式。我们的确不该问这些，但是我们必须要找回那双高跟鞋。它具有特殊的情感意义，我们现在要用那双鞋解决一个大问题。"

长时间的沉默后，妮莎走到了柜台前。那个女店员的目光从萨姆转向妮莎，然后她再次交叉双臂。

"我可不能给你这些信息，这涉及个人隐私。"她又看了一眼妮莎，"而且，我怎么知道你们是什么人？万一你是个杀人犯呢？"

"我看起来像个杀人犯？"

"你真的想让我回答吗？"女店员反问道。

店里其他几个顾客都往柜台这边看了过来。可是当妮莎瞪回去的时候，他们立刻把脸转向别处。

"把那个人的信息告诉我，好吗？不然我会把你漂亮的蓝头发扯下来。顺便说一句，你的发色和你那标准的英国肤色太配了。"

萨姆在一旁绝望地闭上了眼睛。

"没门！"女店员回答道，"如果你连最起码的礼貌都不懂，我建议你——"

妮莎刚要开口说话，身后传来一连串物品坠落的嘈杂声和尖叫声。妮莎回头看了一眼，安德莉亚已经倒在了地上，跟她一起倒下的是一排男装裤。她只能辨认出她脑袋上亮粉色的头巾，还有一堆散落的拼图。周围的顾客纷纷露出惊恐的表情。

"天哪！安德莉亚！"萨姆冲了过去，而妮莎目瞪口呆地愣在原地。安德莉亚被轻轻地扶了起来。在众人的紧张之中，妮莎突然看到安德莉亚飞快地冲自己眨了眨眼。

"都别慌！"那个蓝头发的女店员在柜台后高喊道，"大家都后退！后退！我是一个受过专业训练的救生员！"她从柜台下掏出一个红色的塑料盒，然后快速跑到商店最里面的位置，所有顾客现在都聚集在那里。"让她保持'复原卧式'[36]的姿势！"妮莎趁机靠近柜台，扯过账本翻看。她找到了前一天的物品清单，迅速扫描着，然后看到：红色鳄鱼皮路铂廷高跟鞋。紧接着是一排蓝色圆珠笔的字迹——购买人：丽兹·弗罗比舍，伦敦 SE1 区，阿莱恩路 14 号。

她从账本上撕下那一页，塞进口袋，安德莉亚的声音传进耳朵："其实我现在没那么难受，只是因为化疗后身体太虚弱了。不，不，你不用测量我的体温，只要给我一口水喝就够了。我一会儿就好了，非常感谢……"

三个女人一直没有说话，直到安德莉亚启动汽车，穿过两条街道和一组红绿灯。妮莎把身体倾向前排座位中间的缝隙处。

"嘿，你刚才吓死人了。现在你真的好点了吗？"

"当然啦。"安德莉亚在环形交叉路口左转，微微一笑，"其实今天是我九个月以来最开心的一天。希望你们可以欣赏我的演技。"

"奥斯卡的确欠你一座小金人。"妮莎说道，"我刚才吓得屁滚尿流。"

"不过说真的，刚才那个女人要往我的膝盖上贴膏药！我差点露

---

[36] 复原卧式（recovery position）：即侧卧、四肢稳当放置的姿势。它既能防止昏迷者舌头后坠，阻塞气道，也利于分泌物或呕吐物从其口中流出，以便昏迷者呼吸。

馅儿了!"

"你需要一直保持复原卧式,至少半小时。"萨姆模仿那个女店员的语气,"我的堂姐嫁给了一个医护人员,所以我懂这些。"

"刚才躺在一条给老头子穿的破秋裤上。不知为什么,我的脑海中突然出现了布莱顿码头㊲的画面。真想去那儿待上半天,喝杯茶。"

妮莎忍不住笑出了声。"所以接下来去哪儿呢?"她努力让自己平静下来,"这个阿莱恩路在哪儿?"

"我也不知道。"安德莉亚回答,"先上路再说吧。"

阿莱恩路14号坐落于一排20世纪70年代风格的老建筑中间,显然此处被城市化的进程抛弃了。一路坐车过来,萨姆刚得到地址时的喜悦之情早已荡然无存,她还在思考几英里之外家里的破事。自己对乔尔做的事算是出轨吗?她亲吻了一个不是自己丈夫的男人,还曾和他单独待在车里。萨姆回忆起乔尔柔软的嘴唇,脸颊一阵潮红。这种感觉既兴奋,又羞愧。她无法分辨到底哪种感觉更多一些。可是女儿都知道了。卡特现在非常讨厌自己的母亲,她把萨姆视为通奸者。萨姆还回忆起菲尔冷漠的神情,他望向自己的样子。之前他深陷抑郁症的折磨之中,可那时他也没有用如此冷漠的眼神看过自己。他还在家里等着自己,他们要好好地谈谈。想到这些她就感觉肠胃紧紧地拧在一起。她是个脸皮很薄的人。即使不觉得自己的行为算是出轨,可一旦谈及此事,所有人都能看到她脸上羞愧的表情。

"所以咱们下一步怎么做?"安德莉亚将车熄火。

妮莎立刻说:"直接闯进去算了。"

"你不能随便往别人家里闯。"萨姆提醒道。

㊲ 布莱顿码头(Brighton Pier):英国南部萨塞克斯郡的海滨城市,紧邻英吉利海峡,被誉为"伦敦的后花园"。

妮莎想了一会儿：她说的可能是对的。谁知道她家里还有谁？又或者，那个女人要是不在家怎么办？

"咱们可以先敲门吗？在门外和她沟通一下，把鞋子买回来？"萨姆说道。

"万一她拒绝呢？而且她知道这双鞋的价值后，就可以拿捏咱们了。你懂不懂什么叫'交易'？"

"我当然知道交易是什么，我之前就是靠这一行吃饭的。"

"好吧，如果你擅长此道就应该明白：永远不要让对手意识到自己手上的筹码对你来说意义非凡。咱们手上都没什么钱……而且这也不叫'非法闯入'。"见两个女人都望着自己，萨姆补充道，"就算我们都进去，你们两个看起来也不像有打家劫舍的本事。"

妮莎身体前倾，扫视眼前这栋房子的正面，希望找到一个入口。"我要想办法让她屈服，主动交出我的高跟鞋。"

妮莎又回到了童年时的状态，仿佛又行走在两元店的货架之间，试图找出那瓶可以藏在外套里顺走的波旁威士忌。她的高跟鞋就在这栋房子里，它们在呼唤自己。她在召唤自己过去的能力，同时也在评估可能的风险。她甚至提前想好了一套说辞，以备不时之需。她在脑海中准备的时候，一只姜黄色的猫正沿着房屋的外墙散步。然后它在地上坐了下来，用贪婪的黄色眸子打量她们。

"左边那扇窗户看起来破破烂烂的，我们就从这里进去……"

萨姆转过身来盯着妮莎："我说，你到底怎么了？"

"你这是什么意思？什么叫'你到底怎么了'？"

"从现有的信息判断，这可能是一个心地善良的女人。她关心慈善机构，而且会为买到这样一双漂亮的高跟鞋感到开心。我得提醒一下你，她做的这一切都是合法的。而你呢？你现在要去她家把鞋偷出来？还打算给她留下什么心理阴影？我真的很想知道，你到底是什么人？"

妮莎摇下车窗，把身体靠回椅背，这样她就不用面对萨姆那张烦人且焦虑的面孔。"我他妈的只是一个需要找回自己高跟鞋的女人。"

就在这时，房门打开了，一个女人从里面走了出来。车里的三人同时闭紧嘴巴，一起透过挡风玻璃观察：那女人看起来三十五岁上下，穿着绿色的衬衫和牛仔裤，头发烫了卷，好像马上要出门约会的样子。她手里拿着一个黑色的垃圾袋，离这边似乎只有一步之遥。

妮莎注意到了她的脚："她居然穿着我的高跟鞋去倒垃圾？我要把她的脑袋拧下来！"

"你能别这么吓人吗？"萨姆绝望地捂住脸。

一旁的安德莉亚立刻掏出手机，开始录像。

"你这是干吗？"萨姆问道。

"我不知道……可能我们需要留下一些证据？"这些天发生的一切让她变得极度敏感：遇事不决，那就先拍下来保存。

看到自己的路铂廷高跟鞋，妮莎的心脏怦怦直跳。萨姆在她身旁小声说道："听着，我们也许……也许可以找她好好谈谈，解释一下现在的情况。我相信她一定会——"

那个女人已经把黑色垃圾桶的盖子打开，把垃圾扔了进去。她实在离这边太近了，只有六七步。妮莎忍不住想，或许她可以在那个女人反应过来之前就搞定一切。她可以冲过去，用自己学过的以色列格斗术把她放倒，然后把高跟鞋扭下来，几秒钟后她就可以再跑回车里。妮莎把手放到了车门把手上，几乎察觉不到自己的呼吸。突然，那个女人愣了一下，然后走向那只姜黄色的猫。她先是假装抚摸了它几下，然后鬼鬼祟祟地扫视一眼周围的街道。确定没人看她，就一把抓起猫的脖颈，把它扔进棕色的垃圾桶，"砰"的一声甩上盖子。她再次环顾四周，然后拍了拍手上的灰尘，走回家里，关上房门。

三个女人坐在车里目瞪口呆。

"刚才他妈的发生了什么?"妮莎缓了好一会儿才开口问道。

"她……她刚才把一只猫扔进垃圾桶里了?"安德莉亚依然难以置信地盯着窗外。

"是的。"萨姆的声音小得只有自己能听见,"她把一只猫扔进了垃圾桶。"

妮莎还没来得及说话,萨姆已经走下车。她朝那栋房子走了几步,然后转过身来,满脸涨红:"你看到了吗?这就是我们现在的情况。它只是一只猫,它只是安安静静地过着自己的日子,也许它对自己的'猫生'心满意足。可是总会有一些浑蛋突然冒出来,毫无理由地毁掉一切,把它扔进垃圾桶里。那是真正的垃圾桶,里面装满了各种垃圾,可是他们毫不在意。"

她似乎没有意识到自己正在大喊大叫,也不在意别人看到自己这副样子的反应。她的面孔因为痛苦而扭曲,显然快要哭出来了:"那只猫甚至没做任何坏事!它根本没碍着那个女人什么事!它什么都没干,只是活着而已,只是在过一只猫的生活!可是那女人把一切都毁了!人为什么如此可怕!大家为什么不能善待彼此呢!"

妮莎转向安德莉亚:"呃……她没事吧?"

"怎么没事?我现在快要疯了!"

萨姆转过身去,快步跑向垃圾桶。妮莎和安德莉亚愣在原地。萨姆已经把手臂伸进垃圾桶,而且不断踮起脚尖,挣扎着将手臂伸入底端。过了一会儿,她站直身体,那只猫已经被她拿在手里。猫猫看起来有点愤怒,身上沾了一些面条。但除此之外,它没有受到其他伤害。萨姆把这只小动物凑到自己眼前,把面条掸下去,然后轻柔地抚摸着它,低声地说了几句只有她们能听见的话。然后她闭上眼睛,用颤抖的身体深深地吸了一口气。等她再睁开眼后,就把那只猫小心翼翼地放到人行道上。猫落地之后晃了几下,快速地舔了舔自己的爪子,然后沿着街道慢慢离开了。它一次也没有回头。

"她是不是在说'自己也是一只猫'……之类的话?"妮莎小声问道。

安德莉亚回答道:"我觉得……应该是吧。"

萨姆抬头望向天空,把手在裤子上擦了几下。走回车里后,她们发现萨姆的目光像火焰一样熊熊燃烧。她沉默了一会儿,终于开口道:

"去他妈的吧!你想做什么就做什么!我们一定会拿回那双鞋!"

她们三个进门的时候,茉莉正在家熨烫衣服。她把冒着热气的熨斗立起来放着,然后去给客人们泡茶。整个过程中她一言不发,因为她在仔细听妮莎描述前情提要。萨姆待在这个陌生人家的厨房角落里,看了看成堆的衣物和认真擦洗之后的桌面,又偷偷看了看身边的安德莉亚。安德莉亚看起来比几个月前精神多了,甚至可以说是兴奋。茉莉用托盘端着四个装满了的茶杯送到客厅,邀请她们坐下。

"好吧,现在让我来捋一捋:你要把高跟鞋从那个女人脚上脱下来。她是从慈善商店把你的高跟鞋买走的。实际上她没做错什么,对吧?"

"她把一只猫扔进了垃圾桶。"萨姆的脸上立刻阴云密布。

那个十几岁的女孩顿时惊讶地睁大了眼睛。也许她早就察觉到气氛有些不对劲。自从她们三个来到家里,女孩就一直在过道里徘徊。"她把猫扔进了垃圾桶?"

安德莉亚掏出手机,给她看自己录的视频。茉莉的脸在短短几秒内切换了好几个表情,最后以困惑告终。

她摇了摇头,然后对女孩说:"格蕾丝,去做你的作业。"女孩嘴里发出嘘声，不情不愿地回到自己的房间。茉莉又把身体转向萨姆和安德莉亚："你们两个又是哪位？跟这件事有关吗？"

"我叫萨姆，一开始就是我不小心错拿了这双鞋。"萨姆说完，瞥了妮莎一眼。她发现妮莎这次并没有翻白眼，脸上也没有质疑的表情。

"我叫安德莉亚，是萨姆的朋友。老实说，我也不知道自己为什么会出现在这儿，但总比在家闲待着强。"

茉莉似乎认为两个人的解释都很合理。

萨姆又说："现在的问题是，我们要找到一种除了入室盗窃、殴打抢劫之外的方式拿回这双鞋。"

妮莎立刻说："我还没放弃这些方式呢。"

"你就不能跟人家好好商量一下吗？"

"她可是个能把活猫扔进垃圾桶的人！"萨姆再次强调这一点，就好像在向一个不太聪明的人解释某件事一样。

茉莉点了点头，露出些许警惕："哦……好的。"

"如果我们直接去要，而她选择拒绝，那么事情就会变得很被动。"妮莎身体前倾道，"茉莉，我还记得当时我强行从顶层套房拿回衣服那件事。你当时很快就化解了一切麻烦。所以我想，这回……"

茉莉意味深长地看着妮莎，用戴着戒指的那根手指把脸上的碎发撇开，嘴角开始慢慢上扬。

"你干吗？"妮莎问道。

"妮莎·康托尔，你现在是在请求我的帮助吗？"

妮莎脸上的表情第一次失去棱角。她盯着茉莉看了好一会儿，表情越来越复杂，好像心里埋藏着千言万语，又不知该怎么表达。她终于开口了："所以你会非常重视这件事的，对吗？"

茉莉的表情有一丝犹豫："呃……会的吧？"

一旁的安德莉亚看着这一切发生，然后把手里的杯子放在小茶几上。她一边搓手一边说道："来吧！我们干一票大的！"

*

那天晚上，四个女人在狭小的客厅里一直聊到晚上十点，房间里充满欢声笑语，因为计划总是往喜剧的方向上走。有时是歇斯底里的大笑，有时是熟悉的苦笑。七点以后，她们都同意把茶换成葡萄酒。妮莎主动去街角的商店买了几包零食和两瓶葡萄酒。要是放在一个月之前，这种葡萄酒连倒进她家厨房的水槽都不够格。可现在，受到廉价酒精的怂恿，她给大家说了几件卡尔的糗事：比如他会因为穿错袜子而大发雷霆。这让另外三个女人觉得他们的生活既可悲又可笑。要是放在以前，她绝对不允许别人这样审视自己。但是现在，她惊讶地发现自己喜欢她们伸手抚摸自己胳膊的感觉，她开始理解团结的力量。而且她也喜欢这些女人把复仇说成喜剧的样子。

当茉莉提起自己把痒痒粉放进卡尔内裤那件事时，病弱的安德莉亚把酒喷得满身都是。入夜之后，她终于表现出一个病人该有的样子：嗓音沙哑、懒得动弹。可是她对观察人类行为动机有着浓厚的兴趣，这与她虚弱的身体形成了鲜明的对比。妮莎终于意识到，自己十分敬佩安德莉亚这个女人。安德莉亚用英国人特有的诙谐幽默给大家解释自己的病情，就好像什么糟心事都可以用笑话的形式讲出来。茉莉听完之后站起身来，走过去紧紧地抱住安德莉亚。这个行动打破了大家听到他人悲剧之后的沉默。茉莉只说了一句"嘿，姐妹……"就说不下去了。安德莉亚拍了拍紧紧裹住自己的这双臂膀，仿佛早已理解对方想说的一切。

就连一直陷入沮丧的萨姆看起来也精神了许多，脸上也不再是那副快要哭出来的样子。显然她觉得自己应该为现在的结果承担责任。

刚才大家把玩笑越开越远的时候,她始终能把思路调回到正轨上。九点钟,茉莉惊恐地发现自己忘了熨烫衣服。等她解释完自己的副业之后,安德莉亚表示她们都会帮忙。大家一起做的话也花不了多少时间。剩下的讨论都是与手头上的劳作同时进行的:茉莉熨烫衣服,萨姆和妮莎在房间的角落里把它们折叠、打包。而安德莉亚端坐在沙发上,为一条又一条女式裤装卷边。茉莉一开始不放心把这份工作交给她,可是当验收到安德莉亚整齐细致的针脚后,她忍不住拥抱了她,夸赞她比忍者还要耐心。

萨姆和安德莉亚离开了,妮莎和茉莉在楼上的窗子里挥手与她们道别。两个女人手挽着手走在人行道上,街灯把她们打成了橙色。上车以后,安德莉亚看起来已经精疲力尽,忍不住把脑袋靠在萨姆的肩膀上。萨姆又把她拉得离自己更近些。没有人说话。没有人提起萨姆的失业和她那抑郁的丈夫。有时事到临头,人们反而不愿再提起。这是一种暂时的解脱。

"我还挺喜欢这两个人的,我们应该有空再聚聚!"茉莉说道。

妮莎惊讶地盯着她:"你在逗我吗?"

她真的以为茉莉在开玩笑。但是她把手放在了妮莎的胳膊上,认真说道:"亲爱的,有时候你完全可以卸下自己的铠甲,懂吗?"

妮莎笑了一下,没有反驳什么。她回屋睡觉去了。

萨姆上楼的时候,菲尔已经睡着了。她蹑手蹑脚地走进黑暗的卧室,把衣服脱下来放在角落里的椅子上,然后悄悄钻进被窝。希望没有吵醒他。或许她该说点什么,但又毫无头绪。不过让她高兴的是,今晚菲尔没有躲到房车里去。

她躺在羽绒被下,听到窗外街道上汽车行驶的声音,远处还有狗叫。她的大脑仍在轰鸣。这个夜晚有些奇怪,好像自己来到了一个完全陌生的新世界。

"我们应该谈谈，但是我还没想好该怎么说。"菲尔的声音突然划破了黑暗。

她眨了眨眼："哦……好的。"

她想伸出一只手抚摸他，可是手臂在半空中停了下来。犹豫几秒后，她最终决定把手收回来，换成了仰卧的姿势。她希望能好好睡一觉，可是又知道今夜自己一定会失眠。

第 27 章 一起散步的时光

萨姆和妮莎一起走到那栋房子门口。她穿着自己最好的一身套装,之前根本舍不得穿几次。而妮莎穿着那件香奈儿外套,每当萨姆往自己身上看时,她都会用一种主人翁的神情掸一掸胳膊上的灰尘,尽管所谓的灰尘根本就不存在。马路对面有三辆车,其中一辆是安德莉亚的日产 Micra,此刻她和茉莉就坐在车里。即使隔着一条马路,萨姆也能感觉到她们热切的目光。她深吸一口气,试图控制住正在腹腔里蔓延的恐惧。她不确定自己能否成功,因为她从来都不擅长撒谎。可是紧接着,她看到了路边的垃圾箱:有人没关好盖子就走了,桶盖正在不断地拍打着垃圾桶侧壁。她突然下定了决心。

她看见妮莎冲自己点了点头,然后敲了敲门。

大约三十秒后,一个男人过来打开了门。他的脑袋和脖子几乎同宽,身上穿着连帽运动衫和健身裤,像是马上要出门跑步的装扮。可是他的身材看起来毫无健身痕迹。男人看了看她们俩,然后注意到了萨姆手里拿着一个剪贴板,立刻说道:"我们不信教。"说完就要关门。

"我们要找一个叫……丽兹·弗罗比舍的女士。"萨姆扫了一眼手中的剪贴板,"请问她在这里吗?"

"你们是谁?"

妮莎云淡风轻地说道:"我们是全球猫咪保护慈善基金会的工作

人员。"

"我们已经给慈善机构捐过款了。"他说完，又要关门。

但是妮莎立刻把一只脚伸进门里："先生，我们不是来请求捐款的。您是弗罗比舍先生吗？事实上，我们是来告诉您妻子一个好消息的：她中奖了。"

男人立刻露出警惕的眼神。

"她中什么奖了？"

"您的妻子在全球猫咪保护慈善基金会消费过，而那次消费记录恰巧使她成为我们慈善机构的第一百万个客户，所以我们要给她颁发纪念奖。"

"还用我们再花钱买什么吗？"

"一分钱也不用花。"萨姆笑着说道，"我们只是单纯过来送奖品的。"

"所以奖品是什么？"

"先生，请问您妻子在家吗？我们必须先见到消费者本人，就是买下那双高跟鞋的人。"

他琢磨了一会儿，然后转身朝家里喊道："丽兹，你出来一下？"

他又喊了几声，一个声音从里面传出来："怎么啦？"

"门外有人找你，说你中奖啦。"

等待的过程里，妮莎和萨姆一直在对这个男人微笑。萨姆事后回忆起来，觉得这样做并不妥当，因为那个男人脸上露出了尴尬的表情。丽兹·弗罗比舍终于走了过来，她穿着一件运动服，一条紧身牛仔裤，脚上是松松垮垮的拖鞋。萨姆发现妮莎一直盯着这个女人的脚，幸亏她没把那双高跟鞋穿出来。走到门口后，她选择站在丈夫身后。

"您是丽兹·弗罗比舍女士，对吗？"萨姆表现出喜悦的神情。

"是我，怎么了？"

"您恰好是我们全球猫咪保护慈善基金会的第一百万名客户。我们今天是来送奖品的，您获得的奖品是伦敦著名的宾利酒店双人房一晚。"

丽兹·弗罗比舍皱起眉头，盯着她们看来看去："真的假的？"

她的丈夫在一旁补充道："她们还说咱们一分钱都不用花。"

"你刚才说奖品是什么？"

萨姆面带微笑地解释道：本周日，丽兹女士可以和另一位伙伴，比如她的丈夫，一起在宾利酒店的商务套房中住一晚，费用由本慈善机构承担。这家酒店是著名的五星级酒店，因其细致入微的高水平服务备受上流社会喜爱。

"弗罗比舍夫人，您这周刚在全球猫咪保护慈善基金会买了一双高跟鞋，对吧？"

"是的。"

"你怎么没跟我说过？"一旁的男人问道。

"我买什么东西还要向你汇报吗？"

"你平时连猫都讨厌。"

"那也不耽误我做慈善。"丽兹·弗罗比舍扫了一眼萨姆手中的剪贴板，然后问道，"我接下来需要做什么呢？"

妮莎微笑着说道："不需要您做什么。不过，您愿意穿着您购买的那双高跟鞋拍张照吗？我们会把照片发布在官方的照片墙账号和其他社交平台的官方账号上，不知道您是否愿意配合？"

"我的照片，放在你们官方账号上？"一想到自己很有可能一夜成名，丽兹·弗罗比舍顿时满眼冒光，"我能看一下你们账号的主页吗？"

妮莎的反应非常快："没问题，我们接下来打算好好运营这个账号。而您为我们提供了一个非常好的宣传时机,标题就可以叫'第一百万个幸运儿'……"然后她从手机里翻出一张截图,这是前一天晚上安德莉亚仿造的照片墙账号主页。

夫妻两人盯着这张图看了好一会儿:"好的……我认为我可以配合。这并不是什么难事,对吧,戴伦?"

"说好了周日要去我妈那儿的。"

"那咱们就去完之后再去酒店。"

"可是之前的计划是去喝下午茶。"

"那就改成一起吃午饭不行吗?"丽兹·弗罗比舍对萨姆微笑道,"必须是这个星期天吗?"

"恐怕是这样的。"萨姆解释道,"这家酒店的入住率非常高,我们机构只能预定到本周日晚上的商务标间……"她停顿了一下,目光落到手里的剪贴板上,"如果您实在没空,这份奖品将会顺延给您后面的那位客户。"

丽兹·弗罗比舍立刻说道:"噢,不,我们有空!"她的丈夫想要表示抗议,但她立刻用自己的胳膊戳了他几下。

"太棒了!那么您可以在下午三点之后的任何时间办理入住手续,我们会有工作人员帮您完成拍摄,您可以和她协商时间。"

"有人帮我化妆做造型吗?"她问道。

萨姆看到妮莎马上就要翻白眼了,立刻插话:"我不确定,但我可以帮您问一下。不管怎样,我们会提前准备好相机在那里等着您。"她故作警觉地说道,"酒店大堂总是人多眼杂,万一遇到狗仔队呢!您或许知道这帮人有多可怕。"

太可怕了,他们居然都上钩了。太可怕了。

"总之,太棒了!"萨姆继续说道,"我们周日见!这是酒店的房卡,您在到达后出示给前台工作人员即可。我们会提前在那里等着您。再次祝贺您!"

"千万别忘了那双高跟鞋!"妮莎补充道。

"好的。"丽兹·弗罗比舍回答道。在她丈夫把门彻底关上之前,她一直在仔细打量那张房卡。

两个女人沿着小路往回走,萨姆终于开始大口呼吸。此刻她才意识到,自己刚才连气都不敢喘。

妮莎瞥了她一眼,然后平静地说:"你表现得不错。"

这句赞赏让萨姆吃了一惊,一时哑口无言。沿着这条路走下去的时间似乎是她们刚才走上来的两倍。不远处,安德莉亚和茉莉依然在车里等着她们,透过挡风玻璃可以看到两个人充满期待的脸。走着走着,萨姆突然后退两步,迅速打开那栋房子门前的垃圾桶看了看。等她心满意足地重新合上盖子时,其他三个女人都在惊讶地盯着她。

"你们干吗?"她解释道,"我不过是检查一下罢了。"

妮莎最近经常和亚历克斯一起走向公交车站。不知为什么,他们每周同时下班的次数变多了,在员工休息区以外的地方也会经常碰见彼此。有时他们会往前多走一站,慢慢地变成了多走三站。两人为了能多聊会儿,已经达成了无声的默契。一起散步会让她忘记灰暗的阴雨天气,忘记沿着这条混浊河流川流不息的车辆。有时他会给她介绍:那是军情五处的旧址,路边华丽的灯柱上有被大多数人忽略的、带着鱼腥味的滴水兽。还有一次,她亲眼看到河面上冒出了一只海豹的脑袋,这种景象深深地震撼着她。在亚历克斯眼中,这座城市可不像她眼里的那样可怕和沉闷。她发现自己越来越期待和他一起散步了。

"听你说了这些事,感觉你以前没什么朋友?"

以前妮莎会把这种话视为批评,但现在她认真地想了一会儿,回答道:"确实没什么朋友。我不太喜欢和其他女人打交道。但这些家伙……她们真的不错。"她说着,摇了摇头,好像自己也难以置信,"我甚至还挺喜欢那个把我高跟鞋拿走的女人。"

他已经听她讲完过去几天发生的事。安德莉亚在慈善商店里假装晕倒的情节让他捧腹大笑,他也忍不住嘲笑那个把路铂廷高跟鞋买走的女人有多么虚荣。"茉莉真是个好女人。她经历过许多磨难,却依然内心强大,而且乐于助人。"

"是的,她对我很好。"

她说这句话时的语气让亚历克斯忍不住看了她一眼。他的衣领被立了起来,头上戴着一顶毛线帽,几乎盖住了整个耳朵。而没盖住的一点耳垂上有雨滴在闪闪发光。离开后厨灯管的照耀,他的皮肤看起来没有那么苍白了,略显滑稽的焦糖色头发此刻也卷曲在额头上。"你听起来好像有点不开心?因为不习惯接受别人的帮助吗?"

"我也不知道。"她揉了揉鼻子,"我不喜欢被施舍的感觉。而且我一直觉得人们不会无偿帮助他人。"她一边走一边灵活地侧过身体,以便避开人行道上其他的行人或自行车。"我之前交过的所有朋友都是这样:为了达成某种交易而参加某个聚会。你让我加入某个圈子。我让你的丈夫认识我的丈夫。我们一起去科莫湖或者卡拉巴萨斯之类的地方度假。我从你那里买到了限量款的衣服。你愿意放下一切陪我参加我老公不愿出席的活动,所以我欠了你一个人情……"

"这不叫朋友。"

"不过仔细想想,这世界上所有的事都是交易,不是吗?"她大声说道,"连婚姻都是如此:我为你洗衣做饭,给你生孩子,所以你要养着我。又或者是:我让自己的肉体保持性感美丽,满足你的需求,这样你就不用找别人了。"

他停下脚步,转身问道:"你就是这么看待婚姻的?"

她开始结巴:"好吧……基本上都是……不同形式的交易,对吧?从本质上说,人际关系就是各种交易。"

她突然想起朱莉安娜。她知道她们俩的关系不涉及任何交易。亚历克斯扬起眉毛,但什么也没说。又过了一会儿,妮莎试图解释自己的观点来打破沉默:

"我的意思是……呃……即使朋友之间也是如此:你倾听我的苦恼,我也会听你的;你对我很忠诚,让我觉得很温暖,所以我也会对你做同样的事情,以此作为回报……这不就是交易吗?虽然友谊听起来很高尚,对吧?"

他似乎没有被这番话说服:"那真正的温暖呢?爱呢?还有纯粹出于关心别人而想要做某件事的欲望呢?"

"那应该也是吧……当然,我的意思是,我的表达能力有限……"她很尴尬,脚下的步伐也有些磕磕绊绊。或许她说得太多了,暴露了一些性格中的阴暗面。

他在十字路口处停下来盯着她看,但是她依然直视前方,假装无视。她认为他会因此批评自己,然后发表一些他对亲密关系的见解。但当信号灯转换的时刻,他突然说道:"你今天看起来很不一样。"

她的手立刻伸进头发:"啊,我知道,我的头发该剪了。而且今天我只涂了一点睫毛膏就出门了……"

"我不是这个意思,和化妆没关系。你看起来很漂亮,而且比以前开心多了。"

她轻轻地掸了一下自己的夹克:"为什么会这样呢?我现在一无所有。"

"你有自尊,有朋友,你能出色地完成每天的工作,你可以掌控自己的生活。不要忽视这些事情的意义。"

"你从来都不给自己放一天假吗?"

他咧嘴一笑:"不放。"

沉默地走了几步之后,她突然低声说道:"可是我见不到自己的儿子。"

他停了下来。

"老实说,我刚才高兴了快十五分钟,然后才想起儿子不在身边。他一个人等了我那么久。他的爸爸……他的爸爸认为他……"她抽噎着,继续说,"然而问题是,雷蒙德是我的亲生儿子。如果非要说他在情绪上有什么问题,那也是因为从小到大我们没怎么陪在他身边造成的。"

她的目光在闪烁。亚历克斯低着头,一直认真倾听。"雷蒙德是这个世界上最棒的孩子,真的。如果你认识他,就一定会相信我的话。他是那么聪明、有趣、善良。他知道很多东西,很多我不知道的事他都知道。他总是热心待人,非常有同理心。可是他的爸爸总觉得雷蒙德太敏感了……或许他根本无法认同雷蒙德的性取向。卡尔是一个粗暴野蛮的原始人。在他心目中,男人就应该是健壮的,充满男子汉气概的,只能喜欢女人。他已经很久不让雷蒙德跟我们一起外出旅行了,尤其最近几年。不久之前发生了一件糟糕的事,雷蒙德和他的初恋分手了,还遭遇了校园霸凌。现在他已经知道了我和他爸的事。对于一个十五岁的孩子来说,这些事情已经够难了,对吧?可但凡雷蒙德流露出一丝抵触情绪,卡尔就会十分厌恶,就好像这是压垮他的最后一根稻草:他无法容忍儿子的任何软弱。"

几个月以来,卡尔不允许任何人提起儿子在学校的遭遇,她更是连个倾诉对象都没有。儿子在救护车上洗胃的样子依然历历在目。很快,家里的尖锐物品和药物都被严格地锁了起来。她说起这些的时候已经无法直视亚历克斯的脸。所有埋藏在心里的秘密都从她嘴里不断冒出来,即使是沙哑的喉咙也不能阻挡。她毫不在意寒冷的雨滴拍在脸上，也不在意来来往往的汽车喷出的尾气。好像有生以来，她第一次不受控地说出这么多话。亚历克斯已经握住了她的手。

"太可怕了，真的太可怕了。雷蒙德后来去了一所寄宿制学校，那是专门为问题少年开设的，你懂吧？那里还真的不错，有很多专业的精神科医生和护理师。我的意思是，那个地方值得推荐。贵得要死。纽约第五大道出生的孩子有一半都在那儿待过。可是没有一个家庭会公开承认这些，私下里流言满天飞。我不想让儿子离开我，但最后我还是同意让他过去，因为这或许对他来说是最好的选择。难道我是个懂得教育孩子的母亲吗？我自己就是被一群混蛋养大的。我连交朋友都有障碍。而且如果他去了那里，就可以暂时和卡尔分开，远离他的负面情绪。我也可以逐渐感化卡尔，让他改变想法，让他重新喜欢自己的儿子。可是雷蒙德走后，卡尔甚至懒得提起他。他是真的讨厌这个儿子。他知道自己这辈子都不可能成为同性恋，所以他恨不得让雷蒙德从世界上消失。后来我们的生活又出现了其他状况，我也暂时顾不上儿子了。我太忙了，经常跟着卡尔到处出差，我要努力让我们的婚姻重回正轨。

"我以为只需要打一个补丁就够了，你明白我的意思吧？或许这就是中年危机？我见过太多破裂的婚姻了，我只能努力抓牢他，希望渡过这次难关。这么做也是为了给雷蒙德一个完整的家……我想给儿子稳定的生活。"

她停了下来，一群叽叽喳喳的小学生排成蛇形，从他们身边经过。看管他们的老师在后面举着一根红色的棍子。她看到孩子们穿过马路之后，轻轻地摇了摇头。

"可是你知道吗，事实根本不是这样。这只是我一厢情愿罢了。我可能要对你说一些可怕的事情了，真的很可怕。你听完之后可能就不想再见到我了。"

他仍然握着她的手,而且把她的两只手都裹进自己的掌心。

"说实话,我不希望打破原来的生活。虽然知道雷蒙德和父亲的关系确实有问题,可我不知道该怎么应付。我费了好大力气才过上了上等人的生活,你明白吗?我付出的够多了。如果真的和卡尔离婚,我担心自己会被打回原形,再次成为那个挣扎在贫困线上的小人物。我希望让卡尔一直弥补我原生家庭的缺失,希望用他的财力治好雷蒙德。

"我每天都会给他打电话,我是说,尽量每天都打。但我现在算是看透了,有问题的人是卡尔。而雷蒙德最需要的人其实是我。明白这一点让我非常难过,我怀疑自己是否真的能给儿子需要的一切……我现在连见他一面都很困难。"

她看到亚历克斯凝视着自己,目光温润如玉。"我是个很差劲的母亲,对吧?"

他摇了摇头。

"别拥抱我,别说些安慰我的话,我不需要这些。"她在心里默念着,强忍着心中的不适。这个男人让自己变得脆弱,她甚至想快速逃离。

但他没有拥抱她,也没有说任何安慰的话,更没有甜言蜜语。他牵起她的一只手继续向前走,然后简短地说了一句:"你会见到儿子的,很快。"

"你是这么认为的?"

"是的,我觉得……"他说话时皱起眉头,好像在认真组织语言,"我觉得之前从来没有遇到过像你这样无所畏惧的女人,所以用不了多久,你一定会让儿子回到自己身边。有你这样的母亲,是他的幸运。"

这句话终于突破了她的心理防线,她的眼睛开始酸胀:"你为什么要对我这么好?"她说着,在马路中间的安全岛上停下来,"我不会再亲你了。"

"我为什么要为了亲你才对你说好话呢?这就是你说的,一切都是'交易'吗?"

他耸了耸肩,把脑袋偏向一侧:"如果我想亲你,直接亲不就行了吗?"

说完,他把她的手松开了。她在安全岛上呆呆地站了几分钟。四周依然川流不息,她发现自己一句话也说不出来。

第28章 走出寒冬

她和自己预想的一样彻夜无眠。直到六点，萨姆依然瞪着眼睛。失眠的疲惫让她觉得有点恶心。她起身离开了枕边的男人，或许很快他就不再是自己的丈夫了。为通勤准备的服装现在看起来有点多余。她穿上自己的运动鞋来到拳击馆。这个时间的拳击馆很安静——除了那些健身成瘾的人在和自己过不去，他们挥拳和喘息的声音在空荡的大厅里格外刺耳。一台收音机在角落里嗡嗡作响，但是没人在意它。萨姆开始在一台老旧的跑步机上热身，没过多久就感受到了双腿的抗议，她的呼吸也跟着急促起来。然后她开始举铁。就像席德说的那样，不用担心哑铃不够大，重复多次一样可以起到分泌乳酸、锻炼肌肉的效果。热身结束，她把手包裹起来，伸进破旧而刺鼻的拳击手套里，用牙齿拉紧金尼龙带的搭扣，走到沙包前。

沙包被堆放在地板上，这样就不会来回摆动得太远。她开始挥拳：1，2，1，2……全身的肌肉开始发热，每次撞击都会让她的核心部分收紧。一个男人从身边路过，看了一眼就离开了。她明白这是蔑视的眼神，他认为她并不属于这里；又或许那是冷漠的眼神，他认为她是个缺乏性魅力的女人。她盯着那个男人的后脑勺看了一会儿，然后用力挥出一拳。这一拳的冲击力最终回弹到她的肩胛骨上，感觉还不错。她再次打出一拳,虽然用力,但不是蛮力。当拳头最终落到沙包斑驳的红色皮革上时,西蒙的脸和身体突然出现在眼前。于是她打得更用力了,冲击力使她下意识地后退了一步。1,2。她开始左右手交替挥拳,面孔因为太过用力而扭曲。汗水流进眼睛里,但也只能用胳膊肘抹一下。她的呼吸节奏明显乱了,但她不在乎。她同样不在意是否有人正在看着自己,是否在评判自己糟糕的水平。所有嘲笑、贬低和无视她的人,此刻都在她的拳下。她暴打让自己失去工作、被女儿瞧不起,甚至即将失去丈夫的命运,而且越打越来劲儿。她还想向母亲给自己发来的三条信息挥拳,它们一条比一条让人寒心。最后一条消息说,她的父亲现在正在亲自给他们想要收养的阿富汗难民清理房间。她的母亲还问她,如果父亲在收拾东西的时候不小心摔倒,或者被重物砸到之后窒息了怎么办。"你根本不在乎我们的感受,就好像你无视菲尔一样。"

想到米莉亚姆·普莱斯,她再次狠狠地挥拳。现在她不用再期待这个新的工作机会了,因为一切都搞砸了。或许她会联系到西蒙,这样自己离职的原因就被公开了。没有人会为她说好话的。她不停地出拳,仿佛在击打自己的失败和脆弱、疲惫和悲伤。肩膀上的疼痛仿佛在冲她尖叫,她的心脏跳得越来越快,每一块肌肉都在哀求她停下来。最后,她实在打不动了,身上的T恤和运动内衣早已经湿透。萨姆解开搭扣,摘下手套,把它们扔进旁边的篮子里。她看着自己咔咔作响的指关节,心满意足地走向淋浴房。

萨姆在星期五时跟着安德莉亚一起就诊,安德莉亚这次没有反对。萨姆是开着房车去的,因为家里的小汽车依然坏在那里。菲尔其实早就注意到了这些,但她现在不想再去请求他给汽车换电池了。她无法接受菲尔冷漠的目光,还有他毫不在意耸着肩膀的样子。因为他在暗示：你的事以后和我没关系了。

车里的两个女人十分安静，因为萨姆必须让这辆巨大笨重的房车平稳地行驶在狭窄的街道上，而这几乎耗费了她全部的注意力。当房车最终在停车位上熄火时，她觉得自己浑身的神经都跟着松了一口气。萨姆不是那种爱"打鸡血"的人。虽然她希望安德莉亚能好起来，但是"你是个了不起的战士！你一定可以打败病痛！"这种话她是不会说的。很早以前她就明白，不能采用类似的方式与重病患者沟通，这种不走心的鼓励毫无意义。

安德莉亚看起来比之前更加苍白，她几乎是挣扎着给自己系上了安全带，然后手指控制不住地颤抖。萨姆不希望这是什么可怕的前兆。几个月以来，每当看到安德莉亚时，萨姆都会仔细地观察她的脸，看看她是不是又瘦了，或者身体是否更加虚弱。同时也会努力找出她好转的迹象。

她在医院的候诊室里小口地喝着黑咖啡，当有人喊到安德莉亚的名字时，她的眼睛依然盯在报刊的封面上。安德莉亚示意她也跟着一起进去。她既感到害怕，但同时也感到欣慰，因为这样她就不用一个人在外面胡思乱想了。

她们在狭小的诊室里坐下来，脸上连一个微笑都做不出来。安德莉亚快速介绍自己的近况，说完之后就去抓萨姆的手。萨姆紧紧地握着她的手，试图把前半生所有的爱意传递过去。她尽量不去想几分钟后医生会说什么，也不去想接下来的日子该怎么过。医生是辛格先生，是安德莉亚的主治医师。自从安德莉亚确诊后，他就一直承担治疗工作。他的专业权威让人信服，同时又有一种大叔般的、恰到好处的亲和力，就好像他已经为成千上万个患者说明过他们未来的生活。他留着精致的小胡子，挺括的衬衫上几乎看不到一丝褶皱。他的小指上戴着一个巨大的红宝石戒指，几乎嵌进了肉里。萨姆的目光一直不敢从他研究扫描报告的表情上挪开,甚至想通过他身体前倾的姿势来判断他接下来可能会说什么。

"你自己感觉怎么样?"他一边说一边合上那份报告,后背靠到了椅子上。

安德莉亚回答道:"还不错,就是有点累。"萨姆偷偷地瞥了她一眼,心想:就算安德莉亚的两条腿被鲨鱼咬掉了,她也会说:"还不错,就是有点累。"

"有新的疼痛出现吗?"

安德莉亚摇了摇头。

"不错,非常好。"

求你了,最好没事。萨姆默默地对着他许愿。她依然目不转睛地盯着医生的脸,觉得自己紧张得快要吐出来了。

他稍微低下了头:"扫描报告看起来还是很清楚的。如你所知,手术进行得很顺利,而且癌细胞没有扩散到淋巴结。我们之前一直担心这个问题来着。"

萨姆立刻问道:"您的意思是?"

"我不想把话说得太早,但目前看来各项指标都不错。把手术和适当的化疗相结合,我们目前取得的结果是非常振奋人心的。"

"振奋人心?"萨姆一时没反应过来。

他向萨姆投去一个和善的眼神:"医学不是绝对的科学,我们没法把话说得太满。但是目前看来,癌细胞已经被成功切除,并且没有进一步扩散的迹象。虽然你仍然要继续做定期检查,但目前的结果真的非常好。"

安德莉亚仍然有些怀疑:"所以……我的病算是好了?"

辛格双手合十,红宝石戒指在穿过百叶窗的阳光下闪闪发光:"是的,目前看来是这样。"

"我……我还需要做什么吗?"

"目前来看,什么也不用,你的治疗已经结束了。正如我刚才说的,别忘了定期检查。或许你接下来会考虑一些整形手术。但现在的重点要放在恢复体力上,我会让你尽可能地恢复正常生活。"

诊室里没有人再说话。安德莉亚突然转向萨姆,她脸上的表情开始剧烈变化,每一道皱纹都充溢着震惊和解脱。眼泪顺着脸颊奔涌而下。两个女人都站了起来,根本不知道自己该做什么。然后萨姆把安德莉亚拉过来,紧紧地抱在怀里,好像现在她终于能感受到自己刚才面对的是多么大的恐惧。"噢,我的上帝。"她们重新开始说话了,"噢,天哪,感谢上帝。感谢上帝。"

"要是没有你,我就完了。"萨姆对着安德莉亚瘦骨嶙峋的肩膀抽泣着,"要是你真的走了,我接下来该怎么活啊?我甚至连自己是谁都不知道了。我知道这么说太愚蠢、太自私了,可是你要为此负责。"

"你的人生要是没有我,就像在大粪坑里划船,而且你连船桨都没有。"安德莉亚边哭边笑,把萨姆也抱在自己怀里。萨姆能感觉到安德莉亚滚烫的泪珠落在自己皮肤上,"到时候你真的会完蛋的。"

"我会的。"她说,"你对我来说就像一头奶牛一样,一头不折不扣的奶牛,我绝对不能失去你。"

安德莉亚忍不住笑出声,眼睛也在闪闪发光。她伸出一只苍白的手抹了一把脸:"你太自私了,我们明明是好朋友。"

"老实说,我真不知道我们俩为什么会成为好朋友。"

她们再次相拥而泣,然后突然反应过来,几英尺外还坐着辛格先生。他依然面带微笑,但是正在努力控制自己的表情,好像没反应过来刚才发生了什么。

"我爱你!辛格先生!"安德莉亚尖叫着冲了过去。随后两个女人一起抱住了他,以此表达热烈的感激之情。辛格医生想要逃走,但是没有成功。

萨姆在开车回去的路上依然沉浸在刚才的情绪里,甚至有好几次没有注意到信号灯。她和安德莉亚找到一家附近的咖啡馆,在有些摇晃的露天桌椅上喝了一杯咖啡。已经一年了,萨姆终于能够以平和的心态盯着自己的好朋友看,她再也不用因为担心安德莉亚感冒而焦虑,也不会因为她突然食欲下降而心慌。现在她也不用担心安德莉亚会吸入空气中的细菌了,她不会再因为中性线粒细胞减少而轻易被感染了。她们静静地吃着一个沾满酱汁的面包,享受着落在脸上的冬日暖阳。

她们心照不宣地避开了那些难过的话题,比如萨姆的婚姻、安德莉亚的财务状况、那双尚未被取回来的高跟鞋,而是只聊了几句面包如何美味,咖啡如何香醇,还有今天的意外之喜给她们带来的温暖和幸福。萨姆觉得自己之前从来没喝过这么好喝的咖啡。

可是很快她就闯祸了:当听到另一位司机被迫踩下刹车之后尖锐的摩擦声和愤怒的喇叭声之后,她才发现自己闯红灯了。

"天哪!"安德莉亚紧紧地抓着安全带,"萨姆,你可不能现在把我杀了!"

萨姆把车停到路边,她的心脏怦怦直跳,举起一只手向那位司机道歉。

"对不起!"刚才发生的一切依然让她震惊,她的身体甚至开始忽冷忽热,"我不是故意的,我只是……"

"我的意思是,你最起码让我好好活一天吧!"

她们惊恐的眼神此刻流露出笑意。

然后萨姆透过后视镜看到蓝灯闪烁:"噢,该死!"

她把房车开到最近的可以停车的地方,努力把这个笨重的家伙停稳。她还故意在停车后又向后退了一英尺,然后再停稳,以免警察指责她没有好好停车。后视镜里可以看到,一辆警车停在她们的车身后,蓝灯依然在闪烁。一名警官从车里走下来,另一位仍然坐在副驾驶座上,她的面孔被挡风玻璃的反光遮住了。

萨姆调下车窗,看到这是一位女警官。她大约五十多岁,身形粗壮,步调缓慢而谨慎。她的表情看起来好像从一大早开始就在听别人说各种屁话,现在不想再听你说了。

"我很抱歉。"萨姆在她开口前就抢先认错,"这完全是我的问题。"

"你刚才闯红灯了,差点造成连环车祸。"

"我知道,我真的很抱歉。"

警官又看了一眼车里的安德莉亚,然后重新转向萨姆,用一双老练的眼睛把车厢里扫了个遍。然后她又向后倾斜身体,看到车外侧的巨大向日葵图案。然后她眯起眼睛:"女士,这辆车是你的吗?"

"是的。"萨姆说道,"呃……是我和我丈夫的。"

"上保险了吗?有资格上路吗?"

"上周刚通过旧车性能测试(MOT)。"其实菲尔没跟她说这些。她之所以知道,是因为他碰巧把证书落在厨房里了。

"刹车是正常的,对吗?"

"是的。"

"你的视力正常吗?"

"正常。"

"那你能解释一下为什么会闯红灯吗?"

"我没有任何理由。"萨姆摇了摇头,"只是我的朋友刚得到医生通知,她的癌症治疗成功了。而我……我昨晚几乎一宿没合眼,因为担心今天的事。可能我就是太高兴了,也可能是太累了……我不知道，就在那一刻，我几乎失去了意识。"

女警官再次看向车里的安德莉亚，注意到了她的头巾和苍白的皮肤。

安德莉亚急忙解释："也有我的问题，我在她旁边一直说话来着。我话太多了……"

萨姆接过话茬："听我说，把罚单给我就行了，这很公平。开车的人本来就应该集中注意力。您赶紧处理完，我们也好快点回家。"

女警官皱起眉头看着她："你想让我给你一张罚单？"

萨姆没明白她的意思，立刻举起一只手重复道："是的，给我就行了。"

女警官陷入沉默。不知怎么，萨姆突然开始说话了："你知道吗？几天前我刚被解雇，因为老板认为我的存在就是浪费资源。我的女儿不爱搭理我，我的丈夫也想和我离婚，因为他怀疑我出轨了。要是真出轨了就好了，妈的。或许我已经进入更年期了。但如果这不是更年期的症状，那就糟了，因为我最近几乎天天以泪洗面。我已经两个月没来月经了，每天早上醒来的时候都觉得胸口像压着一块大石头。但是现在我觉得这一切都没关系，因为我最好的朋友已经从癌症的魔爪中逃出来了，其他任何破事跟这一比都不值一提。所以，我们赶紧处理完眼下的问题吧。"

女警官的目光在她们两个人身上来回跳跃。然后她低下头，目光又落到自己脚上。思考了一会儿之后，她重新看向她们："你说你更年期了，是吧？"

"我是一个安全的司机。"萨姆急忙解释道，"大部分时间我都是遵守交通规则安全驾驶的，你可以去查我的档案。我只是……这两天遇到太多事情了。"

女警官一直目不转睛地盯着她看。

"对不起。"萨姆再次道歉。

女警官弯下腰,把身体靠近车窗。"等你开始盗汗了,再说自己是更年期。"她又压低声音说道,"别老把那些傻瓜放在心上。"

萨姆难以置信地眨了眨眼。

"就算放在心上,你也改变不了傻瓜。"她冲后面的警车点了点头,然后退了几步,站到路边,把手里的小本本放进口袋,"这次我放你走。眼睛好好看路,注意安全,好吗?"

"真的吗?"萨姆依然很惊讶。

女警官没有回答,直接转身离开了。半路上她又停下脚步,回头弯腰向安德莉亚挥手致意:"癌症没了,恭喜你。"她停顿了一下,继续说道,"下次遇到这么兴奋的事,最好打车回家。"

然后她再次转身,慢慢地走回警车,一边走一边冲着对讲机说了几句。

凯文在门厅的地毯上拉了一坨屎。打开门的那一刻,它跑到萨姆身边,低着头,浑身发抖,眼白也在往上翻,好像在跟萨姆道歉。菲尔不在家,卡特也不在。算了,她不想再生闷气了。或许凯文已经独自关在家里很久了。"别担心,老兄,这不是你的错。"她一边安慰狗狗,一边端过一些洗涤剂和清水,然后给自己戴上橡胶手套。

卡特打开家门的时候发现母亲跪在地上。她有点犹豫,好像在决定该进门还是直接转身离开。但是母亲跪在地上收拾狗粪的样子实在太艰难了,于是她打了个招呼,然后踮着脚尖从弄脏的地毯旁边经过。好像这样做已经很给萨姆面子了。

"爸爸在家吗?"

"不在。"萨姆咬牙切齿地回答道。家里高质量的地毯清洁剂已经用完了,她现在用的是普通洗衣液。她的脚后跟已经麻了,只能别过脸去，尽量不让自己吐出来。狗狗闯祸总是她来擦屁股，而且每次现场情况都很糟糕。不知道这项任务是什么时候开始分配给她的，或许那天自己在忙着开会，所以他们不经商量就把这件事甩给她了？

她突然发现卡特一直站在自己身后。她扭过头去，看到卡特脸上的表情非常严肃。

"你没事吧？"尽管知道大概原因，萨姆还是问了一句。

"高跟鞋的事，我很抱歉。"

萨姆放下手里的清洁海绵："没关系，你又不知道它的来历。"

"我还以为你有外遇了。"

"你真的这么想吗？"

"你和爸爸看起来都不开心，而且你们也很久没有一块儿做些什么了……就好像你们再也不会因为彼此陪伴而得到快乐。"她的话好像一连串小巴掌打在自己脸上。卡特揉了揉自己的鼻子，避开萨姆的眼睛，继续说道："而且我看到你和那个男人在一起的样子了。"

"乔尔只是我的一个朋友。"

"但是你还穿着……"

"我穿着那双高跟鞋是因为……呃，因为有时我需要发现一个全新的自己。"

卡特一言不发地盯着自己，萨姆无法确定女儿脸上的表情是怀疑还是不解。

"我这段时间一直很难过，卡特，你说对了。我已经难过太久了。你爸爸对我视而不见，大多数情况下我觉得自己根本没有存在的价值。你现在很难理解我的感受，你还是如此的年轻漂亮，一举一动都引人注目。可是这段时间，我觉得自己几乎是个透明人，连你最爱的男人也对你视而不见。这种感觉真是……我的心都要碎了。所以我需要发现一个全新的自己，而那双高跟鞋帮了我大忙。我知道你很难理解这种行为，我自己也很难理解。但是我让你难过了，我很抱歉。"

"你为什么要让一个男人来决定你存在的价值？"

"你说什么？"

卡特绕着地毯上的污渍边缘走了几步："为什么你要依靠别人来承认自己的价值呢？爸爸得了抑郁症，这是事实，可是你没必要跟着一起崩溃。你依然是你自己。反正我是不会让某个男人来支配我的情绪的。"

"是的，好吧，你总是可以处理好自我价值的问题，你从三岁开始就具有自我意识了。"她看着自己的女儿，这一代人似乎从来不会为自己的价值感到困惑，他们总是谈论自主权、性解放、联盟、自爱。很快她就会远走高飞，在属于自己的人生之路上冲锋陷阵。总有一天，她不会再穿着那双笨重的马丁靴走进家门了。一想到这些，悲伤就在身体里蔓延开来。

卡特沉重地坐在门口最下方的台阶上，系好自己马丁靴上的鞋带，沉默了好一会儿才开口：

"柯琳的妈妈上个月和他爸离婚了，因为她觉得自己和柯琳的爸爸不是一路人。"

萨姆不知道该说点什么，只能尽量让自己的表情保持中立。

卡特脸上突然流露出一个孩子该有的脆弱："所以你也要和爸爸离婚吗？"

"你爱乔尔吗？"前天晚上她在刷牙，菲尔突然问了一句。她很难诚实地回答这个问题，在吐出泡沫之前，她又让自己多刷了几秒钟，然后才说道："和我对你的爱不一样。"他盯着镜子里的萨姆看了一会儿，然后上床睡觉去了。

"我们不会离婚的。"萨姆走过去抱住女儿，享受着片刻的亲密。她多希望自己的语气听起来再铿锵有力一些。

乔尔给她发过两次短信。第一条很啰唆，大意是他已经告诉同事们发生了什么，现在他们正在试图消化这件事。玛丽娜似乎有点抵触。而富兰克林把荷兰的项目搞砸了。他嘱咐萨姆不必担心，如果有需要的话，可以随时给他打电话。他希望她能快点回到拳击房，因为她已经渐入佳境。24 小时之后，他又发来一条非常简短的消息：我想你。每当独处的时候，她都会反复阅读这些信息，然后心脏开始没有规律地乱跳，就像一台不断重启的发动机。

第29章 走进她的心

菲尔根本坐不住。每次屁股刚坐到小沙发上,他就会像遭到电击一样立刻弹起来。他的身体里储存了各种各样的情绪,那个小沙发根本兜不住。于是他只能在小小的诊室里来回踱步,像连珠炮一样吐露心里的秘密:

"我的意思是,她这就算是承认了吧?就算不是外遇,她对那个男人也是有感情的!你说是吗?我实在想不出别的答案了!这些东西在我脑袋里快爆炸了,可是我真的想不出答案!"

科维茨医生镇静地坐在那里,膝盖上放着笔记本,脸上依然是耐心等待的表情。菲尔真想冲他的鼻子来一拳。

"她甚至都没有否认这件事!只是说'对他的感情和对我的爱不一样'!"

"所以你得出的结论是?"

菲尔疑惑地看着他:"我还能得出什么结论?!我老婆对另一个男人有感情,你说呢?"

"我也对很多人'有感情',但这并不意味着我要和他们私奔。"

"咱们今天就别玩文字游戏了行吗?"

"菲尔,这可不是文字游戏。她已经说过没有外遇。而且你之前说过,她是个诚实的人,那么我们必须相信她说的是实话。她只是对另外一个人有感情。况且你在不久之前的一次谈话中说过,就算你老婆和别人跑了,你也是可以理解的。"

"但她可能在我说这句话之前就和别人好上了!"

菲尔用手掌的根部用力地捂住眼睛,让所有暗物质在眼球后面迅速爆炸。他希望自己的大脑停止运转,希望整个世界都停下来。

"她对你说什么了吗,菲尔?比如接下来她想怎么做?"

菲尔重重地坐了下来:"我们还没有谈这些。"

科维茨医生扬起眉毛。

"我的意思是,一切都和我想的不太一样。我只是……我只是不知道该对她说什么,她好像变成了一个陌生人。"

"好吧,可能你确实没有之前那么了解她了。因为人都是会变的。根据之前的描述,长久以来你都让你的妻子独自承受家庭重担,这的确会改变一个人,也会改变你们的婚姻。"

菲尔弯下腰,把胸部贴在膝盖上,然后交叉双臂抱住自己。这些日子他一直在用这种方式对抗身心承受的压力。

"菲尔,婚姻不是一成不变的。你已经结婚很久了,应该明白我在说什么。亲密关系是有生命的,它随着双方的变化而变化。也许有时候,我们只需要……"

菲尔打断他:"她还有其他事情瞒着我。"

科维茨医生靠回椅背上:"你继续说。"

"前两天我给她的公司打电话,因为给我们修墙的建筑公司想了解她的社保情况。可是她的同事告诉我,她已经离职了。"

两人陷入长时间的沉默。

"她现在有什么事都不跟我说了,你看出来了吗?"菲尔长叹一声,"我在她的生活中已经无关紧要了。"曾经他觉得自己和萨姆的关系是人生中最可靠的事,她永远是他的精神支柱。而现在,他觉得自己好像和一颗炸弹住在一起，永远也无法预测接下来会发生什么。"

科维茨医生温和地说道："菲尔，人们在情绪低落的时候，总是会用消极的目光审视一切。其实我们并不擅长理解他人的行为动机，即使你觉得自己已经和那个人足够熟悉。很多脑海中的推测都有可能是错误的。"科维茨医生将手指交叉在一起，"你愿意听听来自我的推测吗？"

菲尔一言不发地等着他。

"根据你之前的描述，你的妻子很可能已经放弃了这份工作。要么因为太过厌恶主动离开，要么就是被裁员了。我们现在还无法确定原因。可是如果她不告诉你这个结果，仅仅是因为怕你担心呢？如果实话实说会加重你的病情，她该如何收场呢？"

他停顿了一下，继续说道："你和我说过，萨姆一直知道你的心理状况，而且独自承受了很长时间。你难道就没有想过，她不告诉你是为了保护你？"

菲尔想起来了：每当萨姆的手机铃声响起，他总能通过她看完来电显示后的身体反应判断这是不是西蒙的来电。如果是，萨姆的身体总会本能地退缩一下。"所以你认为我应该假装不知道这件事，就当什么都没发生过？"

"恰恰相反，我认为是时候和她好好谈谈了。"

第30章　圈套

茉莉走近时，妮莎正陷入自己的沉思之中。从小阳台上俯瞰，这座城市是如此黑暗，只有零星几点灯光闪烁。她身上只有茉莉备用的睡袍来抵抗冷空气。虽然嘴里叼着一根烟，但她不想抽了。从早上六点就开始抽烟也太可怕了，她现在的生活已经够黑暗了。几乎每个早晨，她都会从思念儿子的痛苦中醒来。好像有一根看不见的长线将她和儿子的心脏紧紧拴在一起，而她只能默默忍受这种看不见摸不着的痛苦。昨天晚上，儿子在电话里的声音再度陷入低落。她解释自己只要拿到那双高跟鞋就能解决一切问题，可是他已经不信这些话了。"雷蒙德，相信我。拿到高跟鞋我就可以回去了。"当她想和儿子描述整个计划时，他打断了自己。雷蒙德在数学考试中挂科了，父亲依然在克扣他的零花钱，他的好朋友佐伊在照片墙上频繁晒出她和其他女孩们的各种聚会，他被朋友抛弃了。儿子的声音听起来如此孤独，但又如此冷淡。他依然在吃药，食欲减退，甚至连觉都不怎么睡了。是的，他已经习惯了那句"一切都会好起来的"。不管怎样，他最后都会问一句："你什么时候来接我？"

"快了，宝贝。我只要把这双高跟鞋交给你爸，他就必须给我应得的钱。"

雷蒙德愤怒地说道："我恨他。"她有点于心不忍，想劝儿子不要这么想。可是当雷蒙德问自己原因时，她又说不出个所以然来。难道卡尔作为父亲很爱自己的儿子吗？难道雷蒙德欠他的吗？她不知道该怎么回答。

他们在沉默中各自吞咽着痛苦。过了好一会儿，儿子突然用平静的声音说道："妈妈？还记得你经常给我唱的那首歌吗？现在能唱给我听听吗？"

她用颤抖的声音给儿子唱道：

You are my sunshine, my only sunshine . . .

You make me happy, when skies are grey . . .

"昨晚睡着了吗？"茉莉说着，递过来一杯咖啡。

一架警用直升机已经在她们头顶盘旋了几小时，它震动的声音仿佛冲击波，给空气里注入一种看不见摸不着的威胁。妮莎把咖啡杯接过来，摇了摇头。

茉莉在阳台放置的折叠椅上一屁股坐下来，然后把睡袍挽到膝盖上。"我也失眠了。我忍不住问自己，这么做是不是疯了。"

妮莎知道茉莉想说什么：这么做可能会让她失业。整个计划面临着巨大的风险。茉莉前些天曾和别人描述过她们将会怎么做，妮莎看到每个人听完之后都像漫画里的人物一样惊掉了下巴。妮莎想了很久，万一东窗事发，她就说是自己擅自拿走了房卡，是自己抢下那个女人的高跟鞋。总之一旦遇到最坏的情况，她会举起手来承担一切。是她强迫茉莉帮助自己的，她应该为一切负责。可是做到这些之后，茉莉就不会受牵连了吗？

于是妮莎第五次开口说道："你不必再去冒险。你已经帮了我太多了，我不希望你为此受伤……"

"妮莎，我看起来像是那种畏畏缩缩的女人吗？不是的，我已经想清楚了，我们要做的事属于正当行为。我们要拿回的是原本属于你的东西。我当然会帮助你,因为你是我的朋友。而且,我也必须得帮助你……"茉莉悄悄地瞥了妮莎一眼。"如果你再不回到自己的地方,从我女儿的上铺离开,格雷丝就要踢我屁股了。"

她们都笑出了声。茉莉一边笑,一边喝了一口咖啡。"不过我担心的是,就算你把高跟鞋还回去,你家那口子真的能信守承诺吗?"

"是的,这也是我一直担心的问题。"

卡尔把一切都当成游戏,为了胜利他会不择手段。万一他接下来还会找别的借口给她设置障碍呢?她只能在这个举目无亲的城市里流浪,身无分文,不知所措。而她的儿子依然只身一人待在寄宿制学校等着她,他的精神状态只会越来越糟。她原以为自己贵妇的地位可以保护儿子,她也以为法律会站在自己这一边。可是直到今天她终于明白,所有握在手里的东西都可以被轻易剥夺,因为这些东西从来没有真正属于过她,尽管它们曾经给她创造了屹立不倒的假象。

她们静静地喝着咖啡,看着城市慢慢苏醒,更多的灯光开始闪烁。川流不息的红色车灯驶入汽车尾气的迷雾之中。

亲爱的儿子,你永远不会知道妈妈有多爱你。

请不要把我的阳光夺走。

妮莎闭上眼睛,眼皮被压得越来越紧。

"好吧,有句老话怎么说的来着:一步一个脚印。"茉莉喝完了最后一口咖啡,拍了拍头顶用来固定头发的发套。"来吧,宝贝。我们行动起来吧。我们会帮你拿回那双高跟鞋的,剩下的事情一步一步来。现在第一步是去烤一些面包片。"

茉莉从阳台走回屋里。妮莎依然凝视着天空。过了一会儿,她掏出手机,输入一条信息:

朱莉安娜?这还是你的号码吗?

她犹豫了一下,然后补充了一句:我是安妮塔。

她犹豫了一会儿，终于按下发送键，看着这条小小的短信流入通讯的海洋之中。

萨姆在清晨黯淡的街道上遛狗，她居然忘记了之前自己对这种黑暗有多么恐惧，每个路过的陌生人都会让她神经紧绷。也许是因为她在思考接下来要发生的事：她居然同意加入一个疯狂的计划，一个她这辈子从来没经历过的疯狂计划。她，萨姆·坎普，一个普通的中年妇女，一个印刷公司的销售经理，已婚，有一个女儿，活到现在都没有搬离小时候的邮政编码覆盖区。她现在要参与一个荒谬的计划，帮一个她非常不喜欢的女人拿回她的高跟鞋。这一切都在她的脑海中轰鸣。但事实上，她现在的生活已经够疯狂了，每件事都如此不真实，与那个计划比起来有过之无不及。况且，此前所有担心过的事都已发生，除了安德莉亚，她已经失去对她最重要的一切。

凯文还在饶有兴趣地嗅闻每棵大树和灯柱的根部。她有点走神，想起茉莉和安德莉亚是如何快速彼此熟悉的。安德里亚总是可以轻松地做到这一点：她总能和别人快速建立联系，带着她那直率和开放性的友好姿态，让人们为她的光芒折服。年轻的时候，她永远也无法理解为什么安德莉亚会和自己这样的人成为朋友。萨姆可没有她那种魅力，也没有那种难以言喻的光环，吸引所有人下意识地靠近她。不过安德莉亚今天是不会去的，因为茉莉说她的外表"太有辨识度"了。妮莎则直接说道："妈的，万一她惹出什么岔子就完了。"

这些话让萨姆不太舒服，但是安德莉亚欣然接受了："或许她说得对。我要是去了，就像咕噜㊳出现在刑警队里，实在太扎眼了。不过等眉毛重新长出来，我就是《碟中谍》里的汤姆·克鲁斯。"

㊳ 咕噜（Gollum）：电影《指环王》中的精灵角色。

妮莎和萨姆依然用警惕的态度对待彼此。她不知道妮莎的底线究竟是什么，她身上那种无所畏惧的精神时常让萨姆感到紧张。或许萨姆还是适合待在循规蹈矩的圈子里，她和周围的朋友们都是老实人。或许自己身上的某些东西也会让妮莎感到不自在，所以她们只能客客气气地相处。没办法，谁让她们各自都满怀心事，无法在心灵上互相取暖。

不过这都不重要。萨姆把妮莎的高跟鞋弄丢了，她有责任帮她找回来。先不管其他不确定性，找东西这件事本身天经地义。现在这也是她唯一能做的事情。只有这件事处理完了，她才能重新回到自己的生活中收拾烂摊子，寻找新的工作机会。

她和凯文回到家的时候，发现门没有锁。门前的道路已经陷入拥堵状态，基本都是周末外出购物的人。她走进厨房，看见菲尔正背对着自己煮了一杯咖啡。他最近不怎么赖床了，身上还穿着连帽运动衫和旧的运动裤。察觉到萨姆走进来，他转过身点了点头。这已经是最近他能给出的最亲切的问候了。为了掩盖自己沮丧的情绪，她立刻在他开口之前就说自己要去冲个澡，然后留他独自一人给凯文喂食。

她简单冲了个澡，然后把头发擦干。对着镜子涂护肤品的时候，她注意到嘴角的两道凹槽已经深深下陷。好吧，她以后不会再这么仔细看镜子里的自己了。老实说，所有年过三十的女人都不应该给自己找这种不痛快。遵照茉莉的指示，她穿上了黑色的T恤和牛仔裤，然后套上了灰色套头衫和一件藏蓝色的冲锋衣。

她跌跌撞撞地从最后两层楼梯上飞奔而下，而他突然出现在门厅里。

"我们能……谈谈吗？"

她眨了眨眼，有点没反应过来。

"现在谈？"

"是的,就现在。"

她急忙看了一眼手表:"现在不行,菲尔。我……我得去工作。"

"工作?"菲尔重复着,眼睛里的光芒逐渐黯淡。"今天是星期天。"

"这件事有点特殊,我不能失约。听我说,能等我回来之后再谈吗?我今天可能会晚点回来,但我们一定可以……"

他没有说话,用观察陌生人的目光盯着她看。就在这时,她的手机突然响了。她低头瞥了一眼,以为是妮莎或茉莉在催促,但没想到居然是乔尔。来电显示像一颗手榴弹,迅速引爆了周围的空气。她的脸红到了脖子根,恨不得找个地缝钻进去。

"接电话吧。"菲尔都看到了。

"我今天其实是……"

"接吧。"

她转过身去接电话,试图回避菲尔的目光,可是她依然能感觉到他的目光在自己的后脑勺上燃烧。她故作惊讶地拔高了嗓门:"乔尔!怎么啦?"

乔尔的声音压得很低,仿佛要诉说什么秘密:"萨姆,很抱歉周末打扰你。但是最近发生了一件怪事:有个以色列的家伙来公司打听关于你的事。"

"什么……以色列人?"

"是的,我也不太能理解。他先去找了马丁,马丁告诉他你已经离职了,他听完就走了。我不知道他具体问了什么问题,但是……这个人看起来不像好人。我也不想吓到你,可是马丁还是让我通知你一下,他觉得这件事不太对劲儿。"

"听起来的确很奇怪,但是谢谢你。"

一阵短暂的沉默。

"我还想问你……"

"那我先挂了哦!"她用爽朗的声音说道,"周一见!谢谢你通知我!"

没等乔尔做出回应,她就立刻挂断电话。然后她把手机塞进口袋,整理自己脸上的表情:她希望自己看起来没有那么慌乱和内疚。

"那么……我们晚点再谈?"

菲尔依然一言不发地盯着她。他看起来好像在承受几乎难以承受的压力。

"我们一定可以好好谈谈的,菲尔,但是一定要等我回来才行。我只是……我现在必须要去完成这件事。"

"我要离开这里。"他一边说,一边转身走回厨房。

萨姆的脚步瞬间停下来:"什么?"

"我要离开,我真的……我真的受够了!我要保持头脑清醒。"

她走到门厅里,看见菲尔背靠着灶台勉强站立:"你在说什么?你要去哪儿?"

"我不知道。"

"菲尔,别说胡话!你不能就这么离开!不要这样好吗?我们必须要……听我说,我稍后一定会回来的,到时候我们谈谈,好吗?你先让我解决这件事,然后我们再好好谈谈。"

他摇了摇头,用十分疑惑的语气说道:"二十三年了,萨姆,咱们还有什么好说的?"

前台的米歇尔一直和茉莉关系很好,所以当茉莉主动提出替她照管前台十分钟,好让她去抽根烟时,她欣然接受了。毕竟茉莉平时就很善良,总是关照其他同事。米歇尔巴不得能离开工作岗位,偷偷溜出去抽烟。她身上一直藏着一包淡味万宝路,她可不想被弗雷德里克揪住。而对于茉莉她们来说，前台这里是酒店大堂为数不多的监控死角。

妮莎和萨姆站在几英尺外，看见茉莉正在浏览预定信息列表，很快她就发现了自己想要的东西。她选中了一间客房，在屏幕上快速操作一番，然后从身后墙上的挂钩那里抽出一把钥匙。做完这一切，她重新规规矩矩地站在前台里，温和地微笑着。这时米歇尔也正好回来了，身上带着淡淡的烟味。她掏出一个小镜子补了一下口红，然后"啪"的一声把口红盖扣上，收起小镜子。

"茉莉，你简直是我的救命恩人。我真不敢相信丽娜那个家伙又翘班了。老实说，如果他们继续让我连轴转的话，我一定会辞职的。"

"有需要帮忙的事情就和我说，亲爱的。随时随地。"茉莉一边说，一边迅速挪动脚步，想要离开。米歇尔有点疑惑地看着她："我突然想起来，今天是你的班吗……"

"快喷点香水吧，弗雷德里克会闻到你身上的烟味的。"茉莉从自己的手提包掏出一瓶气味不明的香水，迅速向米歇尔身上喷了两下。她咳嗽了几下，注意力也被打断了，口中勉强挤出一句"谢谢"。茉莉把香水瓶塞回包里，然后飞快地离开。

妮莎和茉莉带领萨姆穿过侧门，走下后面的楼梯，来到员工更衣室，然后换上了深色的衬衫和裤子，这是酒店的制服。自打来到这里，萨姆就一言不发，脸色苍白，神情凝重。妮莎怀疑这是过度紧张的反应。如果真的想做成这件事，大家都必须意志坚定才行。但萨姆看起来像是那种随时会投降的女人。万一她突然大哭起来呢？万一她突然大喊自己实在装不下去了呢？"上帝啊，可千万别让她把一切搞砸了。"她对着不知名的神灵祈祷着。"我必须要拿回我的高跟鞋。"

"你还好吗？"妮莎在整理裤子的时候忍不住问了萨姆一句。

"我很好。"萨姆坐在长椅上，双手紧紧地抓着大腿。她的指关节已经发白了。

"你不会是想打退堂鼓了吧？"

"我一定会完成任务的，你放心。"

"我给你补补妆吧，宝贝，你看起来面无血色。"茉莉意识到自己必须做点什么来打破眼下的尴尬。她把萨姆拉到镜子跟前，拿出自己的超大号化妆包，给萨姆涂上腮红和睫毛膏。萨姆一直面无表情，内心巨大的痛苦使她看起来像一具僵尸。妮莎不禁想到：至于吗？毕竟妮莎才是跟这件事关系最大的人。如果失败了，损失最大的人又不是她。

"好了，你可算活过来了。"茉莉露出温暖的笑容，轻轻地拍了拍萨姆的脸颊。

萨姆凝视着镜子里的自己，闷声说了一句"谢谢"。现在她的眼睛看起来轮廓分明，皮肤泛着健康的小麦色。可能因为平时太少化妆，现在的模样几乎令人震惊。

"几点了？"妮莎瞥了一眼手表，"我们是不是该去前台了？"

"三点才开始办理入住手续。"茉莉答道，"我们必须先吃点东西。总不能让士兵空腹上战场，对吧？"

三个女人站在厨房的角落里进食。茉莉吞下了自己那份松饼，可是萨姆几乎一口没动。妮莎知道亚历克斯一定会为此焦虑的。自己做的美食居然遭人嫌弃，这是世上唯一能引发他焦虑的事。她以前注意过，亚历克斯会透过后厨的窗户往餐厅看，默默监视着客人都吃下多少煎蛋或者班尼迪克蛋。如果盘子里剩下超过一半，那么他后背的肌肉线条看起来都是沮丧的。

"你是不是不爱吃这个？"他指着萨姆盘子里几乎没碰过的食物问

道,"我给你做点别的吧?"

"噢不,它们非常好吃。"萨姆勉强挤出一个笑容,"只是我现在不太饿。"

"你不应该错过亚历克斯做的食物,他是这里最棒的厨师。"显然,萨姆的拒绝引起了妮莎的愤怒。

"我说了,我不饿。"整个上午她们俩的对话都极具攻击性,紧绷的状态使得两人一直压抑着的怨恨呼之欲出。

妮莎可是饿极了。她连早饭都忘了吃,因为头脑中一直在模拟接下来会发生的各种可能性,手机里的信息也在分散她的注意力。当亚历克斯在她面前放了一盘淋着枫糖浆、堆着蓝莓的松饼时,她恨不得把他抱起来亲一下。几分钟过后她就清空了盘子,松饼那种完美的蓬松感、浓厚的糖浆和薄脆的培根片让她忍不住发出一声愉悦的呻吟。

"你准备好了吗?"他一边问,一边把白茶巾塞回到腰带里。

"我一直都在等着这一天。"她把空盘子递过去,"谢谢你的松饼。"

"我四点就下班了,但是我会一直留在这里的,有需要就找我。"

她立刻说:"不需要。"可是她马上就意识到这种说法非常不友好,"我的意思是,希望不会发生什么意外,这样就不用麻烦你了。你真好。"

亚历克斯其实并没有误会。他从来不会误会别人。

"我还是留在这里吧。"他和萨姆再次确认,她是否真的不打算继续吃那份松饼了。得到答复后,他叹了口气,把盘子端回操作台。

还有一刻钟就到三点了,萨姆在前台静静地等候着。她已经在这儿坐了快半个小时。这座被大理石覆盖的宁静堡垒使她觉得浑身不自在,或者说格格不入。客人鱼贯而入,后面跟着穿制服的行李搬运工。手推车上堆满了笨重的大行李箱，或者是那些只住一晚的客人的随身行李。装着白兰花的大碗点缀着堆满软垫的沙发，岩兰草的香味在空气中优雅地盘旋。萨姆已经不记得上次住酒店是哪年哪月，更不用提这种豪华酒店了。也许是亨利还在的时候，那天他们去福姆比争取一次大型足球比赛的物料印刷订单。当晚入住的旅客之家㊴酒店给了她一张坏掉的房卡，上面还沾满了鱼腥味。

她抬头看了一眼华丽的钟表，然后又往妮莎所在的侧门那里瞄了一眼。她知道妮莎一直都在看着自己，她的表情还和上午一样紧绷，但十分坚定。萨姆能看出妮莎一直都在担心自己会坏了大事，虽然这种怀疑让人愤怒，但也不是不能理解。其实现在体内的每个细胞都希望她能逃跑。可是她转念一想：自己还能去哪儿呢？就算回家了又能做什么？就在这时，通往大堂的酒店正门被打开，萨姆看到走进来的正是丽兹和达伦·弗罗比舍夫妇。他们正以一种没见过世面的眼神四下打量。她掏出手机发出一条消息：来了。然后她站起来，深吸一口气，在他们走到酒店前台之前就跑过去迎接。

"你们好，弗罗比舍先生和夫人！很高兴见到你们！"

她们事先已经彩排过很多次。前台的米歇尔不可能对一对想要办理入住的夫妇视而不见，也不会允许陌生人接待他们，所以萨姆的办法是直接截胡：把夫妇二人带到楼上准备好的那间客房，这样就避免了很多麻烦。酒店是一个非正式的聚会场所，并不只是给想要入住的客人准备的。它如此迷人，又如此安静，非常适合那些 ins 博主们自拍。这样他们就可以暗示粉丝：自己有能力入住豪华酒店。

丽兹·弗罗比舍夫妇喋喋不休的聊天似乎被酒店里豪华的大理石装饰压制住了，他们老老实实地跟着萨姆走进电梯。在上楼的过程

㊴ 旅客之家（Travelodge）：连锁酒店品牌，广泛分布于澳大利亚和新西兰各主要城市，以高性价比知名。

里，萨姆故作轻松地与两个人聊天，问他们今天过得怎么样，祝福他们接下来能有一个美好的体验，以及吹嘘他们接受这份奖品有多么明智。丽兹·弗罗比舍的脚上并没有穿那双高跟鞋，但她的丈夫手上拖着一个带轮子的小旅行箱。她能感觉到它们就放在旅行箱里：那双高跟鞋仿佛具有放射性。

他们走到232房间门口，发现房门是开着的。茉莉早就等在里面，假装整理床上的枕头。

"这些就是我们的获奖者吗？"茉莉笑容满面地说道。而丽兹·弗罗比舍伸出一只手来，手掌向下，就像女王在迎接自己的臣民。茉莉的眉毛扬了起来，但她依然表现出了自己的职业素养。这间客房有42平方米，属于中档舒适型商务套房，里面有一张大号的床，靠窗的位置还配了一个小沙发。

"这就是我们为您二位准备的房间。"萨姆介绍道，"是这家酒店最棒的客房之一，希望你们住得愉快。"

丽兹·弗罗比舍走上床，慢慢地踩了几下，还用手指抚摸着床单和窗帘，仿佛在检查这些布艺品的质量。她抬头看了看屋里华丽的装饰，脸上似乎闪过一丝失望。或许在她眼里，大奖也不过如此。

"那我们什么时候拍照？"她转身向萨姆问道。

萨姆立刻说："越快越好。因为您也知道，得趁着光线还不错的时候拍摄。"

"我这身还可以吗？"

丽兹·弗罗比舍穿着一套红色的香奈儿假两件西装，下摆被故意磨出了毛边，脖子上还系着一条围巾。萨姆注意到，她的头发被染成了红色，还用大量的发胶弄出了高耸的波浪。或许这套造型需要她在化妆台前至少待上一个小时。

"太美了！"茉莉和萨姆异口同声地说道。丽兹看起来沾沾自喜，好像这是意料之中的反应。

"房间里的酒水是免费的吗?"达伦问道。

"达伦,你知道我们不能喝酒。"丽兹严厉地打断他。然后她又补充道,"我们还想知道,除了住宿,这里还会提供其他服务吗?"她就像悬挂在头顶的利剑一样,充满威胁。

茉莉平静地回答道:"我相信我们的获奖者还可以接受其他服务。"说完,她把自己的电话号码写在床边的记事本上,向他们递了过去,"您二位有任何问题,或者任何需要,都可以拨打这个电话。我是指定给二位的高级管家。直接打电话就好,我很乐意为二位服务。"

一阵轻快的敲门声过后,妮莎走了进来。她手里拿着一台一直被放在失物招领处的相机,或许这里的工作人员没有一个人会操作这台机器。她展现出美国人独有的老练和热情,与这对夫妇打完招呼后,就一言不发地等待他们开启旅行箱。萨姆注意到,妮莎的眼睛一瞬间睁大了。她的红色路铂廷高跟鞋整齐地摆在一件浅色的毛衣上。她盯着丽兹小心翼翼地把它们掏出来,把绑带仔细地绑在脚踝上。现在高跟鞋近在咫尺,萨姆一直警惕地盯着妮莎,她害怕妮莎会突然失去控制,冲过去把高跟鞋从女人脚上拽下来。可是妮莎似乎还能让自己保持镇静。但凡她的脸上闪过一丝异样,第一个注意到的人一定是萨姆。

达伦、茉莉还有萨姆尴尬地站在一旁,看着妮莎指示丽兹坐在茶几或窗户旁边各种摆拍。最后终于到了合影环节,丽兹和达伦站到门口,她又开始指责丈夫不应该穿着这双鞋来,而且他早上忘了刮胡子。达伦甩锅道:"这双鞋可不是我自己买的。"然后他就摆弄遥控器去了。

"你们今晚有什么打算?"萨姆在妮莎假装拍完最后一张照片时间

道,"你们会在这家酒店的餐厅用餐吗?"

"哦,达伦刚才看了一眼菜单,不太喜欢。他想出去吃。"丽兹抬起下巴,微微地嘟着嘴。

"菜单上没有任何东西合您胃口吗?连一个汉堡都没有?"

他说道:"我们打算去吃中国菜,我喜欢烤鸭卷饼。"

"你不会穿着这双高跟鞋去吧?"萨姆漫不经心地问,"鞋跟也太高了,不是吗?"

丽兹低头看了一眼自己的双脚:"哦,我早就习惯这种高度了。"

"如果穿着这双鞋一路走到莱斯特广场,你会累死自己的。"

丽兹耸了耸肩:"无所谓。但如果下雨我就不穿了。对吧,达伦?"

"那双鞋一定很舒服。"萨姆指着她刚进酒店时穿的那双鞋说道,"要是我的话,一定会穿着它出去吃饭的。"

"哦,那双是 Russell & Bromley[40] 家的鞋。"丽兹回应道,"可是那双鞋和我身上这套衣服配吗?"

"当然很配,简直是绝配!"萨姆鼓励道。

妮莎依然在盯着丽兹的脚。如果她的目光是一束火焰,说不定丽兹脚上的路铂廷高跟鞋已经在冒烟了。

"莱斯特广场周围的人行道可不太平整。"茉莉故作轻松地整理沙发上的垫子,"如果你穿着这双高跟鞋去,要当心扭到脚踝。上周我们有一位客人摔得非常严重。"她点了点头,轻轻地补了一句,"差点没摔骨折。"

丽兹在床沿上坐下:"不,我就要穿着这双。现在它是我的幸运鞋了。不是吗,达伦?"她扭动着自己的脚踝,好像在欣赏艺术品。

茉莉和萨姆看了彼此一眼,她们的目光都很沮丧。

---

[40] Russell & Bromley:1947 年创立于英国的鞋履品牌。

"那好吧。"萨姆一边说,一边往门口退去,"我们就不打扰您二位了。"

茉莉也说道:"别忘了,如果有什么需要就直接打电话给我。这会比打给前台要快得多。"

"能让我看看照片吗?"妮莎走到门口时,丽兹问道。

妮莎下意识地把相机放到身后:"等我们修好图,会给您冲印一版并邮寄上门的。"

听到"冲印一版"之后,丽兹看起来非常高兴。三个女人又在门口站了一会儿。

茉莉最后说道:"那就先这样,希望二位能在本酒店度过美好的时光。"

萨姆突然控制不住自己的情绪,开口补充道:"你能来这儿可真是太好了,因为你对待猫咪的方式可真够绝的……"她还没说完就怪叫一声,因为妮莎正在用力地戳她的后腰。她们刚站到外面的走廊里,茉莉立刻关上了身后的房门。

茉莉的心态很乐观:"今天这种天气,谁敢穿露脚趾的鞋出门啊。她不会真的穿出去的。"

萨姆跟着说道:"是挺冷的。"

"就算外面下雹子,她也会穿着自己的'幸运鞋'出门的!"妮莎啐了一口。

"他们居然不喝酒!"茉莉用胳膊夹住那瓶被拒绝的香槟,"怎么会有人不爱喝酒呢?要是他们喝醉了,事情也会简单许多。"

现在是五点一刻,茉莉认为弗罗比舍夫妇一定会很快出去吃晚饭。那个达伦一看就是个吃货。本来她们打算等这对夫妇外出后,让妮莎溜进去把高跟鞋拿走。现在,她们只能回到员工更衣室,无奈地凝视着窗外,思考丽兹·弗罗比舍的选择是否会打破接下来的一切

- 333 -

计划。

"下点雨吧,他妈的。"妮莎凝视着灰色的天空说道,"这个该死的国家几乎每天都下雨,今天也给点面子不行吗?"

她发给朱莉安娜的那条短信变成了"已读",但对方没有给自己任何答复。

第31章 潜伏

弗罗比舍夫妇终于在六点一刻时离开了232号房。仅仅在一个小时之前,这些女人还觉得自己的计划基本没戏了,大家的情绪都很沮丧。茉莉一直在前台后面的办公室假装收拾东西,听着米歇尔没完没了地抱怨自己的工作,偶尔应付两句,她的注意力都放在大堂来来往往的人群上。萨姆和妮莎依旧在闷热狭小的更衣室里静静等待。每个进来从储物柜里拿东西的工作人员都投来冷漠的目光,她们选择无视。谁让她们是隐姓埋名的临时工,既不值得交谈,也不值得认可。两个女人一言不发,各自陷入沉思。妮莎发现自己很容易为萨姆那张垮下去的脸生气,她总带着一副被生活打败了的怂样。突然,她的手机铃声响了起来,打断了她的思绪。屏幕上显示的信息让她立刻陷入警觉。

"她们出发了!"妮莎盯着手机,另一条信息很快出现。"哦,我的上帝!"她忍不住叫了出来,简直不敢相信自己看到了什么。"她没穿我的高跟鞋出去!"

"真的吗?"萨姆的语气突然充满希望。

妮莎兴奋地说道:"下雨了!真的下雨了!谢谢你,我的上帝!"她已经站了起来。"按照计划行动。你跟着他们出去,确定他们走远了,我就冲上去把鞋拿走。"

妮莎特意穿着深色的衬衫和裤子，还挂着一个工牌的挂绳，这让她看起来十分像一名酒店的工作人员。如果把挂绳摘了，她看起来就又和其他的无聊房客没什么区别。茉莉给了她一张动过手脚的房卡，现在她的心脏怦怦乱跳。这一天终于来了，她要把自己的高跟鞋拿回来了。她和萨姆沿着走廊默默前行，到达酒店侧门后，萨姆走了出去。她的手机依然压在耳朵边上，因为茉莉在给她导航："往右边走就是摄政街，那个女人依然穿着那套红色西装，没有穿大衣。这个二货八成已经冻傻了吧。"

妮莎走进电梯，按下二层的按钮。她的脚上还穿着萨姆那双黑色低跟鞋，这双鞋陪着她一起缓缓地向上移动。她再次捏了捏手里的房卡，这一天真的来了。电梯在二楼停下，门缓缓打开。走出来的时候，她的脑袋一直轰鸣，即将到来的胜利在她的血管里横冲直撞。还有二十步。十步。她马上就要拿回属于自己的东西了。

可是等在那里的人是阿里。他正在和两个穿西装的男人嘱咐着什么。

她的第一反应是掉头跑回电梯口，然后狂按按钮。现在该做点什么？她试探性地伸出脑袋，想确认一下自己有没有看错。真的是阿里。她迅速缩回脑袋。阿里正在给一个人介绍一张图纸上的东西。他们站在那里的样子看起来漫不经心，说话的语气也很轻松，好像这里是他们值班的地方。进入232房必须要经过这些男人，可是她不敢保证这回自己依然能不被阿里认出来。

附近有个储物间的门忘了关，她一闪身就从电梯口钻了过去。她在放满毛巾和床单的架子旁站定，迅速给茉莉发消息。

我没法进房间，阿里他们正好在走廊里。

茉莉迅速回信：别慌，我来处理。很快另一条消息发送过来：我们一定会成功的。喘口气，别慌。

＊

不知为什么，跟着这个女人在摄政街的人群中穿梭时，萨姆获得了一种出人意料的慰藉。现在她的所有精力都放在弗罗比舍夫妇身上，丽兹鲜艳的红西装在人群里闪闪发光。每走几步，她就会停下来对街边的橱窗指指点点，萨姆也掌握了这种节奏，一直稳定地保持三十英尺左右的距离。她身上穿着冲锋衣，冒着小雨，寒冷的空气让她的呼吸化作蒸汽。她有一种奇怪的感激之情，因为她的注意力都放在眼下这件极具使命感的任务上。她需要全神贯注，这样就没心思考虑别的问题了。

丽兹·弗罗比舍显然很开心。作为全球猫咪慈善基金会的获奖者，她恨不得招摇过市，让所有路人流露出羡慕的眼神。她总是不断停下来对着橱窗的玻璃检查妆容、整理头发。相比之下，达伦·弗罗比舍看起来闷闷不乐，似乎受够了。他不停地查看自己的手机，每次妻子停下来的时候他都会唉声叹气。

萨姆的手机铃声突然响了起来，她立刻按下接听键，母亲的声音传来："哟，很高兴知道你还活着。"

萨姆紧盯着弗罗比舍夫妇沿着摄政街继续前行。他们先是消失在一大群青少年之中，很快又再次出现。"怎么啦，妈妈？"

"你还问我怎么了？我就不能问候你一下吗？而且我必须提醒你，你忘了帮我查找赞美诗！"

"什么？"

"你父亲最近正在看《献给海上遇险的人们》。他觉得这首诗十分虔诚。我可不这么认为，一想到这首诗我就觉得要晕船了。"

"妈妈，我现在很忙，晚点再说行吗？"

"而且它传递了一种重男轻女的思想，几乎每一句都是！"她的母亲突然唱了起来："永恒的慈父，顽强的拯救，他的手臂束缚了不安的波浪——你听听这些诗句,不如直接报绿巨人的身份证号得了。不过因为我说了这些话,你爸跟我生了好几天闷气。"

那对夫妇突然停住脚步,面对面说了几句话。达伦用手指着东边的方向,或许是在说唐人街,他的表情看起来一直不愉快。丽兹举起一只手挡在头上,好像她现在才意识到下雨了。

"不管怎样,你显然没有帮我查找赞美诗。现在我只是想知道,你什么时候才能回来帮忙收拾家务。现在这个家简直一团糟。楼下的厕所已经堵了好几天了。你爸觉得自己被抛弃了。虽然不知道你这两天遇到什么事了,但是……"

"我现在没空说这些,妈妈。"

"我可不想让他用楼上的厕所,万一他再次把马桶堵了呢?你知道他一吃李子就会……"

"妈妈,我等会再打给你。"

"你到底什么时候……"

萨姆果断地挂了电话,然后躲进路边一个商店,她担心停在原地的夫妇二人会发现自己。虽然不知道他们在说什么,但谈话看起来并不愉快。达伦一直在和丽兹争吵,接踵而至的游客只能尽量避开他们。突然间,夫妇二人的嗓门突然拔高了,有只言片语顺着冷风,飘过人群,传到萨姆耳朵里:

"好吧,我也不知道天气会这么冷,不是吗?"

"我饿了,丽兹。而且现在还在下雨,我可不想就这么空着肚子走回去。"

萨姆听不清他们又说了什么,只能看到丽兹在不停地比画着,而达伦也举起双臂表示愤怒。就在这时,丽兹突然转过身,朝他们来时的方向走去。萨姆立刻装作顾客在商店门口徘徊。现在夫妇二人正一边争吵一边往酒店的方向走,她赶紧掏出手机给妮莎报信。几秒钟后,手机屏幕黑了下去。心跳在这一刻停了,她茫然地盯着眼前的黑屏。这是意想不到的差错:她忘了提前给自己的手机充电。

萨姆抬起头来向前看,他们已经往宾利酒店的方向走回二十多米了,而且步伐飞快。达伦一边走,一边冲着丽兹摇头。

什么玩意儿!

没有别的办法了,她必须为自己的错误负责。萨姆把头上帽檐压低,开始拼命地奔跑。

茉莉刚要往电梯间走,酒店经理弗雷德里克突然出现在身后,他的声音几乎可以穿透整个酒店大堂。

"啊,茉莉!有点事要找你。"

他站在前台,招手示意她过来。

茉莉低声咒骂一句,但转过身来的时候已经满脸堆笑。

"217房的客人把酒弄洒了,需要换床单。你能马上去处理一下吗?他们就在房间里等着呢。"

她刚想说今天不是自己的班,可是很快就意识到:自己很难解释为什么会在本该休息的时间出现在这里。于是她立刻点头:"当然可以!"然后她故作轻松地走向二楼,一边走一边给妮莎发信息:

抱歉,有点突发状况。稍等我一下就好。

萨姆只用了七分钟就跑回了酒店。一路上,她挤过拥挤的人群,躲避尖锐的伞骨,不停地跟那些被自己撞到的行人道歉。她的胸腔快要因为剧烈运动而爆炸。很快,她溜进侧门,沿着狭窄的走廊冲进员工更衣室。一个男人此时正坐在长椅上,他把自己的黑色系带皮鞋擦得亮晶晶的。

"茉莉哪儿去了?"她上气不接下气地问道。

男人摇了摇头。

她沿着狭窄的走廊奔跑,一直在叫喊茉莉的名字。几个酒店管家转过来看着她,但没有人应声。萨姆低声咒骂着,停下脚步,试图理清思绪。茉莉现在可能身处这家酒店的任何角落。这里的结构简直像个兔子窝。大堂。茉莉应该在酒店大堂。她一定在那儿。于是她沿着走廊往回跑,一边跑一边回忆刚才看到的货梯的位置。找到之后,她按下按钮。电梯从四楼缓缓地下行,她因为焦虑而浑身颤抖。电梯门在她面前缓缓滑开的样子简直让人窒息。她冲进去,不停地戳标志为"G"的按钮,一次、两次、三次。"求你了,快点!"她大声地向这架摇摇晃晃的货梯央求着。最后,货梯就像一个脾气暴躁的老大爷一样,不情不愿地答应下来,颤颤巍巍地开始上行。

　　妮莎挪到了另一侧的亚麻布架子旁边,试图听清阿里他们在走廊里聊什么。即使他那低沉、平稳的声调偶尔会拔高一两下,但听清楚对话内容却很难。况且,她觉得危险近在咫尺,整个身体都高度紧绷,每块肌肉都在微微颤抖。"别慌。"她对自己说道,"茉莉一会儿就到,喘口气。"她感觉自己好像等了一个世纪,才终于听到地毯上传来沉重的脚步声。他们往这边走过来了。妮莎再次紧张起来,后背紧贴着架子,等待面前的门被打开。或许他们还是发现自己了。随后,脚步声渐渐消失,她屏住呼吸,小心翼翼地打开门,探出脑袋张望。阿里宽大的、被深色西装包裹的后背消失在走廊尽头。他看起来似乎在通过耳机和别人交谈。她又望向另一边:刚才和他说话的两个男人沿着走廊,朝他们前方的电梯走去。
　　妮莎闭上眼睛,深呼吸了几次,试图忽略自己双手的颤抖。等她觉得自己恢复镇定后,便立刻挺直肩膀,走出储物间,飞快地沿着走廊来到 232 房。现在一切都尽在掌握。她把房卡靠近门把手的位置,一声令人愉悦的"咔哒"响了起来。她终于走进来了。

萨姆刚走到酒店大堂,正好看到茉莉的背影消失在不远处的一扇门里。她先是放慢脚步,假装不经意地穿过铺满大理石的大堂中央,这样才不会引人注目。等到走进那扇门里,她立刻加速,边跑边喊:"茉莉!她拿到自己的高跟鞋了吗?"茉莉转回身,双手交叉放在胸前。

"我不知道。她丈夫手下的一个保镖突然出现在走廊里。本来我想去替她拿的,但是现在经理让我去换一张床单。"

就在这时,她的手机铃声响了。

她看完消息,眉开眼笑地对萨姆说道:"太棒了,她进房间了!"

"不,不,不!他们马上就要回来了!"

"什么情况?"

"弗罗比舍夫妇!他们吵了一架,因为丽兹说要回来拿外套。快让妮莎从房间里出来!"

"该死的蠢女人!这么冷的天怎么敢不穿外套就出门!"茉莉一边咒骂,一边快速地给妮莎发消息。

快出来!他们回来了!

*

妮莎扫视了一圈整个房间,她的呼吸有些急促。丽兹·弗罗比舍身上刺鼻的甜调香水味仍然飘浮在空中。高跟鞋哪儿去了?妈的。它们一定还在房间里。夫妇二人的旅行箱还放在置物架上,她一把扯开拉链,控制住触摸别人内衣带来的恶心感,用指尖小心地翻了个遍。不在这里。她又打开衣柜的门,里面也没有。她站在原地仔细思考。丽兹·弗罗比舍没有穿这双鞋出门。茉莉已经确定过了。而且就算真的穿了,萨姆也会给她发消息的。毕竟她一直在跟踪这两口子。妮莎又把床罩拉起来,看看他们是否不小心把鞋踢到了床底下。但是也没有。难道丽兹·弗罗比舍把高跟鞋背在包里,等到了目的地再穿?可是吃一顿中餐至于让她如此大费周章吗?最后,她把脑袋伸向卫生间,然后松了一口气:高跟鞋就放在卫生间的瓷砖地上。红色鞋底的倒影在大理石地面上闪闪发光。一看到这双鞋,她觉得自己仿佛被一道闪电击中,仿佛浑身上下的末梢神经都跟着舞动起来。她弯下腰,把鞋子抓过来抱在怀里,终于开始大口喘气,好像她之前一直忘了呼吸似的。手机在口袋里嗡嗡作响,她掏出来看了一眼:

快出来!他们回来了!

妮莎360度无死角地检查了整个房间,确认一切正常后,她便匆匆跑向门口。可是刚把手放在门把手上,她就听到了门外的声音:

"上帝啊,谁会在十二月初的时候穿得跟夏天一样出门?"

"你能别这么讨厌吗?我感冒了对你有什么好处?"

"好吧,丽兹,我只是想吃晚饭。你知道不让我按时吃饭会怎样。刚才出门的时候你就应该带上外套,省得我们千里迢迢地跑回来。"

对话戛然而止。妮莎惊慌失措地盯着眼前的门,然后下意识地转身扫视房间。"咔哒"一声再度响起,门被打开了。

"她还没有回复。"

"也许她在电梯里,那儿信号不好。"萨姆低声回答了一句,茉莉也跟着点点头。

她们站在门厅的角落里,看起来像两个彼此不认识的陌生人,都盯着电梯口发呆。每次那扇门打开时都会吞吐一些客人,但妮莎一直没有出现。茉莉的手机响了。

我还在房间里,他们已经回来了。快把我捞出去!

茉莉拿着手机疯狂输入,萨姆在她身后盯着屏幕。

什么意思?他们也在房间里,那你在哪儿?

我在床底下,他们还在这儿吵架!

"噢,我的上帝!"茉莉低声喊了一句,眼睛仍然惊恐地盯着屏幕。

"现在我们该怎么办?"萨姆问道。

"保持冷静。"茉莉说道,"如果他们只是回来拿外套的,那一会儿就会离开房间。不会出什么事的。"她重复了两遍,好像在试图安慰自己。"他们应该只是回来拿外套的,对吧?"

"是的。"萨姆立刻回应道,"你说得对,不会出什么事的。"

妮莎平躺在床下,感觉身体里的每一个细胞都被恐惧抽干了。之前她和茉莉一起打扫客房的时候,总会把床推开,然后用吸尘器把床底下也吸一遍。显然二楼的保洁员并没有这么认真:床底下的灰尘像兔子一样在她的身体上跳跃。地上还有几缕头发,各种皮屑,还有其他肉眼看不到的人体分泌物。它们正把自己团团围住。一想到这些,她就要哭出声来。她只能平躺,不能看左侧或右侧的地面,如果看到的话,她怕控制不住自己的呕吐。最后她干脆闭上眼睛,把手臂放置在腹部,这样就可以尽量不接触地板。

"你为什么这么急着去吃晚饭?我们又没提前预订,达伦!你和往常一样,根本就懒得提前订好餐厅!你只要不往自己的胖嘴里塞东西就难受!难道不是吗?"

有一双脚正沿着床边来回踱步。

"所以这就是你特别喜欢去你妈家的原因吧?上帝啊!"

"我就是喜欢在星期天回我妈家,怎么啦?碍着你什么事了?"

"你就喜欢你妈成天围着你转,一根手指都不用你动!怪不得你在家里什么都不干!"

"快出去吧,求你们了。"妮莎默默祈祷,"去餐厅里吵也行,只要离开这个房间就行。"

"好吧，我告诉你，我不想出去吃了，我要在房间里点餐。"

"你说什么？"丽兹·弗罗比舍用难以置信的声音问道。

"我不想说第二遍。"

达伦一屁股坐到床上，妮莎吓得身体紧缩。现在这张床已经快贴到她脸上了。她听到达伦拿起了遥控器（当然是达伦），打开了酒店的电视。房间里突然传来足球比赛解说的声音。

"你留在这儿，难道让我自己出去吃吗？"

"你爱干吗干吗去。反正来这家酒店也是你的主意，随便你吧。"

"我姐姐说得真对。"

"好吧！又开始提你姐姐了！你继续说吧！"

妮莎的鼻腔突然开始刺挠，或许达伦刚才那一屁股把床板里的灰尘震下来了。她赶紧用手紧紧捏住鼻子，可是没用，那个喷嚏眼看着就要出来了，她控制不住。这一刻，妮莎觉得自己完蛋了，可是她真的忍不住……

喷嚏终于打了出来，可是被房间里的其他声音掩盖了。

"球进了！凯恩成功射门！守门员根本无法阻挡！"电视解说员充满激情，随后房间里又缓缓安静下来。喷嚏之后就是泪水，妮莎真的很想大声尖叫。床上的达伦开始挪动身体，随后妮莎听到床头柜旁边的座机被拎起来了。

"你确定要留在这里吗？"

"是的。"达伦说道，"外面实在太冷了，就在酒店凑合吃一口吧。"

"我想出去吃，我们好久没出去吃顿像样的饭了！"

"我们上周六不是才出去吃过吗？"

"可那是为了陪你哥一起吃饭！"

妮莎试图将自己的意念与肉体分开，达到别人说的"解离"境界。

她专注于自己的呼吸，可是又很快反应过来：深呼吸会让自己吸入更多床底下的皮屑。于是她赶紧闭上眼睛，用手捂住自己的嘴。

脚步声不断传来，然后什么声音都没了，除了电视机里足球比赛的喧哗。

妮莎睁开眼，听到房间角落里那张躺椅上传来低沉的哭泣声。床上的重心微微偏移，她看到达伦的脚踩到地板上。他右边的袜子破了一个洞，有一枚硬币那么大。

"你怎么还哭了？"

"滚开！"

两人陷入长时间的沉默，只有哭泣声连续不断。

"我只是想让今天变成一个有纪念意义的日子！我中奖了，达伦！本来我还挺高兴的，现在一切都被你给毁了！"

一声长叹。

"没有毁。别这样，亲爱的，我只是太饿了。"

这时，妮莎的手机收到一条新信息：你出来了吗？

没有！她快速回复。

他们还出不出门了？

我不知道！我快要死在床底下了！救命！

茉莉回复了一串省略号，然后就没再说话。妮莎想象着茉莉和萨姆站在楼下的样子，她们一定正在想办法。尤其是茉莉，她一定会有办法的。

"好吧，宝贝，咱们出去吃，快把外套穿上吧。"她听到达伦下床穿衣服的声音：手臂伸进袖子，口袋里的钥匙咔咔作响。"我把钱包放哪儿了？"

紧接着传来丽兹心碎的声音："我不想出门了。"

床下的妮莎瞪大了眼睛：臭婊子，开什么玩笑！

"你已经把气氛毁了!"

达伦回应的语气既温柔又老练,好像他已经处理过很多次类似的沟通场景。"噢,我的宝贝。别哭了,你知道我最见不得你哭。"

有些含混不清的话语传进耳朵,她分辨不出他们说了什么。

"过来宝贝,坐到床上来,让我抱抱你。"

妮莎屏住呼吸,床上现在承担着两个人的重量,她担心自己的脸要被压扁了。

"过来吧,我的小宝贝,过来。"

女人的抽泣声停止了。但她好像听到……噢,我的上帝,别这样!她觉得自己后脖颈的汗毛都竖起来了:夫妇二人正在接吻。

"你已经很久没这么叫过我了。"

"嘘,我的宝贝。你今天穿的这一身西装真漂亮,真的。"

"谁信你的花言巧语。"

"你看起来可比烤鸭卷饼美味多了。"

女人"咯咯"地笑出声来。

噢!上帝!求你了,快让他们停下!

上个月,妮莎经历过很多令自己痛彻心扉的时刻,但现在看起来,那些不过都是小菜一碟。到今天她才真正理解什么叫崩溃。她强迫自己进入一种从未有过的精神境界,竭尽全力控制自己想要尖叫的冲动,以及,尽量保持静止,不要因为激动而在脏兮兮的地毯上抓来抓去。她闭上眼睛,试图让自己回忆起雷蒙德的笑脸。可是转念一想:在这么恶心的场面里回忆儿子,难道不是一种犯罪吗?于是她只能平躺在那里,用一只手死死地捂住嘴巴。我可能会死在这儿的。她想到,他们两个人会在激情过后沉沉睡去,而我就这样被困在床底下一整夜。不知道要过多久,等到二楼的客房清洁员挪开大床,然后发现一具死不瞑目的尸体。

妮莎逐渐失去理智，大脑一片空白，她开始浑身发抖。太过分了，她真的受不了了，这简直是……

萨姆和茉莉站在二楼走廊的尽头，两人相距不过几英尺。茉莉紧挨着保洁车，萨姆则把帽檐拉下来盖住脸。手机靠在一堆毛巾上，茉莉安静地看着收到的信息。

然后，茉莉拿起手机，试探性地发了一条：你还好吗？

不！我不好！他们两口子正在我头顶上干那事儿呢！

茉莉难以置信地瞪大了眼睛。她把这件事告诉了旁边的萨姆，并且忍不住尬笑一声。她们慢慢地靠近232房门口。在走廊极其安静的时候，她们都能听到房间里的声音，这声音足以让所有旁观者脚趾抠地。

"那她不得死在里头？"茉莉一边摇头叹气，一边站直了身子。"可真是要了老命了！"

手机又响了一下。

灰尘太多了，我又要打喷嚏了！

"不，宝贝，千万别打喷嚏！"茉莉一边输入一边自言自语。不要打喷嚏。

我突然觉得胸口特别闷！

手机一直响个不停。

我快要喘不过气来了！救命！

"我们现在该怎么办？"茉莉的语气已经十分痛苦。

萨姆觉得自己的忍耐也已经到了极限。她搓了搓自己的双手，眼睛闭上又睁开，似乎在整理头绪。然后，她沿着走廊往回跑了几步，发现自己想找的东西之后，转头看了茉莉一眼。她又跑回来，强行撸下茉莉脚上玛莎百货买的海军蓝船型高跟鞋，冲过去在火警报警器的玻璃上猛敲几下。玻璃碎了,她用手掌根部撞上按钮。警报声立刻响彻走廊,几乎震耳欲聋。

"你这是干什么?!"茉莉大声吼道。

"愣着干吗?快跑啊!"萨姆头也不回地往消防通道冲去。

第32章　终极秘密

宾利酒店的310间客房在第一时间收听到了广播提示：火警报警响起。请不您要惊慌，尽快前往附近的消防通道。

达伦还在兴头上，但不得不停下来。丽兹很快光着脚站到了地上，而床上的达伦依然没有反应过来。

"着火了？达伦，着火了，着火了！"

达伦喘着粗气说道："说不定只是虚惊一场。"

"我都听到走廊里的脚步声了，大家都在往外跑！达伦，快下来，我们也赶紧走！"

"我不信。"妮莎看到达伦的脚慢悠悠地从床上挪下来，还在穿袜子。她感觉自己快要被冰凉的地板冻僵了，也有可能是被警报声吓傻了。她使出右腿的全部力气，挪动着来之不易的高跟鞋，然后用手指勾住绑带。房间里的弗罗比舍夫妇正在慌忙地穿上各自的衣服、收拾东西，这种时刻依然忘不了拌嘴。走廊里传来杂乱的脚步声，还有那刺耳的、连续不断的警报声。

"包，我的包呢？"

"宝贝，别拿了。等我们走到楼下，火警就没了。"

"我的高跟鞋呢？"

"这时候还管那双该死的鞋干吗？你应该……"

"达伦，现在所有人都在逃离这家酒店，我们也得走。"

丽兹·弗罗比舍的惊慌也传染了床下的妮莎。她开始忍不住怀疑：这场大火不会是真的吧？等他们走了之后，自己还来得及逃生吗？或许她会被烧死在床底下？然后就像庞贝古城的人类遗迹一样，等着别人发掘？

房间门被打开，好像所有房客都在惊慌失措中冲进了走廊，还有一个婴儿在哭。房门又被关上了，噪音被隔在外面，听起来沉闷了许多。妮莎又让自己等了一会儿才从床底下爬出来。她不停地咳嗽着，拍打着身上的灰尘，而这些灰尘再次让她流出眼泪。照片。千万不能忘记那张照片。她迅速掏出提前打印好的录像截图，把它放在床头柜上。然后，妮莎把高跟鞋抱在胸前，踮着脚走到门口，伸出脑袋向外张望。很快她也加入了惊慌失措的人流之中，所有人都朝着消防通道的楼梯那里跑，甚至没人关心自己会不会被火烧到。

不管怎么说，去哪儿都比留在那个房间好。

萨姆和茉莉挤在酒店后门口，这里站满了成群结队的工作人员。现在他们都不知道自己该去哪儿。有些员工在抽烟，仿佛对这场骚动视而不见；有些穿着白衫的厨师瑟瑟发抖地聚到一起，抱怨他们刚做好的舒芙蕾和烤鱼之类的食物要葬身火海了。

"她还是没有回信儿，要不我打个电话吧？"

"再等五分钟吧，以防万一。"

"我打电话问问亚历克斯，或许他知道。"

萨姆的心已经跳到了嗓子眼。现在她既兴奋又恐惧。她干了一票大的：眼前这史诗级的混乱正是她造成的。酒店上空又响起了警报声，酒店高管们正在确定起火地点。马路边突然出现了好几百号从酒店里涌出来的房客。父母正在安抚哭泣的孩童，倒时差的游客们无精打采地站在路灯下。原本是她的生活陷入了混乱,而现在她又一手制造了新的混乱。一个小小的动作便可以让原本正常运作的酒店管理系统停摆。在刺耳的噪音中,茉莉正用手堵着一只耳朵打电话。有的房客身上还穿着睡袍,有的是胡乱套上外套就跑出来了。他们仗着人多,开始慢慢往马路中间站。四周的交通陷入淤塞状态,出租车不耐烦地按着喇叭缓缓前行。

　　萨姆依然难以置信地看着周围的一切。然后奇怪的事情发生了:一股不熟悉的热流突然涌上心头。她无法控制自己,突然开始狂笑。她把脑袋贴到墙上,感受头皮上传来砖块的冰冷。她看到自己粗糙的手掌,然后笑得更厉害了。笑着笑着,萨姆又开始哭泣,大颗的眼泪从脸颊滚落,她只能用手紧紧地抓住身体两侧。茉莉终于注意到她的异样,有点惊恐地皱起眉头,而这副表情让萨姆笑得更厉害了。

　　"你疯了吗?"茉莉把手机塞回口袋。

　　萨姆擦了擦眼睛,点了点头,依然控制不住地大笑着:"可能是吧,我大概是疯了。"

　　妮莎在拥挤的人群中沿着走廊缓缓前进,消防通道的防火门前堵了太多人,他们不得不停下脚步。一些年轻人毫不在意,正在互相开着玩笑;她身后有一对老年夫妇抱怨着刺耳的噪音,他们都用自己的手捂着耳朵。妮莎只在意胸前被紧紧箍着的高跟鞋。她不敢相信自己成功了,她又重新拿回了属于自己的东西。前方的人群开始慢慢地顺着狭窄的楼梯向下走,她回头看了一眼,试图寻找茉莉或者萨姆。就在这时,她看到了阿里。

　　阿里的目光最先落到她胸前的高跟鞋上,然后才转向她的脸。认出这是妮莎之后,他的表情有点震惊。可是一秒钟之后他就反应过来,迅速穿过人群走向她,毫不在意那些被挤到一边的房客发出的咒骂声。妮莎的心跳停了一拍，然后立刻推门走向楼梯间，在缓慢下行的人群中杀出一条血路。可是她依然能感觉到，阿里靠得越来越近了。

"看着点路！你都要把我撞倒了！"

妮莎没有力气跟这些人道歉。高跟鞋还卡在胸前，她继续艰难地往前挤，跌跌撞撞地又跑下三级台阶。身后的人群不断爆发出尖叫，这意味着阿里也在靠近。她在脑海中飞速计划着，决定绕开一楼的安全出口。不知道是谁的胳膊肘使劲儿地朝她前胸撞了一下，她疼得龇牙咧嘴。人与人之间靠得实在太近了，她可以闻到他们身上的气味，对他们的恐慌感同身受。最后，她夹在两个穿着西装的大个子男人之间，强行推开了赶往一楼安全出口的人群，独自跑向了货梯口。

所有人都告诉你火灾发生时不要乘坐电梯，但妮莎咬咬牙，决定赌一把。她走进去之后迅速按下一楼的按钮。门关上的那一刻，阿里也差点冲进来。她在电梯慢慢下行后突然开始尖叫，可是又不理解自己在叫什么。或许阿里已经在联系他的手下了。会有多少人赶过来？他会去哪儿堵住自己呢？电梯到达一楼，门再次打开。她穿过人山人海的酒店大堂，穿过餐厅大门，沿着有包间的那一侧走廊快步往前跑。那些包间几乎都空了，只有一些心烦意乱的客人与没来得及跑出去的服务员抱怨自己丢失的外套。然后她终于跑进了厨房。

在寻常的星期天晚上，宾利酒店的后厨和战场没什么区别。锅碗瓢盆响个不停，油烟弥漫整个空间，还有厨师会在你难以想象的油温里炸食物。这些穿着白衫的厨师大多神情紧张，一直在大喊大叫。旁边的门开开合合，服务员端着盘子进进出出。有人不停地用亚麻布擦拭弄脏的餐具。可是现在，只有零星几个服务员在收拾厨房里的家伙什儿，刚走到门边就能闻到食物烧焦的气味。然后她一眼就看见了他，立刻大喊一声："亚历克斯！"

他转过身来看了一眼，立刻朝她身边跑过去。他总是能迅速明白发生了什么。

"有人正在追我，救命！"她撕心裂肺地求救，又下意识地瞥了一眼身后。而亚历克斯毫不犹豫地抓过她的胳膊肘，带她一起穿过厨房的操作台。

"往这儿走。"他在一个金属门旁边的密码锁上输入了一连串数字。沉重的大门缓缓打开，里面是冷藏室。他带她穿过塑料布帘走进去，把身后的门关上。随着他们深入的步伐，一盏盏感应灯应声亮起。她环顾四周，看到巨大的肉块堆放着，开膛破肚的动物尸体挂在墙上，还有成排的蔬菜货架和装牛奶用的纸壳箱。

他用手指着不远处："到那儿去！最后一排架子那里。"

她按照他的指示躲了过去，那里有一望无际的鸡蛋。可是这些鸡蛋让自己巧妙地藏身于一排高大的不锈钢罐子后面，这样从远处是看不见的。

除了制冷设备发出的单调而机械的噪音之外，这里可以说是一片寂静。她呼吸有些困难。外面的喧哗声逐渐褪去，她的心跳声变得震耳欲聋。每当闭上眼睛的时候，眼前都会出现阿里追赶自己时的神情：他看起来既惊讶，又决绝。

亚历克斯突然说道："你拿到了。"她回过神来，低头看见自己胸前抱着的高跟鞋，然后默默点了点头。她又把高跟鞋抱得更紧了一些，好让自己相信真的拿到了。门外的警报声依然在轰鸣，但是被冷藏室的门挡住了不少，在里面听起来并不是很刺耳，她的神经因此放松下来。他的脸离她只有几英尺，而且他还在微笑。虽然她的心里再次紧张起来，但依然露出微笑回应。不知为什么，她总觉得阿里会随时冲进来夺走这双鞋。

"别担心，他进不来。"他好像会读心术一样，"不是所有人都知道这里的密码。"

"真的着火了吗?"

"没有。是你的朋友萨姆按下了火警报警器,茉莉刚才打电话告诉我的。"

"萨姆?"她简直不敢相信自己听到了什么。然后她掏出手机看了一眼,一连串的未接来电和短信在等着她。

"茉莉说,你当时遇到的情况非常糟糕,她不得已才做出了这种举动。"他伸手捋起她脸上的一撮碎发,"所以你还好吗?当时发生了什么?"

"算了,别说了,简直难以启齿。"

他又露出一个微笑。此刻他的手臂挡在她身后冰冷的墙上,他的前臂十分健壮,金色的小汗毛在冷空气中竖了起来。她这才意识到这里的气温,并且发现自己已经冻僵了。"我们还要在这里待多久?"

"等所有人发现是虚惊一场,重新回到酒店之后。"

"难道我们不应该现在就趁乱溜出去吗?反正大家都出去了。"

他的脸立刻拉了下来:"做不到,因为这扇门没法从里面打开。"

"什么?!"

"已经坏了很久了,可就是没人好好修一下。不过别担心,他们最多二十分钟之后就回来了,我们不会冻死的。"

"我马上就要冻死了。"妮莎有些后悔自己只穿了一件黑色上衣和裤子,这里根本找不到任何御寒的衣物。她用双臂抱住自己,筛糠一般瑟瑟发抖。

看到她难受的样子,亚历克斯立刻脱下自己身上的厨师工作服,用它裹住妮莎的肩膀,然后把扣子在她下巴处扣紧。"好点了吗?"

"好了一点。"

他紧紧地贴着她。她能闻到他身上的气味,烹饪美味佳肴后残留的香气，还有柠檬香皂的清爽气息。她回忆起和他接吻时的感觉，突然很想紧紧地抱住他，然后忘掉周围的一切。

"过来吧。"他伸手搂住她，让她的脑袋紧贴自己胸口。透过T恤衫，她依然能感受到他温热的体温。她闭上眼睛，只能听见他清晰的心跳声，远处门外的喧哗和警报声显得若有若无。他是她曾见过的最冷静的人，这让人感到心安。一切都会好起来的。现在自己很安全。阿里不会找过来的。而且她已经拿到了这双高跟鞋。

但是……

在制冷设备单调的噪音下，她感受到他心跳的节奏在加快——肯定比正常状态下快得多。他拉住她冰块般的手，放到自己嘴唇边上，其余的手指也拢住这只手不断哈气，试图让她感到温暖。他的心跳似乎又加快了一些。妮莎把一只手伸进她的T恤下面。低声说道："让这只也暖和缓和。"很明显，他的心跳速度更快了。她抬起脸，想起之前在这家酒店工作时发生的一切。而他也在盯着她看。周围的空气似乎正在发生某种化学反应。

"太冷了。"她只犹豫了一秒就吻上他的嘴。他的手伸进她的发丝，身体靠在架子上，接吻变得热烈而漫长。或许因为他紧紧地抱着自己，妮莎已经忘记了这里是冷藏室。

28分钟后，冷藏室的门被打开，外面的警报声已经停了。工作人员终于成群结队地回到自己的工作岗位，但依然在乐此不疲地聊着刚结束的闹剧。妮莎和亚历克斯在冷藏室门口安静等待，妮莎身上还套着厨师工作服。两个人脸上都面无表情，这反而有点可疑。过来开门的人是安德烈，他认出两个人之后便愣在原地。

"把衣服借给她是因为里面太冷了。"亚历克斯解释着，目光始终落在妮莎身上。

"呃……好的。"安德烈也不知道该说点什么。

走到一半的时候,亚历克斯突然意识到自己把裤腰带落在里面了,而妮莎后背上还沾着两个打碎的鸡蛋。

他们从一个用来存放大型宴会桌椅的仓库出口离开酒店,因为那里直接通向酒店另一侧的小巷,可以避开那些人群和骚乱。直到进入茉莉家门前的最后半英里,他们都手挽着手一起走。两个人虽然都不怎么说话,但这种长时间的沉默并没有让妮莎感到焦虑。有生以来,她第一次感觉如此平静,就好像打了一针强效麻醉剂一样安宁。这是一种陌生的感觉:身边的男人似乎完全掌控着自己,可她却觉得既甜蜜,又放松。亚历克斯把高跟鞋放在自己的背包里,稳稳地挂在肩膀上。他们轻快地穿过夜间的街道,步伐却出奇地一致。偶尔她会说几句话,但只是为了指路:"我们需要往这个方向转"或者"就在那个拐角那里"。偶尔他会轻轻地把她拉到更靠近自己身边的位置。

这种"拉扯"是令人愉悦的,不是占有欲的表现,而是安慰的举动。好像他在告诉她:我在这儿呢。偶尔她会回味刚才在冷藏室里的半个小时。每当回忆起那些细节,她就觉得自己的内心快要融化了。或许这就是爱的感觉。明白这一点的同时,她又觉得自己十分可悲。过去二十年的生活突然一文不值,她曾经一度以为自己和丈夫是平等的,她是被尊重的,可是卡尔的所作所为仿佛一记耳光,让她瞬间清醒过来。或许他也有过佩服自己的时候,当然有。而且他总是渴望得到自己的身体。但是,他爱自己吗?不,他对自己根本没有爱。"跟我在一起吧。"亚历克斯咬着她的耳朵说道。此刻,他灼热的目光就在离自己双眼几英尺的位置。她突然痛苦地意识到,自己居然在一个根本不值得的男人身上花费了前半生的大部分时光。或许他在回顾自己人生的时候根本不会提到自己的名字。或许她只是他的个人财产之一,一种战利品,或者他的附庸。总之,她对卡尔来说只是一样东西。明白这些实在太痛苦了,她忍不住闭上了眼睛。

"她来了!"

茉莉刚打开门,家里温暖的食物香气便飘了出来。妮莎走进去,看到萨姆、安德莉亚和格蕾丝正在厨房等着自己,她们脸上都写满了喜悦和期待。

"你成功了!"茉莉大笑着把她抱在怀里,亚历克斯识趣地走到一边。"他妈的,你真的成功了!你简直是我的神!天哪,你根本不知道最后那半个小时我是怎么活过来的。我的心脏都要跳出嗓子眼了!都怪你!我至少要昏倒五十次!"她把他们俩推到厨房那边,然后关上大门,锁了两道,"老实说,妮莎,你给我发那些求救短信的时候,我忍不住笑了,可又觉得这样做太不厚道了……"

妮莎还沉浸在刚才和亚历克斯散步时的静谧当中,突然切换的欢快氛围让她一时没有反应过来。

"我们在喝香槟庆祝呢!"安德莉亚说道,"好吧,其实是普罗塞克[41]起泡酒,我们可没钱买香槟。不过意思都差不多嘛!"她又带头欢呼起来。茉莉伸手去橱柜里拿玻璃杯,而格蕾丝则忙着把家里仅剩下的一袋薯片装进大碗里。

"再去搞一碗,宝贝。家里还有墨西哥玉米脆片呢。要奶酪味儿的。我是不是得准备点蘸酱?有人想要蘸酱吗?"

亚历克斯和安德莉亚对茉莉播放的每一首音乐都感到新奇。格蕾丝每装满一碗薯片都会先偷偷给自己抓一把再递给大人。茉莉不停地拥抱着亚历克斯,问他们最后藏在哪里。当他实话实说后,茉莉的眼神意味深长地盯向妮莎。狭小的房间里充满欢声笑语,妮莎喝了一口气泡酒。太甜了,是非常廉价的口感。可是对于这一刻的她来说,这

---

[41] 普罗塞克(prosecco):意大利酿酒葡萄品种。

杯酒又实在太好喝了。她注意到，萨姆像往常一样缩着角落里，嘴角带着些许笑意，但眼神里写满谨慎和悲伤。

妮莎从其他人身边挤过去，绕着桌子走到她身边。房间一瞬间安静下来。萨姆的动作有些僵硬，好像随时准备迎接妮莎的冷言冷语。其他人也忍不住闭上了眼睛。

"谢谢你。"妮莎轻轻地说道，"谢谢你为我付出这么多。"

所有人都露出难以置信的表情。妮莎又往前走了一步，紧紧地抱住了萨姆，一直抱着，直到她察觉到怀里的女人正在逐渐放下防备，试探性地伸出手，把胳膊放到自己的后背上，然后越抱越紧。

最好的派对总是不用提前花费太多心思。大家都沉醉在气泡酒当中，亚历克斯还多喝了几杯红酒。晚上九点半，音乐和聊天正式开始，小小的公寓变成了温暖的天堂。自从上次见过医生之后，安德莉亚的体力似乎越来越好了。她坚持让妮莎描述自己在232房度过的每分每秒，然后笑得泪流满面，甚至忍不住扯下头巾擦脸。茉莉则详细讲述火警报警器被触发之后的场面，她还惟妙惟肖地模仿出酒店经理试图找出是谁打响报警器的样子。最后他们决定把责任推给街上的流浪汉：毕竟这里是市中心的酒店，很有可能是社会闲杂人等流窜进来搞的恶作剧。茉莉称赞萨姆把脸捂得很严实，而萨姆不好意思说，她当时根本就没心思想监控录像之类的事。后面大部分时间，他们都在听妮莎讲弗罗比舍夫妇在房间里的风流韵事。茉莉适时打断她："好了，妮莎，再说下去我们就都疯了。"或许现在，这对夫妇已经发现妮莎留在他们房间里的截图了，就是丽兹·弗罗比舍把猫扔进垃圾桶的那个瞬间。"或许他们会认为自己被猫咪保护协会的人抓包了！"格蕾丝笑得歇斯底里。

茉莉又说道："他们接下来有可能会向酒店投诉，说自己的高跟鞋丢了。紧接着他们就会发现自己根本没有办理入住。哪家酒店会管这些非法入侵者的闲事呢?"有人出去拿了一包薯条,倒进大碗里,大家蘸着番茄酱吃了起来。

萨姆坐在角落里的高脚凳上。她注意到,妮莎好像完全变了一个人:如此温柔,如此放松。她依偎在亚历克斯旁边的小沙发上,在以为没人注意到自己的时候,他们会互相捏一捏彼此的手,但眼睛并不看对方。萨姆突然难过起来。曾经她也有过这样的时光,但现在一切都没了。她完成了自己的承诺,帮助妮莎拿回了高跟鞋。所有干劲儿都消失殆尽,她就像个泄了气的皮球。夜已经深了,几个小时过得像几分钟一样快。所有人都喝得酩酊大醉,萨姆也几乎丧失了行动能力。卡特去她的好朋友柯琳家了。一个小时前,她刚刚给自己发短信,说她已经把狗也带走了。她说:我怕你会忘了这些。菲尔也离家出走了,她还回去干什么呢?

她突然感觉到安德莉亚的手搭在自己的胳膊上:"亲爱的,你还好吗?"

"很好。"她挤出一个微笑。

安德莉亚盯着她的眼睛看了一会儿:"咱们一会儿聊聊吧。"说完,她轻轻地拍了拍萨姆的后背。

"能给我看看那双高跟鞋吗?"格蕾丝问道。

"什么?"

"我想知道什么样的鞋能引出这么大乱子。"格蕾丝在音乐声中拔高了嗓门。

亚历克斯微笑着去拿他的背包:"当然,让我们一起来看看大奖是什么。"

妮莎突然有点紧张,但依然静静地等着亚历克斯把高跟鞋从包里一只一只地取出来,然后整齐地码在他们面前的桌子上。

"它真的很漂亮。"格蕾丝感慨地说道。茉莉在一旁捏了捏她的肩。

安德莉亚说:"真是疯了,不是吗?就为这么一双鞋。"

萨姆突然察觉到,妮莎看这双鞋时的神情和之前有点不太一样。

"真奇怪。"妮莎说道,"我现在一点也不在乎了。"

"不在乎什么?"茉莉把音乐声调小了一些。

"这双鞋。看着也没什么。"

他们看了一会儿高跟鞋,然后又用不确定的目光看了一眼妮莎。

"对他来说,这就是一场游戏,他可以把我耍得团团转。或许我其实打心眼里讨厌这双鞋,就像讨厌我们的婚姻一样。过去这些年我简直就是个傻子,一直追着他的屁股跑,跟马戏团里的小白马一样。而他一直在背后乐此不疲地操纵一切。你们知道吗,我儿子说这双鞋可能是高仿的。"

"但你现在已经把它拿到手了呀。"安德莉亚提醒道,"这意味着你可以和他谈判了,他必须给你应得的一切。"

"不,没那么简单。"妮莎说道,"他这么痴迷一双高跟鞋,背后一定有什么缘故。"

亚历克斯说道:"他为什么喜欢这双鞋其实并不重要。交易就是交易,你已经做到了该做的一切。"

妮莎拿起其中一只鞋,突然觉得非常愤怒,又把它重重地放回桌上:"我的意思是,这他妈的算什么?我和他结婚将近二十年,给他生了儿子,尽可能地满足他所有需求。我把生命中最宝贵的时光都交给他了,甚至失去了我最好的朋友。因为他说我不该和那样的人做朋友——他还要管着我和谁交朋友。我什么都听他的,到头来他让我追着自己的一双高跟鞋玩命跑,这是在打我的脸吗?"

萨姆看着那双亮闪闪的高跟鞋,又看了看妮莎扭曲的面孔。房间里的气氛突然变了：过去几个小时的快乐荡然无存。茉莉和安德莉亚互相看了一眼，但似乎没人知道该说点什么。

"如果真的是为了送给他的小贱人，那也太不合适了。她的那双脚真的太大了，跟小丑一样。我现在真的恨死这双鞋了，就跟恨他一样。"妮莎站了起来。

"宝贝，坐下。"茉莉伸出一只手拉住她，"你确实要被他气疯了，但是一切都会过去的。"妮莎低头看看亚历克斯。他依然坐在原地，但是看向她的目光里充满同情与理解。

他低声安慰道："别给这双鞋赋予太多价值，它什么都不是，只不过是为了达到目的而必须采取的手段。多想想接下来的事。这双鞋能给你带来什么，这才是最重要的。"

"亚历克斯，再给她倒一杯酒吧。"安德莉亚建议道。

"我不想喝了。"妮莎坐下来，盯着桌上的鞋。一股怒气促使她拿起其中一只，然后翻过来放在手里。她盯着看了一会儿，脸色铁青。

茉莉开口道："宝贝，咱就是说……"

"他说要我把鞋给他，是吧？只要有鞋就能谈判，但他可没说必须得给他一双完整的鞋！"来不及了，在众人大喊"快停下"的几秒钟时间里，妮莎用膝盖顶着鞋面，使出浑身力气，把鞋跟掰了下来。而接下来发生了一件令人意想不到的事：一把闪闪发光的钻石从碎裂的鞋跟里洒了出来。

整个房间瞬间陷入沉默。

"这他妈的……是怎么回事？"茉莉终于开口说话了。妮莎依然震惊地盯着被掰下来的鞋跟，然后又盯着地上的钻石。

亚历克斯率先跪了下来，小心翼翼地捧起洒落在地上的钻石，然后一颗一颗地码到餐桌上。它们身上还沾着地毯上的绒毛和膨化食品的碎屑，却依然在顶灯的照耀下闪闪发光。妮莎想要说点什么，但是半天都说不出来。

"好吧。"茉莉歪了歪脑袋,"我现在能理解他为什么这么想拿回这双鞋了。"

楼下似乎有一群孩子在骑自行车,他们互相叫嚷着,甚至还在人行道上放起了烟花。紧接着又有一辆摩托车快速经过,轮胎"砰砰砰"地驶下混凝土台阶,后座的女乘客发出刺耳的尖叫。要在往常,这些噪声都会让妮莎气得跳脚,但今晚她似乎充耳不闻。躺在狭小的上铺上,她一边思考高跟鞋里洒出来的钻石,一边回想今晚大家在离开茉莉家之前的讨论。

现在一切疑问都被解开了:每次他们出国的时候,卡尔都会坚持让妮莎带上这双高跟鞋。尽管谁都知道穿着它并不适合长途旅行;当得知这双鞋被弄丢时,他勃然大怒的原因也可以理解了。说起来,妮莎或许已经在无意间帮他运送过无数次钻石了:他简直把自己当成骡子一样用。大家都说不出这些钻石价值几何,但她估计有几十万美元,甚至更多。这些钻石大小适中,切割精美,最大的那颗和她大拇指甲差不多宽。茉莉的小公寓里没有放大镜,不然她还能估得更准一些。

"噢,我的上帝……这就是他说的和解条件,宝贝……"茉莉用双手抱住膝盖,身体前倾,盯着钻石发呆,"这,就是,你们的,和解条件。"

安德莉亚也开始自言自语:"这简直是小说里才能发生的事!现在你可以让那个王八蛋见鬼去了!"

她想起几年前他们一起去非洲的那次旅行,想起所有他买给自己的名牌鞋:深蓝色的古驰,奶白色的普拉达……它们的鞋跟里不会都藏着钻石吧?她到底当了多少回被蒙在鼓里的骡子?这些钻石都是从哪儿来的？偷来的？走私来的？最要命的是，她作为一只被蒙在鼓里的骡子，每次都会冒着被警方逮捕的风险给他卖命。而他一点也不在乎：哪个丈夫会关心一个被当成骡子的妻子呢？

她从上铺小心翼翼地爬下来，不想吵醒格蕾丝。她套上那件已经穿习惯了的旧睡袍。它的味道让人舒服，那是属于茉莉家的味道，是她习惯的衣物柔顺剂的味道。已经快凌晨两点了。她走到客厅，悄悄打开阳台门走了出去，然后点燃一根香烟。她又看了一眼时间，终于拨通了一个号码。

"雷蒙德？"

"嗨，妈妈。"

他的声音十分低沉，听起来让人有种不好的预感。

"你还好吗？"

雷蒙德沉默了好一会儿。她只能在这边焦急地抽烟："你……还好吧？"

又等了一会儿，他终于开口道："我很好。"

"你听起来不太好。"

"妈妈，这地方我一刻也待不下去了。"

"快了，我保证。"

"艾米莉和萨沙都走了，我现在连饭都吃不下去。其他人周末都可以回家，我只能一个人留在这儿看电视。"

"我知道。"

他长叹一声："但你还是不能过来接我，是吗？"

她闭上眼睛："快了，宝贝。我拿到那双高跟鞋了，我真的拿到了。但是事情和我预想的不太一样，我得和你的父亲好好谈一谈。只要达成协议，我就会去接你。"

他的语气十分悲伤："我觉得……你永远也不会来接我了。"

"你为什么这么说？"

"那时我刚生病，你说要来接我，但爸爸让你陪他去多伦多，然后你真的陪他去了。你看，你永远都会站在他那一边。"

她永远都会记得那次出行，因为她几乎全程都在飞机上哭泣。卡尔越来越看不惯这个小儿子了。他说，所有孩子在进入青春期之后都会喜怒无常，她和雷蒙德不应该总这样神经兮兮的，那些精神科专家会处理好一切问题。他和第一任妻子养育过两个男孩，现在他们都健健康康地长大了。一直陪在孩子身边才是最糟糕的事情。尽管他那些业已成年的儿子都很鄙视这个父亲，妮莎依然选择相信他。毕竟，她能对正确的育儿方式了解多少呢？

"雷蒙德，雷蒙德你听我说，再给我几天时间好吗？我马上就会和你爸爸谈判了。不管接下来出什么岔子：就算我需要办个新护照，就算我需要和别人借钱买机票，我也会去接你的。实在不行我就从这该死的太平洋游回去，总之我一定会去接你的！"

"应该是大西洋。"

"哦，也对。"

他终于笑了几声。

"我游泳速度很快的，你知道的。"

"我讨厌我自己，也讨厌这里的生活。我觉得自己被所有人抛弃了，你们都不想搭理我。"

"这些都不是真的。我一定会来的，宝贝。"

儿子再度陷入长时间的沉默。她闭上眼睛，把头埋进膝盖之间。"我真的很爱你，我亲爱的儿子。你要坚持住，这次我保证不会再让你失望了。接下来你只会和我在一起生活。"

她能听到电话那头儿子的呼吸声，无数个不祥的念头开始在脑袋里轰鸣。

"我再给你唱一遍那首歌吧。"她再也无法忍受这种沉默,试着开口唱道,"You are my sunshine……"

"我不想听。"他说完,立刻挂断了电话。

在巨大的恐慌袭来之前,她的手机突然响了一声。一条新消息。

是的,我的号码没变。——朱莉安娜。

第33章 朱莉安娜

"嘿。"

"嘿。"妮莎咽了一口唾沫,"谢谢你还愿意接我电话。"

"别这么说,我只是觉得……有点惊讶。你还好吗?"

朱莉安娜的声音听起来礼貌、谨慎,体现出那种布鲁克林女孩特有的专业与得体,就像在和自己的领导沟通工作。她想起卡尔从前是如何评价朱莉安娜的:她只是个女服务员。而妮莎现在已经结婚了,不该和这样粗鲁、没受过教育的人继续做朋友。她坚持让朱莉安娜做雷蒙德的教母,而不是卡尔某位有钱的朋友,他们为此大吵一架。所以朱莉安娜在卡尔眼里只是穷人一个,她现在终于明白过来了。

"我……听着,不知道这个电话卡里的余额还够我说多久,所以我必须先把我的请求说出来。"

朱莉安娜的声音突然严肃起来:"好的。"

"好吧,我知道自己没资格寻求你的帮助,但这件事和你的教子雷蒙德有关。"

"雷蒙德?他还好吗?"朱莉安娜的语气听起来和刚才完全不一样了。

"不好。他一直都不太好。我知道这个请求很过分,但是我必须找一个我信任的人去看看他。我现在被困在英国,暂时回不去……这件事说来话长，但是朱莉安娜，雷蒙德现在的状态非常糟糕，他的确是遇到了一些问题，而且这个问题多半是我造成的。我需要一个我信任的人去见见他……或许只是告诉他，我一定会去接他的，让他相信一切都会好起来的……"

一阵长时间的沉默。

"告诉我他在哪儿。"

"你真的会去吗？"

"难道你不需要我去吗？"

妮莎突然放声大哭。她已经很久没有流过这么多眼泪了，那是内疚的泪水，也是解脱的泪水。她伸出一只手捂住脸，试图擦干脸颊，也想让自己的声音恢复平静："你真的会去吗？我做过这么对不起你的事。"

"把他的地址发给我，我一忙完手头上的工作就过去。"

"谢谢你，真的。"妮莎根本无法恢复平静，她浑身都在发抖。

"他知道我是谁吗？"

"知道，直到现在我还会经常和他聊起你。"

"我也总是会想起他，我亲爱的宝贝。"

妮莎闭上眼睛，肩膀不断颤抖，但仍然努力让自己的声音不带有太多情绪。她们又聊到了一些细节，这样朱莉安娜就知道见到雷蒙德之后该说些什么了。妮莎又谈到自己马上要和卡尔离婚的事，她现在要努力回到儿子身边。而朱莉安娜也提到了自己的婚姻和家庭，她有两个孩子，一个十一岁，一个十三岁。妮莎突然感到十分心酸，这些对朱莉安娜来说意义非凡的时刻，她都不在场。然后一条语音提示声传来：她的话费真的要用完了。

朱莉安娜说："我一见到雷蒙德就给你发短信，好吗？"

如释重负。朱莉安娜会帮助自己的，她是自己见过的最诚实、最坦率的人。接着,她的眼泪又流出来了。

"真的很抱歉。"妮莎突然说,"你才是对的,所有事都是。是我错得太离谱了。我真的很想你,只是我最近遇到的事情实在太多了。好几次我都想给你打电话来着,真的对不起,真的……"

又是长时间的沉默,妮莎怀疑自己是不是有点说多了。而且,她真的有请求朱莉安娜帮助的资格吗?可是当朱莉安娜重新开口说话时,她的声音里也有了哭腔:"我也很想你。我一直都在这里,亲爱的。我会去看雷蒙德的,相信我。"

萨姆从昨晚留宿的安德莉亚家走出来,在晨光中穿过宁静的街道,往自己家的方向走去。脑袋仍然在嗡嗡作响,因为她还没从昨晚发生的事里回过神来。那双高跟鞋里居然藏着钻石,这种小概率事件无疑会让所有人笑出声来。但每当想起妮莎的前夫,她就会同时想起菲尔。他曾经是个那样温柔而善良的男人,对自己一直都很好。可谁能想到有一天他会这样冷漠。一个疯狂的念头突然冒了出来:一定是因为菲尔如此对待自己,她才会喜欢上别人的。而昨晚,当所有人都在为收获钻石而兴奋时,只有萨姆注意到了妮莎脸上的失望。她或许终于意识到自己的婚姻是多么的残忍与丑陋,这等于让一个已经受伤的女人又多挨了一巴掌。

她们昨晚从茉莉家离开,回到安德莉亚家之后,又聊到了后半夜,因为两个人都太兴奋了。她终于告诉安德莉亚菲尔已经离开的事。安德莉亚一边拥抱一边安慰她,说菲尔还会回来的,他一定会的。萨姆又看了一眼自己的手机,不知道是否应该给他发个信息。现在已经是凌晨了。她不知道该说什么,也不知道自己是否会实话实说。她真希望一切都回到从前,那时她和同事一直相处融洽,而她自认为嫁给了灵魂伴侣;那时菲尔的父亲没有生病,他也没有失业;他总是那么关心自己、理解自己……可是她知道这都是妄想。在经历过这一切之后，他们的婚姻还有可能回到从前吗？

"当然。"安德莉亚坚定地回答道。但是她是个离过两次婚的女人，而且她今晚已经喝了有四杯酒了。安德莉亚是她最好的朋友，所以才会用"一切都会好起来"安慰她。她多希望一切都能真的好起来。

萨姆拐到家门前的街道上，走着走着，突然觉得有些异样。她实在是太迟钝了，到现在才发现，一切都和之前不一样了。菲尔走了，卡特也不会经常陪在自己身边，因为她迟早会像鸟一样飞离原生的老巢。就算还有凯文，但它还能撑多久呢？对于狗狗来说，十三岁也算是晚年了。今后只有她一个人会待在这栋小房子里，看肥皂剧，在当地的报纸上寻找某份糟糕的工作，然后每周为脾气越发古怪的父母打扫两次卫生。

"停下！"她立刻打断自己的胡思乱想，然后在原地站住："吸进一秒。屏住四秒。呼出七秒。"等等，是呼出七秒吗？还是应该屏住七秒来着？她已经很久没有这么深呼吸过了，很多细节早都忘光了。她于是转念去想那些刚认识的朋友们：温暖善良的茉莉，深情拥抱自己的妮莎，她们好像真的很关心她。是的，是她帮妮莎拿回了高跟鞋，是她让整个酒店停摆，是她彻底改变了一个人的生活。她是有能力做成一些事的，哪怕是制造混乱。

她走到家门口，在打开大门之前抬头往楼上看了看。她希望看到窗户里的灯光，看到菲尔已经回家了。然后她真的看到了：楼梯那里似乎真的有微弱的灯光。他们一家在出门前一定会把所有灯都关掉的。于是她突然充满期待，走上台阶，奋力打开大门。门开了，迎接她的是客厅地板上闪闪发光的玻璃碎片，一片狼藉的桌椅板凳，还有被砸成蜂窝煤的电视机。

第34章　柳暗花明

"卡特?"萨姆在门口瑟瑟发抖。她先走到厨房,满地都是破碎的陶罐和洒落出来的谷物,踩在上面咯吱作响。然后她突然想到,万一入侵者还在家里呢? 于是她立刻转身跑了出去。在外面等了十几分钟后,屋里依然什么动静都没有,但她依然不敢走进去。

"妈妈,怎么了?"卡特的声音听起来十分困倦。

萨姆把手伸到嘴边:"噢,感谢上帝!"

"为什么要在……早上九点半给我打电话?"

"咱家遭贼了,亲爱的。我只是想确认一下你的安全……"她没有继续说下去,因为一阵恐惧突然袭上心头:或许这并不是简单的入室盗窃。

"你说什么?"

"没什么,家里有点乱。别担心,我会解决的。凯文在你那儿,是吗?"

"对,它刚才还放屁了呢。过来,凯文!"

她又松了一口气,然后听到卡特挣扎着坐起来的声音。

"家里都丢了什么? 需要我回去吗?"

"还看不出来丢了些什么,但我已经报警了。你先别回来,暂时待在那儿……我不想让你看见家里这一团糟。"

"你给爸爸打电话了吗?"

萨姆盯着微微打开的前门:"没有,我不知道他是否愿意接电话。不过,我可以解决这些。"

"可是妈妈……"

"好了,我先挂电话了。亲爱的,我一会儿再给你打过去,在我联系你之前不要回家,好吗?"

最后她决定待在门口的房车里,这里让她觉得稍微有安全感一些。她爬上副驾驶的座位,透过挡风玻璃凝视前方,对接下来该做什么有些不知所措。警方表示会派一名警员过来,但同时又说他们很忙,最好先找个锁匠把门修好。没人提醒她要保护好现场指纹之类的东西,甚至没有什么像样的调查。最后,那位接线员无奈地说道:"你们那一片最近接到了很多起类似的报案。"

你要是在这儿就好了。她在心里默默地对菲尔说道。然后她给安德莉亚打电话,安德莉亚说自己会很快赶过来。她在电话里描述家里的惨状,突然意识到眼前发生的一切都是真的:她不是在做噩梦。现在,这栋房子看起来像是战争过后的废墟,她不知道自己是否还有钱买一台新电视。挂断电话之前,安德莉亚提醒道:"你说……会不会跟那双高跟鞋有关?"

"你的意思是?"

"或许不是遭贼了,而是有人闯进来找那双鞋?"

萨姆的后背开始发凉。她跑回屋里,突然警觉起来,开始重新打量家里的一切:所有盗贼常见的目标,比如电视、平板电脑之类的电器,虽然被打坏了,但依然留在那里。整个房子只是被人无情地翻了个遍:每个包裹,每个盒子,每个抽屉。

安德莉亚过来的时候,萨姆正坐在前门的台阶上,身上披着一件蓬松的外套，膝盖上放着她的首饰盒。什么都没丢。虽然这里面的小饰品并不值钱，都是镀金项链一类的东西，是卡特出生之前，菲尔买给自己的小礼物，但这恰恰说明，进来的人不是普通的盗贼，也不是那些急于弄钱的瘾君子。这些人进来一定是为了寻找特定的物品。

"萨姆！"安德莉亚在车子彻底熄火之前就跑了下来。今天她戴着一顶羊绒贝雷帽，而不是往常惯用的头巾。萨姆站起来迎接她的拥抱。这一刻，萨姆突然放松下来，眼泪也很快流了出来。她意识到自己对安德莉亚的依赖已经深入骨髓，这实在太可怕了。她对着安德莉亚的肩膀说道："太乱了，我都不知道该从哪儿开始收拾。"

"没事，我们这不是都来了嘛！"萨姆循声望去，茉莉正站在安德莉亚身后的小路上。她一只手拎着一大包清洁工具，胳膊下还夹着一卷黑色垃圾袋。"别指望警察了，宝贝。除非你是一个财阀或者政客，不然警察才懒得管你家的入室盗窃呢。相信我，这些我都经历过。"

妮莎从车子后门走下来，提着一个拖把和一个水桶，而格蕾丝从另一边的车门出来，跟在大人身后，双手小心翼翼地举着一个托盘，上面放着好几杯咖啡。"安德莉亚给我们打电话了。"茉莉解释道，"然后我就跟同事换了个班。这不应该是你独自面对的事。"

萨姆一句话都说不出来。看到她们出现，她突然觉得如释重负，甚至膝盖都有点发软。妮莎在门口站了一会儿，探头往里张望。很快她就转向萨姆，抱歉地说道：

"这个王八蛋！对不起，真的对不起……"

妮莎现在可以说是一位整理房间和打扫卫生的专家了，但在处理眼前这项特殊工作时，她似乎格外严肃，连下巴上的肌肉线条都收紧了。透过一片狼藉的玻璃碎片，她依然可以看出这栋房子的框架。这里一定住着充满爱意的一家人。相框粗糙的婚纱照和全家福几乎到处都是。照片没有任何风格可言，只是为了证明他们爱着彼此。破旧的沙发里藏着过去千百个夜晚里的柔情蜜意；客厅墙上的儿童画早已经褪色，可是没人舍得取下来。卡尔实在玷污了这栋房子。她蹲下来，仔细打扫地上的玻璃碎渣，擦拭残留在地板上的蜜饯。她从来没有像现在这样恨过卡尔，此刻她可以称得上全世界最憎恨卡尔的人。她能理解他把自己当成某个商业对手一样打压的行为，因为从某种角度讲，她和他们一样具备威胁性。可是他居然能把黑手伸向一个几乎一无所有的普通人家，这实在太卑鄙了。她可以从萨姆苍白的脸色上看出来，这栋房子已经无法带给她安全感了，而且她这会儿没钱更换这些被打坏的东西。卡尔剥夺了萨姆的底牌：连她赖以生存的老巢都被连锅端了。

"噢，我的上帝！"

妮莎抬头看了一眼，手里拿着垃圾袋的萨姆正盯着自己的手机。楼上的安德莉亚和茉莉依然在继续打扫，来回拖动的吸尘器正发出轰鸣。

"怎么啦？"

"是米莉亚姆·普莱斯，之前合作过的一个客户。她刚才打电话问我，为什么没有回复面试邀约的邮件。"

"好吧，你是怎么说的？"

"本来我觉得这事基本没戏了，因为那天我被解雇了，原因是被人指控盗窃……所以我觉得她不会再考虑给我工作机会了。我是说，她本来是想让我去面试的，但是既然发生了那件事，我觉得这份工作基本没戏了……"

"行行行……但是呢？她是怎么说的？"

"她说一定要我过去面试。"

妮莎的脸拉了下来："这不是好事吗？你不正需要一份工作吗？"

萨姆的表情看起来更痛苦了："可是她说让我今天过去，今天中午！你看看我这德行！我家里遭贼了，房子被砸得一塌糊涂，我丈夫离家出走了，我都失眠两天了，这个样子怎么去面试啊……"

妮莎放下拖把，用袖子擦了擦脸上的汗水："给她回信，告诉她你今天一定会去，懂吗？"

妮莎和茉莉在挑选面试时该穿的衣服，萨姆去浴室冲了个澡。当她裹着浴巾，头发湿漉漉地出现在卧室时，脑袋依然是懵的。茉莉拎着一个衣架走了进来，上面挂着一件刚熨好的淡蓝色衬衫。

"这件你能穿进去吗？"妮莎拿起一条深色长裤。

"应该能。"萨姆这几天几乎没怎么吃饭。

"好的，深色长裤搭配浅色上衣一般是不会出错的。我在女儿的房间里看到了这件外套，应该和你这身很搭。"

"但是……"

"我没有冒犯的意思，可你自己的外套简直一言难尽！这件虽然是ZARA，但看起来比你那些贵多了。不不不！快把那件毛衣放下！你需要让自己看起来更有权威，而不是像刚从养老院里逃出来似的。"

妮莎又举起一双萨姆三年前在表妹婚礼上穿过的蓝色高跟鞋："穿这个去。"

"可这双鞋的蓝色也太亮了……而且鞋跟还这么高！"

"你身上得有点睛之笔，明白吗？整体的搭配都很严肃，这说明你是认真对待这次面试的，但还要有一些不那么死板的东西装点一下。而这双鞋恰恰能够彰显出你的自信。来吧，萨姆，打起精神来！从你走进屋子的那一刻起，所有人都会开始在心里给你打分。这是你的盔甲，你的名片，你必须要让自己活力满满！"

萨姆看起来依然犹豫不决，妮莎又开始生气。她把外套挂在床头上问道："你穿我那双高跟鞋的时候，是什么感觉？"

萨姆担心她又要翻旧账，可是妮莎的表情似乎充满期待。于是她老老实实地回答道："呃，好吧……有点尴尬……"

"然后呢？"

"然后……感觉自己很强大？"

"对！你会感觉自己强大到不能被忽视！穿上它，现在你感觉如何？你看见了谁？"

"呃……不是我自己吗？"

"错，你看见的应该是一位未来会在印刷界叱咤风云的销售主管！先不管是什么职位吧，总之面试官一眼就能看出来，什么样的人能搞定一切，什么样的人看起来会把一切搞砸。"

萨姆在镜子前坐了下来，茉莉开始给她擦干头发。

"你的化妆品放在哪儿？"

"在浴室的小柜子里，就在隔壁。"

"那些零碎东西我都看了，我问的是完整的化妆包。"

"……我只有那些东西。"

两个女人一齐愣在原地，盯着她看。

"萨姆。"妮莎的眼睛在喷火，"那些东西老得都快成精了，你不怕它们溜出你家浴室吗？你这日子过得也太糟了吧……"

"是有点……"

"不过你的皮肤保养得还不错，宝贝。"茉莉开始为她梳理头发，还在上面喷了一点卡特的定型水。

"我平时也就抹点妮维雅的润肤露。"

两个女人不约而同地笑出声来。妮莎用胳膊肘戳了她一下："是啊，那些顶级超模也这么说：'啊，我平时只要经常陪孩子们玩玩闹闹就能保持好身材了！'"

她们又开始放声大笑。可是萨姆平时真的只抹妮维雅的润肤露。

于是她决定微微一笑,什么也不说了。

半小时后,萨姆站在卧室的镜子前打量自己。此刻她的卧室已经恢复原状了。

"把肩膀打开。"妮莎在一旁指示道。

她挺直身体,抬起下巴。茉莉给她吹干头发之后,还用卷发棒稍微烫了几下,这样她的头发看起来就会既蓬松又富有光泽。妮莎负责给她化妆,她用魔法般的手法把萨姆的黑眼圈盖得严严实实;她涂抹眼影的方式让她的眼眶看起来既深邃又清晰。她好像变了一个人,一个看起来可以拿下任何工作机会的人。她忍不住笑了。

妮莎捕捉到了这一瞬间:"对了!就是这样!这才是你该有的状态!"

"我还要再挺胸抬头一些吗?"萨姆转身问她们俩。

"也不用太夸张,你的文胸聚拢效果不太好……你干吗?"茉莉戳了妮莎一下,打断了她的言论。

"记住,萨姆!你曾经让一个五星级大酒店陷入瘫痪!你可不是一般的女人!"茉莉举起双手给她鼓劲儿。

"是的……"萨姆带着懊悔的表情揉了揉自己的胳膊。

"我开车送你过去。"安德莉亚说道,"这两位姐妹留在这里收个尾。"

萨姆看着眼前这三个看起来毫无关系的女人,再次陷入犹豫。

"别紧张。"安德莉亚安慰她,"就算这次没通过也不要紧,你就当是一次练习,接下来再去面试就会轻松些。"

可是萨姆的表情看起来依旧有些困惑。她忍不住问道:"你们为什么要对我这么好呢?"

妮莎走上前去,把萨姆的衣领拉直,然后说道:"因为你也帮助过我。因为我知道你是个好人。好人会有好报的,萨姆。"

萨姆的眼眶湿润了:"可是你们做得实在太多了,你们所有人……今天几乎改变了我的人生……我是说打扫家务,收拾衣服……我从来没遇到过像你们一样的人……"

"不!"妮莎立刻打断她,然后扯着她的胳膊肘走出卧室。"这时候可别哭哭啼啼的!你知道你脸上的妆有多惊艳吗?你以为那些眼线笔的线条是随随便便就能出现在眼皮上的吗?安德莉亚,快带她去吧!拿下这份该死的工作!我们会在这里等着你们的好消息。"

听到楼下汽车开走的声音后,妮莎、茉莉还有格蕾丝继续做起手头上的工作。妮莎弯下腰,收拾着散落在萨姆床上化妆品的瓶瓶罐罐。上帝啊,床罩上的花纹实在是太土了。妮莎忍不住抱怨:这个英国女人的品位到底出了什么毛病?等她再次抬起头来的时候,发现茉莉在冲自己微笑。那是一个意味深长的微笑,好像有什么恶作剧隐藏其中。

"你干吗?"

茉莉瞥了一眼自己的女儿,然后一边点头一边自言自语:"其实你也是个好人。"

"你说什么?得了吧!我可不是什么好人,滚开。"她捡起最后一根脏兮兮的口红,准备把它们送回卡特的卧室。尽管她非常想把这些东西都扔进垃圾桶。

"你做了一件好事,你有一颗善心,这些都是掩盖不住的。"

"啊……快收拾东西吧,别说话了。"

"她是个好人。妮莎是个好人……"茉莉和格蕾丝用滑稽的声调唱了起来。妮莎在旁边一遍又一遍地喊她们闭嘴。可是直到她们下楼的时候,歌声都没有停止。

一个半小时后,萨姆走出哈伦·刘易斯的办公楼。安德莉亚一直在停车场里等着她。因为穿着平时不经常穿的高跟鞋,她只能把包夹在胳膊下,尽量放慢脚步,好让自己平稳地走过上车前的那段柏油路。安德莉亚好像一直在车里打盹,当萨姆打开日产 Micra 的车门钻进去,再"砰"的一声关上时,她一副刚被惊醒的样子。

"嗯?怎么样?"

萨姆踢掉脚上的高跟鞋,目视前方,呆呆地坐了一会儿,然后才把脸转过去。她的表情看起来像刚遭受过几轮电击。

"我……我通过了。我拿到这份工作了。"她的声音微微颤抖。

安德莉亚盯着她,等她继续说下去。

"米莉亚姆·普莱斯是我的直属领导。这里给我的工资比之前在优步印刷时高得多。一周后我就可以入职了。"

五分钟后,米莉亚姆·普莱斯也从办公室来到停车场。快走到自己车附近时,她注意到两个中年女人正在一辆蓝色日产 Micra 的前排座位上互相拥抱,上蹿下跳,像两个小孩一样大声尖叫。她停下来看了一会儿,然后会心一笑,转身去找自己的车钥匙。

第 35 章　漫长的拥抱

到目前为止，卡尔已经给妮莎打了十七次电话。每次看到他的名字出现在手机屏幕上，她心里都会涌上一阵难以言喻、忽冷忽热的感觉。妮莎躺在上铺，盯着嗡嗡作响的手机，直到对方挂断。这种不理睬的态度一定会激怒他。卡尔不是个会忍受别人忽视的人。现在他一定知道高跟鞋在自己手上，阿里会告诉他的。亚历克斯也警告她不要接电话，以防对方定位到自己的位置。但阿里找到她只是时间问题，毕竟他们已经找到萨姆家了。

在理清思绪之前，妮莎不想和卡尔说话。所有人都劝她拿着钻石跑路，换个地方重新开始生活，因为这些钻石绝对比卡尔能付给她的赡养费多得多。但她实在太了解卡尔了，这与钻石值多少钱无关，只要卡尔觉得别人占了自己便宜，他一定会不择手段加倍奉还。现在她面临着两难的抉择：如果她留下钻石，她至少有了一份经济上的保障，因为卡尔还是有可能耍手段拒绝支付赡养费；但是如果她真的留下这些钻石，他可不会轻易放过自己，说不定她后半辈子都没好日子过了。

妮莎还记得之前在这个圈子里认识的一位名叫罗斯玛丽的女士，她在遭遇了丈夫出轨的打击后，毅然决然在法庭上据理力争，为自己赢得了每年超过 75 万美元的赡养费。这点钱对他的前夫来说根本不构成负担，充其量也就是他一年的午餐费。可是因为对法官的判决感到愤怒，他开始在世界范围内转移资产。年复一年，原先的赡养费也因为他拒不执行的态度水涨船高。十年后，丈夫终于破产，这位太太也被折腾得精疲力尽。可是有些人就是这样，宁可毁掉自己的生活，也不接受一场输掉的官司。有一天下午，妮莎拿着这些钻石去哈顿花园[42]，一个男店员看了一眼之后立刻建议他们去柜台后的办公室聊聊。他愿意出八万英镑收下这些钻石，并且对它们的来源毫无兴趣。因此她基本可以判断，钻石真正的价值至少是他出价的十倍。或许当他看到自己身上的廉价外套时，就以为这些钻石是偷来的。

"如果你方便的话，我可以每次只买一两颗。"在妮莎想要转身离开时，男店员挽留道。

手机又开始嗡嗡作响，她回过神来，盯着屏幕看了一会儿。

最后，她终于按下接听键。

她说："高跟鞋在我手上，只要给我一个满意的金额，你就能拿到它们。"

"你没有资格命令我。"

"卡尔，这个条件是你先开出来的，你没忘吧？"

电话另一端立刻陷入沉默。妮莎能感觉到卡尔的怒气正在蔓延，她忍不住打了个寒战。

"你现在在哪儿？"

她回答道："明天我会把这双鞋带过去的。我们酒店大堂见。"

"中午之前必须过来，我赶着去机场。你最好别耍我，如果我看不见你，那你就继续在这里四处流浪，发烂发臭吧！"

她还没来得及说什么，卡尔就挂断了电话。

---

[42] 哈顿花园（Hatton Garden）：伦敦珠宝首饰贸易中心。

妮莎发现自己仍然如此惧怕卡尔，因为她的身体仍然在颤抖。她直挺挺地躺在上铺，试着调整自己的呼吸，然后翻了个身。她今晚给雷蒙德打了两个电话，但他都没有接。正在犹豫要不要再发一条短信时，她注意到镜子旁边有格蕾丝从各种衣服上收集来的装饰珠宝，另一边还挂着一串珠子和仿制的水晶。妮莎突然有了一个主意。

萨姆正在奋力擦拭父母家厨房的灶台。这件工作并不简单，因为想要把一块六平方英寸以上、伤痕累累、又老又旧的富美家胶木台面擦拭干净，先得把上面的瓶瓶罐罐，堆积如山的宣传单和牛奶盒，还有废弃的电池收拾一遍。她的父母从不会主动扔掉这些没有任何生命迹象的东西，理由是"填埋它们可能会对地球环境造成危害"。到目前为止她已经收拾了四个小时，其他地方已经差不多了，还剩下眼前的厨房。

"可是你为什么要让卡特住在安德莉亚家？你们家还是不安全吗？这也太让人操心了。很久以前我就告诉过你爸，我们应该装个报警器的。"

父亲的声音突然在客厅里回响。他即将完成一张由两千块碎片组成的拼图。盒子里的碎片看起来脏兮兮的，但是也管不了那么多了。"你说过不要装报警器！因为一旦响起来声音太刺耳了！"

"瞎说什么！我一直都想要一个报警器，是你手头太紧买不起。"

萨姆告诉母亲家里遭贼的事，她惊讶地捂住脸，完全忘记了抱怨萨姆好几个星期没来打扫的"罪恶"。母亲连珠炮一般地问出好几个问题：什么东西被偷了？邻居家也遭贼了吗？警察是怎么处理的？她耐心地回答了一切问题：什么都没被偷；邻居家也没被偷；警察没来。所有答案似乎都令母亲感到失望。

"可是，如果你们家已经没事了，为什么还要让卡特住在安德莉亚家？"

萨姆拧干水池里的脏抹布："因为菲尔现在不在家，我不想让她在我也不在家的时候独自留守。"这其实是妮莎的主意，她说："你们一家最好暂时分散开，不要都住在家里。阿里手下没什么好人。"说这些话的时候，她脸上带着愧疚的表情。

"菲尔去哪儿了？天哪！他不会受伤了吧！他是住院了吗？"

"不是的，妈妈。"萨姆拉下脸，挪开一个罐子，眼前出现一大块发霉的干酪。"他……他现在不在家里住了。"

即使注意力都被入室盗窃吸引得差不多了，她的母亲依然拥有信鸽般的本能："你们俩还没和好，是吗？"

萨姆把干酪扔进垃圾桶，打开水龙头洗净双手，然后转过脸去："他说现在想一个人静一静。"

"我告诉过你多少次了，萨姆？你怎么总当耳旁风？一个女人像你一样把心思放在工作上是有问题的，这对你们的婚姻没有好处。你得让你的男人有一点自豪感，让他觉得自己是唯一能养家糊口的人。你把他的自豪感夺走了。看看朱迪·嘉兰[43]吧！这都是前车之鉴。"

萨姆丢下抹布，把手撑在水槽边上："你脑子里想的居然是《一个明星的诞生》？我实话实说吧，妈妈，他离家出走是因为怀疑我和同事出轨了。"

"说什么傻话呢。你刚才是把干酪扔进垃圾桶了吗？真浪费！我把发霉的地方剪掉不就行了！"

萨姆静静地站了一会儿，然后打开垃圾桶，把干酪拣出来放到母

---

[43] 朱迪·嘉兰（Judy Garland）：美国女演员及歌唱家，代表作有《绿野仙踪》《一个明星的诞生》等，被美国电影学会选为"百年来最伟大的女演员"第 8 位，一生有过五次婚姻。

亲手上。

"妈妈。"她扯下自己的围裙,继续说道,"这会是我最后一次为你们打扫卫生。我非常爱你和爸爸,但是我换了一份新工作,对我的要求变得更高了。接下来我会把有限的私人时间放在我自己的小家庭上,至少要关注我的家人,就像你一直建议的那样。我已经为你们筛选出三家家政机构,他们的水平都不错。现在家里刚被彻底打扫过一次,他们会很高兴为你服务的。电话号码我已经列出来了,就在这儿。顺便说一下,第二家是最便宜的,恐怕他们用的是外籍劳工,而且阿富汗人的可能性最大。或许你可以去找工会核实一下。我要说的就是这些,请你谅解。"

她在母亲目瞪口呆的脸上亲吻了一下,然后又去捏了捏父亲的手臂。不知道谁把她的外套丢到椅子上了,她走过去捡了起来。

"今天能来看你们,我很高兴。好吧,我的日子总得继续过下去,虽然我的确遇到了一些麻烦。老实说,我已经精疲力竭了,尤其是对我那段即将结束的婚姻。但是没有什么事是四个小时的无偿打扫无法解决的。今天就先这样吧,我会告诉你们接下来新工作的进展的。"

她知道父母已经被自己激怒了,可是依然用力地关上家门,头也不回地离去。

乔尔已经提前在咖啡馆等着她了。本来他正在低头看手机,当自己推开门进去时,他的脑袋立刻抬了起来,露出礼貌而又试探性的微笑。她犹豫了一下,可还是走了进去,在他对面坐了下来。

"也不知道你想喝什么,就自作主张点了一杯卡布奇诺。"他一边说,一边把咖啡杯推了过去。

她微笑着拿起来喝了一口。乔尔用手指漫不经心地敲打着桌面,依然在盯着萨姆看。他的指甲看起来很漂亮，色泽均匀，一尘不染。她心不在焉地想到，或许他平时就有打磨指甲的习惯，就像卡特的男朋友本一样。可是她几乎对他一无所知，真的。她喜欢的是一个想象中的乔尔。根据印象中的碎片，他似乎很喜欢拜占庭风格的鲁特琴，还有可能在房间的角落里收藏了一些古董娃娃。这些碎片让她忍不住笑了起来，笑着笑着就变成了打嗝。或许他对自己的了解也不过如此吧？

"你还好吗？"

她重新整理脸上的表情，把咖啡吞了下去："还不错，你呢？"

"还好，还好。"

"前段时间我和玛丽娜聊了几句。"他开启了一个新的话题，"或许你还可以重新回去工作。她和人力资源部的同事打听了一下，显然西蒙这样做是不合理的，我们都能证明你根本没偷那双鞋。如果可以的话，让那个诬陷你的女人写一份……"

"乔尔，我不会回去了。"她毅然打断了他，"我得到了一份新工作，去米莉亚姆·普莱斯那里。"

乔尔立刻瞪大了眼睛："是哈伦·刘易斯！哇塞！"他的后背靠到了椅子上，显然正在消化这个新信息。他身上穿着一件之前从来没见过的衬衫。只要他移动身体，肩膀那里都会绷得紧紧的。

"我……我不会再回去了，那里对我来说已经不是个好的去处了……"她的声音越来越小。

他早就想到了这一点，于是只能抿着嘴角点了点头："不过，我们依然可以一起去拳击馆练拳的，对吧？"

咖啡馆的另一边，一对夫妇正在逗弄自己家的小宝宝。孩子放在父亲的膝盖上，母亲拿起一颗树莓晃来晃去，这让他兴奋地摇头晃脑。

"我也不知道。"她非常想去牵乔尔的手。于是她用手指紧紧地抓住了马克杯的把手,这样就能控制住自己的冲动了。"或许我的婚姻的确出现了问题,但我总要试着挽回一下。而且我不能和你……"她把咖啡杯抓得更紧了。"我想我们不会再见面了,我得做些让自己没有负罪感的事。虽然和你在一起的感觉很好,但是我总觉得心里有负罪感。我说明白了吗?"

就是这样。这就是她在无数个不眠之夜里想清楚的东西。她承认他们之间的确存在某种美好的感觉,但这种感觉不应该持续下去。现在她只想重新认可自己,做回一个"好人"。她与他的目光相遇,乔尔的神情虽然悲伤,但又流露出谅解。这让她的想法更加坚定了。

"所以……你们和好了?"

"没有,我也不知道该怎么说。"她叹了一口气。"我们已经结婚很长时间了,他不是一个铁石心肠的人,很难轻易抛下过去的一切独自离开。当然,我不确定,或许他已经放下了。或许我也需要一个人静一静,试着过一段没有他的生活。但是……我从来没有想过会离开他,独自生活。"他们又默默地坐了一会儿。"对你来说太复杂了,对吧?"

他点了点头:"的确如此。"

"我曾以为到了我这个年纪,就不会再有这么多困惑了。"

他爆发出一阵笑声,可很快又严肃起来:"我希望他能用感激的心态面对你。萨姆,你……你对我来说很特别。"

"没有……千万别这么想,你一定会遇到一个没那么复杂的女人的。不管怎么说,谢谢你,因为你让我……"

他突然身体前倾,伸出双手捧起萨姆的脸颊,然后轻轻地吻了她一下,又把额头贴在她的额头上,传递着自己皮肤的温度。空气里静得只剩下他们的呼吸声。一旁咖啡机工作的声音、椅子挪动的声音还有婴儿哭闹的声音似乎荡然无存。他们就这样默默地靠着，直到她听到自己叹息的声音。

萨姆轻轻地把他的双手挪下来，然后慢慢地靠回自己的椅背上。她没有立刻松开握着他的手，而是把他的手掌翻了过来，打量着他伤痕累累的指关节。他皮肤的颜色比指甲深了好几度。等到萨姆重新抬起头，与他的目光相遇时，他们脸上都已挂着悲伤的微笑。此时无声胜有声。

乔尔决定率先打破眼下的困局。他轻轻地捏了捏她的手，然后站起来，把手松开。萨姆不确定此刻他脸上的神情该如何解读：自尊心？失望？还是无可奈何？总之，他转过身去，一言不发地从椅子上取下外套，冲她点了点头，然后径直离开了咖啡馆。

萨姆沿着狭窄的街道把房车开到了家门口，她注意到那堵支离破碎的墙终于被修好了。现在她要回家找出更多的衣服，因为卡特恨不得一天换三套衣服。等到妮莎和卡尔达成和解，她们娘俩就要搬回去住了。可是现在她对这栋房子有一种说不出来的感觉，尤其是独自待在里面的时候。每当房间安静下来，她总觉得还有什么人会突然闯入。偶尔一些轻微的声响也会让她胆战心惊。闭上眼睛的时候，她脑海中会出现家里被洗劫一空的场景。安德莉亚安慰她："至少你家里还养了一只恶犬。"而那时凯文正四仰八叉地躺在地板上打呼噜。

萨姆不止一次地觉得，过去的人生就像一道无法愈合的伤口。这个世界上充满了"最后一次"：最后一次接孩子放学，最后一次拥抱你的父母，最后一次在一个充满爱意的房子里做饭，最后一次和你曾经深爱的丈夫做爱。他终于还是离开你了，因为你变成了一个激素紊乱的疯子。可是你永远无法判断什么时候会成为"最后一次"，不然你一定会像一个偏执狂一样紧紧地抓住它，试图永远不要让它成为过去，然后淹没在自己的心酸之中。萨姆想起她最后一次和菲尔依偎在一起的样子。如果早知道这是最后一次，一切会不会不同？她会不会变得更有耐心，不再那么容易愤怒？一想到自己可能再也无法拥抱菲尔了，萨姆就觉得身体好像被凿开一个口子那样难受。情绪崩溃只在一念之间。

吸进六秒，屏住三秒，呼出七秒。

萨姆走到家门口，内心突然有了一股力量。想想妮莎吧，如果是她会怎么做？她一定会抓住手头的所有东西，运筹帷幄，让自己重新站起来。她明天就要去新公司上班，她可以把家里打坏的东西都换成新的。毕竟以后每个月都会有工资到账，也不用靠借贷生活。或许情况好起来之后，她还可以多帮衬一下安德莉亚。这时，家里似乎传出一些声响，她突然慌张起来，停下脚步，慢慢环视四周，心跳加速。或许是卡尔·康托尔的手下又来了。汗珠从皮肤上滚落，她的心脏在喉咙里怦怦直跳。

萨姆蹑手蹑脚地绕到房子的后门，从小花园里长满苔藓的石像后面掏出一把专开后门的钥匙。他们一定是强行闯进去的，但她实在看不出来这些家伙是如何做到的，因为没有任何痕迹。当然不会留下痕迹，他们可是专业的，妮莎已经说过了。可是这并不代表萨姆可以原谅这种行为。她感到肾上腺素正在体内飙升，而且准确来说，她现在感受到的并不是恐惧，而是冷冰冰的愤怒。这可是她的家，而这帮家伙居然无视她的主权，随意毁坏，来去自如。她不能再允许这种恶行了。萨姆仿佛再次看到了那只被丢进垃圾桶的猫，看到西蒙猥琐的笑容，看到自己心爱的厨房被砸成碎片，看到她的全家福被踩在地板上。上次她们花了几个小时才把家里恢复原状？她，萨姆·坎普，受够了。

她的手轻轻地握在后门把手上，玻璃门后依稀可见一个男人的身影。他就在眼前，弯下腰，不知道在做什么。难道在检查被他打烂的家具？这就是他的工作吗？

萨姆没有任何成熟的计划，有一百万个理由阻止自己冲进去和这些入侵者对抗，但是她的心里已经堆满了怒气，不吐不快。她从席德那里学来的本领似乎可以派上用场了：右手一记勾拳，打在他脸上，接着他会头朝下躺倒在地板上。

"你……你在这儿干什么？"

"把家里的东西整理好。"菲尔鼻子上挨了一拳，声音闷闷的，他手里还握着一把螺丝刀。萨姆赶紧拿了一包冰块放到他的鼻梁上，他默默地把螺丝刀放到桌面上。她发现他的手掌上有凹陷的痕迹，一定是刚才把螺丝刀抓得太紧了。"卡特告诉我家里遭贼了，我是回来帮忙的。"

她很想知道卡特还说了什么，但又不好问出口。冰袋按压了一会儿之后被取下来，鼻梁上的淤青已经凸显，她又用药膏仔细地涂在他鼻梁附近的小伤口上。这张脸看起来既熟悉又陌生。她把冰袋放回原处，心里突然有点急，也想一起做点什么。就在这时，她发现了角落里的电视机。

"呃……我听说那些人把我们家的电视砸烂了，所以我打电话给那些哥们，看看他们谁能把电视借给我。这是吉姆的。他一直把它放在车库里，因为他的老婆嫌他看马术比赛的时候太吵了，尤其是看见自己的马跑出来的时候。"

"我还以为你再也不会跟你那些哥们开口了。"

"不要白不要嘛。我听说……家里当时一团糟？"

"是的，的确如此。"她据实回答道。

不知为什么,他看起来和从前不太一样了,即使鼻子上还按着一个冰袋。他把胡子刮得干干净净,穿着紧身牛仔裤和一件新衬衫,而不再是那些宽松的运动服。更值得注意的是:他看起来不再那么没精打采、畏畏缩缩,而是确信自己是这个家的主人。

"看来你的拳击训练效果不错。"他小心翼翼地揉了揉自己的鼻子。

"对不起,我不知道是你回来了,要是……"

"这一拳可真够狠的。"

她突然感到有点虚脱,因为刚才的肾上腺素起得太猛了,于是她瘫倒在沙发上。两个人脸上都挂着尴尬的笑容。她注意到自己的指关节有些微微发紫,而且似乎她刚才还打到了菲尔的牙齿,在自己手上也留下了擦伤。

"我……我也没想过自己能下手这么重。"

菲尔脸上露出悲伤的神情:"是啊,你总是比自己想象的要强悍许多。"

他坐下来,靠在萨姆身旁,刚才的对话逐渐消失在空气里。于是他用另一只手挠了挠头。此刻两个人都不敢直视对方。

"是我的错,萨姆。"他开始说话了。

"不是你的错,是我……"

"求你了,让我说点什么吧。是我的错,我只是觉得……有点迷失自我。虽然不想承认,但我已经开始服用抗抑郁药物了。那都是令人快乐的小药丸,很快就会见效。"他微微一笑,继续说道,"而且,我一直在定期接受心理医生的治疗。是的,一直都是。"他注意到了萨姆震惊的表情。"本来这些我都应该告诉你的,可是我怕你担心费用方面的问题。我想,我的确瞒着你做了很多事,也有很多话没有对你说。"他叹了一口气。"我不知道该怎么说,可是你希望我做的那些事，我一直都在做……"

"菲尔……"

"萨姆，我不确定自己是否有勇气和你好好谈谈，我很怕知道那些真相。但是……你和卡特比我的生命还重要。我回我妈家住了几天，远离你们，反而想得更清楚了：都是我的错。我不怪你，萨姆。不管真相是什么，我都不怪你。我只知道我们应该过得更好。我想和我最心爱的妻子回到从前的生活，我希望回到这个家……"他哽咽了。"只要这个家还在。"

萨姆轻轻地用胳膊环住他。一方面她觉得自己应当保持沉默，为自己的尊严做无声的辩护；可另一方面，菲尔脸上那种甜蜜和充满希望的神情融化了她。她终于还是接受了菲尔所说的一切，紧紧搂住他结实的腰。他的手轻轻地抚摸她的身体，嘴唇也贴在她的头发上。她突然得到了满足：这就是她想要的一切。

"我太爱你了，萨姆。我不会再失去你了，我保证。"他的声音有些沙哑。

"妈的，你最好说到做到。"萨姆的声音掩埋在菲尔的衬衫里。她紧紧地抓着他，感觉自己这辈子都不会放手。她的内心突然充满感激和希望，这两种情绪同时存在的感觉让人陌生。或许接下来真的要时来运转了，这个想法让人兴奋。

房门被打开了，他们依然保持着彼此相拥的姿势。凯文开始狂吠，但进来的人是卡特。卡特站在门厅里站住，用怀疑的目光盯着他们。菲尔立刻松开胳膊，但萨姆没有放他走。她觉得自己能保持这个姿势到地老天荒。

气氛突然有些尴尬。菲尔指着角落的电视机说道："我……我又搞到了一台。"

"你爸把家里的东西都修好了。"萨姆依然把脸埋在菲尔的衬衫里。

一阵漫长的沉默。

"哟,你们和好啦?那我只能过一次圣诞节了?真扫兴!"卡特一边嘟囔,一边面带微笑地向厨房大步走去。

第36章 对决

凌晨一点四十三分，朱莉安娜终于给她发了一条短信。

他一切都好，我告诉他你马上就会来了。接下来我会每天去看他，直到你过来把他接走。

几分钟后另一条短信也来了：看到他之后，我更想你了。X。

妮莎永远都会沉迷于亚历克斯身上的气味。不是卡尔那种古龙水的气味，那种香水价格高昂，气味浓烈：他可以在任何地方留下自己身上的味道。亚历克斯身上的香气难以形容，但令人放松。她尤其喜欢把脸埋在他脖子和肩膀连接的地方，深深地呼吸。

"睡不着吗？"他的声音在黑暗中显得更加温柔。

"是有点。"

"你还好吗？"

"还好。"

他的手开始轻轻地抚摸她的身体。她闭上眼睛，感受那只手掌的温度与力量。亚历克斯的房子离河只有两条街，这个街区之前和议会息息相关，大多数居民都在租赁房子之后把它买了下来，所以这条街上的人都有一股自豪感。他的公寓被粉刷得干干净净，体现出一种极简主义的审美观。他亲自动手给房子铺上隔音效果极好的木制地板。他还用平静而满意的声音告诉她，除了女儿的房间被装点得花里胡哨,连架子上都有彩虹的图案之外,整栋房子都十分素净,不会干扰人的专注力。外面的噪音很难传进来,她几乎忘了自己身在伦敦市中心。他的卧室里只有一张没装床头板的矮床,一个古董抽屉柜,墙上贴着两张巨大的老式波兰电影海报。而客厅里除了两张沙发、一个巨大的嵌入式书柜之外,什么都没有了。这栋房子让她感到平静,仿佛刚走进来就能和它融为一体。

"你的东西并不多。"她说道。

"我也用不上太多东西。"

这是她近二十年以来第一次睡在另一个男人的床上,也是几周以来第一次睡在一张双人床上。充裕的空间、干净的床单还有亚历克斯坚实的身躯围绕着自己,成了她梦寐以求的奢侈品。亚历克斯并没有问她什么问题,也从不对她提出任何需求。两个人在一起的时候,他总是能察觉她的情绪或者愿望,然后想办法满足。可他却从不把自己的愿望加在她身上。她实在太想亲吻他了,只要一见面,她就难以抑制这种冲动,就好像他是一块磁铁,把自己牢牢地吸到他身上。她需要和他紧紧地贴在一起,感受他皮肤的温度,他柔软的嘴唇。她无法忍受他在靠近自己时什么都不做。他越是什么都不做,她就越想做些什么。可是当他真的开始亲吻自己时,她发现了一些不同寻常的东西:那个简洁的、小心翼翼的他消失了,取而代之的是几乎要把自己吞进去的贪婪。他的手总是紧紧地抓着她,身体裹着她,仿佛对她如此爱慕,以至于到了一刻也不能分开的程度。整个过程里他的眼睛都在盯着自己,这种亲密生猛而又深刻,有时会让她不寒而栗。

"你在想明天的事吗?"他一边问,一边把她拉到自己身边来。

"也许吧。"

"那就是想儿子了?"

"我一直都很想他,只不过现在没那么焦虑了。"

"看来朱莉安娜是个很善良的人,我很高兴你又找回了从前的老朋友。"

他轻轻地亲吻着她的额头,并把手指伸进她的头发里。卡尔之前也会有同样的举动,但这会让妮莎觉得是一场战争的前兆。亚历克斯就不一样了,她突然觉得放松下来,而且希望这一刻永远不要结束。她用腿勾住他的屁股,这样就能把他抱得更紧了。

"你的脑袋还在嗡嗡作响。"他用困倦的声音说道,"我在这儿都听得见。"

"真的吗?"

"真的,就像一台发动机一样。"

妮莎能听出他语气中的笑意。她抬起脸看着他,屁股又朝他蹭了蹭。

"行行好吧,如果你是一位善良的绅士的话。"

"噢,我明白了。"他笑着说道,"你一直都觉得我不是个绅士。"

她说:"我一直希望你不是个绅士。"很快,他的身体匍匐在她上方,嘴唇紧紧地贴在她的皮肤上。她还来不及思考,甚至来不及呼吸。

"所以你决定全部交给他?"

安德莉亚双臂交叉放在胸前,不停地摇头。然后她伸手去拿桌子上的茶杯,又忍不住叹了口气。

"我实在是没办法了。如果不交出去,他一定不会放过我的,甚至连你们也会受到牵连。我不想把你们都卷进来,毕竟离婚只是我们俩的事,不是吗?"

"可是如果他一分钱都不给你怎么办?你会一无所有,而且连讨价还价的筹码都没了。"

妮莎把脸上的碎发往脑后拢了拢,瞥了一眼身边的亚历克斯,然后才开口:"在过去的二十四小时里,我的大脑几乎放空了。现在卡尔还不知道我已经发现了鞋里的钻石,这对我们来说是件好事。在他做出什么伤害我们的事情之前,还是把高跟鞋还给他吧。希望他能信守承诺,然后……我也会得到解脱……"

安德莉亚耸了耸肩:"也许他现在急着和其他女人结婚呢。让你们这段婚姻干净利落地结束,这对他也有好处。"

"那可不好说。"萨姆在一旁说道,"根据他以往做过的那些事来看,这个人不值得信任。"

现在大家都聚在萨姆家的厨房里。经过菲尔的不懈努力,上周的浩劫留下的痕迹几乎都消失了。百叶窗换成了新的,置物架也是重新安装的。现在他正在烧水,准备给大家泡茶。在等待水烧开的过程里,他把身体靠在灶台边,静静地观察眼前这一小群人。萨姆能看出菲尔现在兴致盎然,因为所有故事对他来说都是新鲜的。很快菲尔就注意到萨姆正在偷偷看自己,然后他们相视一笑,充满默契。

安德莉亚说道:"你要让他在拿到高跟鞋之前,先在协议书上签字,这是目前唯一的办法了。"

"而且你们一定要在公共场所见面,这样他就不敢乱来。"

"对了,高跟鞋放在哪儿?"安德莉亚突然问道。这个问题让妮莎猝不及防。

"放在一个安全的地方。"这个回答表示妮莎不希望对方再追问下去。

"我还是有点不放心。"安德莉亚又说道,"要是茉莉今天不是早班就好了,你自己去还是有点危险。"

"我会一直待在厨房里。"亚历克斯轻声说道,"不管发生什么事,我都会第一时间赶到。"

"不能让你一个人见他。"萨姆的声音吸引了所有人的目光,"我陪着你一起去。"

*

萨姆只能开着家里的房车去往宾利酒店。在菲尔给家里的小汽车换好电池后,卡特第一时间开走了它。萨姆知道妮莎现在一定很紧张,因为她对自己糟糕的驾驶技术毫无怨言。即使刚才转弯太急,有什么东西从置物架上掉下来砸到了她的后背,她也没吭声。接着萨姆在酒店附近的一个临时交通站看到了上次放走她的女交警,她忍不住尖叫一声,立刻给妮莎叙述上次闯红灯的经历。可是妮莎看起来心不在焉。最后,萨姆放弃了和她聊天的念头。

她把车停到一个看起来可以消耗掉一个小国家一年 GDP 的计价器旁边,然后和妮莎一起从侧门进入宾利酒店。她们打算先去员工更衣室等着,这样可以不受外界干扰。

妮莎在走出萨姆家之后便一言不发。是她坚持要早点出门,所以她们提前一小时就到达了酒店。茉莉曾和萨姆说起过妮莎儿子的事情,那个男孩现在的处境非常糟,几乎是孤立无援。妮莎所做的一切都是为了回到儿子身边。于是萨姆坐在一边的小长椅上观察她,暗自想象和自己脆弱的儿子分隔两地是什么感觉。

妮莎抬起头来看着她:"你怎么了?你怎么看起来比我还紧张?"

"我就是觉得有点奇怪,难道不是吗?明明他是过错方……你懂的,可是我们现在却在紧张兮兮地等着和他谈判。"

"他现在的心情肯定也好不到哪儿去。"

"……你是在安慰我吗?"

半个小时过去了,妮莎一直像一个强迫症一样看表。她突然决定出去抽一根烟,而且必须让萨姆陪着她。"真是个恶心的习惯。"她站在垃圾桶旁边深深地吸了一口气,"我也拿自己没办法。"

她不停地朝巷子里左右张望,似乎担心阿里会突然出现。"我想再来一根。"她刚说完这句话,立刻又问道,"要不然我们一会儿去大堂看看?去提前观察一下该坐在哪儿。"

很显然,她现在紧张得要命。萨姆认为自己能做的一切就是默默陪着她。她跟着妮莎穿过侧门,进入酒店大堂。她有点担心会被别人认出来。前台那个叫米歇尔的浓妆艳抹的金发女孩此刻正在打电话。茉莉站在不远处等待着,并且在认出她们之后迅速扬起眉毛。她朝酒店大堂的尽头点了点头,妮莎立刻顺着她的目光往前走。

"该死,他也早就到了。"

萨姆突然感到体内的肾上腺素正在飞速飙升。她瞥了一眼四周低矮的咖啡桌,然后看到一群衣冠楚楚的商务人士正坐在那些柔软的沙发上喝咖啡。一个年轻的金发女人坐在卡尔身边,用 iPad 做笔记。她看起来很苗条,皮肤充满光泽,而且很有主人翁意识。萨姆回头看了一眼妮莎,她也在目不转睛地盯着那个女人。很显然,她让妮莎走神了。

萨姆又继续观察中间的那个人。即使站得这么远,她也能一下子看出哪个人是卡尔,他的身躯看起来比其他人更高大、更强壮,也更苍老,他身上有一种微妙的权威感,就好像一个手持权杖的老国王。唯一一个块头比他还大的男人戴着耳机站在他身后。

"我好像在哪儿见过他。"

"很正常,他上过很多商业杂志。虽然长成这副德行,他依然很喜欢被别人拍照。"

萨姆没有说话,依然目不转睛地盯着卡尔看。他光滑的耳朵后面布满斑白的碎发,啤酒肚大得可怕。突然,她想起了什么,立刻抓住妮莎的胳膊喊道:"妮莎,我得回去一趟!"

"你说什么?"

"我回去拿点东西,马上就回来!"

妮莎用难以置信的目光望着她:"你现在要把我丢下不管了?"

萨姆来不及解释,一头扎进员工通道。

"开什么玩笑!你真的就这么走了吗?"

身后的妮莎仍然在怒吼:"你怎么能在这时候把我丢下呢?"萨姆依然没有说话,她正用最快的速度冲到自家的房车跟前。

"她为什么突然跑了?"亚历克斯正在厨房里忙活着,可是一看见妮莎过来就停下了。他转过身来看着她,肩膀上还挂着一块白布。

妮莎在摆满了早餐的操作台旁边来回踱步,完全没有注意到一旁副厨愤怒的目光。"她只是远远地看了卡尔和阿里一眼,就一眼!然后她就吓跑了!我早就知道会这样!她本来胆子就不大,再加上家里还被他们砸过。我应该和安德莉亚提前商量一下的……"

亚历克斯开始用力晃动手里的平底锅。他身后的厨房已经忙得底儿朝天,到处都是锅碗瓢盆的噪声和人们呼来喝去的命令。"或许茉莉能待在酒店大堂陪着你?远远地看着就行了。我现在走不开,至少还得忙活一个小时。"

"没事没事。"她立刻伸手捧起他的脸,轻轻地亲吻一下,"我只是……只是太生她的气了,发泄出来就好了。我可以先把东西拿出来吗?"

亚历克斯把手伸进口袋,掏出一把储物柜的钥匙。妮莎接过来,走进陈旧但是安静的员工更衣室。她仔细地扫视着储物柜外侧的编号,目光最终停在42号,然后走过去打开了门。里面有一条牛仔裤和一件干净的T恤(厨师经常要备好换洗的衣服,因为身上会有油烟味)。她先是小心翼翼地把他的T恤衫拿出来,贪婪地嗅着上面干净的洗衣粉味,前天晚上他刚把这件衣服带过来。把衣服放回去的时候,她看到柜门上贴着一张照片。在这张泛黄的旧照片里,亚历克斯搂着一个金发的小姑娘。小姑娘正深情地望着自己的父亲。她盯着照片发了一会儿呆,然后很自然地想起了同龄的雷蒙德。"我马上就会去接你的,宝贝。"她在心里默念着,然后把手伸进储物柜后面。那双高跟鞋被裹在一个黑色塑料袋里,她掏出来之后关上了柜门。

妮莎把钥匙还回去时,亚历克斯对她说道:"我会一直待在这里的,完事之后就告诉我。"他放下手里的锅,把她搂过来亲吻着,无视周围人的目光。"一切都会好起来的。你一定会得偿所愿,因为你是个了不起的女人。"

她闭上眼睛,想让这些话在耳朵里飘得更久一些。

"谢谢你。"她睁开眼,将自己身上的香奈儿外套拉直。

接下来她又在垃圾箱旁边抽了两根烟,去了两次员工卫生间(她有点搞不定自己的膀胱了)。最后,她再次掏出手机看了一眼,做了几次深呼吸。距离正午十二点就差五分钟了。

第37章 "还得是你啊!"

妮莎走过去的时候,那群商务人士正在起身离开。她站在几英尺外等待着,确信卡尔已经看到自己了。可是他似乎在拖长与那些人告别的时间。干得漂亮。这是卡尔一贯的策略:晾着你,让你逐渐失去耐性。她对卡尔的满腔怒火突然消失了,取而代之的是恐惧。好像有一只蝴蝶在她的肚子里飞来飞去,她的双腿也开始微微颤抖。妮莎尽可能地让自己看起来面无表情,可是周围的人似乎都向她投来好奇的目光。此刻,夏洛特就站在离卡尔不到一英寸的位置,她的神情看起来像在宣示主权,又或者她对妮莎的到来也有些紧张。漫长的等待终于结束,卡尔装出一副刚发现妮莎的样子。

"噢,妮莎,你来了。"他请她坐下,可是他自己并没有站起来。

"我不想和她坐一桌。"妮莎坚定地说道。

卡尔凝视着她,似乎在评估自己是否应该在这件事上退让。可是很快他就转向夏洛特:"稍等我一会儿,亲爱的。或许你可以回房间检查一下我们的东西是不是都带走了。"

妮莎用讽刺的语气补充道:"可别把我的衣服也带走了,亲爱的。"

夏洛特觉得本该属于自己的胜利时刻被剥夺了。她站在原地,用凶狠的目光盯着妮莎看了一会儿,然后甩甩头发,默默向电梯走去。

"阿里在哪儿?"妮莎坐了下来。

"你问他做什么?"

"我只是希望他不会再私闯民宅了。做人要有公德心,你说呢?"

"我不知道你在说什么。"卡尔脸上露出茫然的微笑,目光偷偷瞥向她脚边的塑料袋。

"所以你现在上街拎的是塑料袋,而不是香奈儿的包。这实在是太优雅了。"

"见你不值得背大牌包。"

他笑了出来:"妮莎,我的妮莎,我一直佩服你的伶牙俐齿。所以……那双鞋在里面吗?"

他把手伸了过来,而妮莎迅速把包从脚边拎走。

"让我先看看协议书,我相信你已经准备好了。"

"你先把鞋给我。"

"我会把鞋给你的,不然我今天来干吗?"

"好吧,亲爱的,你的一举一动对我来说都是个谜。"

"先给我看协议书,然后你才能拿到这双鞋。"

卡尔叹了口气,又摇了摇头,然后向旁边一个戴眼镜的男人示意。显然这个穿着西装的男人一直在旁边等着,可是妮莎这才注意到他的存在。他匆匆走过来,递给妮莎一摞纸。她低下头开始认真阅读。

是一份打印好的协议书,第一页上写着标题:离婚协议。

"这下行了吧?"卡尔问道。

"你总得让我看看上面写了什么吧?"妮莎一边说,一边环顾四周:阿里正在角落里盯着自己,而酒店经理弗雷德里克在另一边与一位前台接待员说着什么,那是一张陌生的面孔。说话的过程中,他朝这边瞥了两次。茉莉不知道哪儿去了。她挺直身板,不想让他们看出自己孤立无援，然后开始认真阅读这叠文件：根据纽约州法律相关条文，原告与被告关系破裂已超过至少六个月，可申请终止婚姻。双方均已宣誓，上述情况属实……

"等等……"她突然发现有些东西不太对劲儿，"这个文件上标注的日期是六个月之前？！"

"是的，你的确在六个月前签署了这份文件。"

她飞快地翻着文件，果然在最后一页看见了自己的签名。她的心沉了下去：这个签名看起来真的很像自己签的，可是她却什么都记不起来。"我……我什么时候签过这种东西？这上面说我们已经分居了好几个月，而且所有财务纷争都已经解决了。这说明我们早就已经离婚了？！"

"有些事还是提前做好准备比较好，是我委托阿利斯泰尔提前为我们准备好一份文件的。"

妮莎迅速浏览有关财务问题的那一页：她可以任选一个城市买一套约两居室大小的公寓，价格上限是一百五十万美元。卡尔会供雷蒙德念完大学，在毕业之前他每月可以拿到一万美元。

"噢，亲爱的，你总是不记得自己都在什么地方签过字，你脑袋里乱七八糟的事太多了。"

妮莎看向旁边那个叫阿利斯泰尔的律师，他立刻尴尬地转过身去。

"我应该至少可以拿到你资产的 5%，这些显然不够。"

"你拿到了，亲爱的。如果你能看看公司的账目，就会发现这些年我们过得非常艰难，好多资产都拿来偿还债务了。我把剩下的一半都分给你了，法官也会认为这样很公平。"

妮莎想起之前联系过的律师曾经告诉过自己，卡尔一定会把资产通过各种秘密途径转移出去。之前在伦敦的房子都被他卖掉了，显然他已经谋划了好几个月。

"卡尔,这并不公平,你知道我在说什么。"

"这笔钱在你老家应该是个不小的数字了。"

他把身体靠在沙发垫上,继续说道:"你那天晚上签这些文件的时候看起来很高兴,你还记得吗?在圣特罗佩。"

妮莎突然想起了一切:那天晚上,在酒店里,卡尔坚持要她喝完最后一杯鸡尾酒,尽管她当时已经喝多了。在头晕目眩、昏昏欲睡的时刻,卡尔要求她在一堆文件上签字。当她不假思索地翻阅文件并签字时,卡尔就站在自己身边。其实类似的事之前也经常发生:她习惯于签署那些有助于他做生意的文件。她的身份可以是一个董事、一个秘书,一个帮他逃税的人,然后才是一个法律意义上的配偶。他的会计师告诉她:为了老公而切换角色是很重要的,于是她就这样做了很多年的完美妻子。

"你居然骗我在自己的离婚协议书上签字?"

他毫不在意地看了一眼手表:"我给你十分钟时间,你自己好好想想吧。我要去上个厕所。"

他很费力地站了起来,阿里立刻走到他身边,陪他走了差不多二十步,把他送进卫生间。茉莉一直在酒店大堂装作打扫卫生的样子,看到卡尔离开,她立刻冲了过来,坐到她旁边的沙发上。

"他怎么说?"茉莉一边问,一边拿起桌上的文件,完全无视一旁阿利斯泰尔的阻拦。这位律师无法理解,为什么一个酒店的女服务员可以阅读这些涉及财务机密的文件。

"这可不行!"茉莉看了几眼就把文件撂下了,"宝贝,他这几天租下顶层公寓的钱都比给你的数多!"妮莎抬头看了她一眼,她耸了耸肩继续说道:"你可不能让他就这么把你打发了!"

"如果我不按照他的意思来,可能一分钱都拿不到。他已经谋划

- 403 -

了太久了……"

"那你也不能签字！先别慌。"茉莉把脸转向阿利斯泰尔，"要是她在其余那几页上签字的话，是不是连提其他要求的资格都没了？"

阿利斯泰尔眨了眨眼睛："呃……是这样的。从法律角度来看，签完字就说明他们的婚姻关系结束了。"

茉莉立刻把手放在妮莎的胳膊上："宝贝，千万不能签字。"

妮莎轻轻地说道："在他眼里，我一直都是个叫花子。"

卡尔从卫生间回来的路上一直和阿里有说有笑，就好像他们刚吃完一顿美味的午餐，此刻正在愉快地回味着某道佳肴。夏洛特也从电梯里出来了。她跟在卡尔后面，急切地说了几句话，而他只是把手放在她肚子上摸了几下，然后点了点头。妮莎把这一切都看在眼里，夏洛特也注意到了妮莎的表情。等她跟着卡尔回到桌子旁边时，脸上已然挂着胜利者的微笑。

卡尔又赢了，一次又一次。她从来都没有和他正面交锋的资格。当夏洛特有意在妮莎面前摆出和卡尔的亲昵之举时，妮莎把下巴抬了起来，神情自若。

就在这时，酒店大堂安静的氛围被一阵突如其来的骚动打破。她朝右边望了一眼，萨姆正向自己这边奔跑，可接下来却一不小心摔倒在大理石地板上。

"妮莎！妮莎！"她举手致意。很快她看见了卡尔，动作暂停了一秒，紧接着又开始疯狂地挥手。

卡尔注意到萨姆的穿着：老旧的风衣，看起来很像大妈穿的那种牛仔裤和运动鞋。他忍不住对妮莎冷笑一声，仿佛在说：你现在就跟这样的人混在一起吗？

"妮莎，我真的需要和你谈谈！你快说句话呀！"

妮莎看着萨姆脸上恳求的表情，心软下来，转头对卡尔说道：

"给我一分钟。"

"我们五分钟后就走。"卡尔说完,坐了下来,吩咐阿里再给他添些水。

"我认出他来了!"萨姆气喘吁吁地把妮莎拉到酒店大堂的角落,"我认出你丈夫是谁了!我让菲尔把复件下载到我的手机里,原文件被我放在了一个安全的地方。"

妮莎疑惑地盯着萨姆的脸,不明白她到底在说什么。萨姆用颤抖的手指打开手机里一个视频文件,示意妮莎低头观看——妮莎看到的第一眼,是一丝不挂的卡尔和夏洛特。

"这是什么?"茉莉的脑袋出现在妮莎的肩膀上方。

妮莎在一瞬间目瞪口呆。"天哪,这简直是……"她的表情十分痛苦,眼睛不知道该睁还是该闭。然后她抬头看了萨姆一眼,发现对方正在聚精会神地打量自己。

"你还记得有一天晚上,我在酒吧里穿了你的高跟鞋吗?就是那天,有个陌生人把这份视频文件交到了我手上。我和安德莉亚都看过,还以为这是个恶作剧……对不起,我们当时不知道视频里的男人是你丈夫。"

"这下可有的玩了!"茉莉在一旁说道。

"然后我就把装着视频的 U 盘扔到抽屉里了,根本没放在心上。直到刚才走进来的时候,我看到你丈夫的脸,一下子全想起来了:这不就是视频里那个男人吗?"

妮莎突然想起了什么,低声说道:"哦,我当时是找人帮我弄些卡尔的小辫子来着。我自己都忘了。"

"我还给你发了视频链接,你一定也需要存一份。"

妮莎听到一声新消息的提示音,那个视频现在就在自己的手机里,随时待命。

"好啊……"她咬紧牙关,深吸一口气,"简直是好极了。"

茉莉在一旁鼓励她:"时候到了!现在看他还敢不敢说自己没钱了!"

萨姆终于松了一口气,紧接着露出一个笑容,一个充满幸福和自豪的笑容。"这就是你的筹码,你一定会拿到一份新的协议书。"她脸上带着控制不住的得意,继续说道,"看见了吗?我早说过,我比你更懂什么是'交易'。"

两个女人坐到对面的沙发上,这让卡尔有点不知所措。他毫不掩饰自己看向蓬头垢面的萨姆时那厌恶的目光,而萨姆那种一边颤抖一边期待的神情也让人摸不着头脑。他终于受够了,叹了口气,看了一眼自己的手表,然后用慢吞吞的语气说道:"你想好了没有?"

妮莎身体前倾,又把那摞纸读了一遍:"根据这份文件的描述,我们六个月前就已经协议离婚了。尽管你我都知道这不是真的。"

"没错。"卡尔喝了一口水,身体向后靠在沙发上。

"你什么时候会兑现这笔钱?现在吗?"

"妮莎!你这是干什么……"萨姆还要继续说话,但妮莎举起一只手挡住了她。

卡尔点点头:"阿利斯泰尔很快就会处理这些的。但你得先给我看看高跟鞋。"

妮莎伸手把那个塑料袋放到自己大腿上,从里面拿出一只鳄鱼皮高跟鞋。前天晚上,她用格蕾丝做手工的胶枪把鞋跟小心翼翼地粘上了。她先是把一只鞋在卡尔面前左右晃动了一下,然后又举起另一只鞋做了同样的动作。确定卡尔两只鞋都看到之后,她又把它们放回塑料袋里。

"所以,让我找回高跟鞋只是缓兵之计,目的是给你足够的时间准备好这一切来对付我，是吗？"

卡尔的神情丝毫没有变化："就算是吧。但这对你来说重要吗？"

"你知道她的脚有多大吗？她的脚可真大啊……"妮莎用确信的目光朝夏洛特点了点头。夏洛特被这句话气得张大了嘴。可是妮莎毫不在意，她转头对卡尔露出一个甜美的笑容："你确定要拿回这双高跟鞋吗？"

这对夫妻互相凝视着彼此，眼神里都充溢着对对方的鄙视。妮莎一瞬间有点恍惚：自己以前为什么会那么想要和这个男人共度余生呢？

"把高跟鞋给我。"卡尔把声音压低下来，这意味着威胁。

妮莎突然转头说道："萨姆，把你的银行卡号告诉我。"

"什……什么？"

"我在英国没有银行账户，他们都懂。先让他们把钱打到你的账户上吧。"

萨姆慢慢地在手机上操作一番，然后把屏幕上的信息递过去。妮莎则直接把手机递到阿利斯泰尔面前。

"我说妮莎……"萨姆还想继续抗议，但妮莎再次举起手拦住了她。

"我希望看到这笔钱立刻到账。卡尔，看在上帝的分上，行吗？"见卡尔的神情有些犹豫，她立刻补充道，"你放心吧，我跑不了。你肯定让阿里把酒店所有出口都看得死死的，我不傻。"

"你知道自己现在在做什么吗？"萨姆急切地在妮莎耳边低声说道，"你可别犯傻！"

"转账吧。"妮莎命令道。过了一会儿，钱到账，萨姆不情不愿地把金额变动的信息展示给妮莎。妮莎又朝附近的茉莉招手示意："你能帮我把顶层套房里的个人物品拿下来吗？带到酒店正门那儿就行。"

- 407 -

"好的,夫人,乐意效劳!"茉莉一边答应,一边匆匆往电梯跑。直到看见茉莉走进电梯后,妮莎才伸手抓起桌上的钢笔。

"可以了,我现在就签字。"

"妮莎!"萨姆赶紧抓住妮莎的胳膊,"你不能签字呀!你忘了自己手里有什么东西了吗?"

妮莎一言不发地甩开她的手,仔细地在每份文件上签好自己的名字,然后交给阿利斯泰尔检查。阿利斯泰尔确认无误后,又交还给她一份完整的复印件。妮莎把文件理得整整齐齐,收起来塞进自己的外套。做完这一切,她长长地舒出一口气。

"就是这样,一切都结束了。我已经签完字了,你满意了吗?"

卡尔说道:"是的,我们结束了。"

妮莎站起身来,同时也拎起了那个装着高跟鞋的塑料袋。她早就看出卡尔一定不想碰这个塑料袋,这会拉低他的身价,所以她直接把塑料袋递给了阿里。一旁的萨姆张大嘴巴紧紧地盯着妮莎,她的表情是难以掩盖的痛苦。

阿里接过塑料袋之后朝卡尔点点头。卡尔终于对妮莎说道:"亲爱的,最后你依然这么廉价,和一开始我遇到你的时候一样。"

"你终于说出心里话了,卡尔。"妮莎开始慢慢离开桌子,一直走到几英尺远之后,她停了下来。

"哦,我差点忘了。我刚才给你发了一条短信,"妮莎突然笑了起来,"就当是我们的告别礼物。"

卡尔也站起身来,扯了扯身上的外套。她一直在等待着,直到卡尔的手机传来新消息提示的声音,直到他开始低头看手机。

"从这一刻开始,我们就是陌生人了,你最好别来惹我。如果你手下的王八蛋敢骚扰我和雷蒙德,或者我这帮朋友,你就等着这个视频上热搜吧!或者我也可以把它直接交给媒体。当然,这两件事可以同时进行，并不麻烦。所以你最好心里有点数。"

"你在说什么？"

妮莎淡定地回答道："送你一些可以给你们这对狗男女调情的东西。哦，对了。夏洛特，听我一句劝：不是所有女人都能穿圣罗兰。"她瞥了一旁的萨姆一眼，继续说道，"穿在你身上，真的和普里马克差不多……"

说完，妮莎头也不回地走到酒店大门口。正当她要迈出去迎接冬日的阳光时，身后突然传来卡尔疯狂的怒吼。

*

妮莎走得飞快，萨姆不得不跑起来才能追上她的脚步。她觉得自己的脑袋正在嗡嗡作响，刚才的对话依然历历在目。

"你刚才到底怎么了？你们本来可以重新谈判的！你能拿到更多的钱！我不是把筹码给你了吗？"

"好吧，我不在乎了，我不想要了！"妮莎的步子迈得更大了，"你们家的房车呢？"她心烦意乱地转过头，朝酒店后门张望。

萨姆把她的脸硬掰过来："你怎么回事？你明明知道，只要有这个视频，你提什么条件他都会答应！"

"你希望我变成一个和他一样的人渣吗？话说茉莉去哪儿了？"妮莎又抬起头扫视酒店正门。

又等了一会儿，茉莉终于推着一个黄铜制的手推车从酒店侧门出来了，那上面堆满了妮莎的衣服。在她旁边帮忙的是维克多。他们注意到这边的妮莎之后，赶紧调转方向推了过来。

"你们能直接把这些推到我们家的房车边上吗？"萨姆指着不远处说道，"就在拐角那儿。"

"最后怎么样了，宝贝？"茉莉上气不接下气地把肩膀上滑落的背包带扶上去。而妮莎则干脆利落地走过来一起推车。

"我真的无法理解!"萨姆继续抗议。可是妮莎丝毫不理会,一心只想把衣服推到车里,她头也不回地走了。萨姆和茉莉互相看了一眼。茉莉摇了摇头,显然她更不明白发生了什么。

当他们终于把衣服推到房车跟前时,所有人都变得气喘吁吁。维克多一直帮忙把所有衣服都装上车,然后才与她们挥手告别。妮莎递过去一张十英镑的钞票:"拿着吧。"直到看着这个小伙子把空的手推车推进酒店之后,她才开口说道:"咱们走。"

萨姆再也忍不住了:"你真的疯了吗?"她大声咆哮道,"你花了这么长时间,只为了拿回属于你的东西,我们都相信你一定可以做到。你还总说人不为己天诛地灭,可你看看自己都做了些什么?煮熟的鸭子都送到你嘴边了,你却让它飞走了!天哪,妮莎!我认识你几个星期了,从来都没有像现在这样对你失望过!早知道就不把东西给你了!"

她走到前方的驾驶座位上。茉莉坐在中间,妮莎则跟在后面上了副驾驶座,默默把门关上。

萨姆又说道:"求你了,或许你把钻石藏起来了?"

"没有。钻石都在鞋跟里,已经还给他了。"

"你本可以把它们留下的!"

"那样我就和他一样浑蛋了。"

"那个男人毁了我家的房子,他让我们陷入深深的恐惧之中。你在他身上花费了最宝贵的二十年青春,而他却那样对待你和你们的亲生儿子!所以你现在就这样让他得逞了?我刚才就在旁边,你一句话都不让我说!妮莎,我真的不明白!你到底怎么了?"

茉莉在一旁劝道:"你还是让她自己说吧。"

妮莎的语气十分平静:"我只是受够了。我现在只想有个房子住,能陪在儿子身边，还能经常见见我的好朋友，这就够了。这会让我更快乐，我需要真正的快乐。"

萨姆把房车开进滚滚的车流之中，另外两个女人也不说话了。妮莎显然陷入了沉思之中，而茉莉也在试图理解刚刚发生了什么。算了，萨姆决定好好开车，毕竟这辆房车如此笨重，她现在可不能胡思乱想。而且，她也的确没必要生这么大的气。这段日子以来的混乱终于结束了，现在她只想和菲尔待在一起，和真正理解自己的家人待在一起。

"那个警察在哪儿？"妮莎突然问道。

"什么？"

"就是刚才在来的路上你说又遇到那个女警察了，她在哪儿？"

萨姆瞥了一眼茉莉，显然茉莉脸上也是一副迷惑不解的神情。

她有些生气地回答道："听着，我不会再闯红灯了，我会平稳地把车开回去，懂吗？"

"去一趟那个警察那边吧，我记得是往这边走。"

萨姆听从了她的指示，在前面的路口左转，尽管她知道这条路会有些绕远。她把车速降低到每小时二十英里，然后她们终于看到了那位女警官。

"慢点慢点。"妮莎说道，"好了，靠边停车吧。"

萨姆一脸困惑地把房车停下，身后的汽车喇叭瞬间响成一片。妮莎开始用力向窗外挥手，直到引起了那位女警官的注意。她歪了歪脑袋，好像不太确信自己看到了什么。然后她慢慢地朝这边走过来，盯着车身上巨大的向日葵图案看了一会儿。

然后她看到了车里的萨姆："不会吧，怎么又是你？"

"抱歉，警官。"萨姆赶紧解释道，"我的朋友说她一定要……"

妮莎的脑袋已经从车窗里探了出去：

"警官你好,我要报案,这个案子没准儿会改变你的人生。请你记住这个车牌号:PYF 483V。这辆车里有一个男人,手上拿着一双高仿的路铂廷高跟鞋,鞋跟里藏着价值超过一百万美元的钻石。他要通过非法途径在你们国家走私钻石,牟取暴利,而且不是第一次了。"

警察看了妮莎一眼,然后又看了萨姆一眼:"你们在开玩笑吗?"

"当然不是。"妮莎一脸严肃,"我在向你报案。"

"我凭什么相信你?"

"我看起来像是在开玩笑吗?"

这两个女人互相凝视了一会儿。中年女人之间仿佛拥有某种默契,即使她们两个才刚刚见面。

"你刚才说,走私钻石。"

"是的,这个案子要是不能让你升官,你就过来踢烂我的屁股,我保证不反抗。"

茉莉和萨姆一句话都不敢说。女交警再次打量了妮莎一会儿,继续问道:"车牌号是多少来着?"

"PYF 483V。这辆车即将在五分钟后驶离宾利酒店,开往希斯罗机场。"

女警官眯起眼睛。

萨姆在一旁帮腔:"她说的都是真的。"

"你的那位朋友怎么样了?"女警官突然想起了什么。

"哦,谢谢你还记得。她很好,真的很好,头发都慢慢长回来了。"萨姆有些感动。

"那还不错。"女警官满意地点了点头。

妮莎在一旁再次强调:"最多五分钟。"

她依次扫过车里的每个人,似乎仍然在思考。又等了一会儿,她终于慢慢地把对讲机放到嘴边。在说话的过程中,她的眼睛始终盯着妮莎：

"呼叫控制中心，呼叫控制中心。请留意一辆可能涉嫌钻石走私的车辆，车牌号是PYF 483V。即将离开宾利酒店，开往机场方向。是的，车上有大量非法来源的钻石。"

她把对讲机放下了。

"你是怎么知道这些的？"

"呃……你就当是群众匿名举报吧。"

女交警注意到妮莎左手无名指上的痕迹："一个愤怒前妻的匿名举报吗？"

"好吧，警号43555。我记住你了，你不做侦探真的可惜了。"

"叫我玛乔丽。"女交警又说道，"过去五年里我已经四次无缘晋升了。"

"这次绝对不会让你失望。祝你今天过得愉快，玛乔丽警官！"妮莎说道。女交警再次转向对讲机说了些什么，萨姆也重新开车上路了。

开了几分钟后，萨姆突然顿悟。她不停地看向坐在旁边的妮莎，路上她一直闭着眼睛，双手放在膝盖上，好像经过巨大的混乱之后，她终于放松下来了。萨姆说道："我明白了，你这么做才是对的。"

"终于明白了？要是他知道了，一定不会放过我和雷蒙德，还有你。"妮莎睁开眼睛，"可是现在他以为我们对钻石毫不知情，就算接下来他被抓了也怪不到我们头上。"

她又点燃了一支烟："我爸一直告诉我一件事：人们总是会通过外表判断你的一切。如果你是个女人的话，那外表几乎等于全部能力。等过了一定年龄之后，我们在他们眼里毫无价值。"她吐出一个烟圈，继续说道，"现在对卡尔来说，我不过是个愤怒又绝望的中年妇女，眼睛只盯着衣柜里的衣服。"

萨姆佩服地摇了摇头:"还得是你啊!"

妮莎再次吐出一缕长长的烟气:"除此之外,我们俩已经离婚了,就算天王老子来了,我也有出庭作证的资格。"

车里沉默了一会儿,最先爆发出笑声的是茉莉。然后萨姆也忍不住了,她笑得几乎合不拢嘴,差点把车开到电线杆上。

妮莎装模作样地从裤子上拂去一个并不存在的线头,然后对茉莉露出一个甜美的微笑:"看到了吧?我早说过我不是什么好人。"

第38章 宝贝，我来了

机场的工作人员在5号航站楼闹罢工，拥挤的乘客几乎把伦敦希思罗机场堵得水泄不通。可是妮莎的情绪十分稳定，即使在熙熙攘攘的人群以龟速通过安检通道时，身后那家人的小儿子把行李箱轮子一次又一次地碰到她的脚踝，她也毫不在意。此刻有亚历克斯陪着她，他时不时地抚摸一下她的后背，另一只手拎起她那只超大号普拉达手提包。当亚历克斯主动拎起手提包的时候，妮莎有点难以置信地笑了起来：卡尔死都不愿帮女人拎包。可亚历克斯觉得自己的行为再正常不过："这个包看起来很沉，我当然要帮你拿。"

她身上穿着蔻依的羊绒大衣，为美国的严寒做好准备。虽然她已经意识到过去的自己有多么肤浅，但这些天来，高档面料贴在皮肤上的柔软触感总是会令她兴奋。虽然时间和境遇会改变一个人，但人们的本质是不会变的。

她想起前一天晚上在萨姆家的情形。萨姆亲自做了一桌子菜，确保每个人都能吃到她拿手的烤鸡和足够的配菜。这是一次美好的饯别宴，他们围着厨房的小餐桌有说有笑，一直聊到深夜。萨姆看起来闪闪发光，她脸上的妆容正是妮莎在她面试那天教给她的。尽管妮莎觉得她没有掌握眼妆的精髓，可是又不得不承认，萨姆笑起来是如此轻松而美好，尤其是她在不经意间瞥向自己丈夫的时候。对于刚开始的新工作，她感到十分兴奋。米莉亚姆·普莱斯给她打过两通电话，但仅仅是询问萨姆是否需要帮助，而且还建议第一天下班之后一起去喝一杯，这样就能聊聊她对新工作的看法了。新公司给萨姆安排的停车位上写了她的名字。"停车位上有我的名字！停车位上居然还有我的名字！"虽然妮莎认为，在一个大城市里拥有一块写了自己名字的十二寸塑料牌并不是什么了不起的成就，但这件事居然让萨姆这么高兴，真是见鬼。她只能装作开心地附和。

安德莉亚已经习惯展示出自己的光头了。她戴着一副大耳环，脖子上还缠着一条柔软的红纱巾，这样显得她脖子十分细长。她宣称自己要吃两份鸡肉，显然她的食欲又回来了。她没有工作，也没有老公，可是用她的话来说就是："我现在过得还不错。"她意味深长地说道，"如果我们能让自己活在当下，那就再好不过了，对吧？"所有人都觉得应该为这句话干一杯，这种大智慧值得大家再喝三瓶红酒。

格蕾丝和卡特坐在桌子的另一边，她们的对话显得小心翼翼。所有孩子都是如此，在认识新朋友的时候总是要故作老成。妮莎看着她们的时候经常会走神，想象雷蒙德如果出现在她们当中会是什么样子。他应该和卡特是一类人，看起来既时髦又活泼，不像她母亲那样老实巴交、任人摆布。可是格蕾丝那个孩子应该会拿捏住雷蒙德，她看起来很老成，但有时又很调皮。

"你现在开心吗？"亚历克斯的提问打断了她的思绪。

妮莎一句话也说不出来，因为满脑子都是自己的儿子。她只能抬起头来看着他，轻轻地微笑着，亚历克斯会意地捏了捏她的胳膊。

亚历克斯一整晚都守在妮莎身边。他可能是这个世界上最好相处的人，因为菲尔愿意和他谈论接下来的求职计划，想在大学里研究英文的格蕾丝愿意和他讨论文学。他主动帮忙给萨姆打下手、调酱汁，并且对萨姆的厨艺赞不绝口。妮莎觉得自己在好几百年前就已经认识亚历克斯了，可是他们明明才相处没几天。所以她经常怀疑自己是不是在做梦。那天晚上，他们在黑暗中相伴入眠。妮莎在酒精的作用下昏昏沉沉，亚历克斯握起她的手，轻轻地亲吻了她的每一个指关节。临睡前，他认真地告诉妮莎，她是一个异常美丽又充满勇气的女人。等到亚历克斯闭上眼睛，妮莎却再也无法入睡。眼前的男人几乎把自己的身体填满了，他完全改变了从前的自己，而且用的是最美好的方式。她盯着他，用结结巴巴的声音说道："或许这是我这辈子听到过的最动听的话了。"

"哦，不会的。"他再次抓起她的手亲了一下，"以后还会听到更多。"

妮莎的声音突然有点小心翼翼："或许……我们也只是性伴侣。我的意思是，我谈过很多恋爱，可是我依然感觉不到真实的自我。或许我现在和你在一块儿，也是为了得到身体上的满足罢了。"

"那对我来说可就太可怕了。"亚历克斯的眼球在眼皮下向她的方向滑动，表情看起来十分滑稽。

他们从来不谈论未来的计划。现在妮莎已经明白了：人算不如天算。

那天晚上，茉莉抱着妮莎在萨姆家门口哭了半个小时也不撒手。"你会回来看我们吗？我是说，最起码我们还会保持联系吧？你会不会忘了我们？"

"飞机一落地我就会联系你的，好吗？"

"你现在已经拿到钱了，就不想直接甩了我们吗？"

妮莎歪着脑袋，脸上挂着那天她忘了关热水器时茉莉的同款表情，于是茉莉开始冲她挥手：

"好吧，宝贝，我知道你不会的，可是我真的舍不得你……"

她们再次紧紧相拥。妮莎轻轻说道："不要这么感情用事，我只是短暂地回去一趟，好吗？咱们还有一大堆事情没做呢！而且我得先看着你把裁缝铺开起来呢！"

"请出示护照。"安检人员用一只百无聊赖的手把妮莎拉回现实。紧接着对方要求检查机票，妮莎按照指示递了过去。很快她就拿回了盖好章的机票，站到队伍的另一边。亚历克斯把手提包递了过去，满脸严肃。

他说："所以……"

"飞机一落地，我就给你打电话。"

他点了点头。

她突然想起什么："哦，我差点忘了。你得帮我个忙，把这个寄出去，我不想亲自寄。"

他低头看了看棕色包裹上的地址，然后说道："当然可以，你昨晚是忘了吗？"

"差不多吧。"

最终他把她拉进怀里，紧紧地抱着她，一言不发，无视周围人的抱怨和推搡。她把脸埋进他的胸膛，闭上眼睛，在嘈杂声中感受他的心跳。

"随时给我打电话。"他的脸贴在她的头发上，"我等着你。"

妮莎想，他真的会一直等着自己的。她或许这辈子都逃不开他了。机场工作人员示意妮莎向前走，她拿起行李，顺着人流走进一道不透明的玻璃门，终于到达登机口附近。

九个小时之后，妮莎坐进一辆黄色的出租车内，迎着十二月的阳光，在湿冷的空气中驶向威彻斯特郡。高速公路两侧的风景一闪而过，她只听到减震器在咔嗒作响。这次的经历让妮莎习惯了很多事，但经济舱显然不是其中之一。她在短暂的睡眠中不断被惊醒，挺直身体，感受脖子上的僵硬。连手指上的酸胀都让她忍不住呻吟。整个机舱被装得满满当当,人声鼎沸。前面那位乘客似乎永远都在调整座椅靠背,两旁的乘客一直在窃窃私语。原本她以为自己会精神焕发地回到故乡,没想到取而代之的是精疲力尽、烦躁不安、满脸沧桑。

"女士,是这儿吗?"司机用一根粗壮的手指敲了敲隔开驾驶员和乘客的玻璃。

她看了一眼计价器,然后说道:"是这里。你能等我一下吗?我一会儿就出来。"

司机面无表情地说道:"你先付钱,我会等的。"然后他稍稍加速,把车开到一条主路上。

妮莎注意到了他们,在离身后建筑物约四分之一英里的台阶上。她不由得在后座上前倾身体,希望透过车窗看得更清晰一些。出租车出现在他们面前宽阔的主路上,一个瘦削的身影立刻站了起来。即使还有一定距离,在优雅的白色砖石构成的学习大楼面前,雷蒙德深色的头发和修长的四肢也显得格外清晰。她听到自己身上的血液正在加速流动的声音。过去几年,她从来没有意识到自己和儿子之间一直连着一根线,太紧了,快要绷断了。朱莉安娜就站在雷蒙德身边,不知在他耳边说了什么,然后就把手搭在他的肩膀上。妮莎在出租车还没有停稳时就开门往外跑,完全不在意司机的叫嚷。她的高跟鞋差点扭伤她的脚踝,手提包也摔到了马路上,里面的东西洒了一地。

儿子就在眼前,他那属于十几岁少年的身体粗手粗脚地舒展开来。一开始他试探性地走了几步,然后慢慢地跑下台阶。他几乎要把自己绊倒,可是紧接着他就开始加速跑了起来。终于,他们在校门口的巨大石狮坐像前相会。妮莎把自己的儿子紧紧地搂在怀里。这是她漂亮、聪明又善良的小男孩,现在他的确就在自己怀里。平时很少流眼泪的妮莎突然哭了,她的脸紧紧地贴在儿子的头上,手指也牢牢地攥住他的头发。她终于明白自己一直以来都错过了什么。

"妈妈……"雷蒙德也哭了出来,并且把自己的母亲抱得更紧了,让她几乎无法呼吸。

于是她干脆闭上眼睛,轻轻地吸一口气。终于回家了。她难以抑制自己的喜悦之情:"宝贝,我来了。"

后记

卡尔因持有价值两千一百万英镑的走私钻石被英国税务海关总署起诉,尽管他雇了好几个律师来帮自己打官司,可是判决不会因此受到影响。他的私人保镖阿里·佩雷茨因担心受到牵连而向警方提供证据:五年以来,卡尔·康托尔已经完成过十四次类似的走私行为,将未经切割和官方认证的钻石运到英国,在这里抛光加工,然后再送回美国,通过南非和俄罗斯的中间商进行交易。尽管康托尔先生拒不认罪,但他的判决不会被推翻。根据引渡协定,他将被送回美国服刑,刑期待定。

然而媒体疯狂报道的是接下来这则新闻:在最近的一次走私活动中,康托尔先生似乎被他的同伙欺骗了。警方从一只经过改装的女士高跟鞋内部取出了很多价值百万英镑的钻石,但有三块儿童项链上取下的水晶在其中鱼目混珠。记者们注意到,康托尔先生对这种打脸的欺骗感到十分愤怒,就像他拒不认罪时的表情一样。(尽管他的律师团队已经尽了最大努力,但他依然不愿接受这个判决。)

*

安德莉亚带着宿醉醒来,模模糊糊地意识到:喝多了的感觉和死过一回也差不多。她拖着笨重的身体走下楼梯,准备煮一大杯品质上乘的咖啡，却发现自己家里只剩下超市打折时买的胶囊咖啡，而且只剩下最后一颗了。她只能苦笑着面对自己当下的财务困境。胶囊咖啡机正在工作，她一边喂家里黏人的猫，一边到橱柜前伸手拿自己最喜欢的条纹杯。就在这时，她注意到了门口地垫上的邮件。如果有邮件的话，最早也会在几小时后的时间送到。她凑了过去，发现邮件上没有贴邮票。

不管怎么说，这应该不会是医院那边寄过来的诊断书，这个想法让安德莉亚稍感宽慰。于是她拿起邮件，上面的字迹看起来很陌生。然后她一边喝着咖啡，一边小心翼翼地把它拆开。里面有一张纸条，由于宿醉，她得眯着眼睛才能勉强看清。

读了两遍，她终于读懂上面写了什么：

把东西带到哈顿花园，找到地址上的人之后卖给他。虽然他能给你的钱一定低于东西的实际价值，但这笔钱至少能让你重新站起来。

妮莎 X

ps：不要告诉萨姆或茉莉，她们一定会觉得很奇怪。

在那张写有地址的便条下方，一段透明胶带正固定着一颗闪闪发光的大钻石。

三周后，妮莎会带着她的儿子回到伦敦，和她的英国朋友们一起开启新的生活。不久之后，萨姆、茉莉和安德莉亚在一次聚会中试探性地聊起了这件事，然后才发现她们三个都以这种方式收到过一颗钻石。

*

"你的外套还不错嘛!"米莉亚姆到公司晚了一会儿,她刚走进董事会会议时是上气不接下气的状态。刚才她打过电话给萨姆,说女儿心爱的小仓鼠突然进入濒死状态,她需要穿越半个城市去找一位更优秀的宠物医生。无论何时,米莉亚姆都能坚定地保持弹性工作的状态。她强调,如果你能持续推进工作且取得阶段性的进展,那么你就有权利自行安排工作时间。萨姆早已坐在会议室的桌子旁,她给米莉亚姆递去一杯咖啡。米莉亚姆坐下来,满是感激地接过来喝了一口。

"谢谢,不过只是Zara。"萨姆回答道,"但我也觉得看起来很不错。"

"是的,所以你应该多穿些颜色鲜艳的衣服。话说,你和菲尔这周日愿意出来一起吃个午饭吗?我们还会请别的人来,那里一定有和你聊得来的朋友。我保证,我们不会在周末谈工作。"

"谢谢,我们一定会去的!"

现在菲尔和萨姆会在每周末一起尝试一些新鲜事。长久的婚姻需要不断注入乐趣,这是萨姆从一篇杂志上的文章里学到的。上周他们刚去尝试了攀岩。事后,他们一边按揉着自己中年人的老胳膊老腿,一边在悲伤中承认攀岩的确不适合他们。这个周末如果能去米莉亚姆家吃午饭,那一定是比攀岩更轻松有趣的事。

"好吧,进入今天的正题。"米莉亚姆把面前的文件理成一堆,然后抬起头来对萨姆微笑,"我们即将收购一家小公司,现在还有一些法律上的程序没有走完。不过等到我们正式接手的时候,我希望是你负责管理它。首先,我们要对原有的团队进行一定程度的缩减,我相信你会处理好这一切的。总之,我们公司需要一个像你这样的人来管理它。"

"负责……管理?"

"是的，董事会希望你考虑接管这家公司。或者我应该这样说：你是否考虑接管我们哈伦·刘易斯的新部门？"

萨姆往门口看了一眼，前台接待员艾玛正领着两个年轻人往会议室这边走，他们手里都拿着文件夹。萨姆首先看到其中一个人脚上穿着一双熟悉的尖头皮鞋，再往上看，那身亮闪闪的西装也十分眼熟。果然，那是西蒙。他认出萨姆之后，脸上的表情突然变得惊恐。

米莉亚姆扬起眉毛，微笑着说道："不管怎么说，这是我们第一次谈判会议，你可以先开完会再考虑下一步的决定。"

萨姆把手放在桌子上，沉默地坐了一会儿。然后她拿起笔，深深地吸了一口气。

"好吧。"她一边招呼两位进来，一边说道，"看来要发生一些有意思的事情了。"